suhrkamp taschenbuch 2591

W0349627

Nach dem Tode Maria Dąbrowskas 1965 machte man eine Entdekkung, die einer literarischen Sensation in Polen gleichkam: 80 Notizbücher, ca. 9 000 Seiten, waren mit Tagebucheintragungen aus über 50 Jahren gefüllt. Ein spannungsgeladener Reigen von Epochen – von der Wiedererstehung eines unabhängigen Polen bis zum »Tauwetter« nach 1956 – spiegelt sich im persönlichen Leben und Erleben einer Schriftstellerin, die ein geschätzter und engagierter Teilnehmer des öffentlichen Lebens in Polen war und es von innen kannte. So entstand ein authentisches Dokument der Zeit und der Person von hoher literarischer Qualität.

Maria Dąbrowska wurde 1889 in Russów bei Kalisch (Großpolen) geboren, war jedoch seit 1917 eng mit Warschau verbunden. Sie stammte aus einer verarmten Adelsfamilie, studierte neben Naturwissenschaften auch Soziologie und Philosophie in Lausanne und Brüssel, engagierte sich über Jahre in der Genossenschaftsbewegung und in der Volksbildung, um sich schließlich ab 1925 doch gänzlich dem Schreiben zu widmen. In der auch auf deutsch vorliegenden Tetralogie *Nächte und Tage* (1932-1934) erfaßt sie in einem epischen Wurf den inneren und äußeren Wandel der polnischen Gesellschaft am Ende des 19. und zu Beginn des 20. Jahrhunderts. Zahlreiche Erzählungen, Essays, Romane folgten.

Maria Dąbrowska
Tagebücher
1914-1965

Ausgewählt und herausgegeben
von Tadeusz Drewnowski
Aus dem Polnischen von
Klaus Staemmler

Suhrkamp

Dieser Auswahl liegt eine über 2000 Seiten starke polnische Originalausgabe des »Czytelnik«-Verlags zugrunde: DZIENNIKI. Bd. 1-5. Ausgewählt, mit Vorwort und Anmerkungen versehen von Tadeusz Drewnowski, Warszawa 1988.

Der Band erschien erstmals 1989 im Rahmen der von Karl Dedecius herausgegebenen *Polnischen Bibliothek* im Suhrkamp Verlag.
Umschlagfoto: Krzysztof Pawela

suhrkamp taschenbuch 2591
Erste Auflage 1996
© der deutschsprachigen Übersetzung
Suhrkamp Verlag Frankfurt am Main 1989
Suhrkamp Taschenbuch Verlag
Alle Rechte vorbehalten, insbesondere das des öffentlichen Vortrags, der Übertragung durch Rundfunk und Fernsehen sowie der Übersetzung, auch einzelner Teile.
Druck: Nomos Verlagsgesellschaft, Baden-Baden
Printed in Germany
Umschlag nach Entwürfen von
Willy Fleckhaus und Rolf Staudt

1 2 3 4 5 6 – 01 00 99 98 97 96

TAGEBÜCHER

1914-1965

INHALT

VORWORT
VON TADEUSZ DREWNOWSKI

Für den deutschen Leser dürfte Maria Dąbrowska keine unbekannte Autorin sein. Zunächst wurden »Die Landlosen« übersetzt, nachfolgend erzielte ihr Hauptwerk »Nächte und Tage« in Deutschland einen gewissen Erfolg. Die Übersetzung ins Deutsche, 1938 erschienen, war die erste im Ausland. Die für damalige Verhältnisse hohe Auflage (über 8000 Exemplare) wurde schnell abgesetzt, und der dadurch ermunterte Breslauer Verleger Wilhelm Gottlieb Korn (Słowacki besang diese alte Breslauer Offizin, die sich mit polnischer Literatur beschäftigte, in einem seiner Gedichte) wandte sich an die Schriftstellerin wegen einer Option für den englischen und skandinavischen Sprachbereich. Der Krieg verhinderte diese Pläne, er verhinderte jedoch nicht, daß Korn das Honorar für die deutsche Ausgabe, das gemäß den Vorschriften nicht nach Polen überwiesen werden durfte, wenigstens zum Teil der im bereits von den Deutschen okkupierten Warschau notleidenden Schriftstellerin übersandte. Was »Nächte und Tage« anbetraf, kam eine deutsche Vermittlung nicht zustande, der Roman schaffte es von selbst, obwohl z. B. eine Übersetzung ins Englische erst jetzt in den Vereinigten Staaten vorbereitet wird. Zum zweiten Mal ins Deutsche übersetzt wurde »Nächte und Tage« 1955-1957 in der DDR, und zwar vollständig (vier Bände und nicht, wie vor dem Krieg, nur zwei). Und der Roman blieb vermutlich bei den Lesern ein Begriff, sonst hätte die »Frankfurter Allgemeine Zeitung« ihn wohl nicht vor wenigen Jahren in Fortsetzungen abgedruckt.

In Polen beruhte Maria Dąbrowskas besondere Karriere gleichfalls auf dem Roman »Nächte und Tage«. In jungen Jahren hatte sie sich nach dem Studium der Natur- und

Sozialwissenschaften in Brüssel mit Rücksicht auf die Situation in der Heimat aktiv in der Unabhängigkeitsbewegung und im »sozialen Dienst« betätigt. Noch Jahre nach der Wiedererringung der Unabhängigkeit glaubte die junge Beamtin, die öffentlichen Angelegenheiten seien wichtiger als ihr eigenes Schaffen. Vor dem Roman »Nächte und Tage«, der 1932-1934 erschien, hatte Maria Dąbrowska nur zwei literarische Werke veröffentlicht, »Lächeln der Kindheit« und »Die Landlosen«. Und obgleich das zweite zu den Meisterwerken der Erzählkunst gehört, war der Erfolg zu Anfang recht bescheiden. Erst mit dem Roman »Nächte und Tage« eroberte Maria Dąbrowska weitere gesellschaftliche Kreise und reihte sich in die Spitzengruppe der polnischen Literatur ein. Und erstaunlicherweise verging der Ruhm dieses polnischen Epos auch in ungünstigen Zeiten nicht. Im Gegenteil, es gewann mit den Jahren immer mehr an Popularität (einschließlich des Films und der Fernsehserie, die alle Einschaltrekorde schlug) und bleibt zugleich Gegenstand philosophischer, ästhetischer und literarischer Untersuchungen.

Denn »Nächte und Tage« beschreibt, wie sich die moderne polnische Nation in der Schlußphase der Unfreiheit (vom Januaraufstand 1863 bis zum Ausbruch des ersten Weltkriegs 1914) formte. Dieser Roman folgt den genealogischen und biographischen Spuren der Autorin, er umspannt die ihr nächsten Ortschaften: Russów, wo sie geboren wurde, und Kalisch, wo sie zur Schule ging – beide in Großpolen. Zum Hauptthelden macht er den Vater der Schriftstellerin, einen Aufständischen von 1863, deklassierten Adligen, eigentlich schon halb Bauer, halb Intellektuellen. Sofern die »Buddenbrooks« den Staatsbürger im deutschen Bürgertum erblickten, suchten die »Nächte und Tage« ihn, den polnischen Realien entsprechend, in der befreiten Intelligenz und der kürzlich mit Grundeigentum ausgestatteten Bauernschaft.

Doch die »Nächte und Tage« haben auch ihr besonderes philosophisches und ästhetisches Klima. Sie sind beileibe kein gotteslästerliches Buch, sondern verkünden einen philosophischen Skeptizismus. Durchdrungen von den wichtigsten Angelegenheiten menschlicher Existenz, verzichtet Maria Dąbrowskas Werk doch auf jegliche Daseinsphilosophie, auf jeglichen dogmatischen Glauben. Was sich nicht ergründen und aussprechen läßt, wird hier durch künstlerische Äquivalente ausgedrückt. Anstelle der metaphysischen Versuchung tritt eine Laienethik. Sie setzt sich aus reichen und vielfältigen Traditionen zusammen: Jean Marie Guyau und Leon Petrażycki, Lew Tolstoj und besonders Joseph Conrad. Aber der für die Schriftstellerin wichtigste Patron und Vertreter dieser Anschauung ist ein bis vor kurzem wenig bekannter polnischer Philosoph, Ethiker, Soziologe, Psychologe und Ästhetiker des beginnenden 20. Jahrhunderts, Edward Abramowski, dessen mutige, ganzheitliche und suggestive Konzeptionen sich von der akademischen Philosophie zugunsten eigener »Philosophie des Lebens« losgelöst haben. Diese sah den Menschen in seiner Vieldimensionalität, als Individuum und als Glied der Gesellschaft in Bekenntnis zur Gemeinschaft und zur menschlichen Solidarität. Diese Ideen wurden im schriftstellerischen Werk Dąbrowskas weiterentwickelt.
Der bekannte Philosoph Władysław Tatarkiewicz schrieb vor dem Krieg in einem Brief an Maria Dąbrowska: »Für mich sind ›Nächte und Tage‹ etwas, das ein Roman nur ausnahmsweise sein kann, eine Ergänzung meines eigenen Lebens. Und umgekehrt – denn so muß es sein – ergänze ich sie mit meinem Leben . . .« Auf diesem ständigen Ergänzen beruht, so scheint es, die wachsende Lebendigkeit des Epos. Der mit dem Namen der Schriftstellerin verbundene Russów-Mythos ist bei uns ein beinahe allgemeines Phänomen geworden.
Doch hatte Maria Dąbrowskas Autorität seit der Vorkriegs-

zeit noch andere Gründe. Sie war bestrebt, ihren großen, durch »Nächte und Tage« errungenen Ruhm in diesen unruhigen Zeiten auszunutzen. Während der letzten Jahre vor dem Krieg trat die Schriftstellerin in vielen damals lebhaft diskutierten Angelegenheiten an die Öffentlichkeit, vor allem unternahm sie einen Feldzug für die Verwirklichung der seit Jahren nur auf dem Papier stehenden Agrarreform und der Rechte der nationalen Minderheiten in Polen, besonders der jüdischen und der ukrainischen. Der Tradition der polnischen Literatur entsprechend, sagte sich Maria Dąbrowska nicht von den staatsbürgerlichen Pflichten los, behandelte sie jedoch anders, moderner als z. B. Żeromski, indem sie sie von der Literatur trennte. Obwohl ihre Aussagen klug und kompetent waren, konnten sie keine wesentlichen Folgen nach sich ziehen mit Ausnahme der Donnerschläge, die auf das Haupt der Schriftstellerin fielen. Von der zweiten Hälfte der dreißiger Jahre an bis zu ihrem Lebensende sollte Maria Dąbrowska trotz aller Umwälzungen, die eintraten, nach Żeromski die höchste gesellschaftlich-moralische Autorität für die polnische Öffentlichkeit bleiben, obwohl sie immer seltener Gelegenheit bekam, diese Rolle zur Geltung zu bringen.

Durch die Bewunderung und das Vertrauen, das ihr die Öffentlichkeit entgegenbrachte, geriet die Schriftstellerin in eine Art Abhängigkeit. Schon vor dem Krieg fühlte sie sich im Zusammenhang mit den Erwartungen und Forderungen der Öffentlichkeit verpflichtet, einen Roman ähnlichen Formats wie der vorangehende zu schreiben. Handelten »Nächte und Tage« von den Ansichten ihres Vaters, von der Ausformung der modernen Nation, und umspannten ihr heimatliches Russów, so sollte der neue Roman sich den Erfahrungen der Unabhängigkeit zwischen den Kriegen stellen. Die »Abenteuer eines denkenden Menschen« (so nannte sie schließlich den Roman) betrafen mehr die Probleme des neuen Staates und sollten sich auf die uralte

Wiege des Geschlechts ihrer Mutter *und* des polnischen Staates – den Goplosee – konzentrieren. Obwohl, seit sie diesen Gedanken gefaßt oder eigentlich, seit sie ihn 1939 während einer Reise an den Goplosee konkretisiert hatte, die Problematik des polnischen Staates durch den Krieg und die nachfolgende Revolution grundlegend anders geworden war, gab Maria Dąbrowska ihre Idee nicht auf und schrieb an ihrem zweiten Epos mehr als ein Vierteljahrhundert, bis zu ihrem Lebensende ...

Selbstverständlich kämpfte sie in diesen 27 Jahren mit den Mühen des Lebens unter der Okkupation und rang mit den Widersprüchen der Revolution in Polen. In dieser Zeit schrieb sie noch viele andere bedeutende Texte: zwei historische Dramen, die Sammlungen »Zeichen des Lebens« und »Der Morgenstern«, die Aufsehen erregende zeitgenössische Erzählungen enthielten, einige Bände Essays (u. a. »Skizzen über Conrad«), die Übersetzungen nicht gerechnet. In Wirklichkeit aber richtete sie ihre Hauptambitionen und -kräfte auf das neue Epos und bereitete dafür immer neue Kapitel und Skizzen vor.

Auch wenn sie sich im klaren war über die schwindelerregende Größe und Unausführbarkeit ihres Vorhabens, machte sie sich schließlich mit über siebzig Jahren doch an die Verwirklichung. Schon damals wußte sie sehr wohl, daß sie eine moderne Perspektive gewinnen mußte, um den Anforderungen gerecht zu werden. Zur Bewältigung der auftauchenden Probleme genügte weder das »Ethos ohne Sanktionen und ohne Pflichten« eines Guyau noch die »Philosophie des Lebens« von Abramowski. Das Vorbild ihrer Prosa war früher Conrad gewesen, jetzt wurde es durch den »Doktor Faustus« ersetzt. Doch die Kräfte der Schriftstellerin reichten nicht aus, um diesen Roman trotz der in Jahren angesammelten Materialien neu zu schreiben, um über den eigenen Schatten zu springen. Während der letzten Jahre ihres Lebens rang Maria Dąbrowska mit ihrem Vorhaben, kam damit aber nicht zu Rande. Ein paar Jahre vor ihrem Tod verwarf sie eigentlich den Roman. Die postume Ausgabe der »Abenteuer ...«, der der Verleger den Anschein eines abgeschlossenen und vollendeten Werks gab, enttäuschte sogar ihre treuesten Leser. Im strengeren Sinn waren sie kein zusammenhängendes und von der Autorin vollendetes Ganzes, weshalb ich ihre besten, ursprünglich in Novellenform geschriebenen Fragmente gesondert unter dem Titel »Nun laßt uns trinken ...« als eine Sammlung von Okkupations-Erzählungen herausgegeben habe. Neben dem Russów-Mythos einen Goplo-Mythos zu schaffen, war Maria Dąbrowska nicht imstande. Ihr ehrgeiziger schriftstellerischer Weg, den so viele Emotionen und Hoffnungen begleitet hatten, endete mit einer großen und malerischen Niederlage, daran besteht kein Zweifel.

Zum Glück war Maria Dąbrowskas Schaffen damit nicht erschöpft. In ihren Papieren machte man nach ihrem Tode eine ungewöhnliche und unerwartete Entdeckung. Sie hatte zwar mehrfach irgendwelche Notizen erwähnt, ja sogar einige Bruchstücke daraus veröffentlicht, doch niemand rechnete mit etwas so Großem und Mächtigem. Maria Dąbrowska hinterließ vertrauliche Tagebücher geradezu gigantischen Umfangs, sie umfaßten die Jahre 1914-1965, also ihr gesamtes Erwachsenenleben (80 Notizbücher, ungefähr 9000 Seiten). Es gibt im polnischen Schrifttum keine ebenso ausführlichen und vielseitigen privaten Tagebücher. Der Fund wurde – das ist nicht übertrieben – zur größten literarischen Sensation in Polen.

Man kann in kurzen Worten die fast ein ganzes Leben begleitenden Tagebücher, die Vielfalt ihrer Stoffe und Funktionen, multipliziert mit dem Faktor der Jahre, nicht charakterisieren. So wie Maria Dąbrowskas Gesamtwerk sind auch ihre Tagebücher aus der Tradition geboren, mit der Absicht, diese vollständig umzugestalten. Ihre ersten Notizen schreibt die 25jährige Maria Dąbrowska altem

Brauch entsprechend, in der von ihr geführten Chronik eines Adelsgutes bei Tschenstochau, wo sie sich am Vorabend des Ersten Weltkriegs zufällig aufhielt. Aus dieser Tradition der Familienchronik (die Tradition des persönlichen Tagebuchs war im Gegensatz zu den Erinnerungen bis vor kurzem in Polen schwach entwickelt) entsteht eines der individuellsten, ganz und gar nicht traditionellen Zeugnisse.

Das eigentliche Motto dieser Tagebücher könnte die Hauptidee der Ethik Abramowskis sein: sei du selbst, realisiere das Muster, das du in dir trägst. Mühsam, von Tag zu Tag bildet die junge Maria Dąbrowska ihre Persönlichkeit. Die dem Tagebuch eigentümliche Intimität begünstigt diesen Reifeprozeß. »Diese täglichen Notizen«, schreibt sie, »sind wie Briefe an mein künftiges Ich, das sie vielleicht zurückweist«. Unabhängig davon, ob die Tagebuchschreiberin sich selbst akzeptierte oder ablehnte, werden die Tagebücher zum Zeugnis ihres intimen Lebens von der Jugend bis zum Ende ihrer Tage. Das Selbstporträt der Schriftstellerin weicht weit ab von ihrem öffentlichen Bildnis, und der polnische Leser erlebt über diesen Tagebüchern mehr als einen Schock.

Zu dem intimen Faden gesellt sich bald der schriftstellerische, und dieser wird vielfältig gesponnen. Wenn Maria Dąbrowska ausruft: »O Samuel Pepys, o Goncourt, verleiht mir Kraft und Charakter, daß ich täglich etwas notiere«, so meint sie ihr Tagebuch als literarischen Speicher. Hier sammelt sie Materialien, die sie später häufig verwendet, sie notiert Einfälle oder erste Fassungen von Werken, die sie manchmal nie wieder aufnimmt. Die Tagebücher werfen ein neues Licht auf ihren Schaffensprozeß, auf die Geheimnisse verschiedener Werke, auf die künstlerischen Konzeptionen; ja, und auf das polnische literarische Leben dreier Epochen, das sie aus der Distanz aufmerksam beobachtete.

Die dritte deutlich erkennbare Funktion der Tagebücher,

die sich die Schreiberin voll bewußt machte, war die Dokumentation, vor allem in der Zeit der sich ausweitenden Nachkriegs-Tagebücher. »Das wird kein Werk«, stellte sie damals fest, »aber vielleicht ein Dokument für verstummte Zeiten«. Aus den unerschöpflichen Tagebüchern der Maria Dąbrowska tauchte das Polen eines halben Jahrhunderts auf, in Zeiten von Krieg, Frieden und Revolution. Die Schriftstellerin verheimlicht ihre Anschauungen nicht, ihr unablässiges Gespräch mit Polen, mit der Nation, mit der Staatsmacht verläuft in den Tagebüchern auf ungewöhnlich dramatische Weise. Während sie in der Zeit zwischen den Kriegen vor allem gegen die sozialen Ungleichheiten kämpft, lassen ihr im Nachkriegspolen, das diese Ungleichheiten aufhebt oder mildert, die nationalen Dinge keine Ruhe, sie treiben sie für zehn Jahre in die innere Emigration.

Doch nicht nur die Tatsachen, die Personen, die Anschauungen entscheiden über den dokumentarischen Wert dieser Tagebücher. Vorzüge der Feder potenzieren sie. In den direkt niedergeschriebenen Notizen finden sich unzählige, meisterhafte Porträts oder Skizzen bekannter Leute aus Kultur, Wirtschaft und Politik oder gewöhnlicher, anonymer Menschen. Maria Dąbrowska versteht es meistens, etwas mehr zu übermitteln als Informationen über Menschen, Stimmungen, flüchtige Eindrücke ... Nicht umsonst wird sie für die Verkörperung, die Personifizierung und das beste Medium des Polentums gehalten.

Betrachtet man Maria Dąbrowskas vertrauliche Tagebücher, drängt sich ein Vergleich mit ihrem letzten Roman »Abenteuer eines denkenden Menschen« auf. In den Tagebüchern spürt man keinen äußeren Zwang, nicht einmal den erwähnten gesellschaftlichen Druck. Was der Schriftstellerin in Romanform zu fassen nicht gelang, zeigt sich hier spontan und unfehlbar. In dieser Form ohne Form, in diesen Notizen ohne Zwang und Kontrolle, in ihrer Be-

liebtheit und Zufälligkeit kommen die Inhalte der neuen Zeiten um vieles kraftvoller und dramatischer zu Wort. Die Tagebücher zeigen sich freier, kühner, moderner als das literarische Werk Maria Dąbrowskas. Die wahren Abenteuer einer denkenden Schriftstellerin.
Maria Dąbrowska, die in ihren vertraulichen Tagebüchern die volle Wahrheit über sich selbst anstrebt, die ungeschminkt über ihre Nächsten schreibt und sich in ihren Urteilen über die Zeit keinen Zwang antut, hat in ihrem Testament eine vollständige Ausgabe der Tagebücher erst vierzig Jahre nach ihrem Tode (also nach 2005) gestattet, eine eventuell schon früher erscheinende Auswahl-Ausgabe jedoch erlaubt. Die von mir vorgenommene fünfbändige Auswahl der Tagebücher Maria Dąbrowskas erschien 1988 auf dem polnischen Buchmarkt. Ihnen folgt der vorliegende bescheidene deutsche Band. Vielleicht bahnt die deutsche Ausgabe – in diesem Fall mit mehr Glück als bei den »Nächten und Tagen« – Maria Dąbrowskas Tagebüchern den Weg in die Welt?
Die Lektüre von Tagebüchern ist bestimmt schwieriger, vor allem für den Ausländer, als das Lesen sogenannter schöner Literatur. Ich bin sicher, im vorliegenden Fall wird sich diese Mühe, die ein wenig zu erleichtern ich mich bemüht habe, vielfach lohnen. Maria Dąbrowskas Tagebücher erlauben nicht nur den Umgang mit einer bedeutenden Persönlichkeit und den Einblick in interessante Ereignisse und Überlegungen, sie bewirken, so hoffe ich, etwas, das in diesem Maße auch die beste Literatur zu erfüllen nicht imstande ist, sie führen ein in das unbekannte, gewöhnliche, Tag für Tag bezeugte Polentum.

POLEN ERSTEHT

Die Person, die die nachfolgenden Ereignisse und Erlebnisse notierte, war achtundzwanzig Jahre alt, eine junge Ehefrau, eine kaum bekannte Beamtin und Publizistin, eine völlig unbekannte Lyrikerin und Erzählerin. Sie hatte soeben das populäre Buch »Geschichte unseres Vaterlandes« veröffentlicht. Nach Beendigung ihrer Arbeit in der Redaktion der Zeitschrift »Polska Ludowa« und der Vorträge bei Volksbildungskursen übernimmt sie das Referat »Landlosenfürsorge« im Landwirtschaftsministerium. Tief verwurzelt in den Kreisen der demokratischen Intelligenz und der Legionen Piłsudskis, beobachtet sie von nahem die Geburt der Zweiten Republik. Natürlich handelt es sich um subjektive und fragmentarische, dafür aber warmherzige und malerische Aufzeichnungen, wie es dem historischen Augenblick entspricht, den die junge Frau miterlebt: Nach mehr als einem Jahrhundert Unfreiheit und Aufteilung unter drei fremde Großmächte gewinnt Polen seine Unabhängigkeit wieder.

5. 7. 1918. Freitag

Ich arbeite also im Ministerium.[1] Die Tätigkeit ist ebenso interessant wie absorbierend. Nur woher nehme ich die Zeit für meine »Lucja Niechcicówna«, für die wundervollen Bücher-Märchen der vergangenen Tage. Aber vielleicht finde ich die Zeit, vielleicht ... In der Wohnung ein schreckliches Chaos. Langsam ordnen wir alles.

1 Das Landwirtschaftsministerium der Regierung, die der Regentschaftsrat berufen hatte; dieser betrieb gegen Kriegsende mit Zustimmung Deutschlands und Österreichs eine beschränkte polnische Verwaltung.

18. 8. 1918. Sonntag

[. . .] Abends gingen wir beide zu Frau Sobańska[1], die uns eingeladen hatte. Dort waren ihre Cousine Frau Potocka, Frau eines Soldaten unter General Dowbór-Muśnicki, voller Temperament und Lautstärke, und der Priester Woroniecki[2], der etwas Weibliches an sich hat. Sie gingen beizeiten, wir blieben als einzige. Frau Sobańska erzählte unglaubliche Dinge über einen polnischen Milliardär in Rußland. Sie zeigte uns die »Konstellationen« des jungen Witkiewicz[3], die sie im Eßzimmer hängen hat. Entgegen meinen Erwartungen begeisterte Marian[4] sich dafür. Ich hatte sie schon gesehen, sie gefielen mir, aber eigentlich nur, weil sie in Frau Marylas Zimmer hängen. Immerhin kann man solche Halluzinationen haben, wenn man zu den Sternen aufschaut. Marian nannte das Chloroform-Visionen. Er war von Frau Sobańska hingerissen.

1 Maria Gräfin Sobańska (1861-1948), organisierte 1915-18 die Betreuung der polnischen Gefangenen und Flüchtlinge in Rußland (war 1916 von den zaristischen Behörden inhaftiert); führte in Warschau einen intellektuellen Salon.

2 Jacek Woroniecki (1879-1949), Dominikaner, katholischer Philosoph.

3 Stanisław Ignacy Witkiewicz, Pseudonym Witkacy (1885-1939), Schriftsteller, Maler und Philosoph, starb durch Selbstmord; heute weltberühmt, besonders als Dramatiker.

4 Marian Dąbrowski (1882-1925), aktives Mitglied der Polnischen Sozialistischen Partei (PPS), verbrachte, von der zaristischen Ochrana verfolgt, viele Jahre in der Emigration; Publizist, Militär, Freimaurer; Ehemann der Schriftstellerin, auch Mirek, Mir genannt.

23. 8. 1918. Freitag

Gestern abend war ich bei Frau Sobańska. Von ihrem Balkon aus, der in einer Nische liegt, hat man einen schönen Blick auf die evangelische Kirche. Es herrschte feiner Nebel, richtig wie in Paris, rosa und dunkellila vor dem Aufgang des Mondes. Ein selten bezaubernder Anblick. Später kam Frau Iłłakowiczówna[1], die gerade aus Rußland eingetroffen ist und bei Frau Sobańska wohnt. Doch ging sie gleich wieder, ich sah sie nur flüchtig. Ihr ausgemergeltes, abgezehrtes und trauriges, aber sehr sympathisches Gesicht überraschte mich. Sie ist einer der Menschen, die diesen Krieg durchlebt haben und tief in den Abgrund des Unheils hinabgestiegen sind, nicht wie ich, die ich mit meinem belanglosen Wesen immer höher und höher fliege. Sie war in der Tracht einer russischen Schwester, genauso wie auf dem Porträt in ihrem letzten Gedichtbändchen. Sie hat drei Tapferkeitsmedaillen und trägt sie auch. Sie wirkt still und abwesend, doch ich sehe etwas Heldenhaftes in ihr.

1 Kazimiera Iłłakowiczówna (1892-1983), Lyrikerin und Übersetzerin (u. a. Schillers und Goethes), der Schriftstellerin nahestehend. War 1915-17 Krankenschwester in der russischen Armee, 1917-18 Korrektorin einer Druckerei in Petersburg.

24. 8. 1918. Sonnabend

Das war heute eine sehr schlimme Nacht. Immerzu donnerte es, dazu die Schwüle. Ich fühlte mich krank und hatte einen entsetzlichen Traum vom Ende der Sonne. Wir waren alle in Sabinów. Es war heller Tag. Plötzlich zeigte sich ein rubinroter Mond, ein Mond mit einem Gesicht wie in Witkiewicz' »Konstellationen«. Dieser Mond stand neben der Sonne. Ein großer regenbogen-nebelartiger Ring durchschnitt ihn. Plötzlich verdunkelte sich der Himmel immer mehr, und die Sonne floh in die Ferne. So war es. Wir streckten alle die Hände nach ihr aus, doch sie wurde immer kleiner, immer kleiner, bis sie schließlich in unerreichbarer Ferne leuchtete wie ein kleiner Brillantstern. Die Erde aber – und wir mit ihr – stürzte, aus der Bahn geworfen, irgendwo in den Raum, in die Dunkelheit. »Das ist das Ende der Sonne, das Ende der Welt«, rief ich und suchte im Dunkel mit den Händen nach Mirek. Ich erwachte schweißgebadet.

16. 9. 1918. Montag

Abends bin ich bei Erazm und Frau.[1] Frau Nela spielt Klavier. Am meisten liebe ich Beethoven, denn in ihm ist die anmutigste Freude und die tiefste Tragik des Lebens. Bei Chopin gibt es nur Traurigkeit. Vielleicht ist es tiefer und schwieriger, die Freude und den Triumph des Lebens darzustellen. Ich befinde mich jetzt in einer Phase schrecklicher Vertiefung in mich selbst. Was ich vermag, was ich tun und schreiben kann. Ständig bin ich erregt, in Trance, in dem Verlangen, die größten Dinge zu bearbeiten. Doch ob dabei etwas herauskommt, ob etwas herauskommt?

1 Erazm Samotyha (1886-1963), Lehrer, Freimaurer; Aniela (1876-1965), Kunstkritikerin; Freunde der Schriftstellerin.

19. 9. 1918. Donnerstag

Im Ministerium habe ich jetzt eine richtige Arbeitsorgie. Trotzdem oder vielleicht gerade deshalb habe ich ein Gedicht geschrieben: »Als ich früh den Geliebten verließ . . .«, und anscheinend ist es recht gut. Chmielewski als Chef und Organisator der Arbeit können nur ganz moderne und europäische Menschen anerkennen. Unsere polnischen Simpel ohne Arbeitsmethoden werden über ihn spotten; und daß er hitzköpfig und ein wenig eigenmächtig ist, werden sie zu einem Verbrechen auswalzen. Daß gerade er lehren kann zu arbeiten, sieht kaum jemand.

6. 10. 1918. Sonntag

Der Tag heute, mein Namens- und Geburtstag, wird mir im Gedächtnis bleiben, weil er fast wie eine neue Epoche unserer Zeiten beginnt. Heute steht in den Zeitungen die Nachricht von der deutschen Bitte an Wilson, er möge die Sache des Friedensschlusses in seine Hände nehmen. Und auch Österreich ist mit Wilsons 14 Punkten[1] einverstanden. Bei uns aber riecht es immer mehr nach Ukraine und

Rußland. Hinterhältige Morde geschehen, angefangen bei den deutschen Gendarmen. Vor einigen Tagen wurde ein gewisser Schultze[2] umgebracht, der angeblich Piłsudski festgenommen hatte, dann ein zweiter, und bei wem das endet, weiß man nicht. Trotz allem erfüllt mich stets tiefe Abneigung dem Mord gegenüber. Heute haben wir ein neues Kabinett. Direktor der Militärkommission ist Humnicki, Leiter des Landwirtschaftsministeriums Janicki. Was wird daraus, und wie lange wird sich diese Regierung halten? Man vermutet, nur sehr kurz. Große Zeiten ziehen heran. Die Größe dieser stets neuen Geschehnisse hat mir erlaubt, ein wenig meinen Kummer zu vergessen, der mich heute nicht schlafen ließ – daß Mirek zu meinem Namenstag nicht heimgekommen ist.
Was hat ihn gehindert? Er wollte bestimmt kommen. Hängt das mit dem gegenwärtigen Augenblick zusammen, oder ist es vielleicht ein Rückfall persönlichen Ärgers über mich wegen Lublin, ich bebe immer davor. Genau dazu paßt die Ausstellung in den Räumen der Kunst-Gesellschaft »Zachęta«, alle Erinnerungen wachen auf. Aber nein, das ist es nicht, etwas anderes muß ihn gehindert haben.

1 Punkt 13 forderte die Unabhängigkeit Polens.
2 Erich Schultze, Chef der deutschen politischen Polizei, von einem Kampfkommando der PPS erschossen.

8. 10. 1918. Dienstag

Ungewöhnliche Dinge geschehen, und Worte haben zu wenig Kraft, die Größe des Augenblicks auszudrücken. Vorgestern die Nachrichten von der Note Deutschlands und Österreichs an Wilson. Gestern die Nachricht von der Aufhebung der Okkupation. Heute Janusz Radziwiłłs Depesche von der Freilassung Piłsudskis.[1] Und abends die Bekanntmachung des Staatsrates, daß endlich ein Vereintes und Unabhängiges Polen entsteht. Die Bekanntmachung

löst den Sejm auf und beruft eine verfassunggebende Nationalversammlung. In Deutschland ein zur Hälfte sozialistisches Kabinett, die Revision der Brester Verträge wird geplant. Das sind so riesenhafte Dinge, daß die Leute nicht zu reagieren wagen. Eine große Stille macht sich unter den Menschen breit. Denn jedes Wort, das man sagt, wird, muß jetzt das Gewicht einer Tat haben und jede Tat das eines Umsturzes.
Ein Vereintes Polen.
Gestern ist Mirek endlich eingetroffen. Er hatte Schwierigkeiten mit den Passierscheinen, darum konnte er nicht früher kommen.

1 Józef Piłsudski (1867-1935), Initiator der Unabhängigkeitsbewegung und der Legionen, wurde damals von den Deutschen in Magdeburg gefangen gehalten. Im unabhängigen Polen Staatschef und Marschall; seine Aktivität hatte entscheidenden Einfluß auf das Polen der Zeit zwischen den Kriegen.

13. 10. 1918. Sonntag

Wir leben in einem Märchen, einem ganz wunderbaren Märchen. Mir scheint, wir sind nicht groß genug, um uns angemessen glücklich zu fühlen. Wir sind nicht gut genug, um dessen würdig zu sein. Ach, daß wir doch groß und gut wären! Die Linke hat für morgen einen Streik ausgerufen, als Protest gegen die noch immer nicht aufgehobene Okkupation. Der Regentschaftsrat unterstellt das Militär seiner Macht, konzentriert es, Polen wird vereint, wieder aufgebaut, o Gott, und nun ein Streik, wie schäbig mir das vorkommt.
Gestern war die Gräfin Sobańska bei uns zum Tee, es war angenehm wie im Paradies. Und Ende des Büchleins. Das Vereinte und Unabhängige Polen.

[nochmals:] 13. 10. 1918. Sonntag

Vormittags zur Ausstellung von Kopczyński und Szczygliński. Kopczyńskis Lublin ist ganz schön – und doch auch wie flach. Szczyglińskis[1] sehr hübsche, zur Hälfte dunkelblaue Landschaft, eine Welt gleichsam in Sehnsucht erblickt durch das Fenster eines beleuchteten Zimmers in der Abend- und Morgendämmerung, voll frostiger Wintertraurigkeit und Frühlingsahnen. Nachmittags bei Erazm und Frau, dann bei Berbeckis, wo es viele interessante Gespräche über die politischen Ereignisse gab. Berbecki geht fort zu den Regenten. Er kommt zurück, allerlei Neuigkeiten, Plaudereien über den nächsten Tag, für den jede Partei etwas anderes vorgesehen hat. Die einen den Proteststreik, die anderen eine feierliche Manifestation, die dritten Neutralität, mit einem Wort, alle zerren am Karren, aber jeder in eine andere Richtung, ich habe den Eindruck, diese Augenblicke ziehen so hoch über uns hinweg, daß wir sie nicht einmal mit den Händen erreichen, ganz zu schweigen vom Eintauchen in das heranziehende Glück. Ich habe in diesen Tagen zwei Gedichte geschrieben: »Das Korn brennt« (eine Erinnerung aus meiner Kindheit) und »Entzücken« (Reminiszenzen an Lublin).

1 Henryk Szczygliński (1870-1944), Maler. M. D. beachtete seine Arbeiten besonders wegen der Romanze, die sie beide verbunden hatte.

14. 10. 1918. Montag

Um sieben Uhr früh reist Marian ab. Heute um drei legen sie in Ostrów nach der neuen polnischen Formel den Eid ab. Gestern hat ihn die Warschauer Garnison abgelegt. Józek ist Major geworden. Um acht Uhr kam Hela. Wir gingen beide hinaus. Die Straßen geschmückt. Straßenbahnen fahren nicht. Auf den Straßen viele Leute, aber eine eher freundliche Stimmung. Im Büro stellt sich heraus, daß auch die Ministerien feiern. Langsam schleichen sich die Beamten davon. Deshalb kehre ich zurück und gehe zu Hepkes.

Wir begeben uns in die Stadt. Im allgemeinen aber laufen die Leute wie verstört herum. Alle Geschäfte sind geschlossen, die Restaurants und Konditoreien sogar mit Brettern vernagelt. Was die Angst vor dem Bolschewismus alles ausmacht. Dagegen ist bei uns meiner Meinung nach nichts Ähnliches im Anzug. Zum Mittagessen gehe ich zu Waceks, weil alles buchstäblich verschlossen ist. Ich begegne wieder einem Zug, der mit Grabesstimme klagend singt: »Das Vaterland, die Freiheit gib uns wieder, Herr«. Viele Rufe und Aufschriften: »Hoch lebe Piłsudski«, ja sogar: »Hoch lebe Wilson«, doch kein einziger: »Hoch lebe Danzig, Schlesien, das vereinte Polen«. [. . .]

16. 10. 1918. Mittwoch

Die Verhandlungen wegen eines neuen Kabinetts zerschlagen sich ständig. Heute sollte Piłsudski eintreffen. Infolgedessen beobachteten wir von den Fenstern des Ministeriums aus eine riesige Demonstration, anscheinend der POW[1], die angeblich zum Schloß zog, »um Beseler zu fragen«[2], warum Piłsudski nicht gekommen sei. Wie es heißt, soll dein Adjutant herausgetreten sein und gesagt haben, er komme um drei. Als ich später gegen fünf mit der Straßenbahn heimfuhr, sah ich auf der Marszałkowska-Straße um den Wiener Bahnhof immer noch riesige Menschenmengen auf Piłsudskis Ankunft warten, und in der Straßenbahn wurde von nichts anderem gesprochen. Chapeau bas! vor Piłsudski, falls er es wirklich schafft, die Situation zu meistern, doch ein derartiger Kult für einen einzigen Menschen, da es doch um ganz Polen geht, ist eine Art von Psychose und die Parole: »Kein Militär ohne Piłsudski« eine hohle Phrase. Von einem einzigen sterblichen Menschen darf man nicht etwas so Großes abhängig machen wie das nationale Militär.

1 Polnische Militärorganisation (POW), geheim, von Piłsudski neben den Legionen zum Kampf für die Unabhängigkeit aufgestellt.

2 Hans Hartung von Beseler, deutscher Generalgouverneur in Warschau.

17. 10. 1918. Donnerstag

Den ganzen Tag bin ich melancholisch und seltsam unruhig gestimmt. Meine innere Ruhe ist äußerst beeinträchtigt. Ich laufe wie verstört herum, mein Herz schlägt, wie dumm ist des Menschen Herz. Nach dem Büro ging ich heute in den Łazienki-Park. Der Ausblick die Belweder-Allee hinab nach Wilanów ist einer der schönsten in Warschau. Und die Kastanienallee vom Belweder-Schloß hinunter in den Łazienki-Park ist einfach wundervoll. Morgen will ich früh aufstehen und das zeichnen. Das Wetter ist seit einiger Zeit ganz ungewöhnlich. Gestern abend war ich bei Frau Nela, wir haben uns über die Kunst unterhalten und über das Verhältnis des Künstlers zu ihr.

19. 10. 1918. Sonnabend

Nach dem Büro bei Mortkowicz[1], dann bei Frau Sobańska, mit ihr zur Ausstellung in der »Zachęta«. Wir betrachteten »Batory bei Pskow« und dann die laufende Ausstellung. Wie grenzenlos traurig sind Szczyglińskis Landschaften; schaut man sie an, muß man denken, der größte Reiz des Lebens sei, daß es so bezaubernd traurig ist. Szczygliński hat die Farbe der Luft entdeckt, und dabei ist er ein Träumer und Romantiker wie niemand sonst. Ich habe einen mir von so vielen Seiten bekannten Menschen in neuem Licht gesehen.

1 Jakub Mortkowicz (1876-1931) und Janina (1875-1960) leiteten einen Verlag, der zwischen den Kriegen die Mehrzahl der Bücher M. D.s herausbrachte.

28. 10. 1918. Montag

Die warmen, milden, nebligen Tage sind vergangen. Scharfe, spätherbstliche Kälte ist eingezogen. Und auf der Welt geschehen Dinge, geschehen ständig Dinge . . . Im deutschen Parlament mußte der Kanzler persönlich sagen, »Deutschland muß aufhören, ein Staat der gepanzerten

Faust zu sein«. Ein anderer hat im Parlament gesagt, es sei schwer, an der Front eine Niederlage zu vermeiden, wenn im Inneren der Bürgerkrieg tobt. Mitteleuropa und seine gesamte militaristische Konzeption fällt in Trümmer, wie auch der humanitäre Imperialismus Englands zerfallen wird, wie der Zarismus zerfallen ist. Es naht wohl bereits der Frühling und das Glück der Völker, ach, aber was werden sie noch sündigen, diese Völker, welch entsetzliche Dinge können noch geschehen, wie lange noch wird die Gemeinheit wüten und herrschen unter dem Deckmantel demokratischer Ideen, werden Banditentum und Diebstahl sich als die ehrwürdigsten Tugenden ausgeben.

Gestern waren Mirek und ich im »Standhaften Prinzen«[1]. Ich bereits zum zweiten Mal und wieder in gleicher Weise fasziniert. Im Theater trafen wir Poniatowski[2], der erklärte, es gefalle ihm nicht. »Ich verstehe die Demut nicht als positiven Lebenswert und erkenne sie nicht an, und erst recht unangenehm ist mir die Apologie der Demut«, sagte er.

Seltsam, daß niemand in der Presse betont hat, was für eine wundervolle Kreation das ist – Osterwa[3] als »Standhafter Prinz«. Einen solchen Schauspieler sieht man selten auf einer Bühne. Erschiene der wahre Prinz Fernand auf der Bühne, er könnte den Gefühlen, die in seiner Seele toben, nicht besser Ausdruck verleihen.

Abends zu Besuch bei Józeks[4], wo nur großer Unfug im Gange war und Blindekuh gespielt wurde; dabei verletzte sich Olena den Mund. Marian hat in Ostrów ein sehr hübsches Lied gelernt: »Verwelkt ist schon der weißen Rosen Blütenpracht . . .«

1 Calderóns Tragödie »Der standhafte Prinz« (1629) in der Übersetzung von Juliusz Słowacki (1844).

2 Juliusz Poniatowski (1886-1975), Politiker, Agrarwissenschaftler, Volkswirt; gehörte der Freimaurerei an; in der 2. Republik dreimal Landwirtschaftsminister und Vizemarschall des Sejms; mit seiner Frau

Zofia (1882-1942) Freunde der Schriftstellerin seit der Studienzeit.
3 Juliusz Osterwa (1885-1947), Schauspieler und Theaterreformer.
4 Familie von Józef Dąbrowski-Grabiec, des Schwagers der Schriftstellerin; Bauern-Politiker, Jurist und Historiker.

3. 11. 1918. Sonntag

Unglaubliche Dinge geschehen auf der Welt. Galizien ist dem polnischen Staat bereits angeschlossen. Roja hat sich (30. 10.) zum Kommandanten aller Streitkräfte in Galizien proklamiert und ist infolgedessen vom Regentschaftsrat zum Brigadegeneral ernannt worden (1. 11.). Heute übergibt Lipoščak[1] das österreichische Okkupationsgebiet. In Radom, Piotrków, Kielce hat die Vereidigung der polnischen Regimenter des einstigen österreichischen Heeres auf den Regentschaftsrat stattgefunden. In Krakau herrscht seit Übernahme der Festung durch das polnische Militär unvorstellbare Begeisterung. Stachiewicz und die galizische POW hat sich Roja unterstellt. Smigły[2] hält sich zurück, er wartet auf Piłsudskis Befehle – oh, diese wartenden Schnecken. Gleichzeitig trafen alarmierende Nachrichten über Kämpfe mit ruthenischen und deutsch-österreichischen Regimentern um Lemberg und Przemyśl ein. Przemyśl wurde von Gen. Puchalski mit einer Handvoll früherer Legionäre verteidigt. Der Bund für den Aufbau des Polnischen Staates beabsichtigt, eine Regierung der Nationalen Verteidigung zu schaffen. Die Tschechen gehen mit uns. Es leben die Pepiks!

Alles geschieht blitzschnell. Gestern war ich auf dem Land in Męženin bei Stach, wir lasen den »Kurier« vom Freitag, es kam uns vor, als erlebten wir Epochales. Heute früh bin ich zurückgekehrt, und zehn Umstürze sind inzwischen passiert. [. . .]

Bei Stachs[3] fühlte ich mich wohl, man ißt dort ausgezeichnet. Ich habe mich an der herbstlichen Dämmerung sattgesehen mit der Wintersaat, die reinen Smaragden gleicht, den braunen Feldern, dem tintigen, graublauen Ton der Luft. Meine Mutter[4] fand ich sehr viel besser aussehend, als ich gedacht hatte, das freut mich. Von Marian habe ich keinerlei Nachricht. Er sollte heute wiederkommen. Doch angesichts der in großen Sprüngen herannahenden Ereignisse weiß ich nicht, was wird. Am Donnerstag war Herr Stefan Kołaczkowski[5] bei mir und lud mich zur Mitarbeit an dem neuen Heft der »Myśl Polska« ein, das den Jungen gewidmet ist. Ich möchte ihm die Gedichte »Unrecht«, »Das Korn brennt«, »Entzücken« und »Die Zither der Heupferde« geben.

Jadzia[6] ist heute nach Ostrów gefahren, doch was in den Zügen vorgeht, davon macht man sich keinen Begriff und keine Vorstellung. Endlose Menschenmengen, lauter Bruchstücke aus Zola-Romanen. Schon aus diesem Grunde wäre ein Besuch meiner Mutter hier unmöglich.

1 A. Lipoščak, österreichischer Generalgouverneur in Lublin.

2 Edward Rydz-Smigły (1886-1941), enger Mitarbeiter Piłsudskis, strebte nach Piłsudskis Tod dessen Rolle an; Marschall von Polen.

3 Stach Hepke – Familie der Schwester der Schriftstellerin, Helena; ihr Mann war Agrarwissenschaftler.

4 Ludomira Szumska geb. Gałczyńska (1856-1927), Mutter der Schriftstellerin, Vorbild der Frau Barbara in »Nächte und Tage«.

5 Stefan Kołaczkowski (1887-1940), Kritiker und Literaturhistoriker, Professor der Jagiellonen-Universität Krakau, Häftling im KZ Sachsenhausen und Oranienburg.

6 Jadwiga Szumska (1894-1944), Lehrerin, Schwester der Schriftstellerin; starb an den im Warschauer Aufstand erlittenen Verletzungen.

4. 11. 1918. Montag

Eine Bekanntmachung des Kabinetts Świeżyński proklamiert die Polnische Volksrepublik und beruft aus der linksgerichteten Mehrheit eine Nationale Regierung. Unter anderen sollen Medzik Downarowicz und Sieroszewski Minister werden. Dieser Akt des Kabinetts ohne Wissen des (immer weniger populären) Regentschaftsrats ist eine Art

Staatsstreich. Herr Radliński, mein Kollege im Ministerium, mit dem ich mich von Zeit zu Zeit unterhalte, sagt, das sei der erste Schritt zu Aufruhr und zur Machtübernahme der Bolschewiken. Die neue Regierung wird große Hoffnungen wecken, die sie nicht erfüllen kann, dann werden die SD-Leute[1], die auf die Erregung der Massen setzen, das Steuer ergreifen. [. . .]
Ich fürchte, die Vision der revolutionären »Freiheit« aus Wyspiańskis »Legion«[2] könnte nicht nur auf die Vorgänge in Rußland, sondern, wie Marian das richtig bemerkt hat, auch auf die Vorgänge in Polen zutreffen.

1 Sozialdemokratie des Königreichs Polen und Litauens, eine kleinere Partei, mitbeteiligt am Entstehen der kommunistischen Bewegung in Polen.
2 Vision einer anarchischen und blutigen »Freiheit« (»Dies ist die Nacht, von Flammen rot . . .«).

10. 11. 1918. Sonntag

Das Leben läuft mit unglaublicher Geschwindigkeit ab. Gestern hat Wilhelm II. abgedankt. In Deutschland ist eine Soldaten- und Arbeiterrevolution nach russischem Vorbild ausgebrochen. Bei uns hat sich am siebenten in Lublin die Provisorische Regierung der Polnischen Republik[1] proklamiert. Von unseren Bekannten gehören ihr an: Medzik Downarowicz, Juliusz Poniatowski, Thugutt, Nocznicki, »Wojtek« Malinowski.
Mit welchem Aplomb haben diese Leute eine geradezu irrsinnige Verantwortung übernommen. Medzik, der, so scheint es, außer der Leitung von Kundgebungen und Versammlungen nichts zuwege bringt. Poniatowski, ein redlicher, bis zum letzten Atemzug in seinen kategorischen Geboten ideologischer, einseitiger Fanatiker. Sirko, ein altes Kind. Nocznicki, ein wankelmütiger und unehrlicher Halb-Bauer mit Tolstoj-Gesicht. Von den übrigen könnten Daszyński[2] und Moraczewki[3] bestimmt jedem Kabinett

zur Ehre gereichen. Thugutt[4] ist auch eine Kraft, aber ihre erste Verlautbarung ist in beinahe zaristischem Ton geschrieben, durchtränkt von – möglicherweise eingebildeter – Macht. Denn wenn sich auch alles entschieden einer Volksregierung zuneigt, glaube ich nicht, daß sich diese Regierung in dieser Gestalt halten wird. [. . .]

Heute ist Piłsudski eingetroffen. Jetzt ruht wahrlich alle Hoffnung auf ihm. Heute beginnt für ihn die Probezeit. Wenn er früher tätig war, konnte er doch nur ein Spielball der Ereignisse sein, jetzt kann er sie wirklich selbst in die Hand nehmen.

Heute wahnsinnige Erregung auf den Straßen. Angeblich hat die Menge einige Deutsche erstochen. Auch mit den Juden gab es Zwischenfälle. Gestern drei Extrablätter, heute zwei. Jede Stunde bringt etwas Neues. Was wird die Nacht bringen? Marian ist seit gestern in Warschau.

1 Linksorientierte Regierung, unabhängig vom Regentschaftsrat, bestand nur wenige Tage und übergab dann J. Piłsudski die Macht.

2 Ignacy Daszyński (1866-1936), sozialistischer Politiker in Galizien; im unabhängigen Polen einer der PPS-Führer, Sejmmarschall.

3 Jędrzej Moraczewski (1870-1944), rechter Politiker der PPS, von Beruf Ingenieur.

4 Stanisław Thugutt (1873-1941), Bauern-Politiker, Ideologe des Genossenschaftswesens, Freimaurer.

11. 11. 1918. Montag[1]

Bei Nacht Schießerei. Morgens früh an allen Straßenecken Entwaffnung der deutschen Offiziere. Aber nicht nur die Miliz entwaffnet, auch die Menge; bestimmt fallen viele Waffen den SD-Leuten und sogar den Banditen in die Hände. Den ganzen Tag über wurden den Deutschen das Militäreigentum und die Zivilbehörden abgenommen. Den ganzen Tag über Massen auf den Straßen. Normaler Straßenbahnverkehr. Überall Autos mit unseren Soldaten. Piłsudski hat mich enttäuscht. Von der Menge begrüßt,

sagte er auf dem Balkon, er habe Halsschmerzen. Was bedeutet das in diesem Augenblick, wen geht das in diesem Augenblick etwas an. (Heute gefällt mir das. Zusatz im Mai 1943.) Aus vielen Gründen fühle ich mich mehr dem Ancien régime als dieser heraufziehenden Welt zugehörig. Trotz allem siegt jetzt in Rußland wie in Deutschland nicht das Ideal des Volkes, sondern der Materialismus über alle Formen des Geistes. Nationen früheren Zuschnitts hätten es vorgezogen, zugrunde zu gehen, statt die erniedrigenden Bedingungen anzunehmen, die die Koalition den Deutschen aufgezwungen hat, aber das einfache, »zum neuen Leben« drängende Volk kriecht voller Demut und nimmt sie an. Ich habe mehr Verständnis für die Matrosen aus Kiel, die beschlossen haben, den Waffenstillstand nicht zu akzeptieren und der ganzen Welt den Fehdehandschuh hinzuwerfen, indem sie zu einer hoffnungslosen Schlacht in See stechen, als für die Avantgarde der Revolution. Na, mag daraus auch eine Idee und die reine Schönheit erwachsen, im gegebenen Augenblick aber geht es vor allem um die Bäuche.
Zum Kommandanten von Warschau ist Minkiewicz (Fiut) ernannt worden. Das ist scheint's gut. Es gibt in Warschau schon einen deutschen Soldatenrat, der sich mit Piłsudski verständigt. Viele deutsche Soldaten laufen mit roten Abzeichen herum, andere, vermutlich Polen, mit weiß-roten Kokarden an den Mützen. In all dem ersteht Polen. Und niemand sieht, wie schön es ist. Niemand bemerkt das bei diesem Lärm.

1 Dieser Tag wurde in Polen zwischen den Kriegen als Fest der Wiedergewinnung der Unabhängigkeit begangen.

14. 11. 1918. Donnerstag

Gestern abend waren wir bei Frau Nela. Der Regentschaftsrat hat heute die Macht in Piłsudskis Hände gelegt, er ist de facto

Diktator der Nation geworden. Zum Premier des neuen Kabinetts hat er Daszyński ernannt. Bislang sind alle Schritte und Proklamationen Piłsudskis überaus klug und maßvoll, sie stehen auf der Höhe des alle Maßstäbe sprengenden Augenblicks. Geb's Gott, daß er sich nicht nur als Fetisch der Nation erweist, sondern wirklich als ihr großer Steuermann.
Abends waren wir bei Józeks. Draußen kalt, aber recht schön.

17. 11. 1918. Sonntag

Polen ist heute in einer so glücklichen Lage wie kein anderes Land Europas, und dennoch kommt nichts voran. Die Organisation des Heeres und der Entsatz für Lemberg[1] erfolgen seltsam schwerfällig. »Lemberg paßt nicht in das sozialistische Programm des Premiers«, wie jemand boshaft geäußert hat. Die Nationaldemokratie[2] hat sich mit dem preußischen Teilgebiet verständigt, und sie haben gemeinsam ein großes Gezeter gegen Daszyński erhoben. Allerdings ist Daszyński nicht Piłsudskis glücklichste Schöpfung. Es geht doch vor allem um die Vereinigung Polens, was unsere kurzsichtige [sozialistische] PPS-Öffentlichkeit nicht bemerkt. Ich habe schon Leute gehört wie Mortkowicz, die mit einem Kabinett ohne Großpolen einverstanden wären. Die Nationaldemokratie hat als Premier Korfanty vorgeschlagen, von dem zu meiner Verwunderung . . . Fräulein Stefania Sempołowska mit Gefühl und Anerkennung spricht. Andererseits ist es charakteristisch, daß Piłsudski so lange »unbedingtes Vertrauen« genoß, als er in Magdeburg saß, kaum tauchte er auf und regte seinen Finger, schon sind die Leute, die »sich ihm ohne Vorbehalte unterworfen« hatten, gegen ihn. Ebenso wie ich den Piłsudski-Fetischismus nicht verstanden habe, kommt mir auch dieser Standpunkt seltsam vor. Heute hat die Nationaldemokratie einen großen nationalen Umzug veranstaltet, bei dem in höchst geschmackloser Weise ein Porträt

Wilsons wie ein Marienbild mitgeführt wurde. Rufe zu Ehren Wilsons, des »Verteidigers der polnischen Nation« und der Koalition. Das ist eine unwillkürliche (aber wohl nicht absichtlich veranstaltete) Reklame für die neue Invasion – der amerikanischen Waren und Kapitalien, die schon für Polen vorbereitet sind, während die naiven und gutherzigen Polen in Amerika bereits die Waffen- und Ideenbruderschaft sehen. Trotz des guten Willens, mit dem ich ihre Politik verfolge, sind mir die Nationaldemokraten weiterhin zuwider. Es stimmt, die ND ist wie die Mehrheit der Gesellschaft und hat deshalb diese Kraft, aber ihre Kraft beruht darauf, daß sie unter der Maske der Ideen die niedrigen Masseninstinkte weckt und ausnützt. Sie ist die Tartuffe-ähnlichste Partei in Polen, obwohl sie nicht so oft lügt wie die Linke, die von Fiktion, Lüge, Erpressung, Flachheit, Unverschämtheit, eigenem Leichtgewicht und Hohlheit in jenen Köpfen lebt, die sie repräsentieren und die gerade, weil sie so leicht sind, nicht untergehen können. Der wahre Wert Polens liegt irgendwo zwischen den Zeilen.

Zośka Poniatowska war mit Basia bei uns. Wir haben, freilich behutsam, über die Lubliner Regierung gesprochen. Sie ist um all das etwas besorgt. Auf die Frage, was denn Herr Juliusz dazu meint, der schließlich Minister in jener Regierung ist, führte sie seine Worte an: »Die Macht lag auf der Straße. Man mußte sie aufheben, aber wir wußten nicht, daß der Kommandant so schnell zurückkehren würde.« Heute nachmittag waren wir bei den Kłos'. Dort erfuhren wir, Medzik Downarowicz solle Minister für die schönen Künste werden. Welchen Weg er durchlaufen hat, unser Brüsseler »Mylord«[3]: innerhalb einer Woche Kooperativen-Minister, Finanzminister, Kunstminister.

Der arme Herr Medzik, doch tausendmal ärmer die Kooperativen, der Fiskus und die Kunst, denen er, scheint mir, außer seinem guten Willen und trotz seines unbezweifelbaren Idealismus – nichts geben kann.

1 1917-18 tobten Kämpfe um Lemberg zwischen polnischen und ukrainischen Truppen, sie endeten mit dem Sieg Polens.
2 Nationaldemokratie (ND), die Rechte, die aus verschiedenen Parteien bestand (von der National-Liga bis zur National-Partei).
3 Medzik Downarowicz – ein Freund der Schriftstellerin aus den Studienjahren in Brüssel.

20.11. 1918. Mittwoch

Nun hat sich eine Regierung gebildet. Als Fachleute sind diese Menschen außer vielleicht Supiński und Moraczewski nichts, als politisches Kabinett zu einseitig, sind es doch alles PPS-Leute. Aber seien wir loyal. Immerhin ist es die erste Regierung des Unabhängigen Polen. Warten wir auf die Taten – die Regierungserklärung ist mit Ausnahme des Teils von der unbegrenzten Wählbarkeit der Beamten, was komisch und unmöglich ist – die Erklärung ist gut. Aber die Opposition gegen diese Regierung ist riesengroß. Die Nationaldemokratie nimmt einen unversöhnlichen Standpunkt ein.

Gestern waren wir bei Frau Minkiewicz (geborene Maria Markowska, die Dichterin). Seit Minkiewicz Stadtkommandant ist, bleibt sie oft allein. Sie haben eine hübsch eingerichtete Wohnung, soviel Geschmack hätte ich ihnen nicht zugetraut. Sie besitzen schöne Landschaftsbilder und Radierungen seiner Produktion (Henryk Minkiewicz hat einst die Zeitschriften »Chimera« und die »Sfinks« illustriert). Später waren wir bei Chmielewskis. Wir sind beide krank, erkältet. Die Luft ist scheußlich, naß, die Wohnung kalt.

7. 12. 1918. Sonnabend

Ich habe eine starke Influenza bekommen, die sich auf entsetzliche Weise überall verbreitet und die Spanische genannt wird. Heute bin ich zum ersten Mal aufgestanden, bin aber ganz wacklig auf den Beinen. Während meiner Krankheit war Boguś[1] da, der in Ciechanów zum Militär gegangen ist. Er brachte aus Mężenin die Nachricht mit, dort seien alle einschließlich des Haus- und Gutspersonals an der Spanischen Grippe erkrankt – außer ihm und meiner Mutter. So daß er mit Hilfe zweier Jungen aus dem benachbarten Bauerndorf den Haushalt führen mußte. Heute sehr schönes, leicht frostiges Wetter.

1 Bogumił Szumski (1896-1957), Offizier, Sieger bei Pferderennen; im Zweiten Weltkrieg Kommandeur des polnischen motorisierten Regiments in England; Bruder der Schriftstellerin.

17. 12. 1918. Dienstag

Nach dem Frost wieder frühlingshaftes, feuchtes Wetter. Heute soll Haller[1] in Danzig landen und das Posensche besetzen. Gott sei Dank. Die Nationaldemokraten speien Gift, Spucke und Giftgas gegen die derzeitige Regierung. Das ist nicht gut, denn die versucht immerhin, im Rahmen ihrer Fähigkeiten, entsprechend der öffentlichen Meinung zu regieren. Zwar ist sie, das stimmt, doktrinär und ungeschickt, aber es ist doch besser, daß eine einzige Regierung durchhält bis zur Koalition, als mehrere nacheinander. Eine Koalitionsregierung aber scheint Fiktion zu sein, wenn die Dinge schon so weit fortgeschritten sind.

1 Józef Haller de Hellenburg (1873-1960), Politiker der Rechten, General; während des Ersten Weltkriegs Kommandeur der II. Brigade der Legionen, bildete dann eine polnische Armee in Frankreich, an deren Spitze er nach Polen zurückkehrte.

18. 12. 1918. Mittwoch

Heute künden die Zeitungen Hallers Eintreffen in Danzig an. Zur Begrüßung sind angeblich Fabrycy, Minkiewicz, Grzędziński und Kaden gefahren. Kaden[1], der Schlaukopf, drängt sich stets dort hinein, wo es die meisten Eindrücke gibt. Heute landet polnisches Militär in

Danzig. Ich war nach dem Büro mit Marysia in der Konditorei. Meine Gedanken über die Wunder des Lebens. Und daß man vielleicht nichts so liebt wie das unbekannte Morgen.

1 Juliusz Kaden-Bandrowski (1885-1944), Schriftsteller, Hauptfigur des offiziellen literarischen Lebens in der Zeit zwischen den Kriegen; gestorben an den im Warschauer Aufstand erlittenen Verletzungen; Studienfreund M. D.s aus Belgien.

2. 1. 1919. Donnerstag

Am letzten Tag des Jahres kamen die Nachrichten, wie Posen den Deutschen entrissen wurde. Ich habe sie mit Tränen gelesen. Gestern hatten wir einen sehr seltsamen Neujahrstag. Paderewski[1] traf ein und wurde empfangen wie der Herrscher der Nation. Etwas Ähnliches habe ich mein Lebtag nicht gesehen. Die grenzenlose Menge, die als brausendes Meer, mit dem nicht verstummenden Schrei der Begeisterung, mit einem Meer von Flammen über den Häuptern gleich Zungen des Heiligen Geistes dahinzog, war berauschend und stark. Ich saß mit Marysia und Marian im Ministerium, von wo aus alles vorzüglich zu sehen war, fast drei Viertelstunden lang zog die Menge mit den Fackeln an den Fenstern vorbei. Die Nacht gab dem Schauspiel einen besonderen Zauber. Noch nie ist ein Meister der Kunst in Polen so begrüßt worden. Am Zamoyski-Palais kam der Zug gegen zwölf Uhr nachts vorüber. Um ein Uhr gingen wir nach Haus zurück. Auf der Treppe erwartete uns Jadzia, die gerade eingetroffen war und nicht in die Wohnung konnte. Wir tranken noch Tee und legten uns gegen drei hin.

Heute hatte ich im Büro nach dem langen Tag etwas Migräne und half mir mit Pillen, weil wir viel zu tun haben. In Wirklichkeit beginnt erst jetzt die Arbeit.

1 Ignacy Paderewski (1860-1941), bekannter Musiker und Politiker, wohnte hauptsächlich im Ausland. Machte sich vor allem während beider Kriege um Polen sehr verdient. 1919-1920 war er Premier und Außenminister.

5. 1. 1919. Sonntag

Heute früh eine unglaubliche Sensation. Die Straßenbahnen fahren nicht. Ein Wetter fast wie im April. Auf der Straße Menschenmengen. Ich stelle fest, daß die Ereignisse, die wir erleben, das Aussehen der Menschen stark beeinflußt haben. Alle Gesichter sind ausdrucksvoll und ungewöhnlich geworden. In der Menge ging die Nachricht von Mund zu Mund, heute früh habe es einen Staatsstreich gegeben, der die Beseitigung der derzeitigen Regierung zum Ziel hatte. Später brachten Extrablätter die Einzelheiten. Anscheinend war es die Arbeit der »Maison Januszajtis«[1], ihn wollte man wohl zum Anführer proklamieren. Doch war das ein glückloser Scherz. Piłsudski sollte festgenommen werden, aber bei seinem Anblick begannen die Soldaten, »Es lebe Piłsudski« zu rufen. Im Endergebnis scheint der Staatsstreich mißglückt zu sein. Piłsudski hat Januszajtis, Sapieha, Dymowski, Gorczyński festnehmen lassen, sie sind jedoch schon wieder frei. Dagegen wurden die von den Hintermännern des Staatsstreichs festgenommenen Minister Thugutt, Moraczewski, Wasilewski anscheinend noch nicht freigelassen, man weiß nicht, wo sie festgehalten werden. Was wird aus diesem neuen Durcheinander? Die Meinung in Polen ist gegen Staatsstreiche. Angeblich ist überall die Meinung der Massen gegen mißlungene Staatsstreiche. So daß der von heute bestimmt nur die Position der derzeitigen Regierung stärkt. Das ganze Abenteuer zeigt nur noch einmal, daß die Elemente des früheren Interparteilichen Kreises[2] keine Kraft mehr haben. Alles in Polen ist jetzt ein großer Kampf der Schwachen gegen Schwache. Irgendwo dazwischen ist das Neue Polen noch ungreifbar.

1 Marian J. Januszajtis (1889-1973), rechtsorientierter General, war Mitorganisator des mißlungenen Staatsstreichs gegen Piłsudski.
2 Im Interparteilichen Kreis waren überwiegend konservative politische Gruppierungen versammelt, die sich an der Entente orientierten.

9. 1. 1919. Donnerstag

Vorgestern hat sich der neue Landwirtschaftsminister Błażej Stolarski, ein Bauer aus der Gegend von Piotrków, mit uns bekannt gemacht. Alle Beamten wurden ihm vorgestellt. Er hielt eine Ansprache, die auf mich wirkte wie die Predigt in einer Dorfkirche. Doch in seiner mühsam gehaltenen Rede zeigte er sich uns eher in günstigem Licht, indem er sogleich seine mangelnde Vorbereitung erwähnte und seinen Wunsch, mit dem gesamten Ministerium zusammenzuarbeiten. Ein seltsamer Anblick immerhin, dieser Bauer mit dem grob geschnittenen Gesicht, den hohen Stiefeln und dem Spenzer, mit der »Schleife« am Hemd – und rundherum die häufig raffinierten und subtilen, ja sogar klugen Beamtengesichter, dieser teilweise mehrfachen Doktoren, Dozenten und Gelehrten.

14. 1. 1919. Dienstag

Boguś geht früh. Ich gehe zu Fuß ins Büro. Gedanken über den Nebel. Im Büro interessante Arbeit über Gemeinschaftspachten. Um elf Beerdigung zweier am 8. Januar bei Hrubieszów gefallener Offiziere. Ulanen. Kapelle. Piłsudski. Die Gleichgültigkeit der Warschauer Menge. Meine Tränen. Meine erste Wut über Warschau.

15. 1. 1919. Mittwoch

Heute immer deutlicher Gerüchte und Stimmen über die bevorstehende Kabinettsumbildung. Angeblich soll die derzeitige Regierung letzten Endes dahin tendieren infolge des absoluten Mangels an Einkünften. Mir scheint, ein Kabinettswechsel jetzt wäre ein neuer Abschnitt des Chaos, und das ganz kurz vor dem Waffenstillstand. Es ist wirklich ein echtes Dilemma mit der Wahl zum Sejm, wenn es in Warschau bei 16 Abgeordneten 21 Listen gibt. Ich werde sicher für Liste drei stimmen oder vielleicht auch für Liste fünfzehn. Ich befinde mich in einer merkwürdigen Depression, nichts als Traurigkeit und unruhiges Fragen. Ich bin wie alle in einer Phase, in der ich mir die Flüchtigkeit aller Welt- und Lebensanschauungen bewußt mache. Was wäre es für ein Glück, die Kraft zu haben, neue zu züchten und die alten nicht mehr zu lieben, weil in einer solchen Liebe stets ein Element von Ekel steckt. Liebe aus Ekel.

16. 1. 1919. Donnerstag

Regen. Sauwetter. Heute immer deutlicher Gerüchte von einer Kabinettsumbildung. Ich bin pessimistisch eingestellt. Die Rechte, also die ND, ist so kurzsichtig. Die neue Regierung wird Geld erhalten, und die PPS wird sich mit den Kommunisten verbünden. So durchleben wir wahrhaft tragische Augenblicke. Und bei allem die Grenzen, die Grenzen Polens. Ich lege mich täglich mit dem schweren Gefühl der Mutlosigkeit hin, das sich in dem Wort Tschechen kristallisiert.

Ich bin immerzu traurig und wiederhole gedankenlos: Mein Weg, enthülle dich mir im Dunkel. Außerdem habe ich das bedrückende Gefühl, zu wenig von mir selbst zu geben. Immer häufiger kommt mir der Gedanke, Urlaub zu nehmen und an irgendeiner unserer Leonidas-Fronten zu hartem, vorbehaltlosem Sanitätsdienst in ein Feldlazarett zu gehen.

18. 1. 1919. Sonnabend

Gestern bei Mortkowicz hat die Nachricht, daß Kaden seine Kindheitserinnerungen beginnt, auf mich wie ein Glas Wein gewirkt. Und meine Erzählungen liegen und liegen, während andere arbeiten, schreiben, veröffentlichen. Ich muß die »Unwiederbringliche Welt«[1] mit Gewalt endgültig bearbeiten, meine süße Kindheit, ich muß arbeiten, jeden Augenblick, und ginge es über meine Kräfte, denn das wird mich wohl reichlich plagen, bis ich es fertig habe.

Gestern wurde die neue Regierung bekannt gegeben. Na, wir werden ja sehen, ob sie es unter diesen schwierigen Bedingungen schafft. Bei den Staatsfinanzen herrscht eine solche Leere, daß uns die bereits vom Ministerrat beschlossenen Zulagen einbehalten wurden.

1 Die mit Erinnerungen verknüpften Erzählungen M. D.s nahmen in dem Band »Lächeln der Kindheit« 1923 Gestalt an.

26. 1. 1919. Sonntag

Wahlen zur verfassunggebenden Nationalversammlung. Die Straßenbahnen stehen still. Die Wahl läuft ungewöhnlich gesittet ab. Ich stimme für Liste 15, aber es empört mich, daß die Intelligenz aller Schattierungen nicht eine einzelne Liste aufgestellt hat. Nachmittags in der »Zachęta«. Eine Weichsel von Szczygliński, ein sehr hübscher Schnee von Kotowski, ein paar Aquatinten von Skoczylas, ein etwas manierierter Rembowski, schöne Inneneinrichtungs-Projekte von Czajkowski, der Rest lohnt die Betrachtung nicht.

27. 1. 1919. Montag

Soweit sich aus den bereits gezählten Stimmen ersehen läßt, hat die Liste 10 eine riesige Mehrheit bekommen.[1] Danach haben die meisten für die PPS gestimmt, dann für jüdische Listen, die zum Glück auch zersplittert sind, dann haben die Minderheiten eine spärliche Anzahl von Stimmen erhalten. Ich breche mit allen intellektuell-fortschrittlichen Richtungen. Was für ein geringes Verantwortungsgefühl gegenüber der Nation, neun Listen aufzustellen, ohne sich der

Mandate wirklich sicher zu sein. Als wären die polnischen Stimmen absichtlich vertan worden. Draußen seit drei Tagen Schnee, Frost, am Fenster Eisblumen.

1 Bei den ersten Wahlen gewannen die Nationaldemokraten eine erhebliche Mehrheit.

6. 2. 1919. Donnerstag

Draußen starker Frost und Schnee. Heute sehr schön. Die Bäume in Weiß. Aber fatale Nachrichten. Dmowski[1] hat einen Vertrag mit den Tschechen geschlossen und ihnen das Teschener Kohlenrevier überlassen.[2] Wieder verschachern sie Polen. Ach, die Nationaldemokraten. Daß es bei ihnen keinerlei Würde gibt. Was das für Lügner, Lügner sind, was für kleine, kleine Leute. Was für eine elende Ausflucht Grabskis, diese Depeschen. Sehr traurig. Sie verschachern noch Lemberg und Danzig, diese nichtswürdigen Händler Polens. Wieviel mehr Würde steckte in den früheren »Aktivisten«. Die schwiegen wenigstens und bissen die Zähne zusammen, wenn es um das Posener Land ging, schlossen darüber aber keine schändlichen Verträge. Und wieviel Schuld daran haben diejenigen, die unser Militär so nachhaltig zerschlagen haben. Hätten wir Truppen, hätten sie das Teschener Gebiet nicht besetzen lassen, es gäbe keine vollendeten Tatsachen. Aber gemach. Warten wir ab, wie sich die Dinge entwickeln.

1 Roman Dmowski (1864-1939), Führer und Ideologe der Nationaldemokratie, in der 2. Republik Hauptgegner J. Piłsudskis.

2 Trotz der im Teschener Schlesien festgelegten Demarkationslinien besetzten tschechische Truppen am 23. 1. 1919 das Industriegebiet, das schließlich 1920 von den westlichen Großmächten den Tschechen zuerkannt wurde.

KOSTBARE KLEINODIEN

Als M. D. sich gegen Ende der Okkupationszeit an das Ordnen ihrer Tagebücher machte (»mag wenigstens das von mir übrigbleiben«), versah sie die auffallenden Lücken und Oberflächlichkeiten mit Ergänzungen. Die folgenden Texte über die zurückhaltend behandelten Jahre 1923-25 entstammen den Ergänzungen vom Juli 1943. Sie sprechen von den Orten, die sie am meisten liebte, von Russów, Wojsławice und Kalisch, wo sie geboren wurde und ihre Kindheit und Jugend verbrachte, sowie von den beiden wichtigsten Menschen ihres Lebens, von ihrem Mann Marian Dąbrowski und von Stanisław Stempowski, dem späteren Lebensgefährten. Das Jahr 1925, in dem sie ihren ersten beruflichen Erfolg hatte und ihren Mann verlor, das Jahr, in dem Żeromski starb und »Die Landlosen« erschienen, war für das persönliche und schriftstellerische Schicksal M. D.s ein Wendepunkt.

Im Mai dieses Jahres [1923] hatte ich Urlaub, und wir fuhren nach Kalisch. Ich wollte Marian die Stadt meiner Kindheit zeigen und das Grab meines Vaters[1] aufsuchen, über das mein sich damals bei Kalisch herumtreibender Bruder Staś[2] mitgeteilt hatte, jemand habe das eiserne Gitter der Einfassung gestohlen. Auch hatte uns meine Cousine Stella Dziewulska eingeladen, wir sollten uns anschauen, »wie Kalisch jetzt aussieht«, und weil die Dziewulskis gerade von Kalisch nach Warschau umziehen wollten, war das die letzte familiäre Gelegenheit.

Kalisch hatte ich zum letzten Mal während des Brandes im August 1914 gesehen. Ich notiere hier, weil es so bitter komisch ist im Licht oder vielmehr im Dunkel der Erfahrungen von heute, das heißt vom Jahr 1943, daß ich, als ich

an der Schwelle meines ersten kriegsbedingten Flüchtlingsdaseins vom nahen Dorf Kokanin aus den Feuerschein über der Stadt sah, voller Verzweiflung dachte: »Wie wird man weiterleben können nach der Begegnung mit einer solchen Demütigung, mit einem so grausam gedankenlosen Verbrechen«.[3] Seit jener Zeit hatte ich Kalisch nicht gesehen und war fieberhaft neugierig, wie es sich verwandelt hätte. Ich sah, daß alles, was sich hätte verändern sollen, unverändert geblieben, und fast alles, was hätte überdauern müssen, für immer verschwunden war. Der lange Weg von der Bahn zur Stadt führte durch dieselbe häßliche, schmutzige und armselige Vorstadt und war mit denselben gewölbten »Katzenköpfen« gepflastert. Derselbe Schmutz und Gestank umgab den neu hergerichteten jüdischen Stadtteil. Vergangen jedoch war zu großen Teilen die überaus schöne, altertümliche Innenstadt aus dem siebzehnten und achtzehnten Jahrhundert, die dafür sehr an Sauberkeit und Eleganz gewonnen hatte, jetzt mit modernen, schön angeordneten Häusern bebaut und mit ebenen Steinen gepflastert war, mit verbreiterten großstädtischen Bürgersteigen versehen, mit spiegelnden Schaufensterscheiben geschmückt, mit elektrischem Strom gut beleuchtet, mit schönen Cafés, Kinos usw. lockend.
Geblieben war dennoch viel vom alten Zauber Kalischs. Geblieben war der wunderbare Stadtpark, einer der schönsten in Polen, geblieben der Fluß Prosna, der mit seiner sich gabelnden Strömung zweimal, mit diversen Kanälen mehrfach die Stadt durchschnitt, während die vielen Brücken und Ufergassen die Stadt dem flämischen Brügge ähnlich machten. Überstanden hatten die alten Kirchen, die schöne Pfarrkirche mit dem vermeintlichen Rubens[4], die Gebäude der alten Kadettenschule und des Jesuitenkollegs, das Schloß, zur russischen Besatzungszeit das des Gouverneurs und vorher ich weiß nicht wessen, manche alten Gassen und Gehöfte. Ich zeigte das alles Marian, als wäre es

mein unbestreitbares Eigentum; denn was ist mehr unser eigen als die Welt, die wir durch die Eindrücke und die Begeisterung der Kindheit in Besitz genommen haben. Trotzdem hatte ich das Gefühl, ich zeigte ihm nur kümmerliche, vergilbte Fotografien. Das Kalisch meiner Kindheit, meiner ersten Schuljahre existierte nur noch in mir und konnte nicht einmal durch mein Werk in seiner alten Schönheit wieder erstehen. Die letzte Niederlage bei der Suche nach Erinnerungen an den berührbaren Punkten der Vergangenheit kam, als Marian und ich vor dem hohen Brettertor zu dem Hof an der Babina genannten Straße standen, wo sich im Hintergrund das zweistöckige Mietshaus der einstigen Pension von Helena Semadeniowa grau in den Vorstadtgärten erhob. Ich betrachtete die unregelmäßigen Pflastersteine, die verkratzten, fahlen Wände, ich erzählte etwas, es kam mir angenehm vor und rührend, und doch war es unmöglich, einen Beweis, einen Ausdruck für die unbezweifelbare Wahrheit zu finden, daß diese ungleichmäßigen Steine einst kostbare Kleinodien gewesen waren und dieses unscheinbare Haus ein Schloß voll beglückender Geheimnisse und herrlicher Erlebnisse. Der böse Zauberer Zeit spielt dem reifen Blick Streiche und verwandelt ihm den wunderbaren Schwan der Kinderjahre in ein häßliches Entlein.

Es ging uns mit allem gut in Kalisch. Mein angeheirateter Vetter Leon Dziewulski war damals Direktor der Kalischer Zweigstelle der Handelsbank. Die Dziewulskis hatten eine schöne Wohnung im neuen Bankgebäude, das kurz vor Kriegsausbruch fertig geworden war. Sie bemühten sich nach Kräften, uns den Aufenthalt freundlich zu gestalten, obwohl sie nicht imstande waren zu erreichen, daß die Stimmung in ihrem Haus auch nur für einen Augenblick weniger unruhig und nervös wurde. [...]

Die Dziewulskis verfügten über das Auto der Bank, und

mit diesem Auto fuhren wir eines Tages nach Chlewo, unserem Kirchdorf vor dem Kriege, wo mein Vater begraben lag. Zu meiner Verwunderung trat, als wir uns dem Friedhof näherten, Staś aus dem jungen Getreide hervor; er war damals schon demobilisiert und arbeitete, wenn ich mich richtig erinnere, in der Zuckerfabrik von Zbiersk. Mit theatralischer Geste überreichte er mir ein Sträußchen Waldveilchen, doch war ich zu jener Zeit wegen allerlei Unfugs so ärgerlich über ihn, daß selbst diese Begegnung am Grabe unseres Vaters das Eis nicht aufbrach, das unsere Herzen umklammert hielt.
Den Friedhof erkannte ich nicht wieder. Er war einst voll alter Bäume und Rosensträucher gewesen. Der neue Pfarrer hatte für einen Gemeindebau alle Bäume fallen lassen. Im Kriege fielen die Zäune den Dorfarmen zum Opfer. Das Grab meines Vaters, früher von schönen Akazien geschützt, befand sich jetzt in einer traurigen Wüstenei. Dagegen konnten wir nichts mehr tun. Wir pflanzten rund um den Stein die mitgebrachten Blumen, bezahlten im Pfarrhaus die Reparatur der Einfriedung und die Grabpflege. Lange standen wir über der grauen Granitplatte und beschlossen, sobald es uns unsere Verhältnisse erlauben würden, eine neue Platte anzuschaffen und die Inschrift »Aufständischer von 1863« hinzuzufügen. Leider haben wir diesen Beschluß jedoch nie ausgeführt.
Auf dem Rückweg blieben wir dicht vor unserem einstigen Wojsławice im Matsch stecken. Wir brauchten fast eine Stunde, um das Auto herauszuziehen. Infolgedessen mußten wir, um ich weiß nicht mehr was zu erreichen, in geradezu halsbrecherischem Tempo nach Kalisch zurückrasen.

Im Jahre 1923 kam vor dem Weihnachtsfest mein erstes richtiges und das heißt literarisches Buch heraus, ein Zyklus Erzählungen mit dem Titel »Lächeln der Kindheit«. Ich faßte dort Dinge aus verschiedenen Jahren zusammen, beginnend mit 1912, zum großen Teil also beinahe Jugendwerke. Doch obwohl der Wert des Büchleins recht gering ist, hatte ich bei seinem Erscheinen für einen Moment ein solches Gefühl, gerettet zu sein, als hätte mich jemand aus einem Strudel, der mich zu verschlingen drohte, aufs trockne Land gezogen. An diesen Moment erinnere ich mich genau. Ich war damals krank, lag im Bett, hörte, wie Marian im Nebenzimmer mit Józek redete, und war von der Seligkeit einer so beglückenden, großen Ruhe durchdrungen, wie sie mich nur noch wenige Male im Leben heimsuchen sollte.

Das Jahr 1924 hat sich mit einigen Ereignissen in mein Gedächtnis geschrieben, von denen damals kein einziges aufgezeichnet worden ist. Vor allem – eines Tages, wohl im März, fragte mich Marian irgendwie schüchtern, ob ich weiter die Absicht hätte, die Arbeit im Büro aufzugeben, dann wäre jetzt der richtige Augenblick dafür. Ich wunderte mich, denn ich hatte in der Tat oft von dem Wunsch gesprochen, das Büro zu verlassen, doch war es gerade Marian gewesen, der mich davon abgehalten hatte. Er wollte nicht, daß ich mich auf mein schriftstellerisches »Talent« verließ. »Ein großer Ruhm wirst du nicht«, pflegte er zu sagen, Schriftsteller wie wir (er selbst hatte ein paar publizistische Bücher herausgegeben) verdienen in Polen mit der Feder nicht den Lebensunterhalt. Ich kann sterben, und was fängst du dann an? Ich fragte, was passiert sei, warum er plötzlich seine Meinung geändert habe. Er antwortete, es gebe da einen Menschen von großem Wert und großen Verdiensten, der aus den Stürmen der Geschichte als armer Mann hervorgegangen sei und dem man aus staatsbürgerlicher Pflicht helfen müsse. Wenn ich zurückträte, könnte er mein Ressort im Ministerium für Agrarreform übernehmen. Er nannte mir den Namen dieses Menschen, Stanisław Stempowski[5], was mir damals nichts sagte. »Das ist ein großartiger Mensch, eine faszinierende Gestalt. Du wirst es selbst sehen«, fügte Marian noch hinzu. Eine Weile trieben mich sehr »ambivalente« Gefühle um. Ich wollte vor Freude springen, weil meinem Austritt aus dem Büro nichts mehr im Wege stand, zugleich war es mir unangenehm, daß die Bedürfnisse eines unbekannten »großartigen Menschen« Marian schneller überzeugt hatten als meine Darlegungen von der Notwendigkeit, Zeit für intensivere schöpferische Arbeit zu gewinnen. Mein Zögern dauerte nicht lange, nach kurzem harmlosem Schmollen erklärte ich mich mit allem einverstanden und war im Grunde sehr beglückt. Die Angelegenheit war jedoch nicht so ganz einfach. Im Büro wollte man mich nicht gehen lassen. Meine Vorgesetzten, die mich mochten und schätzten, erklärten mir, Herr Stempowski übernähme mein Referat, ich müsse aber, mindestens für einige Zeit, bleiben, als sogenannte freie Mitarbeiterin mit dem Recht, nur für einige Stunden ins Büro zu kommen, um das »Amtstagebuch« zu redigieren. Der Chef der Personalabteilung und mein großer Freund, Herr Ludomir Tomassi, konnte sich nicht genug wundern, daß ich meine Stellung am Vortag meines Eintritts in das Pensionsrecht aufgeben wollte. Denn da mir zu den sogenannten Dienstjahren meine frühere soziale und politische Arbeit hinzugerechnet wurde, die wegen der Kriegszeit doppelt zählte, sollte ich in einem Monat oder zweien die zehn Dienstjahre voll haben, die das Recht zum Bezug einer kleinen Pension verliehen. Natürlich lachte ich darüber. Ich hatte, weiß Gott, nicht die »Weltanschauung eines Pensionärs«, vor deren Übermaß in Polen der spätere staatsbildende Magier Ignacy Matuszewski sich so fürchtete.

Ich erinnere mich noch sehr gut an mein erstes Eintreffen im Büro zu jenen »wenigen Mitarbeiter-Stunden«. Ich ging erst zu meinem direkten Vorgesetzten, Herrn Leonard Tur. Er begrüßte mich mit begeisterten Worten über Herrn Stempowski, der bereits an meinem früheren Arbeitsplatz

amtierte. »Sie werden sehen, was das für ein Mensch ist. Und so schön. Er hat einen Kopf wie eine herrliche weiße Chrysantheme.« Diese Begeisterung im Ohr, war ich von vornherein jenem Herrn Stempowski gegenüber trotzig und kritisch eingestellt und dachte, er werde mir bestimmt nicht gefallen. Als ich das Bibliothekszimmer betrat, sprang aus meinem früheren Sessel ein großer, geschmeidiger, sehr gut aussehender Herr mit kurzem, grauem Bart und tatsächlich äußerst dichtem grauem Haar auf. Mit der Bewegung eines Studenten und werbenden Freiers reichte er mir einen Veilchenstrauß und sagte: »Ich habe diese Veilchen bekommen und versprochen, sie der ersten schönen, liebenswürdigen Frau zu schenken, die einträte. Die Damen können es bezeugen«, damit wandte er sich an »meine« Fräulein, die mit den Nasen in ihren Papieren unfreundlich schwiegen. Diese Begrüßung erschien mir unehrlich, weil ich nicht glaubte, jemand könnte mich auf den ersten Blick für schön und liebenswürdig halten, und überhaupt unpassend, irgendwie stutzerhaft und närrisch. Danysz fiel mir ein, und ich dachte fragend: »Noch ein gealterter Jüngling? Da bin ich neugierig, wem er die Verlobte abspenstig machen will.«
Herr Stempowski war damals sehr viel jünger als Prof. Danysz, er hatte kaum die Fünfzig überschritten. Sein in der Tat hübsches Haar war reichlich früh ergraut und gab ihm bei seinen rabenschwarzen Brauen, dem frischen Gesicht und dem gelenkigen Körper das Aussehen eines zum Hetman verwandelten Knappen.
Meine »Bürofräulein« Marysia Kownacka, Tosia Gąsiorowska und Tola Wołoszynowska waren sehr mit mir vertraut, sie konnten sich ganz und gar nicht mit meinem Fortgang abfinden, und Herrn Stempowskis »Eindringen« weckte in ihnen Haß und Geringschätzung. Marysia Kownacka bat mich hinaus auf den Korridor und erklärte, dieser Herr Stempowski sei ein Ungeheuer, er habe gleich damit

begonnen, ihre Handschrift im Bibliotheksverzeichnis zu kritisieren. Marysia war sehr stolz auf das tatsächlich schön geführte Verzeichnis. »Ich weiß nicht, wie wir das aushalten«, erklärte sie und wiederholte: »Er ist ein Ungeheuer«.
Die liebe, sympathische Marysia Kownacka ahnte damals nicht, daß sie nach wenigen Wochen außer Herrn Stempowski nichts anderes in der Welt sehen und sich nach und nach für immer mit ihm anfreunden würde, bis sie sich duzten und sie ihn Tusio nannte wie seine Söhne. Auch mir kam der Gedanke nicht, daß der grauhaarige, jünglingshafte Herr, der mich damals so ungeschickt mit einem Veilchenstrauß empfing, in einigen Jahren und gleichfalls für immer meine große Liebe, mein treuester und ergebenster Lebensgefährte werden würde. Und mein flüchtiger, in Gedanken vorgenommener Vergleich mit Danysz war nur insofern zutreffend, als sich auch in Herrn Stempowski, wie ich später erfahren sollte, die blutjunge Verlobte seines jüngeren Sohnes Paweł verliebt hatte, nur geschah das bereits nach dem Tode dieses Sohnes und endete zu meinem und vielleicht nicht nur meinem Glück nicht mit der Eheschließung.
Doch ehe das alles Teil meines Lebens wurde, verhielt ich mich Herrn Stempowski gegenüber noch lange reserviert und eher kritisch, obwohl alle rundum, Marian nicht ausgeschlossen, ihn für ein wahres Wunder hielten.

Das Jahr 1925 begann unter guten Vorzeichen und verlief überhaupt ungewöhnlich positiv. Marians katastrophaler, schneller Tod, der am 30. September dieses Jahres erfolgte, schlug tatsächlich wie ein Blitz aus heiterem Himmel ein, alle Anzeichen deuteten nämlich eher auf einen längeren Zeitabschnitt herrlicher Glückseligkeit.
Im Januar dieses Jahres erhielt ich meine erste öffentliche literarische Auszeichnung, nämlich den sogen. Preis der Verleger, der vom Verband der Buchhändler und Verleger

für junge Schriftsteller unter 35 Jahren gestiftet worden war. Juliusz Kaden-Bandrowski stellte mich als Kandidatin auf, indem er mein Buch »Lächeln der Kindheit« präsentierte. Ich freute mich so über den Preis, daß ich im Zimmer herumsprang, und war Kaden schrecklich dankbar für diesen schönen Beweis der Freundschaft und uneigennützigen Anerkennung. Erst erheblich später erfuhr ich von den weniger angenehmen Vorgängen hinter den Kulissen. Für den Prosa-Preis nämlich (es gab auch einen für Lyrik und einen für Kritik, jeder zu zweitausend Złoty) kandidierte der als konkurrenzlos geltende Jarosław Iwaszkiewicz[6], der es verstand, sich um seine Angelegenheiten zu kümmern, sehr viel Beziehungen hatte und überhaupt damals sein großes schriftstellerisches Talent am stärksten manifestierte. Kaden beschloß, es nicht zu einem Preis für Iwaszkiewicz kommen zu lassen, und trat, mit meinem Büchlein gerüstet, zum Kampf an, nicht weil er es für besser hielt als Iwaszkiewicz' Werk, sondern umgekehrt, weil er Iwaszkiewicz als Rivalen fürchtete und mein Buch ihm als wenig gefährliche »weibliche Handarbeit« erschien. Auch glaubte er, wie ich mich später überzeugte, ich würde mich mit Leichtigkeit bewegen lassen, die Rolle eines Satelliten, eines Menschen aus seiner »Schule« zu spielen. Trotz der anmaßenden Überzeugung, alle müßten schließlich seiner Meinung beipflichten, wenn er mit einem Antrag aufträte, gelang es ihm nicht, seine Absicht vollständig durchzusetzen. Der Preis für Prosa wurde am Ende aufgeteilt, und zwei Autoren erhielten je tausend Złoty, Iwaszkiewicz und ich. Ob man auf diese Weise Kadens Meinung berücksichtigen wollte, die etwas galt, oder ob man mein Buch, über das gerade Iwaszkiewicz einen enthusiastischen Artikel geschrieben hatte, nach Kenntnisnahme für eine nicht zu übergehende literarische Position hielt, weiß ich nicht. Vorläufig freute ich mich weidlich an den ersten Phänomenen des sogen. Ruhms, das heißt an Interviews,

Fotografien, großartigen Festessen der Preisgekrönten mit den Verlegern im »Bacchus« und ähnlichen Dingen, die ich in späterer Zeit für eine wahre Plage halten sollte und vor denen ich mich am liebsten in ein Mauseloch verkrochen hätte oder dorthin geflohen wäre, wo der Pfeffer wächst.

Der Preis hat mir indessen im Leben vieles erleichtert. Man begann in den Zeitschriften, sich um mich zu bemühen, meine Honorare stiegen automatisch. Die Verleger neuer, angeblich epochemachender Schullesebücher (meiner Ansicht nach ein erzieherischer Irrtum), Maykowski und Balicki, erschienen bei mir und bestellten einen gut bezahlten Zyklus pädagogisch-literarischer Erzählungen. Auch meldete sich die Redaktion der Kinderzeitschrift »Płomyk«, für die ich die Erzählung »Marcin Kozera« schrieb. Zwischendurch beendete ich mit fieberhafter, in Enthusiasmus schwelgender Freude die Arbeit an den »Landlosen«. Die gerade fertiggestellte Novelle »Glaspferde« wurde damals vom »Tygodnik Ilustrowany« gedruckt. Bei dieser Gelegenheit lernte ich den damaligen literarischen Redakteur der Zeitschrift, Władysław Zawistowski, kennen. Erst sehr viel später sollte ich ihn richtig einschätzen und als Menschen lieb gewinnen. Doch nie vergesse ich den Eindruck, den seine Schönheit damals auf mich machte. Er war jung und schlank, von begeisterndem Charme, hatte goldenes Haar, hübsche blaue Augen und himbeerrote Lippen, so frisch, wie Kinderlippen sein können. Als ich ihm zehn Jahre später erneut begegnete, erkannte ich ihn kaum wieder, nicht daß er häßlich geworden wäre, er hatte nur seinen Typ sehr stark verändert.

Ich verdiente damals schon ungefähr doppelt so viel, wie mein früheres Gehalt im Büro betragen hatte. Die noch beibehaltene freie Mitarbeit im Ministerium belastete mich wie Fronarbeit. Als daher der Vertrag auslief, erneuerte ich ihn nicht und nahm für immer vom Ministerium Abschied. [. . .]

Marian äußerte sich nicht zu meiner Entscheidung, denn wie er zunächst nicht an meine literarisch-künstlerische Zukunft geglaubt hatte, so sah er sie jetzt in den blendendsten Farben. Auch hatte er selber den Bereich seiner Berufsarbeit gewechselt und war davon stark beansprucht. Man hatte ihm vorgeschlagen, im Ministerium für Militärische Angelegenheiten die Abteilung Nichtkatholische Bekenntnisse im Heer zu übernehmen. Und da er sich bei der militärischen Volksbildungsarbeit, deren Initiator er war und die er seit den Legionstagen leitete, unwohl zu fühlen begann, weil neue Leute hinzugekommen waren, mit deren Methoden er nicht übereinstimmte oder die er (wie Janusz Jędrzejewicz) nicht mochte, gab er diesen Posten auf und wechselte zu Beginn des Jahres 1925 ins Ministerium für Militärische Angelegenheiten. Die neue Stellung war schwierig, sie erforderte viel Takt, Gerechtigkeitsgefühl, ja Zivilcourage. Marian fehlte es an diesen Eigenschaften nicht, er arbeitete aber übermäßig, um die sich aufdrängenden sowohl theoretischen als auch praktischen Probleme in den Griff zu kriegen, und die Konferenzen mit den Geistlichen verschiedener Riten, orthodoxen, jüdischen, sektiererischen, evangelischen, kosteten ihn manchmal viel Nervenkraft. Er stürzte sich zudem in das Studium der polnischen Konfessionsgeschichte und besonders der Geschichte der Orthodoxie, aus der er, wohl als erster, den später so aktuellen Gedanken der Autokephalie der orthodoxen Kirche in Polen entwickelte. Fieberhaft bereitete er ein Buch darüber vor, aus dem er Kapitel sogar in Zeitschriften vorabdrucken ließ. [. . .]

Unmittelbar vor der Abreise nach Kosów[7] lieferte ich das nun vollständig abgeschlossene Manuskript der »Landlosen« bei Jakub Mortkowicz ab. Auf der Taxifahrt mit dem Manuskript in seine Wohnung erlebte ich einen zweiten Augenblick vollkommener, beglückter Ruhe. Es kam mir

vor, als wäre ich nicht nur aus einem unruhigen Strudel auf das große feste Land gelangt, sondern als nähme ich auch dieses Land in unbestrittenen Besitz. Ich glaubte, grenzenlose Möglichkeiten zu haben, und war, bei Gott, in stillem, törichtem Triumph nahe daran, mit hieratischer Handbewegung durch die Fensterscheiben des Taxi den Segen zu spenden – den Häusern, Straßen, Menschen, beinahe »der Stadt und dem Erdkreis«.
Wie anders fühlte ich mich einige Tage später, als ich mich nach abendlicher Ankunft in Kosów in dem mir zugewiesenen Zimmer schlafen legte. Ganz ohne Grund umfing mich plötzlich ein so unheimliches Gefühl von Fremdheit, Verirrung und Bestürzung, daß ich, für mich selbst unerwartet, schrecklich zu weinen begann. Ich beruhigte mich erst, nachdem ich den festen Beschluß gefaßt hatte, am nächsten Tage abzureisen, hier nicht zu bleiben und Marian auf keinen Fall die Reise hierher zu erlauben.
Am nächsten Morgen erschien mir die Landschaft bezaubernd wie ein Traum, ich hielt die Verzweiflung vom Vorabend für einen infantilen Exzeß meiner Nerven. Und die ganze weitere Zeit meines Aufenthalts hindurch fühlte ich mich in Kosów nicht nur angenehm, sondern geradezu selig. Nicht wegen Dr. Tarnawski und seiner Anstalt, vielmehr trotz dieses Scharlatans und dieser Anstalt, einer finsteren und makabren Lüge, die alljährlich den schnellen Tod einiger Menschen verursachte, da sie den unseligen Patienten den Wahnsinn des Hungerns einimpfte. Ich erlag selbst diesem Wahnsinn, und überhaupt streute mir das ganze Tarnawskitum soviel Sand in die Augen, erschien mir ein harmloses Spielzeug zu sein, daß ich völlig aufhörte, mich über Marians Aufenthalte in Kosów zu beunruhigen, weil ich zu der Überzeugung gelangt war, wenn man nur »seinen Verstand habe« und sich von dem alten, brutalen Verrückten nicht übers Ohr hauen lasse, müsse das halbnackte Verweilen in diesem wundervoll

milden Klima und inmitten dieser bezaubernden Natur jedem wohl tun.
Ich halte mich nicht länger mit den Einzelheiten meines Aufenthalts in Kosów auf, denn es ist bis ans Ende meiner Tage der für mich schmerzlichste Platz auf dem gesamten Erdkreis.
Anfang September, wie es geplant war, traf ich Marian in Stanislau. Ich habe unsere Begegnung in den Notizen zum Jahr 1926 beschrieben, komme also hier nicht mehr darauf zurück.
In der zweiten Septemberhälfte fuhr ich auf das Gut Płonne bei Dobrzyn an der Drewenz, wo Stach Hepke Verwalter war. Ich holte dort meine Mutter zu einem Besuch bei uns ab, um sie wenige Tage später nach Białystok zu bringen. Auf der Fahrt nach Warschau machten wir zwei Tage Halt in Thorn, das ich Mutter zeigen wollte. Sie war begeistert, vor allem von der Marienkirche und dem Gasthof »Zur blauen Schürze«, und ich war begeistert, ihr das alles zeigen zu können. Es war der letzte glückliche Augenblick jener Epoche meines Lebens. Dann das Telegramm: »Gatte hoffnungslos krank. Sofort kommen«, meine besinnungslose Fahrt mit Józek im Auto von Lemberg nach Kosów und in der Gartenkapelle dort Marians offener Sarg.
Marians Beerdigung fand zweimal statt. Weil er evangelisch war, wurde er zum ersten Mal in den Katakomben des evangelischen Friedhofs in Warschau auf der Młynarska-Straße beigesetzt. Die Trauerfeier hielt der Mann meiner früheren Vorgesetzten, mein Bekannter und Freund von Kindertagen an, der ehrwürdige Pastor Władysław Semadeni in der kalvinistischen Kirche auf der Leszno-Straße.
Marian wurde von so vielen Menschen gemocht, geschätzt und geliebt, daß alle Blätter lange, traurig-enthusiastische Nachrufe über ihn veröffentlichten und sich zu seiner Beerdigung Menschenmengen einfanden, darunter auch Gen. Władysław Sikorski[8], damals Minister für Militärische An-

gelegenheiten, und viele andere staatliche Würdenträger. Ich habe das alles nicht gesehen, weil ich überhaupt nichts sah, nur Marians Militärmütze, die auf seinem Sarg lag. Man hat es mir später erzählt.

Marians zweite Beerdigung fand im engsten Familien- und Freundeskreis statt. Für ich weiß nicht mehr wieviel Hundert Złoty gestatteten die Kirchenbehörden uns, ihn im Familiengrab der Dąbrowskis auf dem Powązki-Friedhof beizusetzen.

Im Dezember dieses Jahres erschien mein Buch »Die Landlosen«, und Stefan Żeromski starb[9].

Juli 1943

1 Józef Szumski (1844-1912), der Vater der Schriftstellerin. Er stammte aus einer verarmten Adelsfamilie. Aufständischer von 1863. Verwaltete Güter, vor allem Russów bei Kalisch, und erwarb dann ein nahe gelegenes Vorwerk. Prototyp des Haupthelden der »Nächte und Tage«, Bogumił Niechcic.

2 Stanisław Szumski (1895-1943), Offizier, später Dorfschullehrer, mit einer Bäuerin verheiratet; Bruder der Schriftstellerin.

3 Kalisch, die älteste, schon bei Ptolemäus erwähnte polnische Stadt, wurde am 4. August 1914 als Vergeltung für die fälschlicherweise der Bevölkerung zugeschriebene Beschießung der einmarschierenden Deutschen bombardiert und teilweise niedergebrannt. Bis zum Ausbruch des 2. Weltkriegs wurde dieses Ereignis in Polen als beispiellose Barbarei angesehen.

4 Irrtum, das Rubens-Bild »Kreuzabnahme« befand sich in der Pfarrkirche St. Nikolaus, wurde aber nach dem Krieg gestohlen.

5 Stanisław Stempowski (1870-1952), verlor infolge der Revolution seine Familiengüter in Podolien. Landwirt und Schriftsteller; einer der Hauptrepräsentanten der polnischen Freimaurerei, u. a. ihr Großmeister; von 1927 bis zu seinem Tode Lebensgefährte M. D.s, im Tagebuch auch Herr, Herrchen genannt.

6 Jarosław Iwaszkiewcz (1894-1980), bedeutender Schriftsteller. In der Volksrepublik Polen mehrfach Vorsitzender des Schriftstellerverbandes.

7 Kosów bei Kolomea (heute Sowjet-Ukraine), dort befand sich zwischen den Kriegen ein beliebtes Sanatorium, in dem auch das Ehepaar Dąbrowski weilte.

8 Władysław Sikorski (1881-1943), General, Politiker; Mitbegründer der Legionen, Gegenspieler J. Piłsudskis. Nach der Niederlage 1939 Premierminister und Oberbefehlshaber der polnischen Armee im Westen. Starb bei der ungeklärten Flugzeugkatastrophe von Gibraltar.

9 Stefan Żeromski (1864-1925), großer Schriftsteller. M. D. hielt ihn für ihr Vorbild. »Nicht nur er war in uns – auch wir waren in ihm«, schrieb sie für ihre Generation in »Epitaph«.

DAS HEILIGE FEUER

Aus M. D.s Tagebüchern wie auch aus ihrer Korrespondenz ließe sich ein ganzes Buch zum Thema »Wie entstanden ›Nächte und Tage‹?« zusammenstellen. Denn sie schrieb nicht nur einen in jeder Hinsicht großen Roman nieder, sondern schuf nacheinander mehrere Romane, ein Prozeß, aus dem »Nächte und Tage« erwuchsen. Die hier abgedruckten Notizen aus den Jahren 1929-30 zeigen nur ein Fragment dieses großen, acht Jahre andauernden Ringens, das die Autorin mit grundsätzlichen Fragen konfrontierte.

Warschau, 12. 1. 1929. Sonnabend

[. . .] Ich habe Julien Bendas »La trahison des clercs« und André Chamsons »Le crime des justes« gelesen. »La trahison des clercs« ist, wenn auch von einem alten Rationalisten geschrieben, ein Buch voll ungewöhnlich kluger Dinge. Ich wünschte sehr, das läsen unsere Kritiker, die aufgrund völlig verfälschter kultureller und künstlerischer Wertvorstellungen in Wut geraten und mit diesen »Wertvorstellungen« laut Wincenty Rzymowski »die Epoche prägen«. In diesem »Verrat der Intellektuellen« fand ich viele Gedanken, die ich selbst seit langem hege, ja sogar Dinge, die Gegenstand meines Romans sind. [. . .]

15. 1. 1929. Dienstag

Den ganzen Vormittag bis zum Mittagessen schreibe ich. Am Ende bin ich bei diesem Schreiben glücklich und voller Hoffnung. Doch wieviel Arbeit! Den ganzen ersten Band schreibe ich ganz einfach neu. Aber ich bin je länger je mehr in vorzüglicher Stimmung. Ich treibe mich nicht an und bemühe mich um nichts. Ich vertraue dem »Programm der

Welteroberung«, wie Wierzyński so hübsch sagt, ein Programm, das in mir von oben vorgezeichnet ist. Man braucht sich nicht zu hetzen und zu zwingen. Sich selbst vertrauen. – Am Sonntagnachmittag waren Erazm und Wacek mit ihren Frauen bei uns. Es war sehr nett. Gestern waren Stachno und ich zum »Warschauer Mohren«. Eine prächtige Komödie, die ich höher stelle als den »Herrn Geldhab« und den »Bürger als Edelmann«. Die Kritik hat das nicht erkannt. Sie ist daran gewöhnt, von Słonimskis[1] rhetorischem, »dialektischem« Witzeln zu sprechen, und hat nicht bemerkt, daß er ungewollt lebendige Menschen geschaffen hat. Denn das hat er. Aber bemerkt die Kritik überhaupt irgendwann irgend etwas? Heute war ich bei Henryk Gałczyńskis Frau. Die Arme. Ich ging hin und zurück zu Fuß. Draußen der klassische Winter. Es schneit und schneit immerzu, der Himmel grau, leichter Frost. Ich mag in allem ein bißchen Übertreibung: viel Schnee, sehr viel, ganze Berge!
Anscheinend ist sogar Stachno mit der letzten Version der »Schwierigkeiten mit Barbara«[2] zufrieden. Ach, da bin ich nun doch ans Licht gelangt.

1 Antoni Słonimski (1895-1976), Schriftsteller, Feuilletonist, führte u. a. vor dem Kriege die wöchentliche Chronik in den »Wiadomości Literackie« (Literarische Nachrichten).
2 Eine andere Version des 2. Bandes der »Nächte und Tage«, der schließlich den Titel »Ewiger Kummer« erhielt.

17. 1. 1929. Donnerstag

Hulka-Laskowski hat in den »Wiadomości Literackie« behauptet, der erste überhaupt in Polen, der über das Proletariat geschrieben habe, sei Kaden-Bandrowski gewesen. Dabei sind meine »Landlosen« immerhin schon vor drei Jahren erschienen, sie haben das Leben der Agrarproletarier zum Thema, und von denen gibt es in Polen einige Millionen.

Aber in die »chinesische Mauer«, die angeblich verhindert, daß über das Proletariat geschrieben wird, »hat Kaden die Bresche geschlagen«. Ich will ja gar nicht von mir sprechen, aber »im gleichen Atemzug« wurden »Tiefland« und »Der Njemenfischer« von Eliza Orzeszkowa vergessen und die Novellen von Prus und Maria Konopnicka und die (allerdings schwachen) »Bilder« von Reymont und einzelne Novellen von Dygasiński, von Strug ganz zu schweigen. Oh, diese Fälscher, diese Fälscher der Werte. Nun ja, so schreibt man in einem Land, das ein Gedicht wie Leśmians[1] »Wiese« abgelehnt und vergessen hat. Doch das alles erbittert mich nicht. Ich glaube an die Zukunft und vertraue der »Weisheit der Dinge«, die schließlich die Wahrheit enthüllen werden; und die Fälscher der Werte und Proportionen tun mir sehr leid.

Heute vormittag war ich bei Mortkowicz. Ich habe nun alle Romane Żeromskis. Einige Stunden geschrieben.

Nachmittags zum schwarzen Kaffee bei Frau Zofia Nałkowska.[2]

1 Bolesław Leśmian (1878-1937), symbolistischer Dichter, dessen Größe erst nach seinem Tode erkannt wurde.

2 Zofia Nałkowska (1884-1954), Prosa-Autorin; zur Zeit werden ihre sehr umfangreichen Tagebücher publiziert. Das Verhältnis der beiden Schriftstellerinnen durchlief verschiedene Phasen: Freundschaft, Rivalität, Abneigung.

21. 1. 1929. Montag

Ich arbeite den ganzen Tag, vormittags von 9 bis 3 und nachmittags von 6 bis 9. Um 9 ging ich zu einem Abendempfang bei Frau Sobańska. Dort waren die Libickis, die als Gesandte nach Tallinn fahren. Dort war auch Frau Iłłakowiczówna. Es heißt, sie sei in ihren Handlungen unfreundlich und herzlos, doch strahlt ihre Gestalt und gelegentlich ihre Sprechweise etwas aus, das die Anmut ihrer Gedichte besitzt; es ist mir immer angenehm, mit ihr zu reden. Nie werde ich vergessen, daß Marian sie mochte und »silbern« nannte. Unter den Menschen, denen ich auf der Erde begegne, gehört sie zu den wenigen, die mit Anmut begabt sind, mit einer großen Anmut wie die Frauengestalten Żeromskis. [. . .]

22. 1. 1929. Dienstag

Ich habe auf das Datum geschaut und gesehen, es ist das Datum des Aufstands. Als ich heute hinausging und der Frost mich umwehte, dachte ich daran, daß mein Vater, ein siebzehnjähriger Junge, an einem solchen Abend aus dem Haus in den Wald ging. Später habe ich diesen Gedanken vergessen, und als wir zu zweit plauderten, erzählte ich Stachno nicht davon, sondern, wie ich Boguś für die Legionen ausgerüstet und verabschiedet habe. St. ist mir heute ein wenig krank.
Ein Bändchen von Tuwim[1] ist erschienen, und das schönste Gedicht darin ist das Motto von Norwid, das mit den Worten schließt: »Die Sache Czarnolas will ich – sie heilt das Herz! Ich habe gespielt . . . und bin noch trauriger«.

1 Julian Tuwim (1894-1953), Dichter und Übersetzer, populärster der »Skamander«-Lyriker.

28. 1. 1929. Montag

Gestern war Kazimierz Zdziechowski bei uns, außer ihm kamen noch Herr Jerzy[1] und Stella Dziewulska, alle blieben zum abendlichen Tee. Heute schreibe ich von morgens bis 15 Uhr. Es geht schwer – ich bin verzweifelt. Alles, der ganze Roman kommt mir wieder wertlos vor. Das einzige Werk, das ich in echter Inspiration geschrieben und an dem ich nie im geringsten gezweifelt habe, war »Nacht über der Welt«. Ach ja, und noch mein Erstling »Janek«. Warum mühe und plage ich mich so? Vielleicht ist das gar nicht mein Weg . . .

Heute waren St. und ich mit Frau Rettingerowa im Sejm zur Debatte über das Mißtrauensvotum gegen den Minister Car. Zur Annahme des Antrags fehlten zwei Stimmen.

1 Jerzy Stempowski, Pseud.: Paweł Hostowiec (1894-1969), Sohn von Stanisław; glänzender Essayist; seit dem 2. Weltkrieg in Bern wohnhaft, Mitarbeiter der in Paris erscheinenden polnischen Emigrantenzeitschrift »Kultura«.

31. 1. 1929. Donnerstag

Ich habe keinerlei Ideologie. Das Einzige, was mich leitet, ist die Liebe zu den Menschen und zum Leben und das Mitgefühl. Das aber ist zu wenig, um zu schreiben . . .

Gestern war ich in Piaseczno. Ich habe den Nachmittag dort recht angenehm verbracht. Heute schreibe ich den ganzen Tag – nur nachmittags bin ich ins Kino gegangen, sah den Film »Wolga, Wolga . . .«, der mir nicht gefallen hat.

Vorgestern kam Frau Gnus und saß lange bei uns. Sie ist eine jener bewunderungswürdigen Personen, die tatsächlich nur von der schöpferischen Freude an ihrer Arbeit leben (Frau Ryta Gnus ist Musiklehrerin und Komponistin), denn ihre Lebensbedingungen sind in jeder Hinsicht schwierig. Wenn ich sie anschaue, denke ich immer an die Halbgötter, die unten stehen und mit ihren unbefleckten Schultern die Welt tragen, auf der es von Kanaillen wimmelt. Dasselbe denke ich über Frau Rostkowska.[1]

Seit gestern hat der Frost stark zugenommen.

1 Befreundete Zahnärztin.

14. 2. 1929. Donnerstag

Wir haben eine schrecklich kalte Woche erlebt. Mit der Kohle eine Katastrophe. Die Aussichten in den Läden verzweifelt, endlose Menschenschlangen, stöhnend vor Kälte.

Die Bevölkerung friert. Warschau ohne Kohle. Die Hilflosigkeit der »Zivilisation« angesichts der elementaren Katastrophen. [. . .]

15. 2. 1929. Freitag

Ich habe Conrads »Nostromo« gelesen und bin bewegt von der Größe dieses Werks, zu dem der Leser emporsteigt wie zu einem steilen Gipfel.[1]

Betroffen bin ich von der Stille, in der dieses Werk verhallt ist – es wurde übertönt vom Lärm, der rund um Kaden entstand. Betroffen bin ich von Conrads Nähe zu allen meinen Lebens- und Weltvorstellungen, die ich in meinem begonnenen Roman so unzulänglich auszudrücken versucht habe. Versunken bin ich in kosmische Nachdenklichkeit, wie sie nur bedeutende Werke wecken. Ich bin glücklich.

1 M. D. beschäftigte sich seit langem mit Joseph Conrad und schrieb über ihn, woraus ihre »Skizzen über Conrad« (1974) entstanden. Auch ihre beiden Lebensgefährten gehörten zum Clan der polnischen Conradisten.

22. 2. 1929. Freitag

Wir hatten ein paar Tage schreckliche Kälte in der Wohnung. Meinen Artikel über die Kritiker habe ich im Pelzmantel geschrieben, doch bekamen wir endlich die seit langem bestellte und bezahlte Kohle.

Ich war bei Wierzyńskis[1] und las ihnen meinen Artikel »Große Schriftsteller über Kritiker«[2] vor. Am Montag war Jerzy Stempowski bei uns, auch ihm habe ich das vorgelesen. Wierzyńskis hat er gefallen, besonders ihr, Jerzy sagte, das sei »ein sehr akkurater Artikel« – ich erhielt dann drei Druckangebote. Schließlich habe ich ihn Grydzewski[3] gegeben, bin aber im Endergebnis unzufrieden, sowohl weil ich ihn geschrieben, als auch weil ich ihn hergegeben habe.

Lechoń[4] und Frau Mortkowicz haben mir zugeredet, Sigrid Undsets Werk »Kristin Lavranstochter« zu lesen. Ich habe begonnen, aber gleich abgebrochen, weil ich merkte, daß es mit meinem Roman verwandt ist. Ich werde es später lesen, wenn ich alle meine Bände fertig habe. [. . .]

1 Kazimierz Wierzyński (1894-1969), bedeutender Lyriker, seit dem 2. Weltkrięg in der Emigration. Die Autorin war mit ihm bis zum Ende ihres Lebens befreundet.
2 Zusammenstellung der Ansichten weltbekannter Schriftsteller über die Kritiker, im allgemeinen niederschmetternd.
3 Mieczysław Grydzewski (1894-1970), Redakteur des in der Zeit zwischen den Kriegen populärsten literarischen Wochenblattes »Wiadomości Literackie«, das später in der Emigration in London fortgesetzt wurde.
4 Jan Lechoń (1899-1956), Lyriker; nach dem Krieg Emigrant; starb durch Selbstmord in New York. Nach seinem Tod erschienen seine Tagebücher.

12. 3. 1929. Dienstag

Ich war eine Woche lang bei Hela[1] auf dem Lande in Płonne. Das hat mich sehr erfrischt. Auf dem Lande herrscht sibirischer Winter. Von Mitte Dezember bis jetzt fährt man ausschließlich im Schlitten [. . .]
Seltsam, ich lebe immer weniger mein eigenes Leben, mich interessiert immer mehr das Leben meiner Geschwister. Für sie alle hege ich ein irgendwie mütterliches Gefühl. Dabei mag ich immer weniger die sogen. »große Welt« (und die Stadt), im besonderen aber die Welt meiner Kollegen. Was ist das für eine kümmerliche Welt, wenn Kaden und Breiter[2], zwei menschliche Karikaturen, sie anführen können. Heute erzählte mir Frau Nałkowska von einem neuen Spiel dieser beiden Edlen. Wie sie unablässig »wirken«, wie sie sich nach allen Seiten bemühen, wie sie organisieren, den einen das Bein stellen, die anderen stützen, damit der Dreck nicht sichtbar wird – pfui. Angeblich hat Kaden in Sachen des »zur Vergabe anstehenden« Lodzer Preises den Reprä-

sentanten des Schriftstellerverbandes nachdrücklich nahegelegt, Goetels[3] Kandidatur zu forcieren, da er keinen Konkurrenten um den Schlesischen Preis haben wollte, auf den er selbst Appetit hatte. Schöne geistige Anführer und Vertreter der »Gipfel der Kultur«. Was ist »La trahison des clercs« für ein großartiges Buch.

Die für Hela gekaufte Sigrid Undset hatte ich aufs Land mitgenommen und konnte mich nicht bremsen – ich habe sie gelesen. Was für ein Meisterwerk, wie kann ich mich damit messen. Es spielt im Mittelalter, steht aber über allen Epochen, über der Zeit. Dieses Werk, das neben Homer, Shakespeare, Hugo, Dickens, Dostojewskij und Conrad treten kann, übertrifft Hamsun erheblich. Und nun zu denken, daß dieses geniale Werk dem Grundgedanken meiner armen Niechcic-Familie verwandt ist, die ich geschrieben habe, ohne von der Existenz dieser übermächtigen Frau zu wissen. Wie schrecklich seltsam ist das.

1 Helena Hepke geb. Szumska (1891-1969), jüngere Schwester der Autorin, verheiratet mit Stanisław, Agronom.

2 Emil Breiter (1886-1943), Rechtsanwalt und aktiver Literaturkritiker, Freund von Kaden; von den Nazis ermordet.

3 Ferdynand Goetel (1890-1960), Schriftsteller, war 1926-1933 Vorsitzender des polnischen PEN-Clubs.

22. 3. 1929. Freitag

Nichts beweisen wollen. Vor staunenden Augen das Bild der Welt entfalten. So will ich schreiben. Das soll meine Devise sein vor Beginn der Arbeit am zweiten Band. Ich sorge mich nicht mehr, daß ich keine Idee habe.

16. 4. 1929. Dienstag

Marschall Piłsudski hat einen Artikel veröffentlicht, in dem er den ganzen Sejm mit den schlimmsten Ausdrücken belegt, speziell beschimpft er Woźnicki und Lieberman als komplette Idioten und schamlose Menschen; am Schluß hat er wie immer die gesamte Nation geschmäht. Piłsudski ist gleichsam die verkörperte Improvisation von Mickiewicz, doch selbst die größten Leute haben ihre »marée basse«, wenn die Strömung des Göttlichen zurückebbt und sie nicht umspült. Sie erinnern sich und fühlen ihre Sendung und begreifen nicht, daß im gegebenen Augenblick die göttliche Welle nicht in ihnen flutet, sondern sich weniger »Der Augengrund« (Titel des Artikels) als vielmehr der Grund jenes Meeres ausbreitet, das sie umrauscht hatte. Auf dem Grund aber liegen die Abfälle, verrottete Wasserpflanzen, Aas, Dreck. Im Endergebnis haben alle außer denen, die von geistiger oder moralischer Umnachtung befallen sind, von diesem Artikel den schlechtesten Eindruck, gefreut aber hat sich alles, was das schlimmste Element des Polentums bildet. So spricht nicht Größe, so kann wirklich nur ein kranker Mensch sprechen, das ist nicht der Stil »heiligen Zorns«. Einen starken und schönen Eindruck dagegen hat Daszyńskis würdiger und wahrhaftiger Artikel gemacht. Die schäumende Wut der Obristen hilft da gar nichts. Im Endergebnis haben wir die lang erwartete Regierung dieser Obristen und in den Zeitschriften die weißen Stellen wie zu Zeiten der Besatzung. Die Erziehungsmethoden des Marschalls im derzeitigen Augenblick und sein Verhältnis zur Nation erinnern mich sehr an Wielopolski.[1]

Wir waren im Film »Sturm über Asien«. Es ist wohl der beste Film, den ich je gesehen habe. Während ich ihn anschaute, kam mir wieder die Zweitrangigkeit unserer Kultur zu Bewußtsein. Ich habe Lucien Romiers »L'homme nouveau« gelesen, ein Buch, in dem das Problem der Modernität unter dem heute einzig möglichen, die ganze Welt umfassenden Blickwinkel betrachtet wird. Während meiner Krankheit habe ich Balzacs »Bauern« und »Kusine Lisbeth« in Boys Übersetzung durchgelesen. [. . .]

1 Aleksander Graf Wielopolski (1803-1877), konservativer Politiker, im Auftrag Zar Alexanders II. Statthalter des Königreichs Polen, bekannt wegen seiner Eigenmächtigkeit.

19. 4. 1929. Freitag

Heute habe ich über die Analyse Kadens von Piwiński nachgedacht. Seine Voraussetzung ist, daß Kadens Werk vom künstlerischen Gesichtspunkt aus durchfällt. Der Reihe nach werden im einzelnen alle Konstruktionsfehler dargelegt, die wirklichkeitsfernen psychologischen Proportionen, die Geschwätzigkeit, die stilistische Überzeichnung. Diese Darstellung der Sache überzeugt uns, weil Kadens Werk uns nicht gefällt. Wendet man aber dieselbe Methode sondierender Analyse auf die großen Schriftsteller an, die uns gefallen, würde sie sich in unseren Augen als völlig irrig herausstellen. Zum Beispiel bei V. Hugo, Dostojewskij, Dickens oder Conrad. Man könnte diesen Schriftstellern eine Menge Fehler vom Gesichtspunkt künstlerischer Kriterien aus nachweisen, und ihre Werke würden doch dastehen wie eine Mauer. Denn niemand weiß, worauf sich Kunstwerke gründen. Sie basieren auf dem, was »feu sacré« genannt wird – da hilft nichts. Und deshalb sind alle Kriterien der Kritik, auch die künstlerischen, schrecklich relativ.

Zudem scheint mir, das Kunstwerk basiert auf seiner Glaubwürdigkeit. Es steht so lange, wie nichts oder fast nichts Zweifel weckt, unwahrscheinlich wirkt. Ein hohes, ein großes Kunstwerk ist jenes, woran oder vielmehr dem auf hohem seelischen Niveau stehende Menschen glauben. Auf seelischem, nicht geistigem. Diese Menschen können sich auf verschiedenen Stufen der geistigen Kultur befinden, genauso wie Menschen auf den Gipfeln der geistigen Kultur seelisch überhaupt nicht wach und für Kunstwerke nicht sensibel sein können.

21. 4. 1929. Sonntag

Ich schreibe einen Artikel über »Nostromo«. Ich ringe mit entsetzlichen Schwierigkeiten. Was ich auch tue, es geht weit über meinen Verstand, mein Talent und meine Kräfte. Draußen nach zwei beinahe heißen Tagen wieder Sturm, Schnee, Regen, zwei Grad Wärme.

Gdingen, 26. 4. 1929. Freitag

Nichts läßt sich mit meinem Erstaunen vergleichen, als ich vom Zugfenster aus und heute beim Herumlaufen Gdingen betrachtete. Das kleine, elende Fischerdorf hat sich in eine große Stadt verwandelt, die ganz und gar von heute, ja vielleicht sogar von morgen ist, in ein Gelände kühner Experimente. Dieser Ort ist gut für Menschen, die eine schmerzliche Vergangenheit vergessen wollen. Es gibt keine Spur mehr von der schmalen Gasse mit strohgedeckten Katen, auf der ich 1921 zum Meer ging. An dieser Stelle macht sich eine Großstadtstraße breit. Taxis, Banken, Geschäfte, goldene Turmuhren, moderne Wohnblocks, Hafenkräne, Molen. – Auf diese Weise sind wohl nur amerikanische Städte in der Prärie entstanden. Und über diesem Ameisenhaufen singen, ohne ihn auch nur zu beachten, hartnäckig die Lerchen. Auf den Straßen der Arbeiter in Schal und Schiebermütze, der Ingenieur und der dickwanstige Unternehmer. Das alles ist sehr interessant. Tagsüber bin ich zufrieden, und gäbe es nicht eine gewisse Unsolidität des Herzens, risse ich mich um alles und würde, vom reißenden Leben ringsum angetrieben, besinnungslos arbeiten. Morgens möchte ich bis Ende Mai hierbleiben, doch wenn der Abend naht, beschließe ich, möglichst schnell nach Haus zurückzukehren, zu Stachno. Schreckliches Wetter. Schneeschauer, Hagel, kurze Augenblicke einer täuschenden, kalten Heiterkeit. Wie im »Sturm über Asien«.

1. 5. 1929. Mittwoch

Erst nach einigen Tagen habe ich die alte Dorfstraße gefunden. Es gibt dort noch einige Katen von früher, doch ist sie völlig aufgerissen, viele riesengroße Häuser sind im Bau. Nirgendwo kann man so wie in Gdingen die Krise der Bauwirtschaft spüren. Überall stehen »mit den Händen im Schoß« die Skelette begonnener Gebäude. Immer noch sehr wechselhaftes Wetter. Gestern ging es mir sehr schlecht mit den Nerven und bis zu einem gewissen Grade auch mit dem Herzen, doch heute ist alles gut. Heute fuhren Stella und ich nach Danzig, um Bäumchen und Sträucher zum Schmuck ihres Gartens am Haus zu holen.

3. 5. 1929. Freitag

Ich mußte auf verschiedene literarische Vorhaben verzichten, mit denen ich hergekommen bin. Gerade noch den Artikel über »Nostromo« konnte ich beenden. Gestern fuhren Stella und ich mit dem Auto durch das Hafenviertel. Es machte mir einen mächtigen Eindruck, als ich an der Stelle, wo früher der Weg durch die Torfwiesen nach Oxhöft führte, das innere Hafenbecken erblickte mit Schiffen und Lagerplätzen, Hallen, Kränen, Wagenkippern und Dutzenden von Schienensträngen daneben . . .

Heute waren wir in der Konditorei, später, gegen Abend ging ich wie üblich am Strand entlang. Ein Matrose sprach mich an – er war etwas angetrunken – und begleitete mich eine halbe Stunde. Ich redete mit ihm, zum Schluß mußte ich ihn auf recht scharfe, entschiedene Weise abwehren. Ich bedaure, daß ich nicht länger mit ihm gegangen bin. Wie kann ich anders die Lebensweise kennenlernen, die mich lockt. Dabei hat mir von allen Leuten, die mich irgendwann einmal auf ähnlich hartnäckige Weise ansprachen, allein dieser Matrose gefallen. Ich hatte das unklare Gefühl, ihn gekränkt zu haben, als ich ihn »abfertigte«. »Warum fertigen Sie mich so ab? Ich will in der Wahrheit leben«, sagte er.

Morgen abend reisen wir heim. Ach, wäre ich mit diesem unseligen Roman fertig, schriebe ich einen Band mit Erzählungen von der Küste.

Warschau, 19. 5. 1929. Sonntag, Pfingsten

Ich habe Stendhals »Über die Liebe« gelesen. Das ist trotz allem, was Boy herausholen will, ein recht langweiliger Traktat, aus dem man aber, wer weiß, vielleicht jenen Proust ableiten kann, von dem jetzt so viel geredet wird, und sofern ich es aus dem, was geredet wird, richtig entnehme. Ein Satz von ihm über die Literatur hat mir gefallen: »Wir Schriftsteller schreiben auf gut Glück, jeder, was ihm als wahr erscheint, und jeder straft seinen Nächsten Lügen. Ich sehe in unseren Büchern nichts anderes als Lotterielose; sie haben wirklich keinen höheren Wert. Erst die Nachwelt bestimmt die Treffer, indem sie die einen vergißt und die anderen immer wieder druckt. Bis dahin hat keiner von uns, die das Wahre nach besten Kräften zu erfassen suchen, Veranlassung, über den anderen die Nase zu rümpfen, es sei denn mit herzhaftem Spott.« Das ist zugleich eine Lehre für mich – obwohl ich hinzufügen muß, daß ich gegen mich selbst am strengsten bin. Jetzt lese ich Remarques »Im Westen nichts Neues«. Ich kenne diese Dinge alle dank Boguś' und Marians Fronterlebnissen. Aber es ist wirklich ein überraschendes Buch. Wer weiß, ob nicht Zeiten kommen, in denen die größten Kunstwerke außerhalb der offiziellen Literatur geschrieben werden.[1]

1 Mit Rücksicht auf die für Polen befreiende Wirkung des 1. Weltkriegs wurde in der polnischen Literatur seine Grausamkeit unterdrückt. Nicht umsonst nennt M. D. als polnisches Gegenstück zu Remarque private Tagebücher von Kriegsteilnehmern (ihres Mannes und ihres Bruders). Die Welle der Anti-Kriegsliteratur erhob sich »offiziell« in Polen erst in den Dreißiger Jahren; Beispiel: J. Wittlins »Salz der Erde« (1937).

Posen, 31. 5. 1929. Freitag

Ich bin jetzt in Posen zur PKW-Ausstellung[1], hergefahren mit Stachno, Wanda Dąbrowska und Marysia Kownacka, die hier eine Bibliothekarstagung haben. Ich bin gekommen, um bei Stachno zu sein, und weil er es so wollte. Doch wir können kaum zusammen sein, jedenfalls allein zusammen. Im Augenblick sind sie alle bei dieser Tagung, ich bin daheim geblieben (wir wohnen im hiesigen Landschaftsamt) und bedaure das nicht. Es ist mir sehr angenehm, in unserem Quartier zu sitzen und zu schreiben. Posen gefällt mir sehr, eine wirkliche Gartenstadt. Eines nur ist eigenartig, daß Menschen, die alles, was Ästhetik und Bequemlichkeit angeht, nach außen so hübsch herzurichten vermögen, nach innen gewöhnlich kalt, langweilig, hart und geistig unsympathisch sind. Die Posener sind entsetzlich – berechnend, kleinlich, gemein.

1 Vom Verband Polnischer Buchhändler und Verleger organisierte Ausstellung.

Warschau, 14. 6. 1929. Freitag

Ich sorge mich wegen meiner Schulden. Ich denke daran, im Herbst eine feste Arbeit anzunehmen und nicht mehr fieberhaft, sondern langsam und ohne an Termine zu denken, die Niechcic-Familie zu schreiben. Ich habe den dritten Band von »Kristin Lavranstochter« und Tolstojs »Auferstehung« gelesen. [. . .]

20. 6. 1929. Donnerstag

Am Sonntagnachmittag waren Filosofow[1] und Jerzy Stempowski bei uns. Wir diskutierten aufgrund von Boys Artikel über Ksawery Deybel den Towianismus.[2] Mir scheint, obwohl Boys »Revelationen« frappierend sind, bezieht auch er einen nicht ganz richtigen Standpunkt. Zunächst enthüllt die Entdeckung der erotischen Grundlage des Towianismus nichts Wesentliches, weil ja bekannt ist, daß mystische Suche sich immer mit geschlechtlichen Dingen verbindet, und zwar so weit, daß es mich stets gewundert hat, warum es das im Towianismus, fast der einzigen Bewegung dieser Art in Polen, nicht gab. Es kam mir wie eine Art Gebrechen vor, ein Symptom des Phänomens, daß Polen alles nur halb tut, daß es den letzten Grund fürchtet. Eigentlich halte ich es für sehr gut, daß es in Polen einen Streit dieser Art gab, daß die Romantiker sich in den Wahn steigerten, in ein Abrakadabra der Suche nach den Quellen der Moral und des Daseins. Boy wittert in dem nur einen kleinen Skandal, doch die Dinge, die für ihn lediglich den »sehr menschlichen« Beigeschmack der Ferkelei haben, waren für die Leute damals ungemein wichtige Fragen. Vielleicht war das in Polen das einzige Zerbrechen des Menschen um des Zugangs zum Geheimnis des Lebens willen. Und jene Komierowskis, die einen so weiten Weg machten, um zu Towiański zu gelangen, reisten – trotz der Empörung der Frau (?) – nicht zum Vergnügen, und die Nacht, die Komierowski durchweinte und durchlitt, spricht für sich. Nie hatte ich einen Hang zum Towianismus, erst jetzt interessiert er mich, irgendwann einmal möchte ich auf diese Zeiten zurückkommen und über sie einen Roman schreiben. Bolesław Schiefmund (oder der Kühne – überhaupt die Piasten), das 16. Jahrhundert und die Romantik, das sind drei historische Romane, die mich locken.[3] Am stärksten bei Boy ist der Punkt, daß die Professoren das alles unterdrückt haben, doch haben sie es nicht zu Towiańskis Apotheose getan, weil auch sie ihn verurteilten. Ich möchte darüber mit Ujejski[4] sprechen. [. . .]

1 Dmitrij Filosofow (1872-1940), russischer Intellektueller, lebte seit 1920 als Emigrant in Polen und publizierte Emigrantenblätter; Freund des Hauses.

2 Andrzej Towiański (1799-1878), verkündete 1841 in Paris eine neue

Phase des Christentums und gewann für seine mystisch-reformatorischen Ideen A. Mickiewicz, J. Słowacki und andere. Aus diesem Grunde behandelte die Literaturgeschichte ihn apologetisch. Erst Boy-Żeleńskis Mickiewicz-Kampagne stieß den Towianismus vom Sockel.

3 Zum Teil wurden diese Absichten in M. D.s historischen Dramen realisiert, die das Mittelalter (»Stanisław und Bogumił«, 1945) und die Reformation (»Verwaister Genius«, 1939) behandelten.

4 Józef Ujejski (1883-1937), Literaturhistoriker, Professor der Universität Warschau, Verfasser von Arbeiten über die Romantik und über Conrad; damals Vizeminister für das Unterrichtswesen; Freund der Schriftstellerin.

23. 6. 1929. Sonntag

Heute morgen ist Jadzia abgereist. Ich habe wieder den ganzen Tag von zehn bis neun Uhr abends in der Bibliothek auf der Zitadelle Inventur gemacht. Während des Rückwegs überlegte ich, was ich mit meinem Roman machen soll. Nie hatte ich irgendeiner Sache gegenüber ein solches Gefühl des Fiaskos wie gegenüber diesem Vorhaben. Ich fühle mich kraftlos. Der Mensch sieht sich nur von innen, die anderen sieht er nur von außen, deshalb darf man in das epische Schaffen nicht sich selbst und seine eigenen Erlebnisse mischen, denn dann wäre ein lyrisches Behandeln der Dinge erforderlich – ich aber tue das. Wie trennt man sich von sich selber, oder wie findet man die Synthese dieser beiden Welterfahrungen, dieser beiden Einstellungen? Ich leide an einem tiefen Mißtrauen gegen alle Kapitel dieses Romans, gegen die Art und Weise, in der ich schreibe.

28. 6. 1929. Freitag

Nachmittags in der Bibliothek. Abends zur »Wachtel« von Żeromski mit Osterwa und Jaracz.[1] Jaracz ist genial. Anielusia Zagórska brachte mir Conrads »Rettung«. Ich habe das Vorwort gelesen und bin tief erschüttert, daß dieser Große dieselben Qualen durchgemacht hat, die ich erlebe. Wie sich zeigt, hat er den Roman »Die Rettung«, mit dem er nicht fertig wurde, beiseite gelegt, um erst zwanzig Jahre später darauf zurückzukommen, nachdem er in der Zwischenzeit die Mehrzahl seiner anderen Meisterwerke geschrieben hatte. Das hat mir Mut gemacht, aber ich werde wohl nicht auf die Niechcic-Familie zurückkommen, oder ich werde den Stoff in mehrere selbständige Romane zerschlagen. Und mein Gott, ob ich wohl in der Zwischenzeit etwas schreiben werde ... Seit einigen Tagen habe ich mich auf Novellen gestürzt, zwei habe ich sozusagen fast fertig.

1 Stefan Jaracz (1883-1945), Schauspieler und Theaterdirektor; die Rolle in der »Wachtel« gehörte zu seinen stärksten; Häftling in Auschwitz.

Płonne, 9. 8. 1929. Freitag

Schon seit einem Monat bin ich bei Hela in Płonne.
Gesundheitlich geht es mir die ganze Zeit recht schlecht, und auch das Wetter ist nicht gut. Jetzt erst, da ich übermorgen abreisen soll, sind wunderschöne, goldene Tage heraufgezogen, und auch ich komme anscheinend zu mir. Trotz des schlechten Befindens und verschiedener Leiden, besonders aber der Schlaflosigkeit und der entsetzlichen Träume, die mich abwechselnd quälen, habe ich hier zwei Novellen geschrieben (ich weiß, ich habe nur eine geschrieben, nämlich »Die Bibliothekarin«, später »Fräulein Winczewska« betitelt, entstanden aus meinen Mühen in der nach Marian genannten Bibliothek auf der Zitadelle – Zusatz 1943) und einige Kapitel des zweiten Bandes, dessen eigentliche Konzeption erst jetzt halbswegs vor mir aufgetaucht ist. Auf das riesengroße Ganze habe ich verzichtet, das schaffe ich nicht, es wird nur der Roman »Bogumił und Barbara«, und seine beiden Teile lassen sich vielleicht in einem einzigen, etwas

dickeren Band unterbringen. Außer den Dingen, die ich geschrieben habe, nehme ich von hier einen Haufen Notizen mit und den Entwurf für einen psychologischen Kriminalroman. In der letzten Nummer der »Wiadomości« fand ich den folgenden Ratschlag, den Stendhal einer schreibenden Dame gegeben hat: »Wenn Sie einen Mann, eine Frau, eine Landschaft beschreiben, denken Sie immer an jemanden oder an etwas Wirkliches«. Das rechtfertigt sehr meine Art zu schaffen, denn ich kann anders nicht schaffen, ich habe ganz und gar keine Phantasie. [. . .]
Ich lese Flauberts »Correspondance«. Sie engagiert, ja bewegt mich mehr als alle seine Romane.

Warschau, 26. 9. 1929. Donnerstag

Der Aufenthalt in Gdingen hat mich in jeder Hinsicht sehr erfrischt. Das Wetter war die ganze Zeit über wunderbar schön, und ich habe sogar gelegentlich gebadet. In Gdingen habe ich die Novelle »Pfarrer Filip« skizziert. Am 24. September abends bin ich nach Hause zurückgekehrt. Jerzy Stempowski holte mich am Bahnhof ab. St. ging es die ganze Zeit ziemlich schlecht, erst seit meiner Rückkehr kommt er wieder zu Kräften, und in den letzten beiden Tagen fühlt er sich erheblich besser. Ich bin in guter Geistesverfassung. Ich fühle mich gesund und gewinne das alte Interesse an Welt und Leben wieder. Mit dem Schreiben geht es schlecht, doch verliere ich die Hoffnung nicht. Der gesamte erste Band meines Romans[1] taugt nichts. Ich habe die Arbeit daran unterbrochen und schreibe Novellen. Falls ich zu dem Roman zurückkehre, werde ich ihn fast neu schreiben müssen. Meine erste Novelle ist mir nicht gelungen, die zweite schon besser. Ich lese Taine, Boileau, die Briefe der Madame de Sévigné und eine der Arbeit und der Literatur gewidmete Nummer von »Les Marges«.

1 Immer noch ist die Rede von dem Band, der in der endgültigen Komposition der »Nächte und Tage« Band II sein wird (»Ewiger Kummer«).

4. 1. 1930. Sonnabend

Neujahr habe ich beschlossen, das Telefon auszuhängen, mich einzuschließen und bis April den Roman zu beenden, sonst werde ich verrückt. Mit der Gesundheit steht es so mittel. Irgendwas ist in meinem Kopf passiert, er dröhnt und hallt ohne Unterlaß. Außerdem bin ich so traurig und nervös. Ich habe schreckliche Träume, und immer von Krankheiten. In einem war ich durchsichtig, und in meinen Adern flossen statt des Bluts blaugraue und geronnene Fetzen. Im zweiten aß ich Brot, das mit Hirnrinde beschmiert war. Im dritten hatte ich die Pocken und war überall mit weißen Flecken bedeckt wie mit Scheiben. Eine richtige Zwangsvorstellung des Ekelhaften ...

11. 1. 1930. Sonnabend

Ich verbringe meine Zeit weiterhin so, daß ich mich um 10 Uhr früh ans Schreiben setze; um halb eins gehe ich spazieren, esse Mittagbrot, lege mich dann hin, höre Radio, schlummere. Gegen sechs setze ich mich wieder ans Schreiben. Abends mache ich manchmal einen Besuch. Ich nehme Strychnin, Cola, Validol, trinke Zitronen- und Orangensaft, mache Gymnastik und reibe mich mit kaltem Wasser ab. Infolgedessen halte ich dieses fast klösterliche oder gefängnishafte Regime physisch ganz gut durch. Von der Welt habe ich mich völlig abgewandt und die Welt sich von mir. Ich sehe fast niemanden, von den Schriftsteller-Kollegen absolut niemanden außer Zofia Nałkowska. Manchmal bin ich aus diesem Grunde traurig, manchmal denke ich mir, es gibt ja so viele Leute, die jahrelang, von allem abgeschnitten, im Gefängnis sitzen. Mein Roman hat mich ins Gefängnis gesperrt. Ich weiß, andere können gewissermaßen vierhändig leben, vielleicht werde ich das auch mal können. Die traurige Seite meiner Einsperrung ist die, daß ich nicht weiß, ob es sich lohnt. Der sich immer weiter entwickelnde Kritizismus läßt mich in diesem Roman etwas sehr Schlechtes sehen, doch die Leidenschaft, die schon in eine Art verhängnisvollen Wahn übergegangen ist, läßt mich trotzdem schreiben. Alle literarischen Aufträge, sogar die finanziell verlockenden, lehne ich ab, die Leute werden in Kürze vergessen, daß ich schreiben kann. Meine persönlichen Bedürfnisse habe ich eingeschränkt, denn ich lebe bei Mortkowicz auf Kredit, in privaten Schulden und von einem kleinen Stipendium.[1] Mortkowicz' Vertrauen zu meinem Schaffen erfüllt mich mit Verwunderung und Angst. Ich habe jetzt eine andere Methode gewählt. Ich schreibe das Ganze in der ersten Fassung, ohne Einzelheiten zu bearbeiten, alles hat eine Form, daß, wenn jemand sie zufällig läse, er ein klassisches Beispiel von Graphomanie vor sich hätte. Doch auf diesem Wege nähere ich mich langsam dem Schluß. Ich bin beim dritten Kapitel des letzten Teils. Die Methode hat noch einen Vorteil. Sie legt die Reihenfolge der Tatsachen fest und schafft für mich sozusagen eine künstlerische Wirklichkeit ersten Grades. Wenn ich die Kapitel endgültig bearbeite, werde ich es nicht mehr mit einem mich auf verschiedene Weise lähmenden authentischen Material zu tun haben, sondern mit seiner ersten Transposition. Ich werde daraus schöpfen, wie Shakespeare aus fremden Novellen schöpfte, ich werde nicht mehr nach den Geschehnissen schreiben, die wirklich passiert sind, sondern nach der von mir aus ihnen geschaffenen Fiktion.

Ich überlege, ob der Handlungsfaden Agnieszka in diesem Zyklus bleiben soll, und zwar weil ich ihretwegen genötigt bin, eine etwas andere schriftstellerische Methode anzuwenden, weil ich genötigt bin, mich der Methode künstlerischer Introspektion zu bedienen, während meine

Schreibweise sonst eher, »toutes proportions gardées«, von demselben Typ ist wie bei Hamsun, Conrad, Undset: die konkreten Fakten so zu organisieren, daß ihre Konstruktion, gewissermaßen ungewollt, die ganze unterirdische Strömung der nichtmateriellen Wirklichkeit enthüllt. Doch wer weiß, ob die Zukunft nicht der Verbindung dieser beiden Methoden gehört. Mein Fluch ist die Leichtigkeit des Dialogs. Jede Szene denkt sich mir zur Zeit in Form von einem Dutzend Dialogen, sie sind ohne die geringste Mühe individualisiert, alle mehr oder weniger glaubwürdig. Am schwersten fällt mir die Beschreibung, die Definition von irgendetwas, das man kurz benennen muß – und das Erzählen. Sobald ich zu erzählen beginne, verfalle ich in Banalität. Wenn jemand wüßte, was das für Schwierigkeiten sind, mit denen ich kämpfe, würde er mich bedauern. Doch die Welt geht fremd und gleichgültig an mir vorbei, sie ist mit ihren eigenen Angelegenheiten beschäftigt, und die, in der ich angeblich leben sollte, hauptsächlich mit Empfängen. Ich habe aber weder Glück noch Veranlagung zum größeren gesellschaftlichen Leben. Ich neige in dieser Hinsicht zu kleineren Kreisen – überwiegend, denn ich habe auch andere Zeiten, aber selten. Frau Zofia lebt im Gegensatz zu mir jetzt ganz nach außen gekehrt, in der großen Welt, auf dem Gipfel ihres Ruhms.

Jetzt bin ich wieder ruhig. Wenn es mir nicht gelingt, bin ich allen Ernstes bereit, zur Kenntnis zu nehmen, daß ich kein Talent habe, sondern einen falschen Appetit. Dann werde ich den Beruf wechseln. Prof. Dobrowolski hat gesagt, die einzige gute Seite der Amerikaner sei ihr Mut, der es ihnen gestattet, siebenmal im Leben den Beruf zu wechseln. Ich habe ihn schon dreimal gewechselt. Ich war Sozialarbeiterin und -schriftstellerin, Beamtin und Literatin. Bleiben mir noch vier, den fünften nicht gerechnet, den ich immer ausgeübt habe, den der glücklichen Frau, denn ich bin trotz allem glücklich, weil die Liebe mich nicht verläßt.

1 Der Verlag Mortkowicz zahlte der Schriftstellerin bescheidene und unregelmäßige Vorschüsse, in der Schlußphase erhielt sie ein geringes staatliches Stipendium.

AMTLICHE LIVREEN, FRÄCKE UND RÜSTUNGEN

Seit dem Erscheinen des ersten Bandes errangen »Nächte und Tage« sowohl bei den Lesern als auch bei der Kritik einen starken und breiten Erfolg. Er wurde geradezu symptomatisch. Der Romanzyklus war zur Hälfte bekannt, als er 1933 mit dem Staatspreis ausgezeichnet wurde. Ohne auf den Schluß des Romans zu warten, veröffentlichte einer der bekanntesten Kritiker eine Studie über seine historisch-literarische Bedeutung. Den ganzen Rummel empfand M. D. bei der Beendigung der »Nächte und Tage« als störend.

Doch die Tagebücher zeigen nicht nur ihr Ringen mit dem Finale des Romans und seiner unerwarteten Popularität. Sowohl die Ereignisse im unheilverkündenden Umbruchsjahr 1933 (nach Hitlers Machtergreifung) als auch verschiedene Erscheinungen des geistigen und literarischen Lebens bewirken, daß M. D. damals umgetrieben wird von Reflexionen über Verhalten und Stimmungen der Massen und der Eliten, daß die Frage sie quält, welche Rollen in diesen immer bedrohlicheren Zeiten den Intellektuellen, Künstlern, Schriftstellern zufallen ...

6. 12. 1933. Mittwoch

Gestern träumte mir, ich sei Don Quichote. In einer Rüstung, wie man sie in den Zeichnungen zum »Don Quichote« immer sieht, ritt ich auf unserem Grauschimmel aus Wojsławice, wobei ich unbequeme handgeschmiedete Steigbügel hatte, die so eng waren, daß nur meine Schuhspitzen hineinpaßten (ich trug gewöhnliche Schuhe, die von heute). Ich konnte nicht Trab reiten, weil mir immer gleich die Steigbügel von den Füßen glitten. Nach einer Weile sah ich Don Quichote, der nicht mehr ich war, wie er elend und die Falten seines langen, roten, mittelalterlichen Gewandes raffend, ausgemergelt und verschreckt heimlich über die Straße auf die andere Seite huschte. Und jemand sagte: Piłsudski hat ihm seine Rüstung weggenommen.

7. 12. 1933. Donnerstag

Wieder habe ich eine Reihe von traumreichen Nächten. Heute träumte mir, ich sei in Sowjetrußland, zugleich aber wie in Zofia Nałkowskas Wohnung. Ich war in ihrem Salon, in Erwartung irgendwelcher hochgestellter Gäste – vielmehr ich ging durch diesen Salon hinaus auf meinen Balkon, um die Blumen zu gießen. Aus der Gießkanne spritzte das Wasser auf den schönen Fußboden. Ich sah, wie sich in Frau Zofias Augen Entsetzen, Scham und Verzweiflung darüber abzeichneten, daß die Gäste mich so antreffen könnten, in dunkelblauer Arbeitsschürze (denn so fühlte ich mich angezogen) durch ihren Salon gehend und auf den Boden Wasser vergießend. Aus den Augen der alten Frau Nałkowska schaute nichts als Verlegenheit, als benähme sich ihre Tochter schlecht. Unsinn. Ich bin unsäglich erschöpft durch diesen vierten Band. Ich weiß nicht, wie ich den Ton herauskriege, den ich höre. Ich habe jedes Maß und Urteil verloren.

8. 12. 1933. Freitag

Gäste – der ganze Abend ist mit nichts vergangen –, geschrieben habe ich nicht. Nachts träume ich die Sätze und Szenen des geschriebenen Kapitels. Es wird Krieg geben, es kommt das Schlimmste, ehe ich das zu Ende bringe. Deshalb sehe ich mich und die Welt in düsteren Farben. Bin ich wirklich nicht imstande, ohne Liebe im wörtlichen Sinn zu leben?

9. 12. 1933. Sonnabend

Bis heute klingen mir die Motive der Fünften Symphonie in den Ohren, die wir erneut im Sender Wien gehört haben. Vor allem die freudige Melodie des Allegro, worauf das Scherzo erklingt wie das brausende Summen eines riesigen Hornissenschwarms inmitten des Glücks, das die Welt errungen hat. Es kam auch das Es-Dur-Konzert, das ich leidenschaftlich liebe, besonders den ersten Teil. Hoehn spielte das Konzert kristallklar schön, und auch der Flügel war besonders gut – aber das Orchester wurde – so schien es – diesmal fatal dirigiert, Jascha Horenstein bleibt überlegen. Das Leben, in dem es die Musik gibt, wäre sehr schön, wäre nicht der vierte Band. Seit einigen Tagen schneit es, scharfer Frost, prächtiger Winter, Eisbahn, doch ist da der vierte Band. [. . .]

Von Hela noch keine Nachricht über die Entscheidung wegen der Operation.

11. 12. 1933. Montag

Heute war ich zum ersten Mal auf der Eisbahn, es ging aber nicht gut, weil ein unangenehmer Wind wehte. Bewölkt, 4 Grad Frost. Von Hela immer noch nichts, das bringt mich aus dem Gleichgewicht. Gestern habe ich das zehnte Kapitel beendet. Heute kann ich nichts tun, weil ich aufgehört habe zu rauchen. Ich muß aufhören, denn um meine Kehle steht es immer schlechter. Andererseits, wenn ich nicht rauche, kann ich nicht schreiben. Ein Teufelskreis . . . [. . .]

15. 12. 1933. Freitag

In der »Kobieta Współczesna«[1] und in den »Wiadomości Literackie« erscheinen zwei schwache Dinge von mir, ausgewählt und bearbeitet aus den »Hobelspänen« des dritten Bandes.[2] Ich sage so oft ab, daß ich einmal etwas hergeben mußte. Bei der Korrektur für die »Wiadomości« stieß ich auf ein wunderschönes Gedicht von Tuwim, das mit den

Worten beginnt: »Ich reise nicht ab, denn vor der Reise muß man sich die Haare schneiden lassen . . .«[3] Eine Lyrik hoher Klasse wie bei Puschkin oder in den kleinen Gedichten von Norwid. Das Entsetzen des jungen Menschen, der unter der Schere graue Haare fallen sieht. Und das Entsetzen des Menschen, der diese grauen Haare mit schwerem Erleben in Verbindung bringt. Ich hätte selbst dieses Gedicht schreiben können, so sehr entspricht es meiner Stimmung jetzt . . .
Ach so, wir haben von Frau Leśkiewicz den ganzen Proust erhalten, doch ich weiß nicht, ob ich mich, selbst wenn ich den Roman beende, daran machen werde, ihn zu lesen.

1 Die Zeitschrift »Frau von heute«.
2 Eine von ihnen, »Der Glassplitter«, gehört zu ihren großartigsten und bekanntesten Novellen.
3 Gemeint ist Tuwims Gedicht »Haarschnitt« (aus dem Band »Brennender Inhalt«).

27. 12. 1933. Mittwoch

Das Fest haben wir daheim verbracht. Ich habe wenig geschrieben, das zwölfte Kapitel ist nicht fertig. Ständig kam mir etwas dazwischen. Am Heiligen Abend waren Jurek und Jadzia da . . .
Vor dem Fest war ich bei einem Treffen der Polnisch-Lehrer mit Schriftstellern, von denen nur Frau Nałkowska und ich gekommen waren . . .
Gestern träumte ich, durch ein neues Gesetz habe man die Todesstrafe in Selbstmord unter Polizeiaufsicht umgewandelt. Eine Frau war auf diese Weise verurteilt worden, sich zu ertränken. Ich assistierte dabei mit Hela. Die Frau wollte sich aber nicht ertränken, die Polizisten drohten mit Revolvern, schließlich banden sie ihr einen Stein auf den Rücken. Das alles geschah in einem Zimmer neben einem Kanal mit schwarzem Wasser. Grauenhaftes Entsetzen. Ich selbst stand auch vor Gericht – verdächtigt des Mordes an einer Maria Dąbrowska, die auf der Krucza-Straße 16 einen Hutladen

hatte. Aus irgendeinem Grund aber gestattete man mir, frei herumzulaufen. Ich ging also in diesen Laden, um nachzusehen, ob dort tatsächlich jemand umgebracht worden war. Ich fürchtete, man könne mich sehen und denken, ich käme, um den Ort meines Verbrechens anzuschauen (Erinnerungen an Dostojewskijs »Schuld und Sühne«, das ich gerade lese). Die Jalousien des Ladens waren herabgelassen, trotzdem trat ich ein. Eine Person zeigte mir künstliche Blumen und Hüte, sie ärgerte sich, weil ich nicht hinblickte, sondern damit beschäftigt war, daß ich nicht lebte; wie konnte man mich wegen eines Mordes aburteilen, wo man mich doch gerade getötet hatte. Plötzlich stellte sich heraus, daß ein Sergeant in die Sache verwickelt war, ich sah eine Abteilung Soldaten auf der Straße marschieren; unerwartet bückten sich die Soldaten und fingen an, Kohlen von einem Wagen zu stehlen . . . Aus dem Wirrwarr tauchte plötzlich Jerzy Cz. auf und kniete vor mir nieder, ich faßte ihn um den Hals, wir begannen beide heftig zu weinen. [. . .]

28. 12. 1933. Donnerstag

Der Tag ist bewölkt, warm, abends regnerisch. Vormittags war ich noch auf der Eisbahn, aber jetzt regnet es. Nach Spritze und Eisbahn habe ich geschrieben. Mit dem zwölften Kapitel bin ich fertig, doch habe ich nicht alles untergebracht, was hinein sollte. Nach dem Mittagessen habe ich ein wenig geschlafen. Abends studiere ich in der Bibliothek auf der Koszykowa-Straße Zeitungen aus dem Jahr 1911. Freundlichkeit der Damen dort. Daheim lese ich jetzt Montesquieus »Vom Geist der Gesetze«.

29. 12. 1933. Freitag

Am Thermometer null Grad, mehr Tauwetter, aber vormittags war ich auf der Eisbahn. Dafür habe ich nicht geschafft, in die Bibliothek zu kommen, und wenig geschrieben. Ich kämpfe mit den unwahrscheinlichen Schwierigkeiten des vierten Bandes, bei deren Überwindung mich der Lärm der Kritiker sehr stört, besonders derjenigen, die sich für diese Rolle absolut nicht eignen. Trotzdem schmieren sie ein Buch über die Literatur nach dem anderen. Sie sch . . . Bücher! »Die neue Literatur im neuen Polen«[1] ficht unablässig und nur mit Wörtern wie »modern« und »Kampf«, daß man kotzen möchte. Der Verfasser hat keine Ahnung von den tausend Kampfesweisen auf den Schlachtfeldern des menschlichen Geistes . . . Für ihn existiert nur eines, das, was die Hacken zusammenschlägt und schreit »ist pfundig« oder »die Spannungen im Verhältnis von Mensch zu Mensch theatralisiert«. Aber auch – wie einer dem anderen den Rücken kehrt. Nabor slow[2], wie die Moskowiter sagen . . . [. . .]

1 Die erste Literaturgeschichte der Jahre seit der Unabhängigkeit, erschienen 1933, von Leon Pomirowski.
2 Nabor slow (russ.) – Worte ohne Inhalt.

1. 1. 1934. Montag

Am Sonnabendmittag wurde mir der Staatliche Literaturpreis[1] zuerkannt. Ich habe ihn dieses Jahr überhaupt nicht erwartet und nicht einmal gewußt, daß an diesem Tag die Jury-Sitzung stattfand, weil ich hauptsächlich Zeitungen von vor 22 Jahren lese. Morgens war ich auf der Eisbahn und habe mir das Knie gestoßen. Dann machte ich Besorgungen in der Stadt und kehrte mit dem Gedanken zurück, das Telefon auszuhängen und an diesem Tag das sehr schwierige dreizehnte Kapitel zu beenden. Zu meiner Verwunderung und völligen Überraschung fand ich in meinem Zimmer aufgestellte Apparate vor, Fotografen und Journalisten mit einer Frau Migowa an der Spitze. Sie bestürmten mich dermaßen, daß ich gänzlich betäubt war und gar nicht bemerkte, wie ich manipuliert, interviewt und fotografiert wurde. Stach zürnte mir später sehr, weil ich mich so hatte ausquetschen lassen. Ich verfiel in Verzweiflung, glaubte aber, daß er nicht recht hatte. Und Jadzia, die noch bei uns ist, erzählte mir später, jene Frau Migowa sei als erste gekommen und mit den Worten eingetreten: »War schon jemand von der Presse hier?« Weil ich nicht kam, fing sie an, meiner Schwester zuzureden, sie solle sich statt meiner fotografieren lassen. Ich kann Interviews nicht leiden, ich bin danach richtig krank, ich bin für nichts verantwortlich, was sie schreiben werden, versetze mich aber in die Lage dieser Leute, die so gut sie können ihre Pflicht erfüllen, für die eine solche Gelegenheit eine Frage ihrer journalistischen Ehre ist, ja und des Honorars. Und was für Wild sich im Visier befindet, ist gleich ... Später bis in den Abend hinein Telefonanrufe, Blumen usw. Schließlich kam Anielusia Zagórska zum Gratulieren, und am Ende hatte ich diesen Tag keinen Strich geschrieben ...

Nachts habe ich schlecht geschlafen, weil mich Stachs Unzufriedenheit bekümmerte. Morgens war ich halb krank beim Lesen der veröffentlichten und mir zugesandten Interviews. Aber alle erwiesen sich als ziemlich anständig, so daß selbst Stach weich wurde und ich anfing, mich über den Preis zu freuen. Den ganzen nächsten Tag Telefonate, Blumen, Telegramme: Von den Zdziechowskis, von Miecio und Wichuna – die Menschen sind sehr gut zu mir. Um vier immer noch Menschen – Filosofow, Frau Chirjakow (sie hat für mich eigenhändig einen hübschen Kragen und Manschetten genäht), Marynia Czapska, Frau Grocholska, Oberleutnant Śniegocki, schließlich zum Abendbrot Wacek und Frau, um halb elf aber kam Jurek Stempowski und saß mit uns bis eins zusammen. Mit Filosofow und Frau Grocholska hatten wir eine interessante Diskussion über gesellschaftlich-philosophische Fragen, die half, mir meinen eigenen Standpunkt bewußt zu machen. In allen Zeitschriften mein Foto, Artikel, manche sehr warmherzig, oder kühle Notizen (»Robotnik« und »Kurier Warszawski«). Man hat mir den Preis einstimmig zuerkannt, alle Jurymitglieder unterstützten meine Kandidatur. Ich überlege, was für Motive Kaden bewegten, und habe zwei Hypothesen. Ich freue mich, bin aber unterschwellig beunruhigt, weil Hela morgen operiert werden soll und einen so traurigen Brief geschrieben hat, richtig unter Tränen. Am selben Tag, an dem ich den Preis erhielt, wurde in Posen ein gewisser Łabędziewski gehenkt, der eine Frau Ogrodowska ermordet hat. So sterben in der gleichen Stunde die einen aufgrund eines Gerichtsurteils, erhalten andere einen Preis, lieben sich, sterben, gebären oder warten auf ihre Operation ...

1 Vor dem 2. Weltkrieg wurde in Polen alljährlich einem Kunstwerk der Staatspreis verliehen. 1933 erhielt ihn M. D. bei starker Konkurrenz einstimmig zuerkannt.

2. 1. 1934. Dienstag

Grau, dunkel, Tauwetter. Warten auf Nachricht aus Lublin von Hela – wir telegrafieren mit bezahlter Rückantwort. Die Antwort kommt: »Operation Mittwoch. Mitteile Ergebnis.« Also wieder ein Tag des Wartens. Wir beschließen, vorläufig nicht hinzufahren, um kein Familien-Durcheinander rund um den Operationssaal zu schaffen, denn das ist unter solchen Umständen unerwünscht. Abends ging ich auf vielfältige Bitten zu Szymanowskis. Auch Karol Szymanowski[1] war da, er ist sehr nett und bezaubernd, dabei sieht er nicht wie fünfzig, ja nicht einmal wie vierzig Jahre aus. Sie haben eine sehr schöne alte Mutter, die bewegungslos im Sessel sitzt, aber geistig noch sehr lebendig ist – meine Leserin. Eine Wohnung, typisch für Leute, die vom Land in die Stadt gezogen sind. Die Einrichtung nicht abgestimmt, sondern von überall zusammengetragen und wie vorläufig zwischen die Zimmerwände gepfercht. Wieviel derartige Wohnungen habe ich in Kalisch und Warschau schon gesehen! Die Stimmung einer kulturell tiefen ländlichen Provinz, so mag es in Conrads Familie ausgesehen haben. Um elf Uhr kam ich zurück, Karol Szymanowski und seine Schwester, die seine Lieder singt[2], fuhren mich heim. Zu Hause immer noch Briefe, Telefonate, Telegramme im Zusammenhang mit dem Preis.

1 Karol Szymanowski (1882-1937), bedeutendster polnischer Komponist der ersten Jahrhunderthälfte; damals schon tuberkulosekrank, wohnte er in Zakopane.
2 Stanisława Korwin-Szymanowska (1881-1938), Sängerin (Sopran).

8. 1. 1934. Montag

Statt am Dreikönigstag zu Boguś zu fahren, wie ich das geplant hatte, fuhr ich zu Hela, die ihre Operation endlich hinter sich gebracht hat, und zwar unerwartet gut. Ich blieb dort einige Tage und wohnte bei Stella Dziewulska, infolgedessen erinnerte ich mich nicht an »mein« Lublin von 1916, sondern an das Kalisch noch früherer Jahre. Im Zusammenhang mit dieser Reise und diesem Aufenthalt zahlreiche sozial-sittengeschichtlich-psychologische Eindrücke, von denen an anderem Ort und zu anderer Stunde . . .

14. 1. 1934. Sonntag

Erst vorgestern habe ich das Kapitel abgeschlossen, das ich an jenem Tage abschließen wollte, als man mir den Preis verlieh. Entsetzlich viel Zeit ist mit alledem vertrödelt worden. Boguś ist in Rembertów zu einem höheren Theoriekurs, der für die Beförderung zum Major nötig ist. Gestern kam er, wir gingen zu viert in Shaws Stück »Man kann nie wissen«. Ich habe dieses Stück schon einmal gesehen, damals wurde es wenigstens vorzüglich gespielt. [. . .]

Heute hatten wir dafür ein Festessen. Horenstein dirigierte nachmittags Bachs Drittes Brandenburgisches Konzert, Haydns Symphonie L'Ours und Tschaikowskijs Pathétique. Man hätte ungern auf eines dieser Werke verzichtet, obgleich ich nie verstehe, warum die Musiker ihre Konzertprogramme so unharmonisch zusammenstellen. Die beiden ersten Werke können Muster der Vollkommenheit sein (Kristalle mit tausend Ebenen), die Pathétique aber ein Muster der Macht, um Ferreros Terminologie zu benutzen. Wenn sie auch an einigen Stellen nach Wagner riecht, ist die Pathétique gewissermaßen das tragischste musikalische Bild menschlichen Schicksals. Der erste Teil voller heiterer, mindestens sanfter, aber auch bedrohlicher und unheimlicher Vorahnungen enthält alle musikalischen Elemente des Ganzen. Der zweite – schluchzender Tanz, Gelächter, Gesang und Weinen und unschuldige Freude. Der dritte – geile amourös-säuferisch-kriegerische Entfesselung –, das brutale Drama der Höhe des Lebens. Und das Adagio lamentoso – der schreckliche Abgrund grenzenlosen Leides, der Hauch des Todes, das grausame »Gospodi pomiluj«[1] und die verzweifelte Frage, die letzte große Frage des Menschen und das Verwehen all dessen ins Nichts, in das Dunkel des undurchdringlichen Geheimnisses. Solche Musik können nur Russen schaffen oder Juden (in ihrem religiösen Lied). Und was für ein Dirigent! Anfangs war ich überrascht, sogar entsetzt, als er in maßlos langsamem Tempo begann, wie ich es noch nie gehört habe; dann aber ging er triumphierend daraus hervor!

1 (Russ.) – Herr, erbarme Dich.

17. 1. 1934. Mittwoch

Gestern hörte ich Beethovens Dritte Symphonie, sehr schlecht dirigiert, das Scherzo, das toben müßte, erklang schwerfällig . . .

27. 1. 1934. Sonnabend

Übermorgen fahre ich nach Konstancin, weil man mich hier nicht nur nicht arbeiten, sondern geradezu nicht leben läßt. Vielmehr – ich schaffe nicht alles, was mir lieb ist. Am Montag war für mich ein Abend im Klub der Zeitschrift »Kobieta Współczesna«. Ich bin dankbar, ich bin gerührt, ohne das wäre ich sicher bekümmert, doch die ständige Präsentation, mein derzeitiges Allen-Gehören, das erschreckt und macht befangen und nimmt mir soviel Zeit, während mein Werk immer noch nicht beendet ist.

Konstancin, 5. 2. 1934. Montag

Ich bin in Konstancin, im Haus der Professoren, den Aufenthalt hat mir der liebe Ujejski besorgt. Ich arbeite acht bis zehn Stunden täglich. Aber am frühen Morgen gehe ich auch spazieren. Es liegt Schnee, die Kiefern duften, Konstancin ist sehr hübsch. Ich habe nicht gewußt, daß es dicht bei Warschau diese fast luxuriös geplante Ortschaft gibt. Die Mehrzahl der Villen, obgleich überwiegend häßlich, im unerträglichen Stil des ausgehenden 19. Jahrhunderts gebaut, sind beinahe palastartige Residenzen. Ich habe nicht gewußt, daß es vor dem Kriege in Warschau so viele reiche Leute gab. Jetzt im Winter herrscht hier absolute Leere und Stille. Schnee, Gebüsch, Gärten, Wald – das ist es, was ich gerade brauche. Tagsüber begegnet man in ganz Konstancin höchstens drei bis vier Personen. Man geht wie durch einen schönen Friedhof in geheiligtem Privatbesitz. Nur die zwei- und vierbeinigen Wächter dieser zeitweiligen Katakomben des Wohlstands geben Lebenszeichen von sich durch Bellen, Fegen, abendliche Lichter in den Wächterhäuschen. Am Freitag besuchten mich St. und Jerzy Stempowski. Ich ging viel mit ihnen spazieren, zu langsam für mich, ich bekam einen »Pferdeschnupfen« mit Temperatur und mußte mich gestern ins Bett legen. An die zwei Tage Arbeit werden hin sein. Dafür habe ich eine Menge Zeitungen und Artikel gelesen, wieder viele Gedanken, Kämpfe in Gedanken ... Und wie von flüchtigen Liebschaften zur schweren, großen Liebe – immer wieder zurück zu meinem vierten Band, zu meinen »Nächten und Tagen«. Für sie sterbe und lebe ich ...

8. 2. 1934. Donnerstag

In der »Gazeta Polska« gleich an zwei Stellen Freude über die Sezessionsstimmung der nationaldemokratischen Jugend.[1] Dabei verheißt diese Sezessionsstimmung nichts Gutes! Diese Parolen, in welche Farbe der Hemden und Standarten sie sich auch kleiden mögen, sind tatsächlich die Ankündigung ein und desselben Einbruchs der Barbarei unter der Herrschaft von Cliquen, Parteien, Führern, Caesaren ... Leider verdient das die Welt!

1 Gemeint sind die Stimmungen, die zum Ausscheiden der Jüngeren aus der traditionellen Rechten und ihrer Abwanderung in Richtung Faschismus führten.

9. 2. 1934. Freitag

Weil alle Zeitungen, die Berichte über den für mich von den Frauenclubs veranstalteten Abend brachten, das, was ich sagte, verdrehten und jede anders, notiere ich hier aus meinem Gedächtnis, der für mich genauesten Quelle, den Inhalt meiner Rede: »Bitte entschuldigen Sie, daß ich keine angemessenen Worte finde, Ihnen zu danken. Ich denke sehr langsam. Hätte ich eine Woche nachdenken können, wüßte ich vielleicht, was ich sagen soll. Ich möchte nur bemerken, daß ein Werk, mindestens so eines wie ein großer Roman, einer Symphonie ähnlich ist oder überhaupt einem Orchesterwerk. Es wird gebildet von zahlreichen Faktoren, die hier aufzuzählen ich nicht imstande bin. Auch Sie schaffen diesen Roman gemeinsam mit mir. Der Schriftsteller ist in diesem Falle nur der Dirigent des Orchesters, vielleicht sogar nur der Stab in der Hand eines unbekannten Dirigenten. Ich möchte Sie warnen; wenn Sie mich durch Ihre Güte weiter so verführen, werde ich noch ganz übermütig, komme aus dem Takt, und der Schluß der »Nächte und Tage« fällt vielleicht für die Leser aus wie ein ungewolltes Scherzo, für mich aber wie ein echtes Adagio lamentoso. Zum Schluß möchte ich Ihnen noch eine erfreuliche literarische Neuigkeit mitteilen. Ich erfahre gerade, daß Choromański den Preis der Akademie der Literatur erhalten hat. So gibt es Preisträger wie Sand am Meer.«

12. 2. 1934. Montag

Ich bin wieder gesund, nur die Ohren sind noch nicht in Ordnung.

Gestern kamen Wichuna und Jerzy Stempowski zu mir. Großartiges Gespräch. Ich bin zutiefst erschüttert vom Pogrom der Arbeiterviertel Wiens.[1] Was für eine düstere Legende umrankt Gestalten wie Starhemberg und den listigen Dollfuß . . .

1 Der bewaffnete Arbeiteraufstand in Wien und Linz (11.-16. 2. 1934) wurde von der Regierung Dollfuß blutig unterdrückt. Im Mai desselben Jahres wurde in Österreich eine auf faschistische Muster gestützte neue Verfassung eingeführt.

Warschau, 17. 3. 1934. Sonnabend

Seit einem Monat bin ich wieder in Warschau. In dieser Zeit habe ich täglich zehn Stunden am Schreibtisch verbracht und versucht, dem ersten Teil des letzten Bandes die endgültige Form zu geben. Heute habe ich das beendet, aber ich dachte schon, ich würde verrückt. Ich lebte wie im Fieber. Trotz der völligen, beinahe klösterlichen Klausur und dieser Arbeit waren wir sehr oft im Theater. [. . .]

Albert von Belgien[1] ist tragisch gestorben, ich habe das so stark miterlebt, daß ich an unsere Gesandtschaft ein Tele-

gramm schickte: »Je pleurs avec toute la Belgique bien-aimée le grand et noble roi Albert«.[2] Zum ersten und gewiß letzten Mal im Leben tat mir der Tod eines Königs leid.
Der Fall Wien liegt mir ständig am Herzen. Ich hatte ein so spontanes Bedürfnis zu reagieren, es war so wenig Zeit, ich hatte keinen Kopf, ich vermag nichts schnell zu tun, es sei denn, ich kennte etwas so gut, daß ich auswendig schreiben kann. Immer noch sammle ich Material ...
Unverhofft für mich hat sich in mir endgültig und unwiederbringlich der Fall J. erledigt. Seltsam, ich dachte, seine Mitteilung würde das Gefühl neu erwecken, ich schien dazu sehr disponiert. Statt dessen kam es umgekehrt. Der Beginn unserer Korrespondenz war der Kristallisationspunkt, durch den sich in mir völlige Gleichgültigkeit herausstellte, und zugleich entstand eine rein freundschaftlich-mitleidige Beziehung zu diesem unglücklichen Jungen ...

1 Albert I. (1875-1934), seit 1909 König der Belgier.
2 Je pleurs ... (Franz.) – Zusammen mit dem gesamten geliebten Belgien beweine ich den großen edlen König Albert.

25. 3. 1934. Sonntag

Ich war zur Eröffnung der Kapisten-Ausstellung[1], später kamen Jurek und Frau Wichuna, ich las ihnen meinen Artikel »Wiener Fastnacht«[2] vor (den habe ich verbrochen), dann nahmen sie mich wieder mit zum IPS[3], zur Vorstellung des Theaters »Cricot«[4], wo Puget in silberner Bemalung auftrat. Abends kam Marynia Czapska und nach zehn noch Zawodziński mit seinem (sehr lieben) Hund, er blieb bis halb eins.
Von der Akademie der Literatur kam eine Einladung zur Festsitzung anläßlich der Hundertjahrfeier des »Pan Tadeusz«.[5] Unten stand: »Anzug – Frack, Orden«. Mein Gott, warum haben diese Leute jeden Geschmack verloren! Eine Festsitzung zu veranstalten zu Ehren eines Werkes, das

Gemeinbesitz der Nation ist, das der Trost auch noch des letzten armen Schluckers sein sollte! Und zu Ehren des Dichters, der einst geschrieben hat: »Vielleicht ist jemand von euch durch ein Amt, einen Orden entehrt?« Hier aber Frack, Orden? Traurigkeit, Widerwillen, Unmut. Niemand da, mit dem man leben, denken, sich unterhalten könnte . . . Eine amtliche Livree zieht sich die geistige Elite über – nicht nur Polens, sondern der Welt! . . .

1 Kapisten – Gruppe bedeutender junger Künstler, Mitglieder des Komitet Paryski = Pariser Komitee (abgekürzt K. P., daher der Name), die sich die Modernisierung der polnischen Kunst zum Ziel setzten; hauptsächlich betrieben sie einen postimpressionistischen Kolorismus.

2 Institut zur Propagierung der Kunst (Instytut Propagandy Sztuki).

3 M. D.s Artikel »Die Tragödie Wiens« erschien in Nr. 15/1934 der »Wiadomości Literackie«.

4 Theater »Cricot« – das avantgardistische Theater der bildenden Künstler in Krakau. Es lebte nach dem Kriege als »Cricot II« unter Leitung Tadeusz Kantors wieder auf.

5 Das polnische Nationalepos »Pan Tadeusz« (Herr Tadeusz) von Adam Mickiewicz erschien 1834 in Paris.

4. 5. 1934. Freitag

Im Laufe dieses Monats viele scheinbar kleine Erlebnisse, die jedoch im Inneren tausend Probleme entstehen lassen. Vor allem ist der Frühling ungewöhnlich zeitig ausgebrochen. An einen solchen erinnere ich mich nur aus meiner Kindheit, und dann noch einmal im Jahr 1918. Schon im April ist alles aufgeblüht – die Obstgärten – sogar der Flieder hat begonnen. Heute haben wir geradezu Hochsommer. Der Flieder verblüht bereits, fast jeden Tag kurze Gewitter oder Regenschauer, und gleich wieder schönes Wetter. Eine üppige Ernte kündigt sich an, schon jetzt gibt es in Hülle und Fülle, was es letztes Jahr erst im Juni gab.
In der Woche nach dem Fest war ich mit Herrn Jasiński zum

»Parsifal«. Diesmal hat mich der schwerwiegende, prätentiöse literarische Charakter der religiösen Themen überrascht, die nur mit evangelischer Schlichtheit behandelt werden dürfen. Über die Bibel und die Liturgie kommt man hier nicht hinaus.
Ich habe noch sechs Kapitel zu beenden. Ich quäle mich sehr. Jerzy hat bisher Jaworze nicht verlassen. Er ist schwer krank.

18. 6. 1934. Montag

Am 1. Juni habe ich die »Nächte und Tage« beendet. Jetzt werden sie gedruckt. Ich fühle mich wie ein Trinker nach der Ausnüchterung oder wie ein Schwerkranker, der das Bett wieder verlassen hat. Dabei sind so viele private und öffentliche Angelegenheiten durch Leben und Herz gezogen. [. . .]
Goebbels war in Polen. Eingeladen und überall hin begleitet hat ihn Prof. Zieliński – ein »polnisches« Akademie-Mitglied den Bücherverbrenner. [. . .]

FERIEN AUF DER INSEL RAB

Nach den großen Anstrengungen suchte M. D. Erholung auf Reisen. Besonders ihre Ferien 1936 im geliebten Jugoslawien, auf der Insel Rab, bildeten eines der immer selteneren und immer weniger erhofften Intermezzi fast ohne Schatten.

Rab, 16. 5. 1936. Sonnabend

Wir sind schon den fünften Tag auf Rab. Ich betrachte diese ganze Reise als ein Wunder der wohlwollenden Vorsehung . . .

Auf der Mole in Rab warteten Zośka Poniatowska und die Wirtin unseres Hotels »Continental« auf der anderen Seite der Bucht, wohin wir bei Dunkelheit übersetzten, wie über Teer mit goldenen Lichtern. Das kleine Hotel ist gut, die Küche leicht und hervorragend, die Wirtin eine fröhliche, dicke Kroatin, etwas laut, aber freundlich und rührig, elementar energisch und aktiv (der Mann besitzt eine Wechselstube in Zagreb). Die Bergspitzen von Rab sind ein kahler und felsiger Kamm, die Hänge dagegen und die Täler zwischen den Felsen voller Weingärten und Olivenhaine, sie blühen gerade. Es gibt auch Pinienwälder und wunderhübsche Wacholder, außerdem herrliche Crnica-Bäume.[1] Das altertümliche Städtchen römisch-italienischen Charakters liegt oder vielmehr türmt sich auf dem langen Zipfel gegenüber unserem Hotel. Die Bauern hier haben ein paar Schafe, Ziegen, Esel und Kühe. Außerdem bauen sie Wein an und fangen Fische. Einen Fahrverkehr gibt es überhaupt nicht, jeder geht zu Fuß, alles wird auf Eseln und Hammeln transportiert. Die Insel ist von guten Wegen durchschnitten, es gibt viele angenehme Spaziergänge . . .

Trotz allem ist mir immer irgendwie traurig zumute, ich fühle mich fremd gegenüber der Welt und auf der Welt, und das ist der einzige wahre Grund zur Traurigkeit . . .

1 crnica (kroat.) – schwarze Olive.

19. 5. 1936. Dienstag

Merkwürdig, Kinder und Erwachsene singen hier ein Lied mit dem Refrain »Noch ist Polen nicht verloren, solange wir leben.«[1] Die Melodie ist völlig identisch, im Rhythmus wie in der Intonierung, erst der zweite Teil der Strophe ist ein wenig verändert. Vielleicht haben die Legionäre sie im nordöstlichen Italien aufgegriffen. Slawen, die in Istrien wohnen und gewiß auch in der Gegend von Venedig, Mestre usw., könnten sie mitgebracht haben. Ich möchte das erforschen. (Spätere Ergänzung: Ich habe Mešić danach gefragt, er behauptet, Kroatien habe die Melodie von uns bekommen, diese Melodie »Noch ist Polen nicht verloren« sei in allen Ländern der Südslawen zur Zeit der Kämpfe um ihre Unabhängigkeit populär gewesen.)

1 Gemeint sind die Anfangsworte und die Melodie der polnischen Nationalhymne. Diese sogenannte Dąbrowskis-Mazurka, das Lied der polnischen Legionen in Italien, schrieb 1797 Józef Wybicki; der Komponist ist unbekannt.

21. 5. 1936. Donnerstag

Schönes Wetter nach dem Gewitter, aber es ist kalt geworden. Morgens mache ich einen großen Spaziergang in die Berge. Das Kirchlein Sveti Ilija. Gottesdienst (heute ist Himmelfahrt), das Kirchlein voller Bauern. Sehr ähnlich den unseren, nur ist die Hauptfarbe ihrer Kleidung schwarz (wie übrigens auch in meiner Pfarrei). St. und Zośka hat mein Artikel über Zofia Żurakowska[1] (zum Jahrestag ihres Todes) sehr gefallen.

1 Jugendbuchautorin.

23. 5. 1936. Sonnabend

Von früh bis mittag ein heftiges Gewitter. Nachmittags wurde es schön, das Meer beruhigte sich so, daß wir per Boot zum Kloster der Hl. Eufemia an der Eufemia-Bucht jenseits der Stadt fuhren. Das Kloster ist alt, arm und vernachlässigt, ich glaube franziskanisch, sie unterrichten Kinder. Alles wirkte wie im 10. Jahrhundert nach Christus.

Leider kam auf der Rückfahrt etwas Wind auf, St. fürchtete sich, ihm wurde schlecht, obwohl Toni ein großartiger Segler ist und die Barke relativ wenig schlingerte. St. sagte nichts, aber sein Gesicht sprach für sich, und er war schrecklich blaß.

26. 5. 1936. Dienstag

Früh strahlendes Wetter, aber der Windhauch unterhalb der Strahlen kühl. Seit dem Morgen sitzen wir auf der Terrasse. Ich erledige an einem Tischchen mit Papieren die Bemerkungen zu der schlechten Übersetzung von Koitz.[1] In den Pausen wärme ich mich an der Sonne. [. . .] Zońka und ich fahren mit einem Segelboot nach Trkanj. Außerhalb der Bucht beginnen die großen Wellen, so daß ich mich fürchte. Auf Trkanj stolpern wir über allerlei Felsen, ich sammle Pflanzen für Erazm. Zurückkehrend betreten wir die Stadt. Über dem Velebit (Bergzug am Land) ballen sich Wolken. Sehr warm. Briefe von Jurek Stempowski, Filosofow und Frau Mortkowicz. Jurek bespricht den interessanten Fall Kuczyński und das Monatsblatt »Studio«. Filosofow ist wieder gesund, denn er beschimpft mich wegen meines Artikels »Klärungsversuch« (in der kommunistischen Zeitschrift »Oblicze Dnia«, gedruckt als Antwort auf die Forderung, ich solle die Aufrufe unterschreiben, und warum ich das nicht tun werde).

1 Heinrich Koitz, Übersetzer der »Nächte und Tage«, 2 Bände, Breslau 1938, dessen Übersetzung die Autorin korrigiert; Schlesier, gefallen als Wehrmachtsoldat in Italien. Als Mensch charakterisiert sie ihn später (vgl. 18.-19. 12. 1936).

27. 5. 1936. Mittwoch

Morgens sitzen wir bei herrlichem Wetter halbnackt auf der Terrasse. Abwechselnd arbeite ich und lasse mich von der Sonne wärmen. Heute ist das Meer bis zu einem solchen Grad mit dem Himmel identisch geworden, daß es sich, von der Schwelle unseres Hotels aus gesehen, nicht waagerecht auszubreiten scheint, sondern senkrecht wie ein Vorhang aus blaßblauem Nebel. Gegen Mittag erscheinen auf dieser Nebligkeit dunklere Streifen, als wäre ein Kind mit dem Finger über eine beschlagene Scheibe gefahren. Nach dem Mittagessen gehe ich in die Stadt, um die Ankunft des italienischen Dampfers zu sehen. Er traf mit einstündiger Verspätung ein und tutete. Da entstand hinter den Mauern von Rab und auf dem Hafenplatz Bewegung, als hätte jemand in einem stillen, reglosen Ameisenhaufen gestochert. Überall kamen Träger angelaufen, zeigten sich Zollbeamte, ein Offizier, Gendarmen. Die Bootsbesitzer sprangen in ihre Boote und ruderten im Stehen außer Atem von der Mole weg ganz wie eine Schar fliehender Kakerlaken. Alle diese Vorkehrungen hatten ein unendlich gutes Ergebnis. Der »Talijan« (Italiener) hielt im Hafen, das Fallreep wurde herabgelassen, er wartete einige Minuten. Man glotzte sich von der Mole und vom Schiff her gegenseitig an, zog das Fallreep hinauf, und die »Jadara« (so hieß das Schiff) fuhr ab. Das sind rein demonstrative Fahrten. Ich kehrte mit dem Boot heim.

31. 5. 1936. Sonntag. Pfingsten

Seit der Nacht Regen und Gewitter, der Regen tritt hier nie ohne Blitz und Donner auf. Es regnet den ganzen Tag so heftig, daß es schwierig ist, in den Speiseraum hinunterzugehen – über die einzige (wundervolle) Außentreppe fließt ein »isto«[1] reißender Gebirgsbach. Am Nachmittag verstärkt sich der Wolkenbruch so, daß er sich in eine Sintflut verwandelt. Der ganze kleine Hof am Meer, wo wir bei schönem Wetter frühstücken, ist überschwemmt, das Personal watet bis zu den Knöcheln im Wasser, das in die Küche und sogar in den Speiseraum eindringt. Aus diesem Grund ein unbeschreiblicher Lärm im ganzen Hotel. Unsere Wirtin schreit: »Spiro!« Spiro schreit: »Ljubo!« Ljubo schreit: »Mira!« Alle rennen wie verrückt mit Besen, Bürsten, Wischtüchern herum. Infolge des schlechten Wetters habe ich das gesamte fünfte Kapitel der »Nächte und Tage« durchkorrigiert. Die Übersetzung ist schlecht, aber Koitz hat so viel guten Willen, daß er wohl alles schafft.

1 isto (kroat.) – wirklich.

15. 6. 1936. Montag

Ein schlimmer, wenn auch schöner Tag. Sorge und Unruhe. St. liegt den ganzen Tag auf dem Balkon. Er ist auf Kamille und Haferschleim gesetzt. Am Nachmittag traten Schmerzen auf, heftige Krämpfe in der Magengegend. Und wir hatten schon geglaubt, das Schicksal würde uns gnädig sein. Gott, gib, daß es vorübergeht. Wenn es nur nicht in böser Stunde gesagt ist! O gutes, schönes Wetter, habe Erbarmen mit uns.

Briefe von Anielusia, Jasiński und Ujejski. Gespräch mit St. über »Nächte und Tage«. Er hat so viel Schönes gesagt. Kurze Augenblicke guter Stimmung – aber das Leben hier wendet uns ein anderes Gesicht zu, und alles bisher Erfreuliche fängt an, uns zu ärgern.

16. 6. 1936. Dienstag

St. geht es wesentlich besser. Fortdauernd wundervolles Wetter. Morgens in der Stadt – ich bringe Tasch [?] (Sekretär der Badekommission) den verbesserten Text des für Polen bestimmten Prospekts zurück, worum er mich gebeten hatte. Eigentlich habe ich den ganzen Prospekt neu schreiben müssen. Nach dem Sonnenbad auf der Terrasse Bad im Meer, zum siebenten Mal. Nach dem Mittagessen schlief ich und hatte einen seltsamen Traum, halb traurig, halb zauberhaft – ich fuhr mit meinem Vater im Schiff übers Meer nach Russów . . .

19. 6. 1936. Freitag

Die Vögel haben schon aufgehört zu singen, dafür zirpen nun betäubend die Zikaden. Es gibt davon drei Sorten. Die eine (sisica) klingt wie ein melodischer Triller, die zweite wie das verstärkte, hartnäckige Aufziehen einer Uhr, die dritte (karkara) wie das harte, verbissene Zersägen eines dünnen Brettchens durch einen winzigen Zimmermann. Kaum zu glauben, daß es kein Zwerg ist, der sich mit dieser schweren Arbeit abmüht. Sie zirpen zwischen den Steinen wie in den Weinbergen und auf den Ölbäumen. Besonders auf den Ölbäumen, als wollten sie sie alle absägen. Nach dem Abendbrot gingen St. und ich wieder zum Schiff, um Wein zu holen. Auf dem Heimweg sahen wir Johanniskäfer. Die Pflanze, die ich mit Sicherheit für eine Myrthe hielt (sie blüht weiß), heißt »multa«. Wer kennt sich schon mit diesen Namen aus!

Heute lese ich eine kleine Rezension im »Kurier Poranny«. Komisch, wie sich diese Journalisten-Reporter-Kritiker ständig neue winzige Kriterien ausdenken, um, auf sie gestützt, immer wieder ein anderes kümmerliches Werk in den Rang eines »führenden« Werks der Literatur zu erheben. Und jedes Werk »füllt eine Lücke, die bisher . . .« usw. Ist es denn die Aufgabe des Kunstwerks, eine Lücke zu füllen? Sofern es eines ist, schafft es die ganze Welt neu.

22. 6. 1936. Montag

Abends zum Hafen auf das Schiff wegen Rotwein. Der nun schon bekannte Steward, von dem ich ihn jedesmal kaufe, sobald die »Zagreb« im Hafen liegt, hat sich meine Wein-Expedition auf spezielle Weise erklärt. Er schlug mir vor, mit ihm auf dem Schiff zu bleiben. Ich sagte, ich bedauere sehr, könne aber nicht, weil ich Mann und vier Kinder hätte, die beunruhigt wären, wenn ich nicht heimkehrte. Ich fügte hinzu, ich käme zum letzten Mal, weil wir in Kürze abreisten. Wir verabschiedeten uns sehr elegant und höflich.

23. 6. 1936. Dienstag

Um sechs Uhr früh gehe ich hinaus auf den Weg nach [unleserlich]. Ein Führer drängt sich mir auf, ein junger Knecht mit etwas stumpfsinniger Physiognomie und hübschen blauen Augen. Er verspricht, mich auf den höchsten Gipfel von Rab zu führen. Wir gehen einen sehr mühseligen Weg, mehr durchs Unwegsame, direkt hinauf, über steinige Hänge. Unter unseren Füßen rollen fortwährend Steine hinunter. Hier und da armselige, mit Mauern eingefriedete Schafweiden. Vom Gipfel sehr schöner Ausblick auf beide Inselseiten. Man sieht den dunklen Meeresstreifen, der Rab vom Festland trennt, die herrliche Velebit-Kette und auf der anderen Seite die ganze Gruppe von Inseln und Inselchen. Der Führer zeigt mir die schon italienische Insel Lošinj. Dann setzen wir uns auf Steine und ruhen aus, das heißt ich ruhe mich aus, ihm sieht man nicht an, daß er auch nur hundert Schritte getan hat. Ich frage ihn nach dem Leben auf Rab, nach den Menschen. Einige italienische Magnaten und reiche Kaufleute besaßen hier Güter, sie wurden nach Erringung der Unabhängigkeit parzelliert, die Eigentümer reisten zurück nach Italien. Dann fängt der Jüngling an, mit mir zu kokettieren und mir Angebote zu machen, übrigens sehr verhalten und auf Distanz, ohne sich von der Stelle zu rühren. Ich sage ihm, diese Dinge lägen schon hinter mir; er will nicht glauben, daß ich über vierzig bin, und fragt, ob ich Kinder habe; als ich sage, ich hätte keine, behauptet er, mit ihm bekäme ich bestimmt eines. Irgendwie mache ich daraus einen Scherz und bitte ihn, mich zurück einen bequemeren Weg zu führen. Wir gehen also hinunter auf einer sehr schönen, sanften Serpentine von rosaroter Farbe, über die man wie auf Flügeln schwebt. Sehr malerische, stellenweise geradezu phantastische Ausblicke. Sehr schnell, in weniger als einer halben Stunde sind wir unten. Der Bursche brachte mich bis zum Hotel, und als ich ihn für seine Mühe bezahlte, bat er plötzlich mit kläglicher und demütiger Stimme um Brot. Ein armer Schlucker. Es war gegen zehn Uhr, aber die Hitze schon so wahnsinnig, daß ich völlig ermattet war. Mein Mund war ganz trocken, ich bekam kein Wort heraus. Ich lief ins Hotel, bat, dem Burschen etwas zu essen zu geben, trank eine ganze Flasche Wasser mit Zitrone und Zucker und stürzte mich aufs Bett, um zu schlafen.

27. 6. 1936. Sonnabend

Guter Tag ohne Sonne und nicht heiß. Herzlich und lebhaft verabschiedet, brechen wir auf zum Dampfer. Die »Gospodarica« heult. Sie hat uns einen Empfehlungsbrief an das Restaurant »Kolodvor« in Sušak mitgegeben, wo wir einige Stunden Aufenthalt haben. Unterwegs auf dem Dampfer Gespräch mit einer Kroatin, Frau Jemšić, die mit uns aus unserem Hotel kommt. Sie führt einen lebendigen Hummer an der Leine herum wie einen Hund. Unweit von Senj Sturm und Gewitter, die St. vorzüglich verträgt. Ich erst recht, weil ich nie seekrank werde. In Sušak Mittagessen und Komplimente von Seiten des Gastwirts, hauptsächlich für Stachno. Der Gastwirt heißt Milošević. Die Fahrt nach Zagreb prächtig, denn es gießt und ist kühl. In Zagreb steigen wir um in den Schlafwagen. Wir schlafen bei offenem Fenster. Nachts weckt uns das Krachen und Aufleuchten der Blitze und der Platzregen.

SCHEIDEWEGE

Nach Beendigung der »Nächte und Tage« im Jahr 1934 werden M. D.s Tagebücher reicher an öffentlichen Angelegenheiten.

1926 hatte sie im Mai Piłsudskis Staatsstreich begrüßt und ihn als »militärische Revolution für das moralische Ideal« bezeichnet. Doch schon wenige Jahre später, 1930, unter dem Eindruck der Vorgänge in Brest-Litowsk, als Piłsudski die Anführer der Opposition verhaften ließ, die Befugnisse des Sejm beschnitt und selbst ein diktatorisches Regiment errichtete, trennte sich die Schriftstellerin endgültig von den Freunden ihrer Jugend. Im übrigen sah sie Piłsudskis Wende und die Entstehung der sogenannten »Sanacja« (der gängige, auch ironische Name des Piłsudski-Lagers, das unter der Losung der moralischen »Sanierung« auch nach Piłsudskis Tod regierte) auf dem breiteren, internationalen Hintergrund: die gemäßigte Linke wurde zerschlagen, und totalitäre Bestrebungen auf der Rechten wie auf der Linken schufen sich Bahn.

Um Polen fürchtend, wendet sich M. D. seinen inneren Angelegenheiten zu. Sie untersucht diese, reist durch das Land, schaut sich in seiner Wirklichkeit um. Sie nutzt ihre durch die Literatur erworbene Autorität zur Verteidigung vergewaltigter Freiheiten und gelähmter Reformen. Vor allem nimmt sie den Kampf um die Aktivierung der abgebremsten Agrarreform auf, sie schreibt ihre berühmte Arbeit »Der Scheideweg. Studie über dörfliche Probleme« (1937). Sie besichtigt genossenschaftliche Zentren und publiziert den »Händedruck. Über das Genossenschaftswesen« (1938). Sie spricht sich auch zugunsten der nationalen Minderheiten aus, der ukrainischen und der jüdischen (der berühmte Artikel »Die alljährliche Schmach«, 1936). Wohl nur auf Żeromski und Boy-Żeleński sind in den Jahren zwischen den Kriegen mehr Blitze geschleudert worden als auf M. D., vor allem wegen des »Scheidewegs«. Obgleich ohne politischen Rückhalt, erschrak sie vor dieser Reaktion nicht, und in »Meine Antwort« (1938) äußert sich ihre Einstellung sogar noch radikaler.

M. D.s Tagebücher halten nicht nur das politische Ränkespiel fest, sondern auch viel von den Realien und dem Kolorit der Zeit, mannigfache Zeugnisse des kollektiven und individuellen Verhaltens, Zeichen des Lebens und Zeichen der Katastrophe, die bereits neue Scheidewege ankündigten, jene von 1939 und 1944/45.

Warschau, 15. 7. 1936. Mittwoch

Um sechs Uhr kam Poniatowski.[1] Ich konnte es nicht lassen, ihm vorzuwerfen, daß er unnötigerweise mit Składkowski in die Wojewodschaft Lemberg, die Gegend der Streiks und der Unruhen, gefahren sei. Die ganze Reise habe mit einem Lob für die Polizei geendet, das sei die Rolle, die zu Składkowskis Unteroffiziersseele passe, mit der ein Poniatowski seinen sauberen Namen aber nicht verbinden sollte. Er ist unfähig, seine Trümpfe auszuspielen. Das wäre doch genau der Augenblick gewesen, um zu sagen: »Ich werde nicht hinfahren, um eure Gemeinheiten zu decken«.

1 Juliusz Poniatowski war damals Landwirtschaftsminister in der Regierung des Generals F. Sławoj-Składkowski.

3. 8. 1936. Mittwoch

Von eins bis abends sitze ich über dem Koitz, der mich eine wahrhaft übermenschliche Geduld lehrt. Im Radio gaben sie heute Haydns D-Dur-Symphonie »Die Uhr«, geschrieben im Jahr des Kościuszko-Aufstands. Und Chopins f-Moll-Konzert. Welch ein Wunder ist dieser Kujawiak im

Rondo, welch eine taufrische, belebende Kaskade – wie ein Mairegen vor der Schlacht.
Der Bürgerkrieg in Spanien berührt mich tief. Innerlich rücke ich immer mehr nach links.

Morsk, 21. 9. 1936. Montag

Früh mit Danusia und Jędrek Ausflug an die Weichsel. Ich zeichne. Nachmittags besuchen Stach und ich die Siedlung auf dem Święte. Hübsche Siedlerhäuschen. Das sind jene berühmten »Poniatówki«, derentwegen die Großgrundbesitzer Poniatowski (der für einen Kommunisten und »Feind Polens« gehalten wird) vorgeworfen haben, er schaffe Kleinbauernwirtschaften der »Dorfarmut«, die unfähig sind, sich zu halten.

Warschau, 4. 10. 1936. Sonntag

[. . .] Traurige Gespräche mit Ujejski. Wir treten erst ein in die Zeit der Militärdiktatur, die sich in Kürze mit dem Nationalismus verbünden wird. Für einen Menschen, der etwas tun will, bleibt nichts übrig, als das zur Kenntnis zu nehmen, zwischen zwei Formen des Übels zu wählen, dem Kommunismus und dem militaristischen Nationalismus, und sich zu bemühen, daß die schwarze Reaktion, die von beiden Richtungen getragen wird, wobei sie die Entwicklung des Menschen zurückdreht, möglichst wenig schwarz wird. Das Schlimmste ist, daß er selbst schon dazu neigt, sich mit allem abzufinden, vor allem mit dem Nationalismus.
Abends um elf kam Jadzia von der Polonistenkonferenz in Kattowitz mit fast denselben Nachrichten aus dem Bereich des Schulwesens. Melancholie ergreift mich.

12. 10. 1936. Montag

Ich machte mich an einen großen Artikel über die Bauern und den Adel.[1]

1 Auf diese Weise kündigt die Autorin ihr berühmtes Buch an, das weiter unten »Staatsbürgerliche Gedanken« heißt und als »Der Scheideweg. Studie über dörfliche Probleme« 1937 erschien. Darin forderte sie eine konsequente Durchführung der 1920 beschlossenen Agrarreform (zwangsweise Parzellierung, aber gegen Entschädigung, zulässiges Maximum an Grundbesitz: [60 bis] 400 ha). Die Reform zielte nicht nur darauf ab, das Problem der Millionen überzähliger Hände auf dem Dorf zu lösen, sondern wollte auch das Dorf gesellschaftlich-kulturell und zivilisatorisch fördern und seine Bedeutung im Staat heben.

Kattowitz, 16. 10. 1936. Freitag

Um dreizehn Uhr – ohne daß St. es weiß, damit er sich nicht beunruhigt – startete ich im Flugzeug mit Direktor Dippel[1] nach Kattowitz. Wir gerieten in einen Sturm, das Flugzeug rüttelte sehr und schaukelte. Physisch macht mir das nichts aus, aber ich fürchtete ein wenig, wir würden mindestens irgendwo unerwartet landen müssen. Aber wir kamen glücklich mit nur einstündiger Verspätung an. In Kattowitz nach dem Abendessen (Schlei mit Pilzen in Sahne) besuche ich die örtliche Eisenbahner-Kooperative. Abends mit Dippel zum Tee im »Astoria«. Das schweigende Publikum hört der Musik zu. Hier bemüht sich das Publikum im Café nicht, die Musik zu übertönen, sondern hört zu. Eine Sitte, die von den musikalischen Deutschen stammt.

1 Stanisław Dippel (gest. 1944), Revisionsdirektor der Genossenschaften; beschützte die Schriftstellerin während der Okkupationszeit, kam beim Warschauer Aufstand ums Leben.

17. 10. 1936. Sonnabend

Seit dem Morgen besichtige ich den »Schlesischen Konsum« (der deutsche Name ist hier geblieben). Mała Dąbrówka, Szopienice, Roździeń, Giszowice (sehr hübsche Arbeiter-Wohnkolonie), Murcki. Nachdem wir vor der Baustelle auf der erneuerten Chaussee abgebogen waren, blieben wir auf der Umleitung in einem Abgrund von Dreck stecken und mußten bei heftigem Regen mehr als einen Kilometer in die Stadt zurückgehen (Gemeinde Janów). Sehr seltsam, daß das ausgerechnet in Schlesien passiert ist. Um zwei Mittagessen im Restaurant »Carlton«, wo ich wie durch ein Wunder Tadeusz Fijałkowski treffe (unseren »Chopin« aus Jaworze). Um fünf kam »Chopin« in mein Hotel, wir plauderten bei Zigaretten und Weintrauben.

Um sechs in Szopienice im Bahnhofshotel gemeinsames Abendessen mit den Repräsentanten der hiesigen Kooperative. Die schlesischen Bergleute wurden auf malerische Weise gesprächig, viele von ihnen sind ehemalige Aufständische; sie erzählen, wie man sie das Oppelner Schlesien nicht einnehmen ließ.[1] Um zehn Uhr Rückkehr ins Hotel.

1 Die polnische Bevölkerung Oberschlesiens erhob sich 1919-21 dreimal bewaffnet zugunsten eines Anschlusses dieser Gebiete an Polen. Nach Festlegung der Grenze verblieben damals etwa eine halbe Million Polen im Gebiet von Oppeln.

18. 10. 1936. Sonntag

Morgens Abfahrt nach Sosnowiec zur Dreißigjahrfeier der Allgemeinen Genossenschaft. Übernahme eines neuen Hauses, großer Umzug mit Genossenschaftsfahnen. Idiotische und unsympathische Ansprache des »genossenschaftlichen« Würdenträgers Kaleta, gute dagegen von Dippel. Dann im Gymnasium genossenschaftlicher Festakt für die Jugend. Aufgrund hartnäckiger Bitten Dippels sage auch ich ein paar Worte. Er selbst redet sehr lange, improvisiert

im Pseudo-Pennälerstil, was der Jugend recht gut gefällt, mich aber höllisch langweilt. Vor allem jedoch gefällt sich der Redner selber vortrefflich.
Später auf den Platz am Genossenschaftshaus. Dort entwickelte sich höchst albernes Geschwätz. Irgendwelche »maßgeblichen Faktoren« hatten veranlaßt, daß die Genossenschaftsfeier mit dem offiziellen öden Palaver der Vaterlandsverteidiger verbunden wurde. Der ungeheuer selbstzufriedene Górecki, Dziadosz, der Starost, die Uniformen. Kaum sah ich das, machte ich mich aus dem Staube. [. . .]

19. 10. 1936. Montag

Morgens wieder nach Sosnowiec (dieser nationaldemokratisch-parteilose Regimeanhänger Kaleta hat gewissermaßen demissioniert). Wir besuchen die von Kommunisten geleitete Arbeiter-Genossenschaft. Ein Waryński-Porträt und eine Lenin-Büste. Wir besuchen die »Allgemeine«, die »Gerechtigkeit« in Milowice, die »Eintracht« in Piaski. Zu Mittag essen wir in Sosnowiec. Danach die Genossenschaft »Gemeinsam« in Niwka und Mysłowice. Von Mysłowice kehren wir per Straßenbahn nach Kattowitz zurück. Um 6.30 Uhr fahre ich mit dem Eilzug ab nach Warschau.
Der Wortlaut dessen, was ich zur Schuljugend in Sosnowiec gesagt habe:
»Nichts kann angenehmer sein als zu sehen, wie sich die Jugend für das Genossenschaftswesen interessiert. Die Welt ist heute auseinandergebrochen in zwei extreme Fanatismen, die beide die Zivilisation zu vernichten drohen. Doch überall und allen Hindernissen zum Trotz greift der Mensch der Arbeit in der Stadt wie auf dem Lande nach dem neuen Leben, er, den nur die leider heute sehr verbreitete letzte Verzweiflung, Ausbeutung und Not zu fanatischen Taten und Bewegungen treiben können.
Doch wo immer er wenn auch nur bescheidene, aber erträgliche Daseinsbedingungen und etwas Freiheit findet,

überall dort zeigt er sich fähig zu schöpferischer Arbeit, geleitet nicht nur von unbeugsamem Willen und flammendem Gefühl, sondern auch von vernünftigem Denken. Eine dieser schöpferischen Strömungen, dieser von den arbeitenden Massen selbst erfundenen und geschaffenen Arbeiten ist das Genossenschaftswesen. Radikal in seinen Zielen, weil es ein neues, besseres sozialwirtschaftliches System errichtet, ist es gemäßigt und humanitär in Methoden und Wirkungsweisen. Es schafft nicht nur eine demokratische Ideologie, sondern auch deren solide materielle Grundlagen. Es verwirft Zwang und Übermacht, es stützt sich auf guten Willen, Beispiel und Überzeugung. Dem Genossenschaftswesen zu dienen, heißt heute, eine der ehrenvollsten Aufgaben des zivilisierten Menschen zu erfüllen. Eine Aufgabe, wahrhaft würdig des ganzen Menschen, das heißt eines Menschen, der – ich wiederhole – sich nicht nur von unbeugsamem Willen und flammendem Gefühl leiten läßt, sondern auch von vernünftigem, stets schöpferischem Denken. Darum geht weiter auf dem Weg, dessen Schönheit und Nützlichkeit euch eure Schulgenossenschaften gezeigt haben. Denn dieser Weg wird euch nie auf ein totes Gleis führen. Im Gegenteil, er wird euch immer die weite Perspektive einer besseren Zukunft für die eigene Gesellschaft und die ganze Menschheit zeigen.«

Warschau, 1. 11. 1936. Sonntag

Jadzia ist gekommen. Die Priester haben gegen sie und Frau Dobek beim Bischof und beim Ministerium Anzeige erstattet, sie »betrieben Kommunismus«. Mit wem man diese Leute vergleichen soll, weiß ich wirklich nicht mehr. Wohl mit Schweinen, aber auch das ist ihnen noch zu viel Ehre angetan. Alles Edlere wird binnen kurzem in Polen unter ihnen zu leiden haben.

Im Radio war das Es-Dur-Konzert von Beethoven – ein Wunder für mich! Zu denken, daß dieselbe Welt diesen

Beethoven trägt und die schwarzen Schurken in den Soutanen.

4. 11. 1936. Mittwoch

Den ganzen Tag lang arbeite ich den Artikel über die antijüdische Exzesse um.[1] Warum ich ihn geschrieben habe, weiß ich nicht. Das ist nicht mein »Kind«. Ständig lockt etwas Fremdes. Mit den Mädchen und St. im IPS.[2] Ein sehr interessanter Makowski.[3] Zum ersten Mal sehe ich einen Kubismus voller Lyrik und Kolorit. Und künstlerisch begründet, man kann ihn fast eine gewisse Form des Realismus nennen. Eine ergreifende Vision der Welt, wenn man sie in die Literatur transponiert, dann ein wenig à la Leśmian (der Schuster), ein wenig à la Andersen. Diesen Maler werde ich nicht vergessen. Außer ihm gefiel uns Grabowski ausnehmend gut – er malt in Tempera Spanien. Ich möchte mir etwas von diesen Dingen kaufen.

1 Um öffentliche Aufmerksamkeit zu erregen, provozierten die Nationaldemokraten antijüdische Exzesse, u. a. den Kampf zunächst um die »Gettobänke« (getrennte Sitzplätze für jüdische Studenten), später um die Entfernung der Juden aus den Hochschulen. Die Schriftstellerin wandte sich gegen diese Exzesse in ihrem Artikel »Die alljährliche Schmach«.

2 Institut zur Propagierung der Kunst (Instytut Propagandy Sztuki).

3 Tadeusz Makowski (1882-1932), einer der bedeutendsten polnischen Maler des 20. Jahrhunderts.

8. 11. 1936. Sonntag

Draußen seit drei Tagen sehr warm, richtiger Frühling. Morgens beginne ich, den Artikel über Daszyński umzuschreiben (Erinnerungen anläßlich seines Todes). Im Zusammenhang damit lese ich seine sehr interessanten Memoiren. Ich gehe nur kurz hinaus, um Blumen zu holen ... Beim Jahresfest der Akademie der Literatur bin ich nicht gewesen, obwohl ich eigentlich wollte; ich bin nicht mehr gesund genug für offizielle Langweiligkeiten. In Wilna gab es wieder antijüdische Studentenunruhen.

9. 11. 1936. Montag

Jadzia hat den silbernen akademischen Lorbeer erhalten und ihr Gymnasium zwei Preise der Akademie für polnische Aufsätze, den individuellen und den kollektiven. Dieser »Entsatz« kam zeitlich genau richtig, er legitimiert ihre Arbeit für Polen und den Staat angesichts der nichtswürdigen priesterlichen Anzeigen. Wenigstens einmal war die Akademie von Nutzen. Dagegen wird Hubert Stempowski[1] in Włodzimierz aus dem Starostenamt geworfen wegen eines Streits zwischen dem Trottel Sławoj und dem »Brester« Justizminister Grabowski. Jerzy Stempowski indessen schlägt man die schändliche Abreise nach Genf vor zur Aufrechterhaltung der »kolonialen« Forderungen des Hitlerlakaien Beck.[2] Er hat abgelehnt. Der Angriff der Schwarzen auf die anständigen Menschen dauert an – er wird auch uns erreichen.

1 Hubert Stempowski (1897-1962), zweiter Sohn Stanisławs, Agronom.

2 Józef Beck (1894-1944), Legionär, einer der engsten Mitarbeiter Piłsudskis; 1932-1939 Außenminister.

10. 11. 1936. Dienstag

[...] Abends hören wir im Radio die Aufzeichnung der Übergabe des Marschallstabs an Śmigły. Hlond[1] hielt eine schreckliche Ansprache. Mehr oder weniger des Inhalts, »Kreuz und Schwert sind und bleiben das Symbol Polens«. Das Schwert hat er sehr saftig erläutert, aber vergessen, daß Kreuz und Schwert für Polen das Symbol der Kreuzritter[2] sind und bleiben. Besser hätte er »Kreuz und Huhn« gesagt, wenigstens die Hühner hätten dann gelacht.

Ich stehe jetzt so stark unter dem Eindruck der »linken Seite

des Teppichs« unserer Geschichte, die dunkel war und voller Skandale, daß mich dies alles ganz und gar nicht mehr bewegt.
Mit Rücksicht auf Boguś gehen wir früh schlafen, er muß im Morgengrauen aus dem Hause.

1 August Hlond (1881-1948), Kardinal.
2 Kreuzritter – in Polen allgemein verwendeter Namen für den Deutschen Ritterorden, der 1230 auf Einladung Konrads von Masowien ins Kulmer Land kam, Preußen unterwarf, den Ordensstaat errichtete und weitere Eroberungen vornahm. Als Ergebnis der Kriege zwischen Polen und den Kreuzrittern wurde der Orden 1525 säkularisiert und in das polnische Lehnsherzogtum Preußen umgewandelt. Dem wichtigsten Abschnitt der Kämpfe ist Sienkiewicz' Werk »Die Kreuzritter« gewidmet.

11. 11. 1936. Mittwoch

Boguś ist um halb sechs aufgestanden und hat eine Stunde später das Haus verlassen. St. und ich gingen gegen zwölf hinaus und fanden die ganze Polna-Straße in Waffen vor. Die ganze paradierende Armee kam vorbei.[1] Ich bemerkte kleine und elende Soldaten, die unter den Helmen wie halbwüchsige Jungen oder wie Mädchen aussahen. Absolut kein kriegerischer Eindruck. Unter den Offizieren dagegen ein auffallend hoher Prozentsatz tonnendick. Die Kavalleriepferde hübsch und nach der Farbe ausgewählt, doch meist schlecht gehalten und sehr mager, sie gingen ruhig, ohne Schnauben, mit gesenkten Köpfen, wie abwesend. Am prächtigsten zeigte sich die Polizei, richtige Kerle, munter und rotbackig, großartig gekleidet, in glänzenden Stiefeln und bestem Tuch. Kordian-Zamorski ritt in seiner Generalsuniform ständig auf der Polna-Straße hin und her. Die motorisierten Abteilungen, für die sich alle nachher bis zu Tränen begeisterten, habe ich nicht gesehen, anscheinend haben sie einen anderen Weg genommen. Boguś kam ziemlich pünktlich zum Mittagessen, begeistert und beglückt, daß er sich »national erbaut« habe. Gleich nach dem Essen ging er mit seinen Graudenzer Leutnants (der von ihm geleitete Kurs der Fähnrichschule der Kavallerie) in das Schloß. [. . .]

1 Am 11. November wurde die Wiedererlangung der Unabhängigkeit gefeiert.

13. 11. 1936. Freitag

Wir waren im Kino zu einem nach der »Aussätzigen«[1] gemachten Film, um die Schauspielerin Elżunia Barszczewska[2] zu sehen. Sie ist begeisternd, schlicht, kein bißchen gefallsüchtig; Spiel und Aussehen im besten Stil. Wäre sie eine ausländische Schauspielerin, schriebe man Hymnen über sie wie über eine Offenbarung, doch weil sie eine von uns ist, schweigt man oder lobt halblaut. Außer ihr spielten in diesem Film Stępowski, die Wysocka und Węgrzyn, alle vorzüglich. Überhaupt, der polnische Film hat (auch bei belanglosem Inhalt) ungeheure Fortschritte gemacht. Wenn man nur gute Stoffe, große Stoffe verwendete! An Elżunia muß ich schreiben.

1 Trivialroman »Die Aussätzige« (1909) von Halina Mniszkówna; damals gerade neu verfilmt, wurde er zum größten zeitgenössischen Erfolg der Massenkultur.
2 Elżbieta Barszczewska (geb. 1913), bekannte Schauspielerin, Verwandte der Schriftstellerin.

14. 11. 1936. Sonnabend

Seit einigen Tagen sitze ich an einer größeren Arbeit über das Dorf und die Agrarreform.

18. 11. 1936. Mittwoch

Wir fahren nach Zamość zu dem Landwirt Jan Świercz. Sehr schöner Innenraum. In dieser Gegend bei Zamość präsentieren sich die Bauernhöfe hübsch, und bei Świercz, den wir unverhofft überfielen, herrschte eine solche Ordnung, daß es fast aussah wie das Bild eines idealen Innenraums auf einer Ausstellung. Ein schöner Kamin, schöne Hocker und schöne Bänke, eine schöne Großmutter am Spinnrad. Wir küßten uns, sie brachte mir bei, wie man spinnt. Später bei dem Kleinbauern [Namen unleserlich], der im Glauben, wir seien von der Steuer, so vor uns erschrak, daß wir ihn nur mit Mühe von unseren ganz unschuldigen Zielen überzeugen konnten. Als er dann Mut und Vertrauen gefaßt hatte, erzählte er uns sehr interessante Dinge. Er verdient mit Heimarbeit etwas hinzu, verheimlicht das aber vor dem Finanzamt, weil die Steuern darauf sehr hoch sind. Er verdient noch zusätzlich durch Arbeit bei größeren Bauern, die sich durch solche Armen vertreten lassen, z. B. bei unangenehmen öffentlichen Arbeiten wie dem Scharwerk oder der Regulierung eines Baches in der Umgebung oder dem Gräbengraben, wobei man im kalten Matsch oder Wasser stehen muß. Zusätzlich ist falsch gesagt, er dient auf diese Weise das Entleihen eines Pferdes ab, das Entleihen von Geräten, die ihm fehlen usw. Sekundäre bäuerliche Fronarbeit.

Wir fahren in die Gemeinde Sypniewo. Der Gemeindesekretär. Informationen. Alle umliegenden Dörfer sind entweder flurbereinigt oder stammen aus der noch vor dem Krieg durchgeführten Parzellierung der Donationsgüter des russischen Generals Sachnowskij. Tee im Dorfladen. Erzählungen von den Gütern der Czartoryskis und . . . Bourbonen: Krasne und Przystań. Um zwölf Uhr Rückfahrt nach Warschau. Bei Serock platzte uns ein Reifen, viel Arbeit und Dreck beim Aufziehen eines neuen. Der Nebel verschwand, stieg aber nach oben, denn es klarte nicht auf, sondern wurde schrecklich finster.

Um drei bin ich zuhause. Ich erzähle ohne Unterlaß von meiner Fahrt. Ich bin bewegt.
Anruf von Wolfke[1] – über die niederträchtigen Krawalle studentischer Banditen. Mit Eiern haben sie ihn beworfen. Das passiert diesem Professor, der eine Leuchte der polnischen Wissenschaft ist und in jedem anderen Land Weltruf genießen würde. Ich finde dafür keine Worte mehr. Polen wird zu einem Land von Banditen und Rowdies. Es genügt, daß ein edler Mensch sich äußert, schon richten sich Messer und Schlagring gegen ihn, dieser ganze Mist.
Vor lauter Empörung und Kummer haben wir beide eine schlaflose Nacht. Wie soll man denn leben, was atmen auf der Welt! Uns trösten nur die Lieder der Argentina im Radio.

1 Mieczysław Wolfke (1883-1947), bedeutender Physiker, entdeckte zusammen mit W. H. Keesom die Modifikationen des flüssigen Heliums; eine der wichtigsten Personen der polnischen Freimaurerei, damals Großmeister.

22. 11. 1936. Sonntag

In der Philharmonie Fülle. Wundervolles Beethoven-Konzert! Es gab die dritte »Leonoren-Ouvertüre«, das Klavierkonzert G-Dur und die »Eroica«. Leider dirigierte Oziminski. Balsam spielte das Konzert wundervoll. Beim zweiten Teil brach ich in Tränen aus.
Das Solokonzert mit Orchester drängt bestimmte außermusikalische Reflexionen auf. Es ist gewissermaßen das Drama des einzelnen und des Elements oder der Gesamtheit. Der Mensch träumt und sinnt, das dunkle Element aber drängt bedrohlich heran (Anfang des zweiten Teils des Konzerts G-Dur). Dann gibt der Mensch einen Impuls, und das Element der Masse nimmt ihn entweder auf, wiederholt ihn, steigert ihn oder widersetzt sich mit dissonantem [unleserlich].

In der »Eroica fiel das Scherzo sehr schlecht aus, der Trauermarsch zu schwach, einigermaßen noch der letzte Teil. Michałowicz[1] hat uns angenehm überrascht. Er ist als einziger von 700 Professoren im »Dziennik Popularny«, »Robotnik« und der »Gazeta Polska« gegen die Vorfälle mit Prof. Wolfke und die antijüdischen Ausschreitungen aufgetreten.

1 Mieczysław Michałowicz (1876-1965), Professor der Pädiatrie, Freimaurer, vor dem Krieg Gründer der Demokratischen Clubs und nach dem Krieg Vorsitzender der Demokratischen Partei.

24. 11. 1936. Dienstag

Heute ist mein Artikel »Die alljährliche Schmach« im »Dziennik Popularny« erschienen. Die »Gazeta Polska« hat ihn nicht gebracht und sich damit gerechtfertigt, der »Dziennik« habe ihn früher gedruckt. Ebenso haben ihn andere Blätter nicht gebracht, an die ich ihn geschickt hatte. Deshalb meine Kontroverse mit Kazio Wierzyński. Ich mache mich wieder daran, »Zamość am Róże« zu schreiben. Draußen leichter Frost. Im Radio die »Eroica« und das Violinkonzert von Brahms und die Ouvertüre zu »Tannhäuser«.

28. 11. 1936. Sonnabend

Es wird überhaupt nicht Tag. Von früh an brennen in der ganzen Stadt die Laternen, es ist dunkel wie in der Dämmerung. Ein Brief vom Polonistenkreis in Krakau, dem ich nach einem Jahr flehentlicher Bitten um eine Lesung versprochen hatte, vielleicht nach Neujahr zu kommen. Sie schrieben: »Angesichts Ihrer bekannten Einstellung in Sachen der akademischen Jugend sind wir gezwungen, auf Ihre Lesung zu verzichten«. Ja, so sieht die »Autorität« des Schriftstellers aus. Nun ja . . . wir leben in der Masse.
Um sechs Uhr bei Ujejskis. Auch Aniela Zagórska dort.

Ujejski erzählt von der bestialischen Verwüstung der Universität durch die nationaldemokratischen Hunnen und ihrem schamlos feigen Verhalten der Polizei gegenüber. Furchtbare Zeiten, die Polizei ist die letzte Instanz, die eine ekelhafte Barbarei beseitigt. Ein widerwärtiges nationaldemokratisches Flugblatt, das ohne jeden Skrupel lügt und vom Gift finsteren Hasses trieft. Doch Ujejski ist naiv, weil er nicht weiß, daß seine eigene Regierung (deren Vizeminister er ist) sich in geheime Ränke mit den Nationaldemokraten einläßt und ihre Zeitschriften finanziell unterstützt. Alles entsetzlich traurig.
Im »Goniec Warszawski« ist ein Angriff auf das Genossenschaftswesen erschienen. Man kann also wirklich in Polen weder Hand noch Fuß mehr regen. Im Namen des Nationalismus untergräbt man die einzige schöpferische, positive Aktivität, die das Wirtschaftsleben allein schon durch ihre Existenz den Händen der Fremden entreißt.

30. 11. 1936. Montag

Morgens Anruf von Dippel. Er gibt seiner Entrüstung über die beispiellose Art Ausdruck, in der »ABC« mich angegriffen hat. Daß die so schreiben, wie ihr Niveau es ihnen gebietet, braucht niemanden zu wundern. Aber daß sich bestimmt in ganz Polen kein Mensch findet, der – unabhängig von seinen Überzeugungen – in einem solchen Fall zur Verteidigung der verunglimpften Schriftstellerin, der besudelten »moralischen oder geistigen Autoritäten« auftritt; daß überhaupt nie jemand zur Verteidigung eines anderen auftritt; daß in Polen seit Jahrhunderten kein Lohengrin geboren werden konnte, daß es nur die Heimat einer Verleumderin wie Ortrud ist – das erst ist »der Schmerzen Schmerz«. [. . .]

3. 12. 1936. Donnerstag

Nachts Schnee in Massen, die Bäume völlig verschneit – wie im Märchen. Abschied von Władzia[1], die endgültig zu ihrem Mann aufs Land fährt und erst zur Entbindung wieder kommen wird. Sie hat schrecklich geweint, von mir wegzufahren sei schlimmer als von ihrer Mutter. Ich bin schon dermaßen gefühllos und verhärtet, daß ich keine einzige Träne im Auge hatte. Im Grunde tut mir nichts mehr leid. Ich habe Władzia weitere hundert Złoty gegeben und ihr Hilfe beim Hausbau versprochen, denn den Grund und Boden haben sie mit geerbtem Geld gekauft (8 Morgen), aber ohne Haus, sie müssen nun in Untermiete wohnen. Vielleicht weil es jetzt so wenig Veränderungen in meinem Leben gibt, empfinde ich sogar diese Veränderung als angenehmen Hauch neuen Lebens. Władzias Nachfolgerin Marysia Czuprynówna scheint ein recht sympathischer Mensch zu sein, sie verfügt bestimmt über mehr Phantasie, künstlerische Begabung und Temperament als Władzia. Sehr häßlich, besitzt sie doch etwas von einer Carmen des Weichselviertels, eine an der Wurzel eingesunkene und am Ende emporstrebende Nase, die wie gebrochen wirkt, schwarze, schöne und stets lachende Augen, einen breiten, mit vielen weißen Zähnen lachenden Mund; überhaupt ist sie geneigt, unbegrenzt zu lachen, und hat viel Sinn für Humor. So ehrlich und redlich wie Władzia aber wird sie sicher nicht sein.

1 Władysława Śleszyńska-Królikowa, arbeitete noch beim Vater der Autorin auf dem Gutshof in Russów, später lange Jahre M. D.s Haushälterin, kehrte nach ihrer Heirat aufs Land zurück.

4. 12. 1936. Freitag

Anruf von Wolfke, der nicht glauben will, daß der Krakauer Polonistenkreis meine Lesung wegen des Artikels »Die alljährliche Schmach« abgesagt hat. Seltsam. Ich habe niemandem von ihrem Brief erzählt, weil ich meinte, das müsse ihnen Schande machen. Anscheinend haben sie sich dessen von selbst in der nationaldemokratischen Presse gebrüstet. Was für verkommene Menschen, und das schon in so jungen Jahren! Sie brüsten sich damit, daß sie sich von den Menschen scheiden, die die polnische Nationalkultur schaffen. Was wird nur aus ihnen, mein Gott!

6. 12. 1936. Sonntag

Um halb elf kam Frau Wanda Górska zu mir (Vorname falsch notiert, sie heißt Halina), die Autorin des »Schwarzen Wassers« usw. Eine sehr nette und mütterliche Person mit reglosen, sanften Kuhaugen (Tochter meiner Bekannten aus Brüssel, der Frau Endelman, Schriftstellerin). Sie erzählte vom Elend der »Sygnały«.[1] »Bei der letzten Durchsuchung«, erzählte sie, »hat man auch die Abonnentenkartei mitgenommen, so daß wir nicht einmal feststellen können, wer uns was schuldig ist. Als wir den Staatsanwalt um Rückgabe der Kartei baten, hat er gesagt: ›Manche Leute sitzen unschuldig ein halbes Jahr, und Sie machen sich Sorgen um eine Kartothek.‹« Sie ist sehr sentimental, was ja bei Juden häufig vorkommt, aber eine »geborene« Erzieherin, ihr sozialpädagogischer Idealismus ist voll guten Willens. Jetzt wirft man sie aus allen Stellungen, in denen sie gearbeitet hat, und nimmt ihr das letzte, von ihr geführte Kulturhaus. [. . .]

1 »Sygnały« (Signale), linksgerichtete gesellschaftlich-kulturelle Zeitschrift, die in Lemberg erschien.

7. 12. 1936. Montag

Um acht im Staszic-Palais zu Ujejskis Jubiläum. Es war ein sehr angenehmer Abend, weil man sich die ganze Zeit in einer guten Atmosphäre redlicher und echter Gefühle bewegte, fern der üblichen Banalität von »Jubiläen«. Ujejski saß zwischen mir und Anielusia. In seiner Ansprache bemerkte er traurig, er sei mit den drei Losungen der Französischen Revolution erzogen worden: Liberté, Egalité, Fraternité, von denen eine, die Fraternité, sich als Illusion erwiesen habe; doch habe er nicht aufgehört, an die beiden anderen zu glauben.

13. 12. 1936. Sonntag

Abends Brief an Kołaczkowski, der mir geschrieben hatte, um sich für das Verhalten des Krakauer Polonistenkreises zu entschuldigen. Nett, aber es sind doch seine Schüler.

18. 12. 1936. Freitag

Um zwölf erscheint mein Breslauer Übersetzer, Herr Heinrich Koitz, und arbeitet mit mir bis halb sieben. Er ist sehr intelligent, faßt Einwände sofort auf, begreift schnell seine Fehler. Ich hoffe langsam, bei einer derartigen Zusammenarbeit des Übersetzers mit dem Autor muß eine gute, vielleicht sogar sehr gute Übersetzung herauskommen. Koitz ißt mit uns zu Mittag. Er erweist sich als ganz sympathischer Mensch. Hitleranhänger ist er nicht. Er war Sozialdemokrat, Korrespondent des »Vorwärts« in Genf. Aus seinen Berichten geht hervor, die Mehrzahl der Deutschen warte das Hitler-Regime ab und sehne sich nach Freiheit. Ihre einzige Freude sei es (immer nach Koitz' Berichten), ausländische Radiosender zu hören, Freude über die Blamage der Regierung im Zusammenhang mit dem Nobelpreis für Ossietzky, Freude, daß die Nationalisten noch nicht in Madrid eingedrungen sind, usw. Der Hitlergruß wird allgemein als Geste gedeutet: »So hoch steht der Dreck.« Diese Berichte haben mich sehr erleichtert. (Während ich heute diesen Abschnitt abschreibe, denke ich unwillkürlich, wie sehr sich Herr Koitz geirrt hat oder wie sehr er vielleicht sein Vaterland in meinen Augen rehabilitieren wollte und einzelne Reaktionen der Besten verallgemeinerte. Er selbst ist ein Opfer des Hitler-Regimes geworden, denn er wurde eingezogen und fiel in Italien. Zusatz 1949.)

19. 12. 1936. Sonnabend

[. . .] Um zwei erschien Jerzy Stempowski, um den »Candide« zu holen. Gleichzeitig kam Koitz. Er aß wieder mit uns zu Mittag. Bei einem Klaren kam er sehr ins Reden. Seine Großväter waren polnische Bauern im Posenschen, die wegen des Aufstands 1848 inhaftiert wurden. Ihres Landes verlustig, zogen sie nach Schlesien, dort haben sich ihre Kinder germanisiert. Aber seine Eltern konnten noch polnisch. Er scheint ein ehrlicher Freund Polens zu sein; er sitzt an einer Doktorarbeit über Dygasiński und hat vor, einmal ein Epos zu schreiben, das den polnisch-deutschen Beziehungen an der Westgrenze gewidmet ist. Zudem stellt sich heraus, daß er die Ukraine verehrt und einen Roman über Petljura veröffentlicht, er war während des letzten Krieges in der Ukraine. Zum Abschied gab ich ihm eine Schachtel Wedel-Pralinen für seine Frau, die in diesen Tagen – ich glaube das dritte Kind zur Welt bringen soll. [. . .]

21. 12. 1936. Montag

Morgens zahlreiche Anrufe. Um elf ging ich ins Kommissariat, wo man mir diesmal ohne Mühe meinen Regenschirm wiedergab. Die kleine Tatsache, daß ein Chauffeur ehrlich ist, genügt in unserer Zeit, ein bißchen Vertrauen zum Leben zu erzeugen. Obwohl mir auch der Gedanke kommt, er könnte ein Polizeispitzel gewesen sein, wenn er so gut begriffen hat, daß wir zu Poniatowskis fahren; im Gebäude des Ministeriums wohnen schließlich nicht nur sie allein . . .

4. 1. 1937. Montag

Heute nacht habe ich nicht geschlafen. Von drei bis sechs habe ich den »Pickwick-Club« gelesen. Infolgedessen schlafe ich nachmittags und erwache in sehr angenehmer Stimmung. Ich setze mich an die Maschine, schaffe aber nicht viel. Abends bin ich bei »Figaros Hochzeit« aufgelebt. Eine ganz entzückende Aufführung. Und in den (heftig beklatschten) satirischen Tendenzen sehr aktuell. Solch ein Stück, heute und in Polen geschrieben, käme nicht durch die Zensur.

7. 1. 1937. Donnerstag

In der Küche Trara mit Marysias Janek. Es handelt sich um einen sehr komplizierten Schauerroman. Wenn jemand meint, nur die verfaulte Welt der Bourgeosie denke sich verworrene Liebesgeschichten aus, so irrt er sehr. Es gibt ausnahmslos alles auch in der Welt der einfachen Leute. Ja sogar der Tiere. Zurück zu Marysia. Dieser Janek, ein hagerer Blonder mit »sex appeal«, ist Eigentümer einer Kohlenhandlung. Außerdem ein Trinker, Wüstling und »Zigeuner«. Seine Mutter erlaubt ihm nicht, Marysia zu heiraten, weil sie sie für eine »Beigeschleppte« und ein »Bettlerweib« hält. Er selbst übrigens ist ihr nicht treu, aber wahnsinnig eifersüchtig; sie ist rasend in ihn verliebt, doch um ihn zur Treue und zur Ehe zu bringen, ist sie bereit, mit jedem beliebigen zu schlafen, nur um ihn zu reizen. In der Küche geschehen unheimliche Dinge. Einmal habe ich ihn auf Marysias Bett geflegelt schlafend angetroffen. Er war stockbetrunken. Als ich ihn weckte, erklärte er, er warte auf sie, um sie totzuschlagen. Marysia erfüllt ihre Pflicht im Haus, denn sie arbeitet sehr flink, sonst aber ist sie nie da. Später erzählt sie, sie steht stundenlang auf der Straße, wo dieser Janek wohnt, um zu beobachten, von wo und mit wem er heimkommt. Sie erzählt gern von ihrer unglücklichen, wenn auch geteilten Liebe. Mir tut sie leid, ich verstehe sie so gut! St. ist empört und »verachtet« sie. Jetzt ist sie irgendwohin gerannt, um ihn zu reizen, doch er hat – schon nach Schließung der Haustür – auf der Straße auf sie gewartet. Sie erzählte das mit Triumph in der Stimme und mit blitzenden Augen. »Er hatte ein Messer, gnädige Frau. Fast hätte er mich umgebracht. So eifersüchtig ist er.«

11. 1. 1937. Montag

Der »Dziennik Popularny« bittet telefonisch um ein Interview in Sachen der »Bauern-Erinnerungen«.[1] Ich verständige mich mit St., Krzywicki[2] und Szturm de Sztrem.[3] Schließlich entschieden wir, daß es besser ist, wenn ich einen Kommentar abgebe, weil sie es sonst von sich aus demagogisch kommentieren. Ich erkläre mich einverstanden, obgleich mich das viel kostet. Nachmittags kommt ein gewisser Kubicki[4] [. . .] Auch Szturm de Sztrem kam, um zu raten, welche Fragmente sie zum Nachdruck auswählen. Die Fragen wurden schlecht gestellt, darum weiche ich vom Thema ab und erzähle Anekdoten von meinen Ausflügen aufs Land.

1 Das Institut für Sozialwirtschaft (IGS) gab zwei Sammlungen »Bauern-Erinnerungen« heraus, es spezialisierte sich auf diese Art von sozialen Dokumenten; M. D. bearbeitete die zweite Sammlung und schrieb das Vorwort.

2 Ludwik Krzywicki (1859-1941), marxistischer Soziologe und Sozialpolitiker, Direktor des IGS.

3 Tadeusz Szturm de Sztrem (1892-1968), Volkswirtschaftler, Funktionär der PPS; nach dem Krieg zweimal inhaftiert.

4 Aleksander Marian Kubicki (1908-1972), Aktivist der Bauernbewegung, Journalist, Lyriker; bekleidete nach dem Krieg zahlreiche exponierte Stellungen.

13. 1. 1937. Mittwoch

Mein Interview ist im »Dziennik Popularny« bereits erschienen, direkt neben einem ordinären und demagogischen Artikel über die Agrarreform ohne Entschädigung, so daß ich mich für sie schämte. Wirklich, man kann nirgendwo etwas drucken lassen, weil man nie weiß, in welche Gesellschaft man gerät.

18. 1. 1937. Montag

Morgens zum ersten Mal in meinem Skianzug auf der Eisbahn. Großartig! Später zeichne ich. Innenräume sind sehr viel schwieriger als Landschaften. Sie mißlingen mir ständig. Nachmittags schreibe ich. Abends mißlungener Ausflug mit Marysia zu einem Kurs für Erwachsene. Auf dem Heimweg erzählt sie mir von ihrer Kindheit und warum sie Priester nicht leiden kann.

30. 1. 1937. Sonnabend

Abends ging ich zur Jury der »Wiadomości Literackie«. [. . .] Ich schlug die »Bauern-Erinnerungen« vor, den zweiten Band mit dem hohen Memoiren- und Kunstwert. Alle kamen mit anderen Büchern und verteidigten sie auch eifrig; Iwaszkiewicz aber unterstützte mich sofort, und bei der letzten Abstimmung gab die Mehrheit ihre Kandidaten auf, und die »Erinnerungen« erhielten fünf Stimmen gegen zwei. Ich war richtig überrascht, wie leicht der Sieg errungen war, aber auch sehr erfreut. So daß ich nach meiner Rückkehr (um ein Uhr nachts) St. weckte, um es ihm zu sagen. Gegen die »Erinnerungen« hatten nur Parandowski[1] und Słonimski gestimmt.
Weil ich um elf zwei Tassen sehr starken Kaffee getrunken hatte, konnte ich die ganze Nacht nicht schlafen. Ich las fast einen ganzen Band der »Elenden«, die mich begeistern.

1 Jan Parandowski (1895-1978), Schriftsteller, Kenner der Antike, 1933 bis 1978 ununterbrochen Präses des polnischen PEN-Clubs.

3. 2. 1937. Mittwoch

Heute plötzlich Tauwetter, Regen, Matsch, der Schnee verschwindet im Handumdrehen. Den ganzen Vormittag sitze ich an den »Staatsbürgerlichen Gedanken«. Nachmittags erscheint Władzia, bereits mit Wehen. Und in diesem Zustand hat Jakub sie per Pferdewagen 14 km nach Pruszków geschafft. Trotz allem und trotz meiner Proteste geht sie noch zum »Hausarzt« der Versicherung, der sagt, die ... Formalitäten für die Aufnahme in die Entbindungsstation könne man erst ... morgen früh erledigen! Die Geburt werde wahrscheinlich ohnehin nicht früher eintreten. Empört darüber und weil Władzia nach der Rückkehr wieder Wehen bekam, brachte ich sie ohne alle Formalitäten per Taxi zur Klinik der »Fürstin Anna Mazowiecka« auf der Karowa-Straße. Seltsames Publikum in der Halle, wie aus den »Elenden«. Ausgemergelte Arbeiter begrüßen und küssen ihre Frauen und tragen Bündel mit ihren neugeborenen Kindern davon. Natürlich wird Władzia ohne alle Formalitäten aufgenommen und sofort in den Kreißsaal gebracht. Ich kehre zurück nach Hause, die Formalitäten bei der Krankenkasse erledige ich morgen selbst. [...]

6. 2. 1937. Sonnabend

Morgens wegen Władzia bei der Krankenkasse. Draußen immer wärmer, nachts selbst bei offenem Fenster zu heiß. Ich gehe zeitig zu Bett. Gestern nacht träumte mir, ich sei in Madrid. Ich ging durch seine Trümmer. Oh, wie mir dieses unselige, von der Welt verlassene spanische Volk leid tut. Es gibt dafür keine Worte in unserer Zeit, die nicht weiß, was Mitleid ist.

Ich beende die Lektüre der »Elenden«, ein großartiges und großherziges Werk. So etwas müßte man jetzt schaffen zur Gesundung der Menschheit.

9. 2. 1937. Dienstag

Zu Hause beende ich den zweiten Teil der »Staatsbürgerlichen Gedanken«. Malaga wurde von den Italienern, Deutschen und Marokkanern erobert.
Im Sejm wird an Poniatowskis Stuhl gerüttelt. Die große Welle der schwarzen Reaktion kommt über die Welt, und die schwarze Hundertschaft wird die Welt regieren. In Kürze wird es keine Möglichkeit mehr geben zu arbeiten, vielleicht nicht einmal zu leben. Nicht die Stillen, die Gerechten und die Menschen reinen Herzens werden die Erde besitzen, sondern die blutigen, lärmenden Despoten.

16. 2. 1937. Dienstag

Den ganzen Vormittag schreibe ich an den »Staatsbürgerlichen Gedanken«. Um zwei Uhr erscheint Władzia mit Mann und Kind. Das Kind sehr klein, aber wohlgeraten, nur das Näschen stark aufgestülpt wie bei Władzias Mutter. Taufessen. Wir beide, St. und ich, sollen die Kleine über das Taufbecken halten. Um fünf gehen wir bei echt Londoner Nebel zur Erlöserkirche. Das Kind erhält den Namen Weronika, an deren Tag es geboren ist. Bei der Taufe hat es überhaupt nicht geweint, nur ein bißchen das Gesicht verzogen, als es das Salz bekam, und gequietscht, als es mit Wasser besprengt wurde. Abends schreibe ich wieder.

21. 2. 1937. Sonntag

Nachmittags hören wir im Radio Koc[1] mit seinem Programm. Nichts erhoffend, hatte ich doch mehr und besseres erwartet, als herauskam. Er hat die ganze Deklaration vorgelesen wie ein Sergeant ein Rundschreiben. Langweilige, trockene Selbstverständlichkeiten, Gemeinplätze und Phrasen. Es klang wie das Programm zum »Barbier von Warschau«. Viele, die diesen Unsinn hörten, dürften bei diesem unfreiwilligen Humor laut gewiehert haben. Und diese unpolnische, blinde Nachahmung der Nazis. Nicht

ohne Pikanterie die Tatsache, daß dies gerade verkündet wurde, während Göring in Białowieża auf Jagd geht. Ich kann mir vorstellen, wie er sich nach einem reichhaltigen Essen mit Pobratyński (Mościcki)[2] den Mund wischt und eine Zigarre ansteckt, während er die Übersetzung dieser dummen Deklaration liest, die man ihm bestimmt diensteifrig zeigt.
Genau das Richtige für ein Publikum, das Kiepura[3] umjubelt. Gerade höre ich sein Konzert (mit Marta Eggerth[4]) in Krakau. Er ist der ordinärste und trivialste aller Tenöre, die ich je im Leben gehört habe; er singt affektiert, manieriert, mit Seufzern und Schluchzen. Unendlich schöner und kultivierter singt seine Frau. Stimmaterial, Schule und Diskretion hundertmal wertvoller. Eine bedrohliche Konkurrentin für ihren Mann.

1 Adam Koc (1891-1969), Politiker des regierenden »Sanacja«-Lagers, Oberst; gründete damals eine neue Massenorganisation, das Lager der Nationalen Vereinigung (OZN), dessen Programm er verkündete.
2 Ignacy Mościcki (1867-1946), Chemiker, seit 1926 Präsident der Republik Polen (in der Familie Pobratyński genannt).
3 Jan Kiepura (1902-1966), Sänger, Tenor, errang nach Erfolgen im Ausland außerordentliche Popularität in Polen.
4 Marta Eggerth (geb. 1912), ungarische Filmschauspielerin und Sängerin, verheiratet mit Jan Kiepura.

22. 2. 1937. Montag

Den ganzen Tag nasses Schneetreiben und Sturm. Morgens gehe ich nur Obst holen. Dann schreibe ich. Ujejski hat den zweiten Teil der »Staatsbürgerlichen Gedanken« zurückgesandt. Abends bei den »Frauen mit höherer Bildung« auf der Żurawia-Straße zu Dr. Wroczyńskis Vortrag über das »rote« Spanien, wohin er als Sanitätsdelegierter des Völkerbunds geschickt worden war. Er erzählte sehr interessante Dinge. Am interessantesten war das, wo er sich am besten auskennt, nämlich das Gesundheitswesen, das die spanische

Regierung sehr gut organisiert hat. Gesundheitsminister ist eine Frau, die Vorsitzende der berühmten Iberischen Anarchisten-Union. Das Interessanteste für mich war die Nachricht, daß in der Volksarmee, die Madrid verteidigt, 3000 Polen kämpfen.[1] Darüber schweigt man bei uns und läßt nur die Nachricht von dem Flieger Lasocki durch, der im Dienst der dortigen Vaterlandsverräter Bomben auf die Zivilbevölkerung von Madrid geworfen hat.

1 Insgesamt kämpften in Spanien, überwiegend in der Brigade J. Dąbrowski, an die 5000 Polen, von denen 3000 fielen.

23. 2. 1937. Dienstag

[. . .] Ich habe Frau Mortkowicz mein Manuskript gebracht (den ersten Teil). Ich fürchte, daß es eine neue Welle von Verleumdungen und Hetzreden hervorrufen wird. Manchmal denke ich, es sei besser, nichts Gutes zu tun, nicht nach dem Gewissen zu handeln, denn das facht nur das Feuer unter diesem Kessel von Unredlichkeit und Haß an und bringt ihn zum Sieden. Nachmittags schreibe ich, aber es geht mir nicht von der Hand.

1. 3. 1937. Montag

Abends lese ich bei den »Frauen« auf der Żurawia-Straße das Kapitel meiner Arbeit über die Agrarreform. Ziemlich viele Leute waren gekommen. In der Diskussion traten Wł. Kowalski[1] und Frau Muszałówna[2] gegen mich auf. Ich propagiere angeblich den bäuerlichen Privatbesitz statt den vergesellschafteten in Form großer Güter.

1 Władysław Kowalski (1894-1958), radikaler Bauern-Politiker, Schriftsteller und Publizist; nach dem Krieg Vorsitzender der Bauernpartei, Sejmmarschall.

2 Kazimiera Muszałówna (1902-1978), Journalistin, seit der Okkupationszeit mit der Schriftstellerin befreundet.

7. 3. 1937. Sonntag

Um sieben bei Ujejskis. Mit begeisterten Worten gibt er mir den »Scheideweg« zurück. Ich kehre um zehn heim. Wie selten wir uns sehen!

Mein inneres Gefühl eines geistigen Umbruchs, aus dem ich, wenn er gut verliefe, noch einmal für das Leben gerettet wäre. Doch wieviele Dinge muß man überwinden! Das schaffe ich nicht mehr. Ich könnte auch das Glück nicht mehr ertragen.

12. 3. 1937. Freitag

Ich lese die Briefe der Orzeszkowa.[1] Die unendliche Traurigkeit der großen Vereinsamung weht mich aus diesen Briefen an. Es war in Polen immer so wie heute. Spülicht und Spucke für die Großen und Edlen, Anerkennung und Enthusiasmus für die Dummköpfe oder einfach Armseligen. Es ist schlimm zu leben und zu arbeiten in diesem undankbaren Land, in dem man nur wenige Menschen, die Erde und die eigene goldene Chimäre von Polen lieben kann. Und alle Unbekannten, die genauso vom schweren Hintern des geistigen Gesindels niedergedrückt werden. Doch das ist schon sehr viel! Das ist alles! Wer ist berechtigt, mehr zu fordern?

1 Eliza Orzeszkowa (1841-1910), Schriftstellerin des Positivismus und kritischen Realismus, Verfasserin von »Meir Ezofowicz«, »Tiefland«, »Am Njemen«.

21. 3. 1937. Sonntag

Bis vier Uhr früh habe ich nicht geschlafen, sondern Mickiewicz gelesen und Notizen gemacht. Morgens auf dem Bahnhof mit Post an Koitz. Um eins fahren Poniatowski und ich zur Werkstatt von Frau Kraskowska-Nitschowa, um das für Warschau bestimmte Sirenen-Denkmal zu besichtigen, das an der Weichsel aufgestellt werden soll.[1]

Im Vergleich mit anderen Denkmälern wirkt es in der Tat positiv. Das Gesicht ist gut, vor allem das tragisch-ägyptische Lächeln. Krysia Krahelska[2], die Tochter des Wojewoden, hat für dieses Denkmal Modell gestanden. Sie ist schön wie eine Sirene und singt wie eine Sirene.
Nachmittags traf Jadzia ein. St. ging in die Flora-Straße. Wir plauderten lange über die traurigen Zeiten heute. Konrad Górski[3] hat man für die Relegierung eines Anstifters der verbrecherischen Krawalle eine Bombe in seine Wohnung gelegt, sie ist explodiert. Das sind Verbrechen nicht gegen Juden, sondern gegen die eigene Nation . . .

1 Das Warschauer Wappen zeigt eine Sirene. Das von Ludwika Nitschowa geschaffene Denkmal steht an der Weichsel, am Kościuszko-Ufer.
2 Krystyna Krahelska (1914-1944), Lyrikerin, Verfasserin populärer Lieder der Okkupationszeit, im Warschauer Aufstand gefallen.
3 Konrad Górski (geb. 1895), Literaturhistoriker, vor dem Krieg Universitätsprofessor in Wilna, nach dem Krieg in Thorn.

24. 3. 1937. Mittwoch

Die Setzarbeit am »Scheideweg« nähert sich endlich dem Ende. Diese Studie macht jetzt einen schrecklichen Eindruck auf mich. Sie kommt mir moralisierend vor, obwohl die Intentionen anders waren. Alles ist in der Intention anders als in der Realisierung. Ich bin traurig, das geschrieben zu haben, denn wirklich verstanden werden kann ich sowieso nicht.

2. 4. 1937. Freitag

Fast den ganzen Tag liege ich und lese verschiedene Dorfnovellen von Tolstoj aus seinen jungen Jahren. Ich lese sie zum ersten Mal im Leben und bin betroffen von der Verwandtschaft dieses Werks mit meinem. Zum Beispiel in solchen Kleinigkeiten wie den Ausrufen bei irgendeiner Arbeit; die Leute rufen genau dasselbe wie bei mir, wenn sie die Schafe waschen oder Dalenieckis Bett hereintragen.[1] Es hat mich verwundert, daß man die Menschen und die Welt so ähnlich sehen kann.

1 Szenen aus den »Landlosen« und den »Nächten und Tagen«.

3. 4. 1937. Sonnabend

Den ganzen Vormittag ordne ich Papiere und Briefe. Nachmittags kamen nacheinander Czekan, Kołodziejski, Szturm de Sztrem, Poniatowski. Poniatowski blieb zum Tee und legte uns ausführlich die Notwendigkeit dar ... die Gewerkschaften zu verstaatlichen. Gibt es denn außer dem Staat wirklich keine Idee oder Kraft, die die allgemeinen Interessen vereinigen könnte? Ich glaube, derartige Vereinigungsebenen gibt es genug, und ihr Zement ist sehr viel fester als der Polizist und der Bürokrat. Irgendwie verstehen die Leute das Naheliegende nicht. Ich bin sehr abgespannt und traurig.

Radom, 7. 4. 1937. Mittwoch

Morgens um 10 fahre ich nach Radom. Auf dem Bahnhof erwartet mich Frau Kelles-Krauzowa. Mit ihr und Frau Jakubsiakowa in der Konditorei. Dr. Kelles-Krauz. Mittagessen bei ihnen. Dann besichtige ich mit Frau Kelles-Krauzowa die Stadtbücherei (15 000 Bände), das Volkshaus der Gewerkschaften und die Städtischen Arbeiterhäuser (wundervoll). Hübsche Wohnungen, ein Zimmer und kleine Küche. Ich besichtige die Verbraucher-Kooperative. Radom ist, seit ich es während des Krieges gesehen habe, unter der langjährigen Regierung der Sozialisten (mit Frau Kelles-Krauzowa als der Vorsitzenden des Stadtrats) eine schöne, saubere, vollständig kanalisierte Stadt mit sehr interessanten sozialen Einrichtungen geworden. Eine Art polnische Miniatur des von Dollfuß vernichteten »roten« Wiens. Die Stadt macht einen sehr guten Eindruck. Abends meine Lesung, der Saal rappelvoll, die Aufnahme meiner Lesung vorzüglich.[1] Danach Abendessen im »Brotkanten«. Interessante Gespräche der Juristen im Zusammenhang mit einer Gerichtsverhandlung hinter verschlossenen Türen, die an diesem Tag stattfand; es ging um einen Mord, eine dunkle, seltsame Geschichte wie bei Dostojewskij.

1 M. D. sprach über das Genossenschaftswesen.

Warschau, 16. 4. 1937. Freitag

Ich schreibe einen zweiten Artikel über die Orzeszkowa. Morgens war ich im Łazienki-Park. Die Kastanienknospen sind schon aufgegangen und grün geworden. Abends waren wir im Teatr Polski zu »Pygmalion«. Das wirkt sehr altmodisch. Heute muß man nicht gegen die guten Manieren kämpfen, sondern den zeitgenössischen Barbaren gute Manieren beibringen. Beispielsweise diesem Publikum, das sich im Theater schrecklich benimmt. Seit Mittag heftiger Dauerregen.

Zamość, 22. 4. 1937. Donnerstag

Am frühen Morgen Spaziergang durch das wundervolle Zamość.[1] Natürlich gehe ich in die Kathedrale zu Jan Zamoyskis Grab. Am Gitter, das die Kapelle abschließt, treffe ich meine Reisegefährten. Gemeinsam zum Frühstück. An der Mauer, wo Łukasińskis Zelle war, eine Tafel mit seinem Relief. Nach dem Frühstück fahren wir auf sehr schlechten Chausseen nach Łaszczów, der Herrschaft jenes berühmten Łaszcz[2], der sozusagen seinen Mantel mit Gerichtsurteilen fütterte. Die Reste des alten Schloßtors, der Park, rund um den Sitz des großen Herren vier Säulen mit Statuen darauf. Inmitten dieser Umgebung pulsiert ein kleines, schmutziges, jüdisches Städtchen, mehr ein Flecken. So jüdisch und in der Sonne so exotisch, daß ich den Eindruck habe, in Kleinasien zu sein. In Łaszczów steigen wir um in ein Fuhrwerk und fahren zur Kolonie Steniatyn. Wir besichtigen die wundervolle Musterwirtschaft und auch eine im ukrainischen Nachbardorf Steniatyn, die des Ukrainers Gawryła. Ein krasser Kontrast – Elend, Schmutz, rachitische Kinder. Aber dieser Gawryła empfängt uns aufs Beste. Auf dem Rückweg erzählt er von der Pazifizierung, die hier im letzten Herbst stattgefunden hat.[3] Der Bericht läßt uns das Blut in den Adern gerinnen. So unterschiedlich sind die Elemente der polnischen Wirklichkeit. Die Kolonien, die von der durch Konopacki geschaffenen Organisation der Musterwirtschaften erfaßt werden, sind meist rein polnisch mit einem sehr kleinen Prozentsatz ukrainischer, deutscher, ja sogar jüdischer Kolonisten. Nicht flurbereinigte Dörfer werden von der Aktion nicht mehr erfaßt, weil sich dort bei der phänomenalen Zerstückelung des Ackers keine Wirtschaftsreform durchführen läßt. Diese nicht flurbereinigten Dörfer sind gerade die ukrainischen Dörfer; man führt die Flurbereinigung vor allem in den polnischen durch. Eine Ungerechtigkeit, die sich rächen wird.

1 Zamość – Renaissancestadt (Ende 16. Jahrhundert), gegründet von Kanzler Jan Zamoyski.

2 Samuel Łaszcz (1590?-1649), Kronwächter, wurde wegen Gewalttätigkeiten 236 Mal zur Verbannung verurteilt und ihm wurde 37 Mal die Adelsehre aberkannt.

3 1936-37 brachen im Zusammenhang mit der Krise besonders im Süden und Osten Polens Bauernstreiks aus; das führte zu Unruhen, die rücksichtslos und blutig unterdrückt wurden.

Warschau, 23. 4. 1937. Freitag

In Lublin zeigte man mir einen Artikel von L. H. Morstin. Der feine Herr Graf hat einen wahren Schmutzkübel über mich ausgegossen, das niedrigste Niveau der Polemik, das man sich vorstellen kann. Textverfälschungen, Unterstellungen, Entstellungen meiner Gedanken, Verleumdungen wegen Volksverrats – kein einziges sachliches Argument gegen mein Buch. Eine bedrückende Bestätigung meiner Gründe. Alle Skrupel, alle meine Befürchtungen, ich könne mich irren, sind zerstoben nach diesem Artikel, vielmehr nach diesem Hagel von Schimpfwörtern. Aber wie schrecklich traurig, so recht zu haben!

24. 4. 1937. Sonnabend

Der ganze Tag verging mit irgendwelchen Kleinigkeiten. Noch besser als Morstin hat sich J. Lutosławski in der »Gazeta Rolnicza« aufgeführt. Mein Gott, bringt von diesen Menschen niemand jemals einen reinen, schönen Ton hervor?

25. 4. 1937. Sonntag

Anrufe von Poniatowski und von Wanda. Außer ihnen gibt keiner der »Freunde« auch nur einen Piep von sich. Fallen in Polen jemanden die Hunde an, rührt niemand einen Finger, um den Überfallenen zu verteidigen. Übrigens tue ich damit den Hunden Unrecht. Das sind keine Hunde, sondern wütend gewordene Basilisken.

26. 4. 1937. Montag

Immer noch kann ich mich nicht richtig an die Arbeit machen. Ein anständiger Artikel gegen mein Buch in der »Polityka« (»Die Empörung der Jungen«, genannt »Die Empörung der jungen Grafen«) war für mich sehr überraschend; es hat mich für den ganzen Tag glücklich gemacht, daß nicht alle mit häßlichen Waffen kämpfen.

22. 5. 1937. Sonnabend

Vormittags beim Friseur und in der Stadt. Nachmittags Arbeit an »Vier Tage im Lubliner Land«. Abends kam Poniatowski und erzählte mir unendlich Trauriges. Die Regierung begibt sich auf nationaldemokratische Gleise, und Śmigły ist dabei der Anführer. Sie werden denen den Arsch lecken und sich überlegen, ob Piłsudski nicht ein Bandit war und was in Starogard passierte. Aber wer weiß, vielleicht erheben sie ihn zum nationaldemokratischen Heiligen, vielleicht ist das der »Preis des Absoluten«. Wir sind Zeugen des widerwärtigen Schauspiels, wie die schändlichsten Elemente von rechts und von links innerhalb der Menschheit den Sieg davontragen.

28. 5. 1937. Freitag

Eine Jugenddelegation, die mich zum Treffen der Dorfjugend »Saat« (regierungstreue Konkurrenz des »Heerbanns«) einlädt. Nachmittags sehr interessanter Besuch eines Bauern aus Polesie, Nikifor Szczuka, der zu Fuß nach Warschau gekommen ist.

29. 5. 1937. Sonnabend

Zu Hause erledigte ich weiter Korrespondenz, sie wird mir langsam zu viel. Anruf von Anielusia, die mir für den »Scheideweg« dankt. Im »Pion« ein Artikel von Z. Starowieyska-Morstinowa, der erste redliche und anständige Artikel, der gegen mein Buch angeht, aber menschlich, ohne Unterstellungen, Verleumdungen, Beschimpfungen. Das ist schon unendlich viel. Aber auch sie entstellt die Wahrheit. Nachmittags Anruf von Ujejski. [. . .] Ich fühle mich zwar geistig etwas besser, kann aber ganz und gar nichts tun.

4. 6. 1937. Freitag

Ich schreibe, schlafe, schreibe, gehe abends mit Boguś zum »König der Landstreicher«, einem Vaudeville auf der Grundlage des Lebens von François Villon, mit dem revolutionären Volkslied »Die Kinder von Paris«; es weckt soviel Enthusiasmus, daß es dreimal wiederholt werden muß. Eine Melodie von der Art, die mich fasziniert wie die

»Marseillaise«. Im Theater habe ich Frau Sobańska getroffen und ihr Boguś vorgestellt. Er hat ihr so gefallen, daß sie mir ins Ohr flüsterte: »Sie haben einen reizenden Bruder.« Um auf das Lied zurückzukommen: Es ist interessant, welche Dinge heute Enthusiasmus erzeugen. Dieses Vaudeville war stilistisch gewissen Szenen aus den »Elenden« ähnlich, einem Werk, das ebenfalls im Stil eines pathetischen Vaudevilles gehalten ist.

16. 6. 1937. Mittwoch

Die Firma »Renaissance«, hiesige Repräsentanz der tschechischen Verleger, wendet sich an mich wegen der Genehmigung einer Übersetzung des »Scheidewegs«. Ich habe kategorisch abgesagt. »Der Scheideweg« ist ausschließlich für den inneren Gebrauch in Polen bestimmt; das einzige Motiv für eine Übersetzung kann nur der Wunsch sein, unsere heimischen Kümmernisse in der antipolnischen Propaganda zu verwenden. Ich gebe niemandem eine Übersetzungsgenehmigung für dieses Buch. Telefongespräch mit Ujejski.

23. 6. 1937. Mittwoch

Morgens langer Spaziergang im Łazienki-Park und im Botanischen Garten. Das hat mir innerlich gut getan. Den ganzen übrigen Tag schreibe und schlafe ich abwechselnd, ich halte mich mit schwarzem Kaffee munter und schreibe wieder. Abends fahren wir zu Poniatowskis. In der Straßenbahn Extrablätter. Der Metropolit von Krakau, Erzbischof Sapieha[1] hat entgegen dem Wunsch, ja sogar der brieflichen Bitte des Präsidenten den Sarg Piłsudskis aus der St. Leonhards-Krypta in den noch unfertigen Turm der Silbernen Glocken schaffen lassen. Składkowski hat seine Demission eingereicht und sie damit begründet, er habe nicht verhindern können, daß ein polnischer Staatsbürger »dem Willen des Präsidenten nicht entsprochen habe«. Der Präsident hat die Demission nicht angenommen.

Bei Poniatowskis Kommentare. Sapieha habe das getan, um nicht in der Kathedrale von Amts wegen einen Schismatiker empfangen zu müssen, König Carol von Rumänien (der gerade nach Polen kommt). Das verstehe ich nicht recht. Mich hat das Ereignis von seiner künstlerischen Seite her überrascht. Es enthält das Pathos des Kampfes der Kirche gegen den Staat, das an die Zeiten von Bolesław den Kühnen und Stanisław Szczepanowski erinnert.[2] Der Bischof hat die Majestät der Republik beleidigt, er hat unser Ansehen in der öffentlichen Meinung des Auslands gefährdet und uns in eine dumme Lage vor dem königlichen Gast gebracht. Gleichzeitig aber wacht er über dem Buchstaben des kanonischen Rechts, dessen Interessen so oft denen des polnischen Staates widersprochen haben. Für die Mystiker ist es gewissermaßen ein Memento Piłsudskis von jenseits des Grabes, wir gingen zu weit mit unserer Nachgiebigkeit gegenüber den schwarzen Mächtigen. Für die Dichter etwas von einem Drama, würdig eines Słowacki und Wyspiański. Doch die polnische Nation hat keine großen Gefühle mehr, deshalb reißt dieser pathetische Fall sie nicht mit.

Bei Poniatowski war Józewski.[3] Während ich ihn und Juliusz betrachtete, dachte ich, Polen richte auch diese ungewöhnlichen Leute zugrunde, wie es alles zugrunde richtet, was einen Wert hat. Als wir heimkehrten, schrien in der Straßenbahn die ganze Fahrt hindurch einige Arbeiter: »Fort mit Sapieha! Es lebe der Premier!« Und der Schaffner sagte zu uns: »Recht haben sie, denn wie konnte der Bischof an den Sarg des Marschalls rühren! Das ist ein nationales Heiligtum.« Ein erheblicher Teil der Passagiere solidarisierte sich im stillen mit den schreienden Arbeitern. Viele jedoch verstanden nicht, worum es ging und was da geschah. »Fort mit Sapieha!« verstanden sie als »Fort mit der Opieka [Fürsorge]!« und fragten: »Was denn für eine Opieka?«, gegen welche diese Arbeiter manifestieren. Mir scheint, mit dieser Szene endet die ganze Reaktion auf das unerhörte Geschehnis.

1 Fürst Adam Stefan Sapieha (1867-1951), Kardinal.
2 1945 schrieb M. D. »Stanisław und Bogumił«, ein Drama aus dem 11. Jahrhundert, zu dem die beschriebenen Ereignisse sie angeregt hatten.
3 Henryk Józewski (1892-1981), Politiker, u. a. Wojewode von Wolhynien, Innenminister; während des Krieges im Untergrund tätig; im ersten Nachkriegsjahrzehnt verfolgt und inhaftiert; auch Maler; Freund des Hauses.

24. 6. 1937. Donnerstag

Abends kam Rykuńcio, er blieb zum Essen und erzählte wie immer sehr Interessantes. Die Geschichte mit Sapieha verläuft im Sande. Wäre er auf Piłsudski gestoßen und nicht auf diesen bequemen Egoisten und Waschlappen »Pobratyński«, hätte die Sache großen Stil bekommen. Piłsudski hatte ja trotz Sapieha die Gebeine Słowackis auf dem Wawel beisetzen lassen[1]; Sapieha wollte ihn dort nicht aufnehmen, das war noch in meinen jungen Jahren, ich erinnere mich, die Sache erregte die Welt der Intellektuellen und der Jugend.
Heute ist nur der »Dziennik Poranny« (vom Verband der Polnischen Lehrerschaft) würdig hervorgetreten, und der alte Sirko hat einen offenen Brief publiziert, in dem er die Verhaftung des Bischofs fordert. Der alte Don Quichote in der Gestalt des Sancho Pansa, der blindlings trifft – manchmal ein ehrwürdiges Objekt, manchmal tatsächlich eine Kanaille. Denn eine Witterung wie der alte Dachs[2] hat er nicht. Ich stelle mir vor, was der alte Dachs für Schwefel gespien hätte, wenn er noch lebte und sich mit seinen »getreuen« Soldaten träfe, mit Śmigły und Koc, die ihn als erste verrieten und hingingen, dem »widerlichen Zwerg« die Pfoten zu lecken.

1 Das Problem der Beisetzung Słowackis auf dem Wawel zog sich fast seit Anfang des Jahrhunderts hin. Erzbischof Sapieha widersetzte sich dem, weil er Słowackis Poesie für häretisch hielt, vor allem soweit sie sich auf die sogen. Genesis-Konzeption stützte (»Genesis aus dem Geist«, »König Geist«).

2 So nennt M.D. hier den nicht mehr lebenden Piłsudski.

2. 7. 1937. Freitag

Frühmorgens Anruf von Aniela Zagórska mit der Nachricht, Ujejski sei schwer krank, Lungenentzündung nach einer Grippe. Die Nachricht hat mich stark erschüttert. Ich bin auch gleich zu meinen Zigaretten zurückgekehrt und habe sogar ein Glas Wodka getrunken. Alles das vertieft meine innere Zerrüttung. Heute habe ich nichts getan.

8. 7. 1937. Donnerstag

Um acht die Nachricht: sehr schlecht. Die Entzündung hat auf den anderen Lungenflügel übergegriffen. Um zehn die Nachricht: Ende. Er ist um 10.45 Uhr morgens gestorben. Ich bin hingefahren und habe ihn gesehen. Seit vielen, vielen Jahren habe ich zum ersten Mal sehr geweint. O Gott, o Gott. Was für ein schreckliches Unglück. Wie weint das Herz vor Leid – und zerspringt.

8. 10. 1937. Freitag

Morgens schreibe ich »Meine Antwort«.[1] Mittags bezahle ich auf der Post Rechnungen. Um fünf kam Wichuna, und wir fuhren zu meiner Lesung in die Akademie der Literatur (Kunst-Festival). Entsetzliches Gedränge, massenweise Jugend aus der Provinz. Ich hatte großen Erfolg und bekam zum ersten Mal Beifall mitten beim Lesen. Ich erhielt so viele Blumen, daß man sie kaum wegschaffen konnte. Ich trug mein schönes langes schwarzes Taftkleid, das Frau Burska genäht hat.

1 Diese Broschüre schrieb M. D. im Zusammenhang mit dem enormen Echo auf den »Scheideweg«; ihre Einstellung wurde noch radikaler.

Tomaszów Mazowiecki, 15. 10. 1937. Freitag

Um 9 Uhr früh fahre ich nach Tomaszów Mazowiecki. Bei dem Ehepaar Rączaszek mache ich Halt. Er ist Stadtpräsident und erzählt mir unglaubliche Geschichten. Eine aus dem Steuerbereich, zwei aus dem Bereich der Gutsherren-Psychologie. Wie die Ostrowskis versucht haben, den Grund und Boden wiederzuerlangen, auf dem Tomaszów steht, weil er ihnen wegen des Aufstands 1831 konfisziert worden sei; obwohl sie 1868 mit der Regierung einen Vertrag abgeschlossen haben, kraft dessen sie alle konfiszierten Güter zurückerhielten, während für das Gelände, auf dem Tomaszów steht, bezahlt wurde. Rączaszek hat den Fall noch vorgefunden und mit viel Mühe die Ablehnung dieser Forderungen erreicht, mindestens hinsichtlich des Geländes der Stadt, deren Präsident er ist. Die zweite Geschichte ist ein wahres Gutsherren-Panama in Ostpolen, ein entsetzlicher Betrug an polnischen Bauern, an Siedlern; Meysztowicz' Rolle bei der Liquidierung der gutsherrlichen Rückstände bei exrussischen Banken; die Rolle der Gutsherren-Bank und die entsetzliche Rolle des »Słowo Wileńskie«[1], das von Anzeigen über die Versteigerung der Äcker übers Ohr gehauener Bauern lebt. Das sind die Gegner des »Scheidewegs«, die mit Phrasen von Gott und Vaterland arbeiten. Nachmittags fuhren wir mit der Präsidentenkutsche, um uns die »blaue Quelle« unweit der Pilica anzuschauen, eine tatsächlich merkwürdige Naturerscheinung. Obwohl der Tag bewölkt war und der Wald dichten Schatten warf, schimmerte das Wasser des kleinen Sees so hellblau wie in der Grotte auf Capri. Angeblich findet sich nur in Syrien ein ähnliches »blaues Wasser«, dessen Farbe man bisher wissenschaftlich nicht hat erklären können.

Abends meine Lesung; der Saal voll einschließlich der Galerie. Ich werde gut aufgenommen. Danach Abendessen bei Rączaszeks mit Herrn [Name unleserlich] und dem Ehepaar Gajewski. Dieser Rączaszek, dessen Name darauf hinweist, daß er aus dem Volk stammt, sieht mit seinem früh ergrauten Haar wie ein schöner Marquis des 18. Jahrhunderts aus.

1 »Słowo« (das Wort) – in Wilna erscheinende Tageszeitung, Organ der Konservativen in den Ostprovinzen, der sogenannten »Wisente«.

Warschau, 5. 11. 1937. Freitag

Unrechtmäßigerweise hat man den »Dziennik Poranny« geschlossen (das Organ des Verbandes der Polnischen Lehrerschaft). Das erinnert ganz an die Jahre 1900-1910, als antirussische oder demokratische Gruppen von Ort zu Ort ziehen mußten, in stets andere Redaktionen, unter stets wechselnden Titeln. Wir sind gelehrige Schüler unserer Unterdrücker.

Zawodziński[1] hat sich gemeldet. Auch er soll wegen des »Scheidewegs« gegen mich auftreten. Mit ihm hat sich ein ulanenhafter Totschläger des demokratischen Polen gefunden, des einzigen, das überhaupt existieren kann!

1 Karol W. Zawodziński (1890-1937), Offizier, Kritiker und Literaturhistoriker; schrieb vielfach über M. D.s Werk.

25. 11. 1937. Donnerstag

Gestern erhielt ich von Gawryluk aus Hajnówka (Paweł Gawryluk, Verfasser der 7. Erinnerung aus dem zweiten Band der »Bäuerlichen Erinnerungen«, die durch meine Bemühung den Preis bekamen, weshalb alle Verfasser mir schreiben) eine Kiste Gloger-Äpfel und vor ein paar Tagen sehr schöne Chrysanthemen aus seiner Zucht. Ich muß ihm schreiben, daß er mit seinen Geschenken aufhört; aber es ist

schwierig, ihm zu sagen, daß er mir seine Träume ... von mir nicht beschreiben soll.
Gestern habe ich Marysia gekündigt; es hat mich viel gekostet, doch ich bin glücklich, daß ich mich aufgerafft habe; in ihrer wilden Liebestollheit ist sie uns gänzlich fremd geworden und hat sich mit uns nicht arrangieren können; ganz zu schweigen von der kompletten Vernachlässigung der Wohnung, ich fürchtete ständig, sie würde die Tür zur Treppe offen lassen, den Gas- oder den Wasserhahn nicht schließen oder anderes Unheil anrichten. Marysia hat es sehr ruhig aufgenommen. »Ich wußte«, hat sie gesagt, »daß Sie es mit mir nicht aushalten würden, gnädige Frau. Niemand hält es mit mir aus; aber was soll ich machen, wenn ich wegen diesem Janek dermaßen den Kopf verloren habe?«

29. 11. 1937. Montag

Schrecklich dunkle Tage, matschig und schwarz, Schnee und Regen. Klassisches Novemberwetter. Ich schließe »Meine Antwort« ab – mit dem äußersten Mißfallen an der ganzen Sache, in die ich mich eingemischt habe.
Große Traurigkeit steckt in mir. Am Schicksal leiden kann ich – an den bösen und dummen Menschen zu leiden, scheint mir ein schlimmer Fluch des Lebens zu sein.

9. 12. 1937. Donnerstag

Heute um 11.15 Uhr ist Andrzej Strug[1] gestorben. Wir haben es erst gegen Abend erfahren.

1 Andrzej Strug (1871-1937), Schriftsteller, Verfasser der »Unterirdischen« und des »Goldenen Kreuzes«, Legionär, Sozialpolitiker; bekleidete höchste Würden in der polnischen Freimaurerei, war u. a. Großmeister; mit Stempowski und M. D. eng verbunden.

10. 12. 1937. Freitag

Um zwölf mit Blumen an Strugs Sarg. Dort bis halb zwei. Die kirchlichen und weltlichen Behörden wollen ihn als Freimaurer und Regimegegner nicht im Quartier der Verdienten beerdigen. Im Grunde lohnt es nicht, sich in dieses Quartier zu drängen, denn außer wenigen Namen liegen dort menschliche Nichtigkeiten, von denen heute niemand mehr weiß, wer sie waren. Nachmittags tat das Militär seine Bereitschaft kund, Strug auf eigene Kosten auf dem Militärfriedhof zu begraben. So eine schöne Geste unserer militärischen Behörden hatte ich nicht erwartet.
St. abends noch einmal bei Strug. Ich zur Gedenkfeier für Prus und die Orzeszkowa, an der ich zehn Minuten lang teilnehme. Ich traf Marysia Czapska und Aniela Zagórska. Nach der Pause sind Jadzia und ich, ohne den Schluß der Feier abzuwarten, heimgegangen. Die Feier war chaotisch organisiert.

11. 12. 1937. Sonnabend

Morgens in der Stadt. Den ganzen Nachmittag beanspruchte Strugs Begräbnis, das PPS und Militär mit ungewöhnlicher Zuneigung und Pracht veranstalteten. Nach der Überführung der Leiche aus dem Hause bei wundervollem leichten Frostwetter nahm Zońka Poniatowska uns im Auto mit zu sich. Dort saßen wir bis sieben, dann fuhren wir nach Powązki. Der Trauerzug erreichte gerade das Tor des Militärfriedhofs. Ich kam an Ujejskis Grab vorbei, konnte es aber im Dunkeln nicht erkennen. Die Nacht war klar, gestirnt, mondhell. Im Dunkeln und bei Fackelschein machte die eigenartige Verbindung von Militär und Arbeitern und Sozialisten einen starken Eindruck; Ehrensalven und revolutionäre Chorlieder: die »Rote Standarte« und das »Warschaulied« (das von 1905), usw. Um acht kehrten wir zurück.

13. 12. 1937. Montag

Morgens mit den Korrekturen in der Buchhandlung, später treffe ich Wichuna im Café »Ziemiańska«. Nachmittags mit St. bei Frau Strug. Eine seltsame Frau, aber faszinierend in ihrer Seltsamkeit.

Abends große Diskussion mit Jadzia über die Sakramente, die Hauptsünden, die im Katechismus nicht vorgesehenen Sünden: politischer Verrat, Perfidie, Provokation usw. Draußen Nebel, Nachtfrost und Rauhreif.

17. 12. 1937. Freitag

Wundervolles Wetter ist aufgezogen wie absichtlich zur Beendigung meiner Mühen mit der Korrektur. Ich habe alles druckreif erklärt. In meinem Leben ist das ein nun schon seltener Tag echter Pause von allen Plagen – wahre Geistesferien, der Druck ist gewichen, aber das Buch noch nicht auf der Welt, und die meist schmutzigen Hände können es noch nicht betasten. Ich bringe zwei Dinge heraus, »Meine Antwort. Reflexion über die Polemik mit dem ›Scheideweg‹« und »Zeichen des Lebens«, eine Sammlung alter Novellen, von denen nur eine einzige bisher ungedruckt war. Heute vorläufig das Gefühl der Erleichterung, wie es der Moment nach der Entbindung sein muß. Dieser angenehme Geisteszustand wird beeinträchtigt [. . .] durch die Lektüre einer neuen Hetzkampagne im »ABC« gegen Józewski. Nach der Begegnung mit dieser niederträchtigen Arbeit kommt mir »Meine Antwort« viel zu sanft und nachsichtig vor. Doch was hilft's. Wir können nicht mit den Waffen der Höhlenmenschen kämpfen, mit der Keule des Primitiven und mit Pfeilen, die in Schlangen- oder Basiliskengift getaucht sind.

»BLASKOTA. BLASKOTA . . .«

Die nachfolgenden Notizen erinnern an die spezifische Stimmung, die in Polen während der letzten Monate und Tage vor dem Ausbruch des 2. Weltkrieges herrschte. Eine Stimmung der Erregung, böser Vorahnungen, des Gefühls für die Unvermeidlichkeit der Katastrophe und des Wunsches, sie wenigstens hinauszuschieben.
Doch trotz der suggestiv übermittelten Stimmung ist M. D., die gerade ihr erstes Drama vollendet hat, im Grunde mit etwas anderem beschäftigt. Sie lebt im Zwiespalt wegen ihres Stücks, in der Erwartung, es auf der Bühne zu sehen. Es war ein Zufall, daß sie beim letzten Erholungsaufenthalt vor dem Kriege in ihrer Heimat sich zum ersten Mal über Radziejów an den Goplo-See begibt, »denn von dort sind ja«, wie sie in einem zeitgenössischen Brief im Stil der »Änäis« schreibt, »sowohl der polnische Staat als auch das Geschlecht meiner Mutter ausgegangen«. Als Folge dieses zufälligen Ausflugs kristallisiert sich bei ihr die Idee eines neuen, schon seit Jahren geplanten Romans heraus. Sie ist von der Idee so beansprucht, daß ihre Freunde sie in die rauhe Wirklichkeit zurückrufen müssen . . .

15. 3. 1939. Mittwoch

Die Nachricht von der Annexion der Tschechei durch Hitler hat wie ein Blitz eingeschlagen. Ich habe kein Maß mehr, um diese Phänomene zu messen. Ich spüre, daß auf der Welt etwas Ungewöhnliches und Ungeheures geschieht. Ich mache mir schreckliche Sorgen um Lusia[1], deren Zustand immer noch sehr bedrohlich ist. Wahrscheinlich sind ihre Chancen, gesund zu werden, erheblich geringer, als Henryk annimmt. Er hält sich sehr tapfer. Mir aber geht es immer schlechter. Sieramskis Therapie wirkt überhaupt nicht. Vor allem der hohe Blutdruck macht sich stark bemerkbar.

1 Julia Józewska (1892-1939), Henryks Frau.

17. 3. 1939. Freitag

Ich glaube, die schreckliche Raubgier der Deutschen wird so enden, wie die Raubgier Roms geendet hat. Die Deutschen werden verschwinden. Vielleicht wird sie der schreckliche Haß, den sie rundum wecken und dessen Flut immer höher ansteigt, zuvor noch in Staub verwandeln.

Ich denke an Lusia. Der Selbsterhaltungstrieb gebietet, nicht ständig an dieses Unglück zu denken, andererseits hieße, nicht daran zu denken, man wollte nur oberflächlich durchleben, was man durchleben muß. Es ist schrecklich, daß Lusia, deren Bemühungen, deren ganzes Leben darauf gerichtet war, Henryk nicht zu betrüben und nicht besorgt zu machen, seinem kranken Herzen nicht zu schaden – daß ausgerechnet sie ihn so schrecklich betrüben muß. Daß sie ein Opfer ihrer Charakterstärke wird, ihres Willens, ihn nicht besorgt zu machen. Wenn sie wie andere Frauen schon im Herbst Alarm geschlagen hätte, als ihre Krankheit begann, und wenn sie ihre Beschwerden nicht so geduldig und still ertragen hätte, wäre es vielleicht möglich gewesen, die Operation rechtzeitig vorzunehmen. Der Kreis der Tragödie hat sich hier genau und auf klassische Weise geschlossen.

22. 3. 1939. Mittwoch

Nach dem Mittagessen kam Henryk, der sich gut hält, obwohl ich aus einem Gespräch mit St. schließe, daß er völlig resigniert hat. Um sieben waren wir bei Lusia. Wir fanden sie in prächtiger geistiger Verfassung, freudig erregt

wie ein Mensch, der die Gewißheit hat, gerettet, dem Tod entgangen zu sein. Das hat uns so gerührt, daß wir fast losgeheult hätten. Doch nein, wir haben das Freudendrama großartig gespielt. Lusia sagte zu St.: »Nun, Vater, pjeremoshemsja!«[1] Sie wies auf die ihr abgenommenen Klammern hin, die auf dem Tischchen lagen. Seltsam, wie schnell und gut die Wunden geheilt sind. Sie sagte lachend in ihrem so charakteristischen, gleichsam skandierenden Tonfall: »Altes Eisen.« Und lachte richtig glücklich.
Abends um 21.30 Uhr meine Lesung im Radio, fiel sehr gut aus.

1 Pjeremoshemsja (russ.) – wir werden es überstehen.

23. 3. 1939. Donnerstag

Die Luftabwehrbereitschaft beginnt. Bei uns sind an allen Fenstern Vorhänge aus schwarzem Papier angebracht worden. Die Litauer haben den Deutschen Memel abgegeben. Vielmehr, die Deutschen haben es annektiert, sie besetzten ganz einfach den Hafen. Jetzt horchen alle auf und besprechen miteinander, wohin dieser Tollwütige Wolf noch läuft. Um fünf und um acht zwei Probealarme.

1. 4. 1939. Sonnabend

Eindrucksvolle Erklärung Chamberlains über die Bereitschaft, Polen im Falle eines Angriffs auf sein Territorium jegliche Hilfe zu gewähren. Spontane Solidarisierung der Gesellschaft wegen der Fliegeranleihe. Alle Parteien im Schloß. Die Haltung Polens ist außergewöhnlich, das bestärkt uns im Geist. Draußen wieder kalt, aber schönes Wetter.

3. 4. 1939. Montag

Wie ein Blitzschlag die Nachricht von Walery Sławeks Selbstmord.[1] Es hat mich tief erschüttert. Eine tragische Gestalt, eine tragische Lebensgeschichte, es liegt etwas Ungutes in der polnischen Luft, wenn solche uneigennützigen, Polen in jeder Hinsicht ergebenen Menschen derartige Fehler begehen, daß sie sich sogar umbringen müssen.

1 Walery Sławek (1879-1939), einer der engsten Mitarbeiter Piłsudskis. Als Sejmmarschall strebte er angeblich nach Piłsudskis Willen das Präsidentenamt an, doch ließen seine Konkurrenten es nicht dazu kommen.

23. 4. 1939. Sonntag

St. liest »Das verwaiste Genie«.[1] Es gefällt ihm nicht [. . .]

1 »Das verwaiste Genie«, M. D.s Drama über König Władysław IV. (17. Jahrhundert), dessen aufgeklärte Politik gegenüber den polnischen Ostgebieten von den Magnaten durchkreuzt wird; sie leiten auf diese Weise die »Sintflut«-Ära ein.

24. 4. 1939. Montag

Nach der Lektüre des gesamten »Verwaisten Genies« ist St. erschüttert, ja, sagt er, geradezu entsetzt, daß ich etwas derart Monumentales habe schreiben können. Er rät mir, mich nicht auf Verhandlungen mit den Theatern einzulassen, sondern es sogleich in Buchform herauszubringen. Er sagt, darum werde es einen noch größeren Lärm der Leidenschaften geben als um den »Scheideweg«. Das sei, als höbe sich der Bürgersteig auf der Krakowskie Przedmieście-Straße und die Erde täte sich unter unseren Füßen auf. Ich habe nicht geglaubt, daß ich so etwas geschrieben hätte. Ich fühlte mich wie im Fieber. Ich trug es gleich zu Frau Mortkowicz, und sie, die großartige, stimmte sofort der Drucklegung zu. Was nur daraus wird . . . [. . .]

1. 5. 1939. Montag

[. . .] Um eins rief ich bei Grydzewski an und gab ihm die Erlaubnis, den 1. Akt des »Genies« zu drucken. Um vier ließ er ihn holen. Um halb sechs rief er mit Worten eines unverhofften und gänzlich himmelstürmenden Enthusiasmus an. »Ich habe das in einem Atemzug verschlungen, das ist herrlich, ein echtes historisches Drama, ein erschütternder Eindruck« usw. Er war sehr erstaunt, daß ich nicht mit den Theatern verhandle. Ich freute mich sehr über diese Stellungnahme.

5. 5. 1939. Freitag

Vormittags zu Hause. Ich höre Becks Rede im Sejm. Ganz Polen hört sie, überall wurde die Arbeit unterbrochen, alle vor den Lautsprechern. Eine vorzügliche Rede, sowohl der Form wie dem Inhalt nach. Monumental und kurz, was sich großartig abhebt gegen Hitlers oder Mussolinis stundenlanges Theater und Gebrüll. Wie schade, daß dieser begabte Mensch so spät zur Besinnung gekommen ist!
Die Gesellschaft reagiert elementar – proenglisch und profranzösisch, aber antideutsch. Wie sich jetzt herausstellt, waren jene »antidemokratischen« Stimmungen von fremden Agenturen im Dienste Hitlers entfacht. Die Gefühle haben sich völlig umgekehrt – wie im letzten Akt meines Dramas. Oder vielmehr, sie haben ihr wahres, bisher maskiertes Antlitz enthüllt.

8. 5. 1939. Montag

Das Regierungskommissariat hat die für heute angekündigte polnisch-ukrainische Feier verboten. Angeblich aus Rücksicht auf die Sowjets und die laufenden Verhandlungen Englands mit Rußland wegen der Hilfe für Polen. Mit einem Wort, klägliche Abhängigkeit von den Nachbarn, sowohl im Westen als auch im Osten. Heute habe ich folgende Anekdote gehört: Hitler holt Rat bei seinem Arzt, der ihm eine Diät verschreibt – Wiener Schnitzel ist gerade noch gestattet; böhmische Knödel könnten unverdaulich sein; auf keinen Fall zulässig aber ist Danziger Goldwasser zu Reizkern, das könnte zum Tode führen. Im »Zespół« ein vorzüglicher Artikel über Lloyd George als den Urheber des gesamten Unheils heute. Überhaupt haben England und Frankreich Hitler großgezogen, wie einst wir Preußen an unserer Brust großgezogen haben.

14. 5. 1939. Sonntag

Bewölkt, aber irgendwie wärmer. Heute habe ich zum ersten Mal vor meinem Fenster Mauersegler gesehen und gehört, sie sind dieses Jahr sehr spät aufgetaucht. Nachmittags Korrekturen über Korrekturen. Ich bin schrecklich nervös und erregt, richtig krank von diesem »Verwaisten Genie«.

16. 5. 1939. Dienstag

Morgens Anrufe, Friseur; bei Frau Janina Mortkowicz schauen wir uns einen Stich mit Władysław IV. an, den sie meinem Buch voranstellen möchte – sehr interessant. Nachmittags war ich in der Kinderklinik von Prof. Michałowicz, der dort für den Kriegsfall einen privaten Sanitätskurs für Damen seines Bekanntenkreises organisiert hat. Vortrag von Dr. Kossakowski über Verletzungen. Sehr guter Vortrag und angenehme Begegnung mit den Frauen Michałowiczowa, Ujejska und Aniela. Mit ihnen zu einem schwarzen Kaffee bei Lardelli. [. . .]

19. 5. 1939. Freitag

Morgens wegen Pflanzen im Pomologischen Garten. Als ich gegen halb zehn zurück war, kam Zawodziński, nur um mich zu warnen, daß er mein Drama angreifen würde (aufgrund des 1. Akts, den er in den »Wiadomości« gelesen hat), und zwar wegen des Inhalts, vor allem aber, weil ich mundartliche Wendungen statt altpolnischer benutze; dabei benutze ich keine mundartlichen Wendungen, sondern die altpolnischen Wendungen der Quellen haben sich bis heute in den Mundarten erhalten. Doch er hat einen solchen Sturm des Zorns losgelassen, daß er mir mit seinen Vorwürfen den ganzen Tag verdorben hat, denn selbst wenn ich etwas ändern wollte, ist doch alles schon gedruckt und kann nicht mehr verbessert werden, höchstens in der zweiten Auflage. Den ganzen Tag denke ich nur daran und zugleich auch, ob er recht hat oder nicht. Nachmittags konnte ich bei dem Vortrag in der Klinik nicht achtgeben. Vielleicht hätte ich mich an dieses Werk nicht heranwagen sollen. Ich spüre, daß mir Polen schon wieder nicht verzeiht, was ich für Polen tue. Draußen sommerliche Hitze. [. . .]

20. 5. 1939. Sonnabend

Der Morgen heute war noch verdorben von Zawodzińskis elendem Gift. Es hat mir insofern gut getan, als ich noch einmal das »Verwaiste Genie« gelesen, allerlei Fehler und Ungenauigkeiten gefunden und überlegt habe, wie man sie korrigiert. Stach hat sich auch aufgeregt und mir versprochen, die Angelegenheit Frau Mortkowicz vorzutragen. Das Drama wird in 500 Exemplaren gedruckt – eine größere Auflage soll nach der Premiere folgen –, schließlich könnte ich sogar auf meine Kosten die Bögen mit den Fehlern neu drucken lassen. Doch dann kam die Nachricht, Lusia Józewska liege im Sterben. Angesichts dessen sind alle anderen Sorgen zu null geschrumpft. [. . .] Um halb elf abends rief Henryk aus Lodz an und benachrichtigte uns, daß Lusia um halb zehn gestorben ist. Genau mit diesen Worten sagte er es.

21. 5. 1939. Sonntag

Früh um 10.15 Uhr fahre ich mit Herrn Juliusz im Auto nach Lodz. Alle Freunde von Henryk waren an Ort und

Stelle. Lusia, eine traurige, gelbe, kleine Mumie, ruhte oder versank vielmehr in lila und weißem Flieder auf dem Fußboden, wohin man sie gelegt hatte; sie trug ihr schönstes lila Kleid und hatte etwas von einer ertrunkenen Ophelia, wie man sie auf alten Bildern sieht. Henryk ist ungemein erregt, fieberhaft tätig, er redet viel mit leisem, eiligem Geflüster – so habe ich ihn noch nie reden hören. Man hat den Eindruck, als fürchtete er, die Welt zerplatze plötzlich wie eine Seifenblase, wenn er mit dem Reden aufhöre. [. . .]

22. 5. 1939. Montag

Der Tag war im Gegensatz zu gestern sehr heiß. Morgens in der Stadt. Von eins bis drei signiere ich bei Frau Mortkowicz die ersten Exemplare des »Verwaisten Genies«, die sie gleich versendet. Nach dem Mittagessen schlafe ich. Von halb sieben bis halb acht warten wir vor der Heiligkreuzkirche auf Henryk mit Lusias Sarg. Viele Bekannte. Auch manche von der Regierung, die Henryk verurteilt haben. Später nehmen wir Henryk mit zu uns. Er war bereits wesentlich ruhiger und normaler, wurde zeitweilig sogar lebhaft. Ich schenkte ihm ein Exemplar des »Verwaisten Genies« auf handgeschöpftem Papier und mit der Nummer 1 versehen.

1. 6. 1939. Donnerstag

Vormittags in der Buchhandlung, dann im Nationaltheater bei Zelwerowicz[1], der mir direkt anbot, sofort einen Vertrag über die Aufführung des »Verwaisten Genies« abzuschließen.[2] Später kam auch Horzyca.[3]

1 Aleksander Zelwerowicz (1877-1955), Schauspieler, damals Direktor des Nationaltheaters.

2 Laut M. D. sollte »Das verwaiste Genie« im März 1940 vom Nationaltheater aufgeführt werden.

3 Wilam Horzyca (1889-1959), Regisseur und Theaterkritiker; leitete damals zusammen mit Zelwerowicz das Nationaltheater.

5. 6. 1939. Montag

Früh war es so kalt und düster, daß ich im Herbstmantel zur Klinik ging und mir gar nicht zu warm war. Ich assistierte bei zwei Operationen – Leistenbruch bei einem fünfjährigen Jungen und Blinddarm bei einem vierjährigen Mädchen. Die erste machte Frau Dr. Łążyńska, es assistierten nur Frauen, die zweite ein junger Arzt, dessen Hände weniger sicher wirkten als die von Frau Dr. Łążyńska. Nur ich hielt bis zum Schluß im Operationssaal durch, den anderen Frauen wurde schlecht. Um zehn Uhr daheim, wo mir mein Vorhaben, das große Aufräumen, nicht von der Hand geht. Nachmittags, als es mir nicht gelang, mich mit jemandem zu verabreden, ging ich allein in den Film »Frankreich wacht« (und Zeichentrickfilm »Das häßliche Entlein«) im Kino »Napoleon« am Trzech-Krzyży-Platz. [. . .] Erschüttert hat mich das Bild dessen, was die Franzosen zu ihrer Verteidigung besitzen. Wir haben ja nichts dergleichen, weder solche Befestigungslinien noch solche Flugzeuge, noch solche Tanks. Unsere »Panzerwaffe«, unsere Kleintanks, die man bei Paraden sieht, sind doch lächerliche Kinderspielsachen. Wie sollen wir uns verteidigen?

9. 6. 1939. Freitag

In der Klinik zu zwei Operationen. [. . .] Um drei Stach und Helena und Jadzia Hepke zum Mittagessen, dann kam Danusia. Von sechs bis elf schreibe ich einen Artikel über das polnische Danzig für die Danzig gewidmete Nummer der »Wiadomości«[1], als Antwort auf Hitlers Ansprüche.

1 »Danzig – immer getreu«, in »Wiadomości Literackie«, 1939, Nr. 32/3.

Jaworze, 9. 7. 1939. Sonntag

Schon seit zwei Wochen bin ich in Jaworze[1], in Herrn Henryks phantastischem Haus. Phantastisch verbringe ich

auch meine Zeit, den ganzen Tag ohne Kleider im Liegestuhl oder bei der Arbeit im Garten. Ich glaubte, das würde mir gut tun, ich würde mich physisch erholen (ich sehe auch prächtig aus und so jung, daß mir bei meinem Anblick ganz dumm wird). Aber anscheinend habe ich mich beim Sonnenbaden übernommen und bin gestern zusammengeklappt. Ich bekam unangenehme Herzanfälle und Schwächezustände, so daß ich kein Abendbrot aß und mich schlafen legte. Herr Henryk, St. und Frau Helena kamen zum Gutenachtsagen und brachten zwei Glühwürmchen mit, die sich bei Lampenlicht als zwei flügellose Männchen erwiesen, abscheulich, fett und weiß wie große Läuse.
Heute liege ich deshalb den ganzen Tag auf einem Liegestuhl im Schatten, zumal die Hitze entsetzlich ist. [. . .]

1 Jaworze – Dorf und Luftkurort in den Westlichen Beskiden, heute Vorort von Bielitz. Seit 1929 war Maria Dąbrowska dort sehr häufig; ein großer Teil der »Nächte und Tage« ist in Jaworze entstanden.

11. 7. 1939. Dienstag

Morgens gingen St. und ich nach Jaworze, wir stiegen in den Autobus und fuhren nach Bielitz, um Sandalen für St. zu kaufen und verschiedene häusliche Besorgungen zu machen. Auf dem Rückweg besuchten wir die alte Frau Dr. Czopowa[1], und erst jetzt, beim Anblick der tragisch verweinten Frau brach mir das Herz angesichts der Winkel, in denen ich einst soviel Gutes und Liebes erlebt hatte. Denn sie weinte heftig, als sie mich in die Arme schloß. Jetzt erst machte ich mir wirklich klar, daß der arme Jerzy[2] nicht mehr lebt, daß ich ihn nie wieder sehen und ihm nie erklären werde, warum ich jede freundschaftliche Verbindung mit ihm so grausam abgebrochen habe. Wir bekamen seine Photographie aus den letzten Jahren vor seinem Tod, wir beide und Herr Henryk. Nachmittags und abends fröhliche Arbeit im Garten. [. . .]

1 Helena Czopowa, Witwe von Dr. Zygmunt Czop, dem Gründer des Sanatoriums in Jaworze, in dem sich M. D. und Stempowski aufhielten.

2 Jerzy Czop (gest. 1938), führte nach dem Tod seines Vaters das Sanatorium in Jaworze; Arzt ohne Diplom. Zeitweilig verband ihn mit der Schriftstellerin ein heimliches Verhältnis.

13. 7. 1939. Donnerstag

Morgens war ich in Jaworze wegen Pflanzen und Obst von Larisch. Auf dem Weg dorthin betrat ich den Friedhof. Der Friedhof wie die Kirche wie die gesamte polnische Bevölkerung hier sind evangelisch. Der Friedhof nimmt den flachen Gipfel einer kleinen Erhebung ein, er ist völlig ohne Bäume, aber sehr ordentlich gehalten und so voller Blumen, daß man die Farben schon von weitem sieht. Das Grab des alten Dr. Zygmunt Czop, zu dem ich einst mit J. Cz. gegangen bin, besteht aus einer blumengerahmten Steinplatte; daneben war Platz für einen zweiten Sarg, gleichfalls damals mit Blumen bestanden, und die ganze Grabstätte an drei Seiten von einem niedrigen Zaun begrenzt, der unter wuchernden rosa Rosen ganz verschwand. Jetzt lag auf dem zweiten Platz eine Steinplatte, ein Zwilling zu der des Dr. Zygmunt Czop. Unter ihr ruht Jerzy Czop. [. . .] Als ich heimkehrte, kamen mir St. und Prof. Diakoneńko entgegen und halfen mir, die Blumen zu tragen. Dann lag ich im Liegestuhl, doch der Tag war sehr kühl. Herr Henryk wird mit der Steintreppe fertig, Frau Teresa mit dem Plattenweg; wir holen die Platten aus dem Bach, der durch das Waldstück des Gartens fließt. Vor der Vesper setzen wir die von mir mitgebrachten Pflanzen. [. . .] Wir haben das Stück Land »Prachtvoll« genannt und am Eingangstor eine Holztafel mit diesem Namen angebracht.

19. 7. 1939. Mittwoch

Endlich sind meine Herzbeklemmungen vorüber, heute habe ich nicht nur im Liegestuhl gelegen, sondern auch im Garten gearbeitet.

Auch haben Herr Henryk und ich uns mit dem Gras auf dem ... Dach geplagt. Eine der Seltsamkeiten dieses seltsamsten Hauses der Welt ist der Rasen auf dem Dach des niedrigeren Hausteils (über dem Eßzimmer). Dieses Dach bildet zugleich die Terrasse für das Sonnenbad. [...]

Wir debattieren darüber, wann wir abreisen. Eigentlich sollten wir schon übermorgen fahren – man möchte auch wieder daheim sein, in Warschau –, aber irgendwie mag man nicht abreisen. Das Wetter ist so herrlich, die Aussichten auf einen Krieg so nahe, vielleicht ist dies die letzte Idylle im Leben! Die Tage sind heiß, abends und morgens ist es frisch. Und dieses Jaworze hat etwas an sich, das die Herzen bindet.

20. 7. 1939. Donnerstag

Um drei kamen die Wendorfs, Herr Henryk, St. und ich fuhren mit dem Auto mit nach Wisła. Als wir im Café auf die Lesung warteten, kamen überraschend Elżunia Barszczewska mit Kreczmar[1] und ... Morcinek.[2] [...] Morcinek hat schon ein eigenes Auto, mit dem er Elżunia herumfährt – sichtlich von ihr begeistert. Die Lesung kam wie immer gut an. Ein voller Erfolg. Nach der Lesung bat man noch die anwesende Elżunia um eine Rezitation. Sie sprach recht angenehm Bérangers Ballade vom Mutterherzen. Wir verabschiedeten uns von ihnen, tranken im »Biergarten« ein Bier und trafen gegen 9 Uhr abends in Jaworze ein. [...]

1 Jan Kreczmar (1908-1972), Theater- und Filmschauspieler, Regisseur.

2 Gustaw Morcinek (1891-1963), populärer Schriftsteller, der besonders über Oberschlesien schrieb.

Warschau, 25. 7. 1939. Dienstag

Den ganzen Vormittag ordnen wir Papiere und packen unsere Sachen für die Reise. Ich gehe nur für einen Moment hinaus. Nachmittags tobte ein Gewitter mit Sturzregen, es wurde erheblich kühler. Abends waren wir im Polnischen Theater zu Bernard Shaws Stück »Geneva«, das noch vor einem halben Jahr bei uns nicht hätte gespielt werden können, weil darin Karikaturen von Hitler und Mussolini auftreten und das Ganze eine Satire auf sie ist. Der erste Akt sehr gut, die folgenden schwächer. Im Zuschauerraum ziemlich viel Gelächter und Beifall auf offener Bühne. Wir trafen Elżunia mit dem sehr braungebrannten Wyrzykowski.[1] Das gesamte Premierenpublikum war anwesend, ausgenommen Wierzyński und Parandowski, die anscheinend nicht in Warschau sind.

1 Marian Wyrzykowski (1904-1970), Schauspieler, heiratete bald darauf E. Barszczewska, durch sie mit M. D. verschwägert.

4. 8. 1939. Freitag

Morgens gebe ich in der Starostei den Paßantrag ab. Dann in der »Initiative«. Diesmal gefalle ich mir im weißen Hut, dem schönsten, den ich je besaß. Auch der braune Strohhut, den mir die Frauen dort gaben, ist so hübsch, daß ich damit nicht wie ich selbst aussehe, sondern wie eine elegante Dame. Gestern abend unerwarteter Anruf von Dr. Rudzki[1] aus Ciechocinek[2], ich solle trotzdem kommen, in den letzten Tagen sei etwas Platz geworden, er habe für mich ein Zimmer im Präsidentenhaus. Gleich danach Anruf von Herrn Henryk. [. . .] Heute kam er zum Mittagessen, schließlich hat er mich ermuntert, nach Ciechocinek zu fahren. »Überlegen Sie nicht lange«, sagte er, »sondern fahren Sie gleich. Es ist die letzte Möglichkeit, die letzte Gelegenheit. Was gibt's da noch zu reden, spätestens in einigen Wochen ist Krieg.« Dann blickte er stumpf vor sich hin, wie er es zu tun pflegt, und fügte hinzu: »Es ist schrecklich, aber dieser Krieg wird für mich eine Erlösung sein.« Nachmittags mit ihm im Botanischen Garten. Die Stimmung einer abwartenden, dämmerigen Langeweile.

1 Przemysław Rudzki (gest. 1940), sozial engagierter Arzt, später Kurarzt, Freund des Hauses.
2 Ciechocinek – Kurort in Kujawien.

Ciechocinek, 23. 8. 1939. Mittwoch

Am achten fuhr ich um 4 Uhr nachmittags nach Ciechocinek, wo ich dank Dr. Rudzki eine Wohnung im Präsidentenhaus und 50% Ermäßigung bei den Anwendungen erhielt. Ich war hier zwei Wochen und zwei Tage. Der Aufenthalt hat mir gut getan, besonders nervlich [. . .] Von hier aus habe ich zwei ungewöhnlich interessante Ausflüge unternommen, nach Biskupin[1], das mich sehr beeindruckt hat (das ist nahe bei Żnin, wo Klemens Janicki[2] herstammte), und nach Kruschwitz. Unterwegs hielt der Autobus ein Weilchen in Radziejów. Mit seltsamer Rührung betrachtete ich das alte Rathaus, von dessen Turm aus meine Mutter als Kind den Goplo-See in der Ferne gesehen hat, wo mein Großvater[3] Bürgermeister war und wo ihn der Blitz erschlagen hat. Kruschwitz[4] hat mir gefallen, der Goplo-See, auf dem wir ziemlich lange mit einem Motorboot herumfuhren, hat mich begeistert. In der Obstweinfabrik von Kruschwitz sah ich eine riesengroße Weintonne aus dem 17. Jahrhundert mit sehr schönen Schnitzereien. Ich war zum ersten Mal in dieser Gegend, dabei ist doch von hier sowohl der polnische Staat als auch das Geschlecht meiner Mutter ausgegangen.

Jetzt soll ich in einer Woche zum PEN-Club nach Stockholm fahren, habe aber irgendwie die Lust und den Glauben an diese Reise verloren, denn die Kriegsgefahren werden immer bedrohlicher, und zu allem Übel hat sich gestern noch das Gerücht von einem Pakt Hitlers mit den Sowjets[5] verbreitet. Morgen fahre ich nach Hause zurück.

1 Biskupin – 1933 entdeckte Wehrsiedlung der Lausitzer Kultur aus der frühen Eisenzeit, um 550 v. Chr.

2 Klemens Janicki (1516-1543), polnisch-lateinischer Renaissance-Dichter bäuerlicher Herkunft.

3 Feliks Gałczyński (1818-1861), Großvater mütterlicherseits der Schriftstellerin; nach dem Verlust seines Grundbesitzes wurde er Bürgermeister in Radziejów. Die Schriftstellerin irrt sich, vom Turm in Radziejów kann man den Goplo-See nicht sehen.

4 In Kruschwitz am Goplo-See bestand im 6. bis 7. Jahrhundert eine frühpolnische Siedlung, die im 10. Jahrhundert Zentrum des Staates der Polanen wurde. Um diese Wiege des Polentums und der polnischen Staatlichkeit ranken sich viele Legenden.

5 Der Hitler-Stalin-Pakt wurde durch Ribbentrop und Molotov am 23. August 1939 mit einem geheimen Zusatzprotokoll abgeschlossen, in dem die Aufteilung Polens vorgesehen war.

Warschau, 24. 8. 1939. Donnerstag

In Ciechocinek wie sicher in ganz Polen wurde die Mobilmachung der Pferde und Wagen bekanntgegeben. Im Laufe meiner letzten Nacht dort wurden viele Leute zum Militär einberufen, sowohl von den Kurgästen als auch vom Personal der Anstalt und der Pensionen. In unserer Villa wurde auch zweimal wegen Telegrammen geklingelt. Das rief eine solche Panik hervor, daß ich in unerhörtem Gedränge heimfuhr, die Leute stiegen durch die Fenster in die Waggons. Nur dank der Geistesgegenwart und wirksamen Hilfe des von Rudzki zu diesem Zweck »mobilisierten« Anstaltspersonals kam ich hinein. Daheim hatten St. und Emilia viele Vorräte angelegt, Butter ausgelassen und ähnliches. Das fängt an, mich zu erregen und auf seltsame Weise zu amüsieren.

26. 8. 1939. Sonnabend

Als Antwort auf meinen Brief aus Ciechocinek hat mir Herr Dymitr einen tragischen Brief geschrieben mit bitteren Vorwürfen, ich beschriebe ihm irgendwelche Familienerinnerungen und den Goplo-See, während Polen vor einer schrecklichen Katastrophe stehe. Aber ich weiß nicht, wovor Polen und die Welt stehen.

29. 8. 1939. Dienstag

Jadzia ist zurückgekommen. Der Krieg hängt nicht an einem Haar, sondern an einem Spinnenfaden. Aber die Haltung der Gesellschaft ist großartig.

30. 8. 1939. Mittwoch

Boguś ist aus Rembertów gekommen. Einberufen, fährt er zu seinem Regiment in Białystok. Er ist heiter und ruhig. Voller Humor hat er mich und Jadzia, die er bei uns antraf, umarmt; im Fortgehen sagte er: »Na dann, meine Frauen Schwestern, haltet die Ohren steif.« Er hat uns gebeten, uns im Rahmen des Möglichen seiner Familie anzunehmen. Denn die Militärbehörden haben ganz und gar nichts zur Betreuung der Familien an die Front berufener Offiziere unternommen. Nicht einmal Gasmasken haben sie ihnen ausgegeben. Dabei befindet sich die ganze Stadt auf der Jagd nach solchen Gasmasken. Wir alle haben schon einen abgedichteten Raum als »Antigaskammer«. St. hat im Büro eine prächtige richtige Maske erhalten, wir haben nur irgendwelche Kleinmasken mit irgendwelcher Antigaskohle. Ich gehe zu Berbecki, dem Kommandanten der Luftverteidigung oder so etwas, werde sofort vorgelassen (ich habe ihn seit dem letzten Krieg nicht gesehen und jetzt nicht wiedererkannt – so hat er sich verändert) und erhalte Masken für Boguś' Frau und Kinder, die Jadzia ihnen gleich nach Rembertów bringt. Und die Stadt ist so hübsch, so fröhlich, sie fließt über von Früchten, Blumen, Menschen . . .

31. 8. 1939. Donnerstag

Wir bekleben die Fenster mit Papierstreifen. Eine erregte, verrückt gewordene Zeit.

1. 9. 1939. Freitag

Um fünf Uhr früh begann der Krieg. Im wundervollsten Morgenlicht fielen die ersten Bomben auf Warschau.

6.-7. 9. 1939. Mittwoch-Donnerstag

Absolute Stille. Schreckliche Stille. Ich schlafe nicht, ich habe die ganze Nacht hindurch das Radio angeschaltet. Keinerlei: »Achtung, Achtung, Anflug . . .« Nachts bombardieren die Deutschen nicht. Um zwölf Uhr nachts höre ich plötzlich:

»Blaskota. Blaskota. Bolesław ruft Warschau.«

Das wiederholt sich, diese Wörter kommen immer wieder, starr, drohend, schrecklich.

»Blaskota. Blaskota. Bolesław ruft Warschau.«

DAS HERZ DER FINSTERNIS

Maria Dąbrowskas Tagebücher aus der Okkupationszeit unterscheiden sich sehr deutlich von den vorangehenden. Gleich nach den Irrfahrten der Kriegswochen bestellte die Gestapo Stanisław Stempowski zweimal zum Verhör. Das Haus fühlte sich tödlich bedroht. Deswegen hatten M. D.s Notizen rein chronikalischen Charakter, sie waren – häufig chiffrierte – Gedächtnisstützen. Nach dem Kriege mußte sich die Autorin eingestehen, daß sie manche nicht mehr verstand, andere erläuterte sie am Rande.

Das Jahresende 1942 und das Jahr 1943 sind das Herz der Okkupations-Finsternis. In Warschau, dessen Widerstand gegen die Deutschen nicht nachließ, tobte der reine Terror: Verhaftungen, Straßenexekutionen, Razzien und Abtransport in Massen. Hinzu kam die endgültige Liquidierung des Warschauer Gettos, der sich die Verurteilten vor Ostern 1943 mit einem Aufstand zu widersetzen suchten.

In ihren kargen Okkupations-Tagebüchern schreibt M. D. nur über einen ganz geringen Teil der Warschauer Ereignisse, nur darüber, was das Haus auf der Polna-Straße unmittelbar erreichte. Und trotzdem weht den Leser aus diesen chronikalischen und scheinbar nüchternen Notizen Angst und Schrecken wahrhaft apokalyptischen Ausmaßes an.

Warschau, 16. 1. 1943. Sonnabend

In der Stadt große Angst.[1] Ich gehe nur gegen Abend für ein Weilchen hinaus. Auf den Straßen Leere. Ich kehre verschwitzt heim, ohne meine Bekannten angetroffen zu haben. Schon drei Tage lang derselbe Frost – 5 Grad. Dichte Wolken, aber es fällt kein Schnee.

1 Vom 15.-17. 1. 1943 führten deutsche Polizei und SS-Abteilungen in verschiedenen Stadtteilen Warschaus große Razzien, sogenannte Fangaktionen, durch, bei denen mehr als zehntausend Menschen festgenommen wurden.

23. 1. 1943. Sonnabend

In den letzten Tagen bin ich nur morgens für kurze Zeit hinausgegangen, sonst haben wir gearbeitet. Die Dziewulski-Söhne haben wieder aus dem Offizierslager 100 Złoty für Lucja geschickt. Ich habe weitere hundert zum Lebensunterhalt für Ela hinzugefügt.

Heute bin ich nur morgens hinausgegangen, aber Dzitka war bereits in der Markthalle. Wir kauften 2 kg Speck, um nicht ohne Fett zu sein an Tagen wie den letzten, als man das Haus fast nicht verlassen durfte und auch die Belieferung aufhörte.

24. 1. 1943. Sonntag

Leichter Nachtfrost, es schneit. Vormittags daheim – Auszüge aus den Broschüren von Petrażycki[1], dessen geniale Auffassung vom Wesen des Rechts und der Moral einen großen Eindruck auf mich gemacht hat. Nachmittags bei Wanda – wir trinken zu zweit Wodka und essen zum Tee Krapfen. Abends weitere Arbeit am Petrażycki. Wanda hatte einen dramatischen Traum von mir – ich mußte irgendwo, schön und nackt, herausgeholt werden.

1 Leon Petrażycki (1867-1931), Jurist, Soziologe und Ethiker; Professor der Universitäten Petersburg und Warschau. Nahm in M. D.s ethischen Anschauungen neben J. M. Guyau und E. Abramowski einen festen Platz ein.

26. 1. 1943. Dienstag

Ich sitze weiter über dem Petrażycki. Ich fühle mich sehr schlecht, psychisch und physisch. Draußen Sonne und 11°

Frost. Nachts Alarm, aus unserem ganzen Haus habe nur ich ihn gehört.

10. 2. 1943. Mittwoch

Brief von Janek B. und Basia mit drei Fotografien von Stasia.[1] Ich kann mich von ihnen nicht lösen, und die abgestorbene Verzweiflung zerrt wieder am Herzen.
Seltsam, soviele Todesfälle habe ich überwunden, aber diesen kann ich nicht überwinden. Ich kann nicht einmal an ihn glauben, ich hoffe immer noch auf ein Wunder.

1 Stanisława (Stasia) Blumenfeld geb. Adolf (gest. 1943), Freundin der Schriftstellerin aus Lemberg (in ihrem Hause wohnte sie während der Irrfahrten der Kriegswochen). M. D. hatte mehrfach Informationen erhalten, daß sie wegen ihrer jüdischen Abstammung von den Deutschen umgebracht worden sei. Nach den neuesten Nachrichten aus ihrer Familie wurde sie zwar verhaftet, lebte aber noch.

12. 2. 1943. Freitag

Geträumt, Stasia sei lebendig zurückgekehrt, schrecklich blaß, mit blauen Flecken um den Mund. Sie fragte mich: Freust du dich? Und ich darauf: Ich zeige dir in meinen Notizen, daß ich gerade gestern geschrieben habe, du lebst und kehrst zurück. Und dann bemühte ich mich, ihr zu erläutern, daß ich mich fühle wie jene Mutter aus den Erinnerungen des Gouverneurs Urusow, die sich bei der Nachricht, ihre Tochter sei von Juden geraubt worden, so leidenschaftlich erregte, daß sie sich gar nicht freute, als sich ihre Tochter wiederfand (das hatte ich vor dem Schlafen gelesen). Stasia begann etwas zu erzählen und lachte dann wild mit einem Blick ins Leere. Da begriff ich, daß sie unter dem Einfluß schrecklicher Erlebnisse durchgedreht war, und plötzlich überkam mich das Entsetzen.
Schweißüberströmt erwachte ich. Morgens war ich für einen Moment in der Stadt. Bei uns in der Kooperative interessantes Gespräch mit Frau Natalia (der Verkäuferin).

An den Litfaßsäulen hängt eine Bekanntmachung, der Stadt Warschau sind 10 Millionen Zł Geldstrafe auferlegt worden, die Polizeistunde ist vorübergehend (bis zum 20. Februar) von 20 auf 19 Uhr vorverlegt, und 70 Polen sind hingerichtet.[1]

1 Die erwähnte Exekution, bei der 70 Männer erschossen wurden, fand im Wald von Chojny unweit Warschau statt.

15. 2. 1943. Montag

Herr Tadeusz brachte mir als Geschenk Wodka mit, und zwar guten, von dem wir gleich je zwei Gläschen tranken. Heute nachmittag empfand ich etwas wie die ferne Erinnerung an Spuren von Lebensfreude. Eine ganz schüchterne Erinnerung. Kann es so etwas im Leben noch geben?
Gegen Abend fachten mehrere gute Nachrichten dieses Gefühl an.
Draußen wolkig und regnerisch, aber die Luft riecht nach Frühling.

21. 2. 1943. Sonntag

Draußen schon den ganzen Tag wundervolles, leichtes Frostwetter. Michalina kam und machte für uns Mittagessen, schlechte Frikadellen aus Mais, die sie mitgebracht hatte. Sie erzählt vom Essen und von den Rudzkis, alles kreist nur um diese beiden Themen.
Gerstengraupen kochen: Man nehme Gerstengraupen und ein wenig Wasser. Dann erst Speck anbraten und in diese Grütze gießen. Zudecken und stehen lassen. Auf schwachem Feuer. Und erst dazu die Frikadellen. Mit Soße. Und die Grütze. Wie gut das schmeckt.
Der Doktor sagt, Herr Zdzisław kommt. Michalina, koche Saubohnen. Die ißt er so gern. Aber der Doktor ißt Saubohnen auch so schrecklich gern. Nur dürfen sie nicht alt sein.

Ich habe Saubohnen genommen und gekocht. Aber Herr Zdzisław war magenkrank. Und konnte nichts essen. Da hat unser Herr Doktor alles aufgegessen. Die Saubohnen. Kurze Sätze. Langsames Tempo. Immer wieder das Wörtchen »erst«. Die arme Michalina ist so traurig, daß sie, als sie kam, Stach fast unter Tränen umarmte.
Wir tragen auch eine Last auf dem Herzen, weil alle Nachrichten über die Mädchen verstummt sind – wir wissen nicht, ob sie leben, und ergehen uns in den schwärzesten Vermutungen, besonders über Hanka.[1]

1 Hanna Suchecka (geb. 1919) und Iwona Rosińska (1919-1982), Zwillinge, natürliche Töchter J. Stempowskis; von der Gestapo verhaftet, wurden sie in das Konzentrationslager Ravensbrück geschafft.

25. 2. 1943. Donnerstag

Ein entsetzlicher Tag, lauter traurige Nachrichten. Ich fühle mich schrecklich abgespannt. Trotzdem arbeite ich bis spät in der Nacht, um die Vorbereitungen für diesen Genossenschaftskurs zu schaffen. Bei der Zahnärztin.

26. 2. 1943. Freitag

Den ganzen Tag zuhause, ausgenommen die Stunde bei der Zahnärztin. Wanda kam und brach in Tränen aus, die arme. Sie blieb zum Mittagessen. Erst ein Gespräch über »Anna Karenina« erlaubte uns, für eine Weile die schrecklichen Kümmernisse unseres Lebens zu vergessen. Ich hocke wieder bis spät in der Nacht.

18. 3. 1943. Donnerstag

Am 2. März bin ich zu Herrn Dominko nach Bukowina gefahren, wo ich bei dem Genossenschaftskurs zehn sehr anregende und eben deshalb nicht notierte Tage verbrachte.[1] Herrliches Wetter – Sonne, Schnee. Eine Land-

schaft von unbeschreiblicher Schönheit. Ich ließ mich braun brennen. Doch nach der Rückkehr geht es mir gesundheitlich schlechter als zuvor. Nierenschmerzen und eine allgemeine Ermüdung und Erschöpfung setzen mir sehr zu.
In Warschau fand ich Anna[2] vor, die während meiner Abwesenheit eingetroffen war. Große Freude darüber – und zwei Besuche bei Wanda, natürlich mit Wodka, danach werden meine Analysen wieder schlecht sein.

1 Man hatte M. D. nach Bukowina eingeladen, um ihre Gesundheit zu kräftigen. Sie hielt bei dem Kurs einen Vortrag über Literatur. Der Aufenthalt wurde zum Grundmuster der Erzählung »Es ging auf das Morgenlicht zu« (novellistische Fassung publiziert in dem Band »Nun laßt uns trinken«, Romanfassung in »Abenteuer eines denkenden Menschen«).
2 Anna Kowalska (1903-1969), Schriftstellerin, seit dem Kriege, nach ihrem Umzug von Lemberg nach Warschau, M. D.s Freundin; ab 1954 eng miteinander verbunden, wohnten sie zusammen in Warschau und führten einen gemeinsamen Haushalt.

19. 3. 1943. Freitag

Seit meiner Rückkehr aus Bukowina noch keine einzige Nacht ohne Alarm; gewöhnlich ist der Alarm um ein Uhr nachts, gestern aber plötzlich schon um zehn Uhr abends. Wir waren noch alle angezogen. Wegen der ungewöhnlichen Zeit glaubten wir, es fielen Bomben, aber es fielen keine. Die Entwarnung erfolgte um Mitternacht.[1]
Heute bin ich nicht aus dem Hause gegangen. Morgens machte Anna Besorgungen, nachmittags besuchte sie Horzycas [. . .]
Im Augenblick, da ich das schreibe, es ist 9 Uhr abends, haben wir wieder Alarm.

1 Fliegeralarm gab es in Warschau im Zusammenhang mit Überflügen alliierter Flugzeuge aus dem Westen oder dem Osten zur Unterstützung der Widerstandsbewegung (Abwürfe von Waffen, Fallschirmabsprünge). Später wurden auch deutsche militärische Objekte auf dem Gebiet von Warschau bombardiert.

20. 3. 1943. Sonnabend

Nachts um 1.20 Uhr zweiter Alarm. Ich hatte einen seltsamen Traum, eine riesige Uhr stellte den hl. Georg dar; er kämpfte nicht mit dem Drachen, sondern mit dem Räuber Kaliban, der Schulter an Schulter mit ihm ritt. Er schlug die Viertelstunden und Stunden, indem er diesem Räuber Wunden schlug. Ich sah, wie er ihm um halb fünf einen Schlag und um fünf Uhr fünf Schläge ins Gesicht gab. Plötzlich ließ der Räuber seine Keule los, sie fiel mitten in unsere lebendige Menschenversammlung. Etwas Schreckliches geschah daraufhin unter uns Menschen, aber weiter weiß ich nichts mehr.

27. 3. 1943. Sonnabend

Nach dem Mittagessen Geheimvorstellung des »Irydion«.[1] Ein unwahrhaftiges Vorhaben. Unangenehmer Eindruck. Brief von Hela mit beunruhigenden Nachrichten über Banden. Ich bin durch alles schrecklich abgespannt, wenn ich mich auch auf irgendeine Weise glücklich fühle. Einer ihrer Anbeter hat Dzitka einen Plattenspieler mitgebracht, was mich richtig entsetzt.

1 »Irydion« – romantisches Drama von Zygmunt Krasiński, damals von M. Wyrzykowski aufgeführt. M. D.s Vorbehalte können sich auf die Gefährdung der Menschen beziehen.

29. 3. 1943. Montag

Um 17.30 Uhr Elżunia und Wyrzykowski bei uns zum Abendbrot mit Wodka. »Phädra«.[1] Wir wundern uns, Anna und ich, und überlegen, worauf die Menschen nach dem Kriege zurückgreifen werden. Draußen den ganzen Tag Regen.

1 Auf dem antiken Stoff basierendes zeitgenössisches Stück von Jan Kosiński.

30. 3. 1943. Dienstag

Seit ein paar Tagen lauter schreckliche Nachrichten. Tot ist Wichunas Mann[1], tot sind die geliebte Frau Zofia und ihre Tochter.[2] Wie soll man arbeiten, wie soll man lieben, wenn man gerade nur leben kann. Bei alledem ist Stasia stets gegenwärtig in meinen Gedanken, Erinnerungen, in meinem Herzen, das mich plagt. Alle weinen um sie ...

1 Verfrühte Nachricht, Mieczysław Rettinger starb erst ein Jahr später im Konzentrationslager Dachau.

2 Zofia Garlicka, bekannte Gynäkologin, und ihre Tochter Zofia Jankowska kamen Ende 1942 in Auschwitz um, worüber die Familie im Februar 1943 von der Gestapo informiert wurde. Ihr Schicksal während der Okkupationszeit behandelt M. D.s großartige Erzählung »An einem schönen Sommermorgen«.

31. 3. 1943. Mittwoch

Traum. Ich war mit Anna beim Friseur, der mehreren Damen Dauerwellen machte, dabei trocknete er die gewaschenen Köpfe, indem er diese Köpfe von den Rümpfen abtrennte, sie in ein Handtuch wickelte und schwenkte. Der makabre Traum enthielt keinerlei Grausen. Ich wunderte mich nur, daß kein Blut floß und daß es immer geheißen hatte, das Abtrennen des Kopfes sei eine tödliche Sache, während man hier die Köpfe abtrennte, als wäre das gar nichts, nur zum Haaretrocknen, und sie dann wieder anbrachte.

2. 4. 1943. Freitag

Nachricht über mehrere Todesfälle. Tot ist Aureli Drogoszewski, tot ist der kleine Piotruś Krzywicki, tot ist Malowaniec, unser Kollege aus Brüssel, tot ist der Bakteriologe Nitsch. Tot sind auch Dr. Zofia Garlicka und ihre Tochter – lauter Tote, Tote . . .

St. geht es auch nicht gut. [. . .] Vor zwei Wochen ist sein älterer Bruder Piotr gestorben.

5. 4. 1943. Montag

Heute bin ich nur zur Zahnärztin gegangen. Ein besonderer und außerordentlicher Tag, denn von früh bis spät hat niemand angerufen. Aber St. geht es nicht gut, er ist so düsterer Stimmung, daß dadurch das ganze Haus in psychische Dunkelheit versetzt wird. Draußen Wärme, Frühling – oh, welch ein trauriger Frühling. Die Erinnerungen an den Frühling vor drei Jahren weichen mir nicht aus den Augen, den Gedanken, dem Herzen. Ich liebe nur noch Verstorbene und irre mit ihnen umher.

7. 4. 1943. Mittwoch

Morgens auf der Post und mit Herrn Karol in der Buchhandlung. Von dort aus bei Frau Sobańska – ich holte meine Hefte ab.[1] Daheim spendiert Anna ein Mittagessen eigener Erfindung: Plinsen aus gemahlenen Linsen und hartgekochten Eiern. Nachmittags kam Frau Halina wegen des Schrebergartens, den ich auf ihren Vorschlag hin bekommen soll.

Ich ringe mit Gedanken und Gefühlen. Quälendes Umherirren im Labyrinth.

1 Vermutlich die Hefte mit den Tagebüchern, an deren Abschrift und Ergänzung sich M. D. machte.

10. 4. 1943. Sonnabend

Immer noch kalt. Ein Tag wie im Theater. Eigentlich voller Störungen. Morgens Musik: Richard Wagner. Dann erzählt Mira ungewöhnliche Geschichten über einen Dichter. Dann Gespräche Annas mit einem älteren Herrn.

13. 4. 1943. Dienstag

Bis 2 auf der Konferenz bei der Genossenschaft »Społem«. Nach dem Mittagessen mit Anna auf der Grójecka-Straße wegen des Schrebergartens und dann durch das Gartengelände (ich bestelle das Umpflügen des Gartens, den ich noch nicht finden konnte, weil wie üblich die Einweiserin fehlte) zu Fuß nach Hause. Der Schrebergarten liegt im Abschnitt »Warszawianka«, nicht weit von der Wawelska-Straße und dem Staatsforst. Meine Überlegungen zur heutigen Konferenz. Kommissare: Niemczyk, Lehman, Schweitzer und Keipper.[1] Direktor Całkosiński.[2] Lektüre eines Poems von Mickiewicz.

1 Die Deutschen lösten im sogenannten Generalgouvernement den Genossenschaftsverband nicht auf, sondern verlegten seine Zentrale nach Krakau und besetzten sie mit ihren kommissarischen Leitern.
2 Aleksander Całkosiński, Vorsitzender des Genossenschaftsrats vor dem Kriege.

15. 4. 1943. Donnerstag

Morgens Dzitka mit Anna im Schrebergarten. Ich arbeite zu Hause, nach Dzitkas Heimkehr lief ich, um Anna zu holen, weil ich fürchtete, sie könne mit der Straßenbahn zurückkommen. Nachmittags stand St. auf, wir gingen dann gemeinsam in den Garten. Noch vorher kam Frau Poniatowska mit dem Vorschlag, den Garten gegen einen näheren zu tauschen. Doch die Nähe des Brunnens und die schon eingegangene Bindung an den ersten Garten entschieden, daß wir ihn behalten.

22. 4. 1943. Donnerstag

Morgens arbeite ich, später – mit Anna – zu dritt im Garten. Mittagessen mit Fleisch, zum Essen Jadzia, die morgen über die Feiertage zu Hela fährt. Nachmittags arbeite ich, abends zum Tee bei Anna. Während wir im Garten waren, sahen wir Rauchwolken über dem Getto, wo der Kampf noch weitergehen soll.[1]

1 Den Aufstand im Warschauer Getto unternahm die Jüdische Kampforganisation (ŻOB) als Antwort auf die deutsche Aktion zur endgültigen Liquidierung der restlichen Gettobevölkerung (ein großer Teil wurde schon vorher vernichtet oder abtransportiert); der Aufstand dauerte vom 19. 4. bis zum 16. 5. 1943.

26. 4. 1943. Ostermontag

Gestern war Wanda zum Mittagessen da und die »durchreisenden« Gäste Widzigowski, Elżunia mit ihrer Mutter und Wyrzykowski. Anna übernachtet bei uns während der Feiertage.

Am Karsamstag hatten wir wundervolles Sommerwetter, 20° Wärme. Gestern und heute hin und wieder Regenschauer, im Ganzen aber schönes Wetter – Sonne und Frühling – und vor dem Fenster ständig anwesend die riesengroße Rauchwolke über dem Getto. Wieder brennt halb Warschau.

27. 4. 1943. Dienstag

Auch heute noch bin ich nicht aus dem Haus gegangen. Ich hatte einen furchtbar unangenehmen Traum über Anna.

Durch das Fenster sieht man die Rauchwolke. Entsetzlich-fürchterlich-schreckliche Gedanken beherrschen das Gehirn. Frau Leonardowa und Sohn waren da. Die Menschen quälen mich wahnsinnig. Ich halte niemanden länger aus als eine halbe Stunde.

1. 5. 1943. Sonnabend

Am Mittwoch kam Jadzia zurück. Sie war am Donnerstag bei uns zum Essen und erzählte interessante und malerische Dinge aus dem Leben von Stachs Familie auf dem Lande. Den ganzen Tag sitze ich zu Hause. Ich hatte viel zu tun, tat aber nichts wegen der düsteren Gedanken über meine schöpferische Unfähigkeit und geistige Armut. Nachmittags bei Anna zu Tee und Rotwein.

Es ödet mich schrecklich an, auf dieser Welt zu leben, auf dieser entsetzlichen, bespuckten, mistigen Welt. Schrecklich-schrecklich-schrecklich.

6. 5. 1943. Donnerstag

Draußen ein Mai, wie man ihn am intensivsten aus der Kindheit in Erinnerung hat: mit grauen regenschweren Wolken und grell leuchtendem Grün vor diesem dunklen Hintergrund.

Annas Meinung über meine literarische Sprache macht mir Hoffnung.

10. 5. 1943. Montag

Morgens gehe ich mit Anna in den Schrebergarten, um die letzten Blumen zu setzen. Der Tag begann mit so schönem Wetter, daß wir uns ganz sommerlich anzogen, weil wir mit Hitze rechneten. Statt dessen bezog sich der Himmel, ein eisiger Nordwind brach herein. Wir warfen den Samen in die Erde und flohen wie Diebe, starr vor Kälte, nach Hause.

Allen, die Stanisław heißen, wünsche ich dieses Jahr ein einziges schönes Geschenk.[1] Zu Stachs Namenstag waren am Sonnabend zahlreiche Gäste bei uns. [. . .]

1 Wahrscheinlich geht es um den Sieg der Alliierten in Nordafrika.

11. 5. 1943. Dienstag

Zum Mittagessen in die Verbandsküche, wo sich jetzt rund um uns ein Cercle bildet.[1] Die Menge auf der Straße und die Trambahn steigern meine schreckliche Erschöpfung. Zu Hause oder vielmehr bei Anna treffe ich Anielusia Zagórska, die Stach zum Namenstag wunderschöne [Wort unlesbar]-Zweige mitgebracht hat. Später kam noch Frau Wanda Konopska, auch mit Glückwünschen und einer Pelargonie.

Den ganzen restlichen Tag in entsetzlicher Stimmung. Ich sehne nichts mehr herbei als Einsamkeit, in der ich meine geliebten Toten hören und sehen könnte.

1 Von den Schriftstellern unterhaltene Selbsthilfe-Küche in der Foksal-Straße.

12. 5. 1943. Mittwoch

Der Tag gestern war eine Vorahnung. Heute traf Basia Wolska ein, und das ganze Bild von Stasias Tod, ihrem vermutlich schrecklichen Tod[1] erstand in mir mit doppelter Kraft.

Morgens klopften wir unsere Wintersachen und legten sie zum Schutz in Mottensäcke. Draußen kühl, aber schön. Die Sonne rostrot vor Rauch. Immer noch Detonationen – als würde ihr Tod immer noch weiter inszeniert.

1 Die näheren Umstände des Todes von Stanisława Blumenfeld sind unbekannt. Nach ihrer Verhaftung durch die Gestapo wurde sie entweder im Gefängnis auf der Łącki-Straße oder in Piaski Janowskie erschossen.

13. 5. 1943. Donnerstag

Von halb zwölf bis halb zwei nachts großer Luftangriff auf Warschau.[1] Rund um uns fielen die meisten Bomben. Zwei ganz dicht – eine in unser Gärtchen. Wir haben keine heile

Scheibe mehr. Bis zum Mittag Wegschaffen der Glasscherben.
Heute der Todestag Piłsudskis. Der große Eindruck des Brandes auf der Straße des 6. August, als wir aus dem Luftschutzkeller heimkehren.

1 Starker Angriff der sowjetischen Luftwaffe, der hauptsächlich den Eisenbahnlinien, dem Flugplatz und anderen militärischen Objekten galt; es gab Verluste unter der Bevölkerung, Häuser wurden zerstört.

14. 5. 1943. Freitag

Wunderbares Wetter und Julihitze. Wegen Beschädigung der Filter ist Warschau ohne Wasser. Anna und Dzitka tragen Wasser.
Um elf fahre ich mit Anna nach Mory wegen Tomaten und Stöcken. Angenehmer Ausflug. Ein goldner Ahorn im dunklen Blau – wie ein Baum aus dem Märchen oder dem Traum. Erst um zwei eingeschlafen, weil die ganze Nacht hindurch neben den Mauern der Straße des 6. August ein Motor heulte. Abends schlechter Nervenzustand.

15. 5. 1943. Sonnabend

Wundervolle, aber für die Pflanzenwelt im Mai zu starke Hitze. Morgens mit Anna zu Frau Nałkowska, aber wir trafen sie nicht an. Von dort aus im »Społem« und bei Wanda, dort Wodka. Annas verrückter Humor.
Nachmittags schlafe ich.
Die allgemeine Geschichte, die das wahre Leben stört, langweilt mich tödlich.

27. 6. 1943. Sonntag

Wegen der nervösen Depression, die mich plagt, habe ich aufgehört, Notizen zu machen.
Eine große Rolle spielte der Schock nach dem Luftangriff und dem nächtlichen Brand vor dem Fenster. Eigentlich

habe ich erst am 12. Mai begonnen, mich zu fürchten, zu fürchten vor dem Meer des Bösen, das in den Menschen entfesselt wurde, und vor dem Verlust des Glaubens an den Menschen. Des Glaubens, der in mir war, nicht ausgeklügelt und nicht »dialektisch« wie bei den Sozialisten, er bildete vielmehr das emotionale Wesen meiner Natur. Jetzt geht es mir nervlich etwas besser, aber der Zustand meiner Nieren hat sich ganz erheblich verschlechtert. Ich nehme an, ich trinke zuviel schwarzen Kaffee bei der Arbeit, denn ich bemühe mich zu arbeiten.

FINALE

Krieg und Okkupation bedeuteten für Polen eine ungewöhnlich schwere und blutige Zeit. Nicht weniger tragisch war das Finale. Der Warschauer Aufstand, der auf Befehl der Londoner Untergrundbewegung am 1. August 1944 ausbrach, war nach einem bekannten Ausspruch des Historikers und Publizisten Paweł Jasienica »militärisch gegen die Deutschen gerichtet, politisch gegen die UdSSR, faktisch aber – gegen uns alle«. Trotz des heldenhaften Aufbruchs der Warschauer Bevölkerung, vor allem der Jugend, vergrößerten sich die im 2. Weltkrieg erlittenen Verluste schließlich noch um die fast totale Vernichtung der Hauptstadt, um 200 000 neue Opfer und den Komplex der tragischen Niederlage.

Es folgt die Aufzeichnung persönlicher Erlebnisse im letzten Kriegshalbjahr.

Warschau, 24. 7. 1944. Montag

In der Stadt weiterhin enormer Evakuierungsverkehr und Nachrichten über das Nahen der Bolschewiken.

25. 7. 1944. Dienstag

Morgens mit St. Expedition zum kleinen Safe bei der Sparkasse, dem er seine Erinnerungen und die Uhr seiner Mutter entnimmt.

26. 7. 1944. Mittwoch

Heute nacht um dreiviertel elf Luftangriff auf die Bahnlinie Włochy – Warschau – Otwock. Zum ersten Mal sah ich durch das Fenster, wie ein Scheinwerferkreuz ein sowjetisches Flugzeug einfing und lange wie einen silbernen Stern über den Himmel begleitete. Ich sah die rosa-

rote Beleuchtung des bombardierten Geländes im Nordosten ...
Heute tagsüber Entspannung in der Stadt – die Bolschewiken sollen aufgehalten worden und Siedlce zurückerobert sein.

27. 7. 1944. Donnerstag

Mit Frau Jasińska und Herrn Skorupka zur Bank der Erwerbsgesellschaften, um die Wechselverlängerung zu erledigen. Von dort aus zu Herrn Nikodemski. Als ich heimging, wurde an der Chmielna-Straße fast genau vor meinen Augen durch einen geheimnisvollen Revolverschuß ein Mensch getötet. Jemand schaute sich um und sagte: »Wurde da jemand getötet?« Ein anderer antwortete: »Er liegt.« Und alle gingen gleichgültig weiter ihren Angelegenheiten nach. Der Tod eines Menschen beeindruckt niemanden.
Beim Überqueren der Aleje Jerozolimskie mußte ich lange warten, bis ich über die Fahrbahn gehen konnte, denn Soldaten und Kanonen zogen ununterbrochen nach Praga – wieder wie im Jahr 1941 – nach Osten ...

31. 7. 1944. Montag

Morgens mit Anna bei »Społem«. Auf den Straßen und in den Toren eine Stimmung wie im September 1939. Menschenmengen. Man hört die Kanonade ständig. »Społem« gibt ein Kriegsdeputat und ein doppeltes Gehalt. Wir kehren mit der Rikscha zurück [...]
Während meiner Abwesenheit war Iwaszkiewicz da. Mikołajczyk, Grabski und Romer sind nach Moskau geflogen.[1]
Den ganzen Vormittag schrecklich schwül und bedeckt. Nachmittags Regenschauer.

1 Seit 1943 gab es infolge der Auseinandersetzungen um den Massenmord an polnischen Offizieren in Katyn keine offiziellen diplomatischen Beziehungen zwischen der polnischen Regierung in London und der Sowjetregierung. Aufgrund der Bemühungen W. Churchills reiste eine Delegation der Londoner Exilregierung mit dem Premierminister Stanisław Mikołajczyk an der Spitze nach Moskau. Inzwischen entstand auf Initiative der polnischen Kommunisten im Lande sowie in der östlichen Emigration und mit Unterstützung der Sowjetunion eine zweite Staatsmacht, das Polnische Komitee der Nationalen Befreiung, das sein Manifest proklamierte und mit der fortschreitenden Befreiung des Landes von Osten her die Verwaltung übernahm.

1. 8. 1944. Dienstag

Die ganze Nacht hindurch schüttet es wie aus Eimern. Ruhe. Wir haben uns in dieser Nacht ausgeschlafen.
Morgens absolute Stille. Man hört die Kanonen von der Front nicht. Um zehn seltsame Fabriksirenen mit Entwarnung. Um eins kam Herr Stępczyński [?]. Um vier hörte ich durch das Fenster in der Stadt eine ferne Schießerei und Detonationen. Um fünf begann die Schießerei in unserer Nähe. Wir gingen hinunter in den Keller, aber nachdem wir gemerkt hatten, daß es sich um Straßenkämpfe handelte, kehrten wir nach oben zurück. Nachts heftige Schießerei nur mit einer Pause zwischen eins und vier. (Komische Szenen im Keller – notiere ich später.)

2. 8. 1944. Mittwoch

Wir frühstücken beim Gedröhn der Geschütze und Knattern der Maschinengewehre, Panzer, Karabiner, Handgranaten und sämtlicher Waffen. Und zugleich beim unaufhörlichen Rauschen des Regens. Geradezu hoffnungsloses Wetter. Nicht die geringste Aussicht auf Hilfe aus der Luft. Den ganzen Tag Hausarbeit, Vorbereitung von Büchsen [?] usw. in unerhörter Nervenanspannung. Unser Haus ist von der Stadt abgeschlossen, Nachrichten dringen nur selten durch.

Abends fühle ich mich eine Stunde lang entsetzlich unwohl, doch geht das schließlich vorüber.

3. 8. 1944. Donnerstag

Gestern abend entbrannte die Schlacht erst richtig. Wieder hört man in der Ferne die Geschütze der Front [. . .]. Ständig regnet es. Die Stadt erzittert von dem Getöse, und manchmal bebt der Himmel im Widerschein.

Heute morgen wurden Anna und ich durch das wehmütige Flöten einer Goldamsel mitten in der vollkommenen Stille geweckt. Dann im Verlauf des Tages abwechselnd Stille und entsetzliche Schießerei. Gegen Abend hüllt sich die Stadt in grauen Rauch. Man sieht den Feuerschein, man riecht den Brandgeruch, verkohlte Papierfetzen fliegen auf den Hinterhof.

Gegen sieben sowjetische Flugzeuge über der Stadt, man hört Bomben explodieren. Wir gehen in den Keller, kommen aber bald wieder heraus. Um halb zehn hören wir durch das offene Fenster meines Zimmers im bläulichen Abenddunst zum ersten Mal mitten in dieser schießenden Stille einen großen menschlichen Lärm. Wir verstehen die Worte: »Es lebe . . .«, und dann singt eine große Menge irgendwo in Richtung des Zbawiciela-Platzes die Rota.[1]

Ich brach in Tränen aus.

1 »Schwur« (»Wir lassen das Land nicht, aus dem wir stammen . . .«) – patriotisches, gegen Deutsche gerichtetes Lied aus der Zeit der Teilungen, Text von M. Konopnicka, Musik von F. Nowowiejski.

4. 8. 1944. Freitag

Die Nachrichten von der Ostfront sind nicht eben heiter. Die Front hat sich gerade stabilisiert.

Die polnische Fahne über dem Dydyński-Krankenhaus (deutsches Kreisamt).

Meine Stimmung ist pessimistisch.

Um drei zahlreiche Flugzeuge über Warschau, aber man weiß nicht welche.
Abends um zehn wurde vor unserem Haus mit dem Bau einer Barrikade begonnen. Ein seltsamer und pathetischer Anblick: Die Polna-Straße, leer, mit der Stille der kleinen Gärten, mit dem großen, rötlichen, eben erst aufgegangenen, in den Rauch der Brände gehüllten Mond, und die Menschen, die sich leise mit dem Bau der Barrikade beschäftigen.

7. 8. 1944. Montag

Bis eins herrschte Stille. Um eins schlugen zwei Granaten, von einem Panzer oder einem Geschütz, im Hof unseres Hauses ein. Die eine im ersten Hof, wo sie sofort den Sohn des Hausmeisters, Rysio Wyglądała, tötete und durch Splitter Szczepanek, Frau Wyglądałowa und Herrn Błaszkiewicz verletzte, den Eigentümer des Ladens in Nr. 38, der in unserem Haus wohnt. Nach diesem Zwischenfall ziehen wir, in der Furcht, unser Haus würde weiterhin beschossen, mit den Kowalskis in die Jaworzyńska-Straße 10, wo wir es uns in einer ehemaligen deutschen Wohnung sehr bequem machten.

10. 8. 1944. Donnerstag

Morgens erschien in der Jaworzyńska-Straße eine Kommission des Roten Kreuzes. Sie beschlagnahmte das Haus für ein Lazarett. Schrecklich wichtige Herren amtieren – kein Zugang zu ihnen. Der Bürokratismus Vorkriegs-Polens weht mich an.
Nach dieser Entscheidung schleppten wir zu dritt, Anna, Jerzy und ich, innerhalb von drei Stunden alle unsere Sachen zurück in die Polna-Straße. Wegen unserer Bündel gingen wir nicht durch die Keller, sondern durch den Garten von Nr. 39, wo jetzt vier Gräber sind: Rysio Wyglądała, Herr Błaszkiewicz, ein Rechtsanwalt Klimecki

aus Lublin und Krystyna Krahelska, die in unserer Haustür von einem Maschinengewehr erschossen wurde. Szczepanek Wyglądała, der von jener Granate am Bauch verletzt wurde und vorgestern fast gestorben ist, soll es heute besser gehen.

15. 8. 1944. Dienstag

Heute der erste Tag ohne Wasser. Das verschärft das Grauen der Situation. Die Tragödie sinkt ab ins Ekelhafte. Unter unseren Fenstern wird in Frau Kowalczewskas Garten eine riesige Kloakengrube gegraben. Heute nacht hatte ich von eins bis früh um fünf Dienst, in dieser Zeit gab es Fallschirm-Absprünge. Um halb fünf streifte eine Panzergranate unser Haus, so daß überall Putz und Ziegel herabfielen. Opfer der Erschütterung wurde in meiner Wohnung der Teller mit dem Eselchen aus Sorrent, der von der Wand fiel und in vier Stücke zerbrach. Meine düstere Stimmung am Abend macht Anna zornig. Beim Abendbrot die heimatlose . . .

Dąbrowa Zduńska, 29. 12. 1944. Freitag

Seit ich diese Notizen unterbrochen habe, verwandelte sich Polens und mein persönliches Schicksal in eine Tragödie, die auch die makaberste Vorstellungskraft überschreitet.[1] Ich notiere kurz und chronologisch die Ereignisse, weil mir die passenden Worte fehlen, um meine Verzweiflung und Traurigkeit auszudrücken.

Nach dem Fall der Technischen Hochschule zogen wir aus Furcht vor dem Eindringen der Ukrainer oder Kalmücken in die öffentliche Bibliothek[2], wo wir bis zum 7. September blieben. Während unseres Aufenthalts in der Bibliothek gab es eine schreckliche Nacht, als die Unseren die Pasta auf der Pius-Straße[3] eroberten. Dann die Festnahme von Dir. Bykowski als Ukrainer durch unsere Gendarmerie, seine Rehabilitierung, seine Verwundung am Hals, als man ihn, den Verhafteten, zusammen mit Volksdeutschen Barrikaden bauen ließ, seine Gesundung und Rückkehr. Im Laufe dieses Aufenthalts gingen wir mehrmals in die Polna-Straße, ich mit Anna oder St. Zwei- oder dreimal übernachteten wir dort. Irgendwann nach dem 20. September, als St. und ich gerade zuhause waren, erschien Jadzia. Ich freute mich schrecklich und brach vor Glück, daß sie lebte, in Tränen aus. Sie war völlig abgebrannt, hatte aber Pelz und einen Teil ihrer Sachen gerettet. Von nun an besuchte sie uns täglich in der Bibliothek. Im Gegensatz zu mir, die ich von Tag zu Tag mehr versank, war sie wie üblich heiter, tapfer und guten Mutes. Am 6. September fiel auch in die Wohnung von Fräulein Rychterówna ein großer Granatsplitter. Ich flehte sie an, zu uns zu ziehen, was sie zu meiner Freude tat. Am 7. gab es einen Abend, da saßen wir zu dritt beim Essen (die Kowalskis waren in der Bibliothek geblieben) in seliger, wunderbarer, familiärer Stimmung. Und diese Nacht vom 7. zum 8. war irgendwie still. Wir schliefen vorzüglich, ich war glücklich, daß Jadzia auf der Couch in meinem Zimmer saubere Bettwäsche und eine gewisse Bequemlichkeit hatte [. . .]. Jadzia hielt es leider nicht bei uns im Hause aus, sondern lief täglich durch die Stadt. Ich weiß nicht, an welchem Tag es war, als unser Haus wieder heftiger beschossen wurde, zogen wir in den Keller, wo wir es uns dank Annas Einfallsreichtum ganz bequem, ja sogar hübsch eingerichtet hatten. Aber der Keller setzte Jadzia zu, sie behauptete, sie leide an Klaustrophobie [. . .]. Am 21. geriet unser Haus in Brand, unter dem Dach, an der Frontseite. Das Löschen dauerte von nachmittags um fünf bis nachts um drei. Um elf fiel ich beim Wassertragen die Treppe vom Dachboden hinunter und brach mir schwer den rechten Arm. Der tüchtige St. lief sofort zum Lazarett auf der Jaworzyńska-Straße, obwohl er an Colitis litt, und dann ging ich mit Anna und ihm dorthin. Es herrschte schrecklicher Beschuß. Dr. Tomczyk streckte mir den Arm und machte einen Verband mit einem Brettchen. Jadzia trug diese Nacht ungewöhnlich tüchtig Wasser über den Hof, wo niemand wegen des Beschusses in der Kette stehen wollte. Nur sie und der kleine Tadzio von der Frau aus der Heißmangel betätigten sich. Heldenhaft wie immer, arbeitete Anna beim Löschen direkt an der Front unter Beschuß. Das Feuer wurde gelöscht. Am 23. September um halb zwei ging Jadzia in die Stadt und kam nicht wieder. Meine Verzweiflung, mein Warten bis acht am Eingang zum Luftschutzkeller. Erst am Dienstag, 26., brachte ihre Schülerin Basia Paprocka einen Brief von ihr aus dem Lazarett Mokotowska-Straße 55. Sie sei am Bein verwundet, ihr drohe die Amputation. Meine Verzweiflung potenzierte sich. Ich wußte, was das hieß, schwer verwundet in einem Lazarett der Aufständischen zu liegen; ich aber, ich Krüppel mit dem wütend schmerzenden Arm, konnte gar nicht daran denken, in die unter schwerstem Beschuß liegende Innenstadt zu gehen, wo man geschickt sein mußte beim Kriechen und Laufen. Ich schickte ihr also, was ich konnte. Am Donnerstag kam ein zweiter Brief, schon nach der Amputation des Beines, zu der die unglückliche Jadzia sich zu spät entschlossen hatte. Ich war da schon völlig gebrochen und hörte gleichsam auf, ich selbst zu sein. Dann kam die Nachricht vom Tode Dippels und Frau Oleńka Pasławskas. Nie hatte ich gedacht, daß man in einen solchen geistigen Abgrund versinken könnte, wie der, in den ich versank. Ich schickte Jadzia ein zweites Paket. Am Sonntag, dem 1. Oktober, während des Waffenstillstands, ging ich mit Anna zu Jadzia. Ich kann die Erschütterung nicht beschreiben, die es für mich bedeutete, sie und dieses ganze, der Hölle entstammende, widerwärtige Lazarett zu sehen. Sie sah schrecklich schlecht aus und lächelte doch, die Liebe, und sprach so tapfer. Ich weiß nicht, was ich dachte, was ich empfand, ich war übermüdet, willenlos, selbst ein Krüppel – ohne die Möglichkeit, sie zu retten. Ich hatte für sie Wein besorgt.

Wir verabschiedeten uns. Ich dachte, sie würden binnen kurzem evakuiert. Es schnitt mir ins Herz, mein Mund verstummte. St. und Anna beschlossen, am nächsten Tag die Stadt zu verlassen – ich hatte keine Kraft, mich zu widersetzen. Überhaupt wußte ich kaum noch, was mit mir geschah. Es war ein kompletter Nervenkollaps, der schlimmste Augenblick meines Lebens. Am nächsten Morgen verließen wir die Stadt und gelangten in 24 Stunden über Pruszków nach Podkowa Leśna zu Niemyskis. Am 3. Oktober ... Am 4. wurde ich in Grodzisk geröntgt. Am 7. wurde mir in dem kleinen Spital in der Villa Baniewicz in Podkowa Leśna der Arm zum zweiten Mal unter Narkose gerichtet und in Gips gelegt. Jadzia lebte da nicht mehr. Unmittelbar vor ihrem Namenstag kam die Nachricht, ihr Lazarett sei in Piastów eingetroffen. Ich fuhr sofort hin. Sie war am 6. Oktober um eins an Herzversagen gestorben, an meinem Geburtstag. O höllischer Tag ...

Am 21. Oktober fuhren wir nach Dąbrowa Zduńska, in die Landwirtschaftsschule, in der ich voriges Jahr zum Schuljahresende gewesen war.[4] Die Wyszomirskis (Schulleiter) taten alles, um uns die Bitterkeit des Herumirrens zu versüßen. Ich habe ein Zimmerchen zusammen mit Anna, St. wohnt mit Herrn Pogorzelski unten. Alle sind gut zu uns. Man hilft uns mit allem. Aber Warschau ist völlig zerstört – Jadzia ist tot – mein geliebtes Haus verloren. Das Unglück lastet so schwer, daß ich mich nicht aufrichten kann.

[...] Lorentz[5] hat alle meine Manuskripte gerettet und hergebracht, sogar die Schreibmaschine, sogar die Tischtücher, sogar das kleine Gedenkkreuz von der Wand. Unsere Wohnung steht, Bücher und Möbel sind unberührt. Am 10. Dezember fuhr Anna wieder zu ihrem Mann nach Rytro. Nach ihrer Abreise bin ich endgültig in schwarze Melancholie versunken. Ich komme nicht hinweg über Jadzias jämmerlichen Tod und darüber, daß ich sie einem so schrecklichen, einsamen Sterben überlassen habe ...

1 Selbstverständlich meint M. D. das Ende des Warschauer Aufstands. Nach 63 Tagen beispiellosen Kampfes kapitulierte am 2. Oktober 1944 das ausgeblutete Warschau, dem es an Mitteln zum Leben und zum Kämpfen fehlte.

2 Die öffentliche Bibliothek in Warschau, deren Arbeit Ende des 19. Jahrhunderts begonnen hatte, erhielt 1914 ein Gebäude auf der Koszykowa-Straße. Stempowski und M. D. unterhielten mit ihr enge Beziehungen.

3 Die sogen. Pasta auf der Pius – das Fernmeldeamt auf der Pius-Straße, heute Piękna-Straße.

4 M. D.s Verbindungen zu der von L. und K. Wyszomirskis geleiteten Landwirtschaftsschule in Dąbrowa Zduńska datieren aus der Vorkriegszeit; wie viele andere fortschrittliche Schriftsteller war sie dort häufig zu Besuchen und Lesungen; dort führte man auch zum ersten Mal ihre Werke auf einer Laienbühne auf.

5 Stanisław Lorentz (geb. 1899), Kunsthistoriker, 1936-82 (mit Pause im Kriege) Direktor des Nationalmuseums in Warschau. Während des Krieges, auch nach dem Warschauer Aufstand, leitete er die Aktion zur Rettung der Kunstwerke; mit der Schriftstellerin befreundet.

30. 12. 1944. Sonnabend

Aufgestanden bin ich um 6.15 Uhr. Nach dem Anheizen des Ofens und dem Frühstück mit St. um halb neun nach Zduny. Eine Welt wie aus dem Märchen – die Sonne im Nebel wie ein Golddukaten. Alle Bäume, Strohdächer, Zäune überzogen mit den weißen Borsten des Rauhreifs. Nach einer Woche schrecklicher, unablässiger, wilder Verzweiflung und Sehnsucht nach Jadzia war ich irgendwie ruhiger und dachte ohne das furchtbare inwendige Schluchzen mit Kummer daran, daß sie den schneeweißen Reif nie wieder sehen würde. Dabei hatte sie so kläglich gesagt, sie habe sich zur Amputation entschlossen, als sie den blauen Himmel sah. »Ich sah den Himmel, und es tat mir so leid ums Leben.« Ich denke auch, mit welcher Selbstüberwindung und Tapferkeit ich in kritischen Augenblicken werde gutmachen müssen, daß ich in ihren letzten Lebensmomenten nicht bei ihr war.

Bei Frau Wyszomirska mit Glückwünschen, sie hat heute Namenstag. [...] Die Fortowskis [?] brachten eine herrliche Torte. Wir bekamen jeder ein Gläschen Wein. Die Pointe des Abends war die kleine Zosia. Dieses resolute Kind, Tochter eines strengen Antialkoholikers, rief mit lauter Stimme: »Gebt mir Wein! Wein her!« Dann spielte sie die Betrunkene, und auf meine Frage, ob sie je einen Betrunkenen gesehen habe: »Habe ich – Herrn Henryk, und wenn ich bei dem Lahmen war, habe ich Betrunkene gesehen«. Zum ersten Mal seit 5 Monaten habe ich herzlich gelacht. Sooft der Sittenprediger und Moralist Wyszomirski Frauen »verdammt«, die sich schminken, bittet die kleine siebenjährige Zosia Frau Kasperska flehentlich: »Mal dich, Tante, mal dir den Mund, du siehst so schön aus, wenn du dich malst.« Ich kann Moralisten nicht leiden und bin mit vollem Herzen auf Zosias Seite.

3. 1. 1945. Mittwoch

Um elf Uhr fahre ich nach Łowicz. Im »Społem« erhalte ich Gehalt und Deputat. Mittagessen bei Wegners.[1] In Łowicz Panik, weil die Deutschen wegen ungenügenden Kontingents an Menschen für die Schützengräben durch Lautsprecher verkündeten, sie hielten das für Sabotage und Kampf gegen die deutsche Verwaltung, und begonnen haben, hier und da ganze Häuser von ihren Bewohnern zu räumen. Man sieht in der Stadt Wagen und Handkarren mit Möbeln und anderen Dingen. Nachmittags gehen wir mit Herrn Wegner aus, um die Stadt anzuschauen.

1 Jan Wegner (geb. 1901), Historiker, Lehrer in Łowicz, nach dem Kriege Kustos der Abteilung des Nationalmuseums in Nieborów und Arkadia.

4. 1. 1945. Donnerstag

Morgens um neun ging ich einkaufen. Ich kaufte mir (Männer-)Socken und Strümpfe für zusammen 530 Złoty. Um elf Uhr mit Herrn Wegner in die Kollegiatkirche.[1] Die Grabplatte des Ritters Śleszyński und seiner Frau Dzierzgowska, Schwester eines Primas. Die Tarnowski-Kapelle mit dem schön ausgeführten Grabmal des Piotr Tarnowski, Vaters des Primas, und dem schönen Renaissance-Altar. Die Karnkowski-Kapelle mit dem sehr hübschen, leichten Rokoko-Altar – ein Wunder von Ernst und Anmut – ganz in Schwarz und Gold. Dieser Altar und die einstige Piaristenkirche sehen aus wie die schönsten Zeichnungen von Noakowski. Man sieht, daß Noakowski in Łowicz viel gelernt hat. Das Alabastergrabmal des Primas Uchański – ein echtes Kunstwerk. Vor allem die Hände sind ein Meisterwerk. Neben der Kollegiatkirche das schöne Dekanat und der kleine Hof für die Vikare. Mein Gott, wenn doch wenigstens das überdauerte!

1 Die Kollegiatkirche in Łowicz stammt aus dem 15. Jahrhundert. Von den erwähnten Gestalten des 16.-18. Jahrhunderts ist Stanisław Karnkowski (1520-1603) am bekanntesten: Bischof von Breslau, später Erzbischof von Gnesen, Autor u. a. der *Constitutiones Carncovianae*, die die polnischen Oberhoheitsrechte in Danzig regelten.

10. 1. 1945. Mittwoch

Der für heute erwartete Herr Nikodemski ist nicht eingetroffen. Die Post brachte kein Sterbenswörtchen von Anna. Aber ich habe mir gesagt, ich will mich zusammennehmen, also nehme ich mich zusammen. Nachts fiel ungeheuer viel Schnee. Das bescheidene Landschaftsbild hier hat Majestät gewonnen.

15. 1. 1945. Montag

Nachrichten über schnelle Fortschritte der bolschewistischen Offensive. Morgens gehe ich nach Zduny, später – in Abstimmung mit unserem neuen Freund – Sicherung meiner Papiere in einem Marmeladeneimer.

17. 1. 1945. Mittwoch

Mittags zwei bolschewistische Luftangriffe auf Łowicz, und manche Bomben klangen so nahe, daß wir in den Keller gingen. Auch wurde die Chaussee in Zduny mit Bordwaffen beschossen, obwohl kein deutsches Militär auf ihr zu sehen war. Abends um neun trafen elf Autos mit Deutschen ein, mit den Beamten der Starostei, die ein Nachtlager in Dąbrowa erbaten (nicht forderten, sondern höflich erbaten). Unter ihnen war auch Eynehman [?], der hiesige Kreislandwirt, bekannt wegen seiner Schikanen gegen die Polen; er pflegte, während er mit seinem Hund spielte, zu polnischen Besuchern zu sagen: »Warten Sie vor der Tür, Sie Sklave, warten Sie, bis Ihr Herr Sie ruft«. Jetzt war er sanft und verschüchtert.

18. 1. 1945. Donnerstag

Frühmorgens fuhren die Deutschen angstbebend (ein absichtlich inszenierter Alarm, die Bolschewiken kämen) in größter Panik Richtung Kutno davon. Lewicki, jener Deutsche von den Schützengräben, der im Haus der Wyszomirskis einquartiert war, ist schon gestern abgereist [. . .]. Wie groß war mein Erstaunen, als ich erfuhr, daß unter den Deutschen, die in Dąbrowa übernachtet hatten, auch Fischer war, der Gouverneur und Henker von Warschau.[1] Wäre der Warschauer Aufstand und die Katastrophe Warschaus nicht schon gewesen, so wäre heute der richtige Moment für den Ausbruch eines Aufstands; es hätte dann eine kleine Abteilung der Heimatarmee mit Handgranaten ausgereicht, damit keiner der Deutschen, die sich hier breit gemacht haben, lebend rauskommt, und Fischer wäre in unsere Gefangenschaft geraten. Nach der Warschauer Katastrophe und angesichts der düsteren Tatsache der russischen Invasion begrüßt das Land den Augenblick der Befreiung von den Deutschen im Zustand absoluter Lähmung und Apathie.

Morgens verbreitete sich die Nachricht von der Einnahme der Städte Warschau, Lodz, Tschenstochau und Sieradz. Nachmittags entzündeten zwei Brandgranaten (wahrscheinlich deutsche) zwei Katen an der Chaussee hinter Zduny. Eine halbe Stunde lang hörte man es schießen, dann verstummte alles. Gegen fünf fuhren sechs sowjetische Panzer durch das Tor der Schule auf dem Umweg zur Chaussee. Ab sechs rollten auf der Chaussee hintereinander die sowjetischen Panzer . . .

1 Ludwig Fischer (1905-1947), erst Chef des sogen. Distrikts Warschau, 1941-45 sein Gouverneur. Vom Höchsten Staatsgerichtshof Polens für schuldig befunden an den dort begangenen Verbrechen und hingerichtet.

Im Kriege brach M. D.s strahlende Weltanschauung endgültig zusammen, die Perspektiven des 20. Jahrhunderts stimmten sie pessimistisch. Ihr Verhältnis zu der sich im Lande vollziehenden Revolution war ambivalent. Einerseits stand ihr das soziale Programm der neuen Staatsmacht nahe (besonders die sogleich durchgeführte Bodenreform, die man in Vorkriegspolen zwanzig Jahre lang nicht verwirklicht hatte, sowie die Trennung der Kirche vom Staat). Andererseits traute sie den Kommunisten nicht und meinte, sie seien in den nationalen Fragen unfähig, sich von ihrem Hauptverbündeten, von Rußland unabhängig zu halten. M. D. identifizierte sich nicht mit der neuen Staatsmacht, war entgegen den Erwartungen der hier erwähnten Kundgebung mit Mikołajczyk aber auch weder Anhängerin der damaligen PSL-Opposition noch der Kirche, noch der Londoner Regierung und Emigration, noch des Westens. Nicht zum ersten Mal im Leben sah sie sich in der Politik nicht repräsentiert, tröstete sich aber damit, daß die Mehrheit der Nation sich in der gleichen Lage befand. Entsprechend der angeführten großartigen Formulierung von Conrad blieb sie, von gegensätzlichen Strömungen geschüttelt, reglos. Zur Arbeit, zum Schreiben drängend, verharrte sie in der inneren Emigration. Die Gegensätze der polnischen Geschichte lähmten sie und legten sie für zehn Jahre beinahe still. Nur die Tagebücher blieben ihr als Zeugnis der Suche nach einem eigenen Weg. Mit gewissenhafter Sorgfalt und dem manchmal illusorischen Anspruch des Epikers, den nur die volle Wahrheit befriedigen kann, nahm sie diesen Weg auf sich.

Dąbrowa Zduńska, 22. 1. 1945. Montag

Vier Tage voll nervöser Anspannung, Erwartung, Hoffnung, Besorgnis sind vergangen. Schließlich ist alles in eine lähmende Langeweile versunken. Die sowjetischen Truppen ziehen weiter vorwärts. Dem Vernehmen nach sind Posen, Tilsit, Krakau bereits besetzt. [. . .]

Die Schule hat sich geleert. Die Mehrheit der umgesiedelten Mädchen[1] ist auf ihre Höfe bei Żychlin, Kutno usw. geeilt. Doch an mir geht das alles vorüber wie ein seltsamer Traum, lebe ich doch nur von zwei Dingen, dem Warten auf Anna und der schrecklichen Sorge um Stach, dessen Krankheit immer schlimmer wird. Mein Herz ist schwer und schmerzerfüllt. Besonders gegen Abend packt mich das Entsetzen. Ich bin so allein und hilflos. Die letzten Herzmittel gehen zu Ende, ich habe keine Glukose mehr. Morgen fahre ich trotzdem nach Łowicz, um danach zu fragen. Frostige Tage, abwechselnd schönes Wetter und Nebel, der alles mit Rauhreif überzieht.

1 Ausgesiedelt aus den während des Krieges ins Reich eingegliederten Gebieten.

22. 2. [?] 1945. Donnerstag

Draußen immer noch Sturm und Schneeverwehungen. St. geht es besser, er steht auf. Im Zusammenhang damit habe ich kein Zimmer mehr, denn es ist so winzig, daß man hier nur existieren kann, wenn ein Bewohner im Bett liegt. Doch Gott sei Dank, daß die Krankheit vorüber ist. Schreckliche Langeweile – keine Nachrichten; das vergebliche Warten auf Anna beansprucht die Zeit bis fünf, dann beginnt der entsetzlich lange, leere Abend, an dem wir nicht einmal Licht machen, weil es um die Kerzen schade ist, und die endlose Nacht, die nicht im Schlaf vergeht.

Abends kam Frau Jurkowa zurück. Sie ist bis Parysów gefahren und hat ihren Vater gesehen. Herr Korzon und

Frau Niedziałkowska waren in unserer Wohnung. Sie haben in einem Korb alle Bücher aus dem Keller in die Wohnung getragen, die Tür vernagelt und alles in die Obhut einer Nachbarin gegeben, wer das aber ist, erfahre ich erst, wenn Herr Korzon eintrifft. Was hat das für einen Eindruck auf mich gemacht! Ach, warum ist Anna nicht da? Ich ließe St. hier, und wir beide verspännen uns dort in ein Leben auf den Trümmern.

2. 4. 1945. Ostermontag

Vergeblich habe ich mich aufgerafft, Tagebuch zu schreiben. Ich kann es nicht, ich bin nicht imstande. Heute morgen habe ich schrecklich geweint, geschluchzt wie ein Kind.

Warschau, 28. 5. 1945. Montag

Ich schreibe wieder Tagebuch und werde in meinen Memoiren niederlegen, was ich in dieser Zeit erlebt habe. Mitte April, notiere ich nur, traf Anna in Warschau ein, machte Ordnung und belegte das Eßzimmer unserer Wohnung. Herr Jerzy[1] bleibt in Lublin auf der Katholischen Universität bis zum Sommer. Seit dem 21. April leben Anna und ich in der Polna-Straße. Anna ist großartig, in prächtiger Form. Sie arbeitet im TUR[2] und sammelt einen kapitalen Schatz an Erfahrungen und Beobachtungen.
Heute hat Lucia bei uns geschlafen, schon die zweite Nacht. Sie weiß nicht, was sie mit Ela tun soll, die bei Hela ist. Es wäre jammerschade um das Mädchen – so begabt, und lernt nichts. Lucia kommt mit dem Leben von heute nicht zurecht oder tut so, als käme sie nicht zurecht (im Sinne von Jadzias Diagnose). Sie wird zum Thema meiner psychologischen Gespräche mit Anna, genauso wie das früher mit Jadzia war. Ich weiß nicht, was weiter wird, doch ich empfinde ständig und immer stärker, wie sehr mir Jadzia als Partnerin in vielen Gesprächen fehlt; mit niemandem sonst kann ich sie führen. Vor zwei

Wochen habe ich Jadzia exhumieren und in Mamas Grab beisetzen lassen.
Anna geht um halb zehn in den TUR. Ich mache mir daheim zu schaffen und räume mein Zimmer auf.
Borejsza[3], den ich für gestern eingeladen hatte, ist auch heute nicht gekommen. Er gibt mir damit respektlos zu verstehen, daß ich nicht gebraucht werde, solange ich nicht in der Propaganda arbeite. Geld habe ich noch für etwa drei Wochen. Was ich dann tun soll, weiß ich nicht.

1 Jerzy Kowalski (1893-1948), klassischer Philologe, Professor der Universität Lemberg; gehörte nach dem Kriege zu den Organisatoren der Universität Breslau; schrieb gemeinsam mit seiner Frau Anna einige Romane und Erzählungen.
2 TUR – Gesellschaft der Arbeiter-Universität, aufgrund einer Initiative der PPS tätige, außerordentlich verdienstvolle kulturelle Organisation der Arbeiter; im Gefolge der Stalinisierung 1948 aufgelöst.
3 Jerzy Borejsza (1905-1952), kommunistischer Politiker, Publizist. Gleich nach dem Kriege sehr einflußreicher Kulturorganisator, leitete das mächtigste Verlags- und Pressezentrum, die damalige Genossenschaft »Czytelnik«.

29. 5. 1945. Dienstag

Gegen Morgen denke ich zärtlich an Stachno: Wie sehr wünsche ich, daß er bei mir noch bessere Tage erlebt. Ich war ein paar Tage bei ihnen. Es geht ihm sehr viel besser, er ist heiter, doch sein Herz äußerst schwach. Jureczek ist bezaubernd, auch an ihn denke ich voller Zärtlichkeit.
Ich sinne über die Notwendigkeit und zugleich die Unmöglichkeit zu schreiben nach. Eine Situation schaffen, in der das Herz zur Arbeit drängt, während die Hände herabsinken, das ist ein Meisterstück an Bosheit der allgemeinen Geschichte.

30. 5. 1945. Mittwoch

Bei den Markthallen entdecke ich etwas Seltsames – improvisierte Straßenrestaurants. Frauen verkaufen aus Kochkisten, die mit Lumpen und Papier vorzüglich ausgestattet sind, Kartoffelklöße (aus Trockenkartoffeln), Bohnen in Soße, Suppe und zum Dessert durchgesiebtes Rhabarberkompott. Ich habe eine halbe Portion Kartoffelklöße gegessen, die ich sehr mag, und ein Glas Kompott getrunken. Das kostete 15 Zł. Die Kartoffelklöße waren prächtig, mit Fett abgeschmeckt und heiß. Das wird mein Mittagstisch. Ich dachte mir, daß man auf diese Weise gar nicht übel verdienen kann. [. . .]

Auf unserem Hof habe ich mich zu den Wyglądałas[1] auf die Bank gesetzt, wir haben etwa eine halbe Stunde geredet, über ihren Hund, ihre Katze, die Moskowiter, die Situation, schließlich über seine Anschauungen vom Leben nach dem Tode. »Ich habe zwei Arten, an das Leben nach dem Tode heranzugehen. Die eine ist das Wissen, die Wissenschaft, die Werke, die Taten, die der Mensch hinterläßt. Die andere ist die neue Generation, die aus mir hervorgeht, und aus ihr dann wieder eine neue. An ein anderes Leben nach dem Tode glaube ich nicht.« Er schätzt ein Gespräch mit mir so sehr, daß er, als ich später Wasser holen ging, aufstand und mir welches aus dem Bottich im Versteck gab, ohne etwas dafür zu verlangen, was bei ihm ein Akt ungewöhnlicher Selbstlosigkeit ist.

Gestern abend kam Frau Michałowska, eine Jüdin, deren Namen ich vergessen habe, sie wohnte drei Jahre lang bei Samotyhas. Ihr Typ war so unsemitisch, so schlicht masurisch, daß sie frei durch die Straßen gehen konnte, während andere vor den Erpressern zitterten. Jetzt erkannte ich sie nicht wieder, so elend und zugleich braungebrannt war sie. Wie sich herausstellte, war sie vor zwei Tagen aus Ravensbrück gekommen, wohin sie nach dem Verlassen Warschaus von Pruszków aus geraten war. Sie erzählte von den »Kaninchen«, den Objekten medizinischer Versuche.[2] Ich fürchte, auch die »Kiubasy«[3] wurden zu »Kaninchen«. Sie hat sie nicht getroffen, wohl aber Frau Pietkiewiczowa, die in sehr schlechtem Gesundheitszustand war, ohne gehen zu können. Sie nimmt an, auch sie war ein »Kaninchen«. Und das notiert man so chronikalisch. Was für entehrte Zeiten! Sie nahm einen Laib Brot mit, etwas Hirsegrütze und Zucker sowie Samotyhas Adresse, weil sie zu ihnen fahren wollte.

1 Aleksandra (1889-1972) und Szczepan (1885-1967) Wyglądała, Hausmeister Polna-Straße 40.

2 In den Jahren 1942-43 wurden in Ravensbrück medizinische Experimente durchgeführt, u. a. Knochen- und Muskeloperationen; von 87 Operationen dieser Art wurden 74 an jungen Polinnen vorgenommen.

3 I. Rosińska und H. Suchecka, die Töchter von J. Stempowski, wurden in der Familiensprache »Kiubasy« genannt.

31. 5. 1945. Donnerstag

Gestern begann ich mit den Notizen für ein neues, selbständiges Kapitel zu dem vor Jahren angefangenen Roman über Józef Tomyski, was mich in Euphorie versetzte. Wenn ich schreiben könnte, wäre ich vollkommen glücklich – trotz allem, was geschieht.

Abends um 6 erschienen plötzlich die »Kiubasy«, Iwa Rosińska und Hanka Suchecka. Sie kamen von einem dreijährigen Aufenthalt in Ravensbrück zurück wie von einem Ausflug. Sehr viel schöner geworden, waren sie ganz einfach die wandelnde Anmut. Ihre Gesichter hatten einen menschlichen, ungewöhnlich interessanten Ausdruck angenommen. Alles in und an ihnen ist bezaubernd. Sie tragen die gestreifte Lagerkleidung (die ihnen alles erleichtert und das Recht zu kostenloser Eisenbahnfahrt gibt) wie hübsche Pyjamas oder Sportanzüge. Ich dachte, das sei ein neues Modell für Reisekostüme. Schon seit dem 2. Mai unterwegs, waren sie im Lauf dieses Monats braungebrannt und gesund geworden, weil sie sich in den verlassenen deutschen Städten gut hatten ernähren können. Die Unbeschwertheit, der Humor, mit dem sie von ihren Abenteuern erzählten (das Lagerleben wurde mit wenigen Sätzen abgetan, sie erzählten wie berauscht von ihrer Reise). Auf Anna machte das einen gewaltigen Eindruck wie übrigens auch auf jeden anderen. [. . .] So erlebt man selbst das »Todeslager« auf individuelle Weise, entsprechend den in uns vorhandenen geistigen und physischen Möglichkeiten.

23. 6. 1945. Sonnabend

Zwei Monate lang habe ich wie ohne Bewußtsein gelebt, weil meine Wohnung renoviert und danach gründlich aufgeräumt wurde. Die Renovierung führte mir das SPB[1] durch [. . .]. Gearbeitet habe ich wie eine Wilde. Anna konnte es nicht mehr mitansehen, sie war ungeduldig und ärgerlich. Am letzten Sonntag kam Herr Jerzy aus Lublin. Er war sehr nett und half mir gern beim Bohnern der Fußböden, doch wurde es wieder schwierig und unbequem und traurig. Anna will mich aber verlassen, um einen neuen Haushalt zu gründen, worüber ich mich nicht wundere. Die beiden wollen nach Breslau fahren.

1 SPB – Hauptstädtisches Bau-Unternehmen.

14. 7. 1945. Sonnabend

Wieder eine lange Pause, obgleich in mir und rund um mich so viel geschieht. Alles wie in Ravels »Bolero«, wie ein ansteigendes Fieber. Manchmal ist es plötzlich so, als bereitete sich eine geistige Übelkeit vor, als wäre man mit Gedanken überlastet und müßte wegen irgendwelcher geistiger Würmer geistig kotzen.
Am 2. Juli habe ich Stachno nach Warschau geholt. Ich fuhr mit Wyszomirski im Pferdewagen nach Łowicz, dort wartete St. bei Wegners, ich ging auf die Straße und schnappte einen kleinen, leeren Halbtonner, dessen Fahrer uns für 1000 Zł. in nicht ganz zwei Stunden bis vor die Haustür Polna-Straße 40 brachte. Stach war von der Wohnung begeistert.

Gleich nach seiner Ankunft geschah ein Wunder: wir bekamen ein Dienstmädchen, eine bejahrte, nette, sich in dieser Rolle wohl fühlende Person alten Zuschnitts, etwa wie Dr. Rudzkis Michalina. Eine Analphabetin, ein Fundstück. Sauber, still, kocht vorzüglich. Ich möchte, daß sie immer bei mir bleibt, ich möchte ihr das Alter sichern.[1] Seltsam zu denken, daß ich erst und nur dank dieser Institution der alten Welt, des Dienstmädchens, für die neue Welt arbeiten kann!

Ich habe bereits den Entwurf zu einem Film über das Leben von Edward Dembowski gemacht. Ich habe den Aufriß einer Vierteljahrs-Zeitschrift erstellt, die ich herausgeben und vorläufig selbst füllen möchte, doch ob man mich läßt, weiß ich nicht. Jetzt mache ich mich an die Bearbeitung eines Repertoireführers für die Gesellschaft der Theaterfreunde in Dąbrowa Zduńska. Gleich darauf nehme ich ein Drama über Bolesław III. Schiefmund in Angriff, es soll »Der kluge und der dumme Bruder« heißen sowie ein Drama über Bolesław II. den Kühlen mit dem Titel »Stanisław und Bogumił«. Danach geht es gleich an den neuen Roman.

Anna ist nach Praga gewandert mit drei Paar Zuteilungsschuhen, die für Jurek und St. viel zu klein, für mich aber viel zu groß sind. Sie kommt unverrichteter Dinge zurück. Niemand will sie kaufen, die Leute bieten 300 bis 400 Zł. Was tun, da ich mir unbedingt irgendwelche Schuhe kaufen muß.

1 Franciszka Szczur (1887-1958) arbeitete bei der Schriftstellerin bis 1954, danach im Altersheim. M. D. notierte ihre Geschichten im Tagebuch, sie hatte die Absicht, »Franciszkas Gleichnisse« zu bearbeiten und in Druck zu geben (eines von ihnen, »Der Herbstmantel«, ist in dem Band »Der Morgenstern« erschienen).

15. 7. 1945. Sonntag

Mit Anna im Łazienki-Park gewesen. Verwildert und verlassen, doch im Baumbestand fast ohne Verluste. Das Schloß zum großen Teil ausgebrannt. Die Außenmauern stehen. Das Theater kaum beschädigt. Ein angenehmer Eindruck – das dichte Grün, die großen Bäume, der authentische blaue Himmel. Nach der Rückkehr Abendessen in guter Stimmung.

16. 7. 1945. Montag

Ich habe heute eine süß-naive, unzufriedene Karte von Jadzia aus dem Jahre 1920 gefunden, als sie zum ersten Mal ins Gymnasium nach Białystok fuhr. Wäre sie dort geblieben, hätte sie nicht so gewünscht, nach Warschau umzuziehen, sie lebte noch! Sie lebte noch und würde mich überleben, wie sich das gehört.

Ich habe eine seltsame, entsetzliche Natur. Leute, die entweder gefühlsmäßig oder materiell von mir zu abhängig sind, machen mich nervös, aber gleichzeitig kann ich nicht ohne das Ergebenheitsgefühl eines anderen leben. Ich denke, es ist für mich Zeit zu sterben, weil ich weder in der Welt des Geistes noch in der Welt der Materie einen Platz für mich finden kann.

Und ich müßte mich doch so wohl fühlen. Dabei fallen mir Zońka Poniatowska und Basia ein. Am lebendigsten fühle ich mich, wenn ich bei meinen Toten bin. Warum kann ich sie nicht vergessen, kann ich mich von ihnen nicht freimachen? [. . .]

Anscheinend ist Anna, wenngleich mit ihrem ganzen Witz und Esprit intellektuell mehr trainiert, doch viel naiver und viel schlichter und viel besser als ich . . .

22. 7. 1945. Sonntag

Morgens um neun fuhren Anna und ich nach Podkowa. Wir verbrachten einen sehr angenehmen Tag, denn wir

waren angekündigt und wurden demzufolge gut und herzlich aufgenommen, als erwartete Gäste und nicht als solche, die unverhofft eintreffen, also zur unrechten Zeit. Zwischendurch Besuch bei Lorentz'. Seine interessanten Erzählungen über das Riesengebirge, das uns jetzt zufallen soll, vom Auffinden dreier Meisterwerke Matejkos in dem kleinen Gebirgsrestaurant Waldschlößchen und vom Aufenthalt bei Gerhart Hauptmann.[1] Später fesselnde Gespräche beim Kaffee im Garten bei Lucjans, ein gutes Vesperbrot und um 6.50 Uhr Abfahrt mit Blumen und dem Rest unserer Manuskripte, die wir während des Krieges den Lucjans zur Aufbewahrung gegeben hatten [. . .]
Die Konzeption meines Dramas[2] wird immer verwickelter – wie soll ich größte Einfachheit aus diesen Verwicklungen ableiten?

1 Gerhart Hauptmann blieb nach der Einnahme seiner Heimat durch Polen in Agnetendorf, wo er am 6. Juni 1946 starb.

2 M. D. schrięb damals »Stanisław und Bogumił. Drama aus der Geschichte des 11. Jahrhunderts«.

23. 7. 1945. Montag

Das Wetter ist umgeschlagen. Gestern abend brach ein schrecklicher Sturm aus, viele Ruinen und halb zerstörte Häuser, in denen Menschen wohnten, sind eingestürzt. Wie es heißt, mehrere Hundert Opfer, neue Opfer der Liebe zu Warschau.

8. 8. 1945. Mittwoch

Seit gestern ist ganz Warschau erschüttert durch die neue Erfindung einer Atombombe. Die größte Erfindung der Zeit hat ihren Dienst bei dem Werk der Vernichtung begonnen.[1] In den Zeitungen die Nachricht, diese Erfindung, die unheimliche Kraft der Atomzertrümmerung zu nutzen, werde friedlichen Zwecken dienen, sie werde es den Menschen ermöglichen, auf die anderen Planeten zu gelangen. Die Menschheit ist auf einem schlimmen Weg – dem Weg des Hochmuts, der sie zum endgültigen Untergang führen muß. Die Menschheit kann das Leben auf der Erde nicht ordnen, macht sich aber daran, ihre tragische Dummheit auch noch auf die anderen Planeten zu bringen.

1 Am 6. 8. 1945 wurde die erste Atombombe über Hiroshima abgeworfen.

5. 10. 1945. Freitag

Nach so langer Zeit nehme ich meine Notizen wieder auf. Ich möchte hundertmal mehr Talent haben, um das wirkliche Wesen der Ereignisse, Erlebnisse, Beobachtungen zu notieren, die zu zahlreich sind, als daß ein durchschnittlich begabter Mensch imstande wäre, sich über sie Rechenschaft abzulegen. Am Ende verzichtet man sogar auf das einfache Notieren.

Am 1. September habe ich mein Drama »Stanisław und Bogumił« beendet. Am 7. September war ich in Łowicz, wo ich eine Lesung für die Jugend hatte: »Was sagt uns die Vergangenheit von Łowicz?« und einen Autorenabend, bei dem ich den ersten Akt des Dramas las. Ich wurde mit Ovationen begrüßt, verdiente fast 5000 Zł und erhielt so viele Blumen, daß ich sie nur mit größter Mühe nach Warschau schaffen konnte.

Am Vorabend der Lesung fand eine Bauernkundgebung mit Mikołajczyk[1] statt, gewissermaßen die Eröffnungskundgebung der aus dem Untergrund auftauchenden Polnischen Bauernpartei (PSL).[2] Ich ging aus Neugier als einfacher Zuschauer hin, wurde aber mit großen Ovationen empfangen. Im Präsidium saß jemand aus der Bauernjugend der Gegend von Skierniewice, die mir während des Krieges Pakete geschickt hatte. Er entdeckte mich im Saal, stand auf, bat mich ins Präsidium, und zwar mit den Wor-

ten: »Wir bitten die große Schriftstellerin Maria Dąbrowka ins Präsidium«. Ich konnte nicht aus dem Saal heraus gegen diese Darstellung der Sache diskutieren, die mich wie stets jede »publicité« vor allem entsetzte. Als ich auf die Estrade (Kinosaal) stieg, stand Mikołajczyk am Rednerpult, er begrüßte mich schrecklich lange, drückte mir die Hände, was, wie man mir später sagte, vom Saal aus bewegend gewirkt hat. [. . .] Er sprach so blaß, wie er eben nur sprechen kann. In seiner Rede passierte ihm ein interessanter Lapsus. Während er von der deutschen Okkupation sprach, rutschte ihm statt »deutscher Terror« versehentlich »sowjetischer Terror« heraus. Er korrigierte sich. Interessant war später mein kurzes Gespräch mit dem alten Korsak. Das Amüsanteste aber, daß man mir bei dieser Versammlung als »unserer Schriftstellerin« Blumen schenkte – ein Mädchen in Łowiczer Tracht. [. . .] Auf dem Heimweg hatte ich eine kleine Autokatastrophe. Die Achse brach, das ganze Rad rollte bei 80 km Geschwindigkeit etwa 150 m ins Feld. Nur durch ein Wunder stürzte der Wagen nicht um.
Zehn Tage nach meiner Rückkehr aus Łowicz fuhr ich ein zweites Mal dorthin, und jetzt nach Zduńska Dąbrowa, mit Ela, die Stach endlich hergebracht hatte. Gleich am nächsten Morgen fuhr ich zurück und hatte wieder eine Reise voller Abenteuer. Ich traf auf einen Militärlastwagen mit wichtigem Raubgut, der mich mitnahm. Nicht nur, daß er alle Augenblicke kaputt ging, so daß er bis Ożarów von halb elf bis vier unterwegs war (und 40 statt 16 Liter Benzin verbrauchte), es stellte sich hinter Ożarów auch noch heraus, daß er nicht nach Warschau, sondern nur bis Pruszków fuhr. Er bog in die Nebenstraße nach Pruszków ein und blieb endgültig stehen. Ich fragte eine vorüberkommende Frau mit fröhlich-freundlichem Gesicht, wie weit es bis zur elektrischen Vorortbahn sei. Sie antwortete, 6-7 km, doch könnte sie mir eine Abkürzung durch die Felder zeigen. [. . .] Als sie erfuhr, wer ich bin, wurde sie vor Überra-

schung fast ohnmächtig, doch war ich nicht weniger erstaunt, als sie sich mir als Irena Zarzycka vorstellte, die Autorin der »Wilden«.[3] Eine seltsame Begegnung ... Später Besuche von St. Kot[4] und Słonimski. Lange Gespräche mit Kot, zwei Abendessen in der »Polonia«. Später Besuch von Bibrowski[5] (sehr höflicher Kominform-Mann), der Mickiewicz' »Tribune des Peuples« erneuert. Interessant das alles und die Menschenkraft übersteigend. Ständig fällt mir Conrads großartiger Ausspruch ein: »Von gegensätzlichen Strömungen geschüttelt, blieb ich reglos«.

1 Stanisław Mikołajczyk (1901-1966), schon vor dem Kriege bekannter Bauern-Politiker. 1945 trat er der Provisorischen Regierung der Nationalen Einheit als Vizepremier und Landwirtschaftsminister bei. Nach seiner Flucht 1947 wohnte er in den USA.

2 1945 wurde die Polnische Bauernpartei (PSL) reaktiviert. Der Kampf zwischen dem PSL und dem sogenannnten Demokratischen Block nahm den Charakter eines Bürgerkrieges an und führte schließlich dazu, daß die wichtigsten Politiker des PSL sich durch die Flucht ins Ausland retten mußten.

3 Irena Zarzycka (geb. 1900), Schriftstellerin, Autorin zahlreicher künstlerisch minderwertiger, aber äußerst beliebter Romane; den Rekord schlug »Die Wilde« (1927).

4 Stanisław Kot (1885-1975), Kultur- und Erziehungsgeschichtler, Professor der Universität Krakau; auch Politiker, lange Zeit engster Mitarbeiter des Generals Władysław Sikorski, während des Krieges Mitglied der Londoner Exilregierung.

5 Mieczysław Bibrowski (geb. 1908), Journalist und Publizist, damals dem Kommunismus nahestehend. Die geplante Zeitschrift unter dem Mickiewicz-Titel kam nicht zustande.

4. [?] 10. 1945. Donnerstag

[...] Anna kommt früh nach Hause. Wir denken nach über die Langeweile bei der eigentlich doch spannenden Wirklichkeit; sie ist wie eine Schulstunde, die langweilt und ungeduldig macht, weil sie zu schwierig und unverständlich ist. Wir sprechen von der Hoffnungslosigkeit der Leute im Untergrund[1], und daß sie den Boden der Wirklichkeit total verloren haben. Die sozialen Thesen des »Lubliner Manifests«[2] sind nicht zu verwerfen – es geht darum, klar zu machen, warum es in der Gesellschaft Widerstand gibt. Die Ursachen liegen woanders, sie sind selbstverständlich anders in der gesamten Welt der Arbeit und anders in der Welt der Reaktion. Die Regierung unterscheidet das nicht oder will es vielmehr nicht unterscheiden. Ich weiß nicht, ob man jetzt mit der Publizistik beginnen oder ein Drama über Schiefmund (das seit über zehn Jahren in mir schlummert) schreiben oder zum Roman zurückkehren soll. Ein Meer von Arbeit, aber immer noch sinken mir die Hände herab.

1 Nach der Auflösung der Heimatarmee (AK) und der Verhaftung der Vertretung der Londoner Regierung durch die sowjetische Militärführung bestand der politische Untergrund in Polen aus zahlreichen politischen Organisationen, die sich vor der neuen Staatsmacht nicht enttarnen konnten oder wollten. Der militärische Untergrund (nur der polnische) wird je nach den Quellen auf 19 000 bis 25 000 Soldaten geschätzt. Im Laufe des Bürgerkrieges fielen in Polen ca. 30 000 Menschen. Der Sturz des PSL von Mikołajczyk Ende 1947 machte im Prinzip auch der Untergrundtätigkeit ein Ende.

2 Im Bereich der sozialen Fragen kündigte das Manifest des Polnischen Komitees der Nationalen Befreiung (PKWN) unter anderem die Durchführung einer Bodenreform (ohne Entschädigung) an, die Verstaatlichung der vom Okkupanten beraubten Fabriken (die kleinen und mittleren sollten den Eigentümern zurückgegeben werden), ein kostenloses Schulwesen und die Gleichheit aller Staatsbürger.

6. 10. 1945. Sonnabend

Jadzias Todestag, ich kann den ganzen Tag lang an nichts anderes denken als an sie.

7. 10. 1945. Sonntag

Mein Namenstag, traurig wie die Nacht, die sich über uns erstreckt.

8. 10. 1945. Montag

Brief von Wyka[1] voller Begeisterung über den ersten Akt von »Stanisław und Bogumił«.

Aus dem Tagebuch der Brüder Goncourt schreibe ich mir Gautiers Worte anläßlich des Flaubertschen Prozesses wegen der »Madame Bovary« heraus: »Pour des sommes très modiques qu'il faut que je gagne parce que sans cela je mourrai de faim, je ne dis que la moitié ou le quart de ce que je pense . . . et encore je risque à chaque phrase d'être traîné derrière les tribunaux.«[2] Die erste Idee zu dem Buch der Brüder Goncourt »L'histoire de la société française pendant la Révolution et le Directoire«[3] war »L'histoire des plaisirs sous la Terreur«.[4]

1 Kazimierz Wyka (1910-1975), Kritiker und Literaturhistoriker, Professor der Universität Krakau; damals Redakteur des Monatsblattes »Twórczość«, das M. D.s Drama publizierte.

2 (Franz.) – »Für höchst geringfügige Summen, die ich verdienen muß, da ich ohne sie Hungers sterben würde, sage ich nur die Hälfte oder ein Viertel von dem, was ich denke . . . und selbst dann droht mir bei jedem Satz, vor Gericht gezerrt zu werden.«

3 (Franz.) – »Die Geschichte der französischen Gesellschaft während der Revolution und des Direktoriums«.

4 (Franz.) – »Die Geschichte der Vergnügungen unter der Schreckensherrschaft«.

9. 10. 1945. Dienstag

Anna geht zeitig am Morgen. Um elf kam Jarosław Iwaszkiewicz mit der Nachricht, Szyfman[1] bitte um mein Stück. Ich lieh ihm bis zum Nachmittag das für Korzeniewski[2] bestimmte Exemplar. Um sechs brachte er mir »Stanisław und Bogumił« zurück, inzwischen hatte es auch Szyfman gelesen, der sehr darauf brennt, das Drama aufzuführen. Er bietet mir sofort 10 000 Vorschuß an und die Eintragung in die Mitarbeiterliste des Polnischen Theaters mit den entsprechenden Zuteilungen. Im Prinzip stimme ich zu, be-

halte mir aber das Erstaufführungsrecht für Korzeniewskis Theater vor. Iwaszkiewicz ist literarischer Leiter des Polnischen Theaters. Er erzählte mir unangenehme Einzelheiten über seine derzeitigen häuslichen Verhältnisse. Ein Teil seines Hauses in Stawisko ist belegt durch das NKWD und die polnische Armee. Beide stehlen, was ihnen nur unter die Hände kommt. Eine Intervention Borejszas bei Bierut in Sachen der Herausnahme seines Hauses aus der Wohnungsbewirtschaftung hat keinerlei Resultat erzielt, sondern im Gegenteil die niederen Militärränge in Rage versetzt, er hat sich an die höheren gewandt. [...]
Von Boguś kam ein rührender Brief. Als er am 26. September sein Radio zufällig auf Warschau einstellte, hat er meine Lesung aus »Stanisław und Bogumił« gehört. Wer hätte so etwas vermuten können!

1 Arnold Szyfman (1882-1967), gründete 1913 das Polnische Theater in Warschau und war – mit zwei Unterbrechungen – sein Direktor bis 1957.
2 Bohdan Korzeniewski (geb. 1905), Regisseur und Theaterwissenschaftler, mit der Autorin befreundet.

18. 10. 1945. Donnerstag

Nachmittags kam Ksawery Pruszyński.[1] Eine seltsame Nüchternheit überfällt mich in Gesprächen mit diesen Leuten aus London. Nein, hundertmal nein, ich bedaure nicht, daß wir im Lande geblieben sind.

1 Ksawery Pruszyński (1907-1950), Publizist und Schriftsteller. Während des Krieges kämpfte er bei der polnischen Armee im Westen und arbeitete als Diplomat der Londoner Regierung. 1945 – 50 Gesandter der Volksrepublik Polen in Holland. Starb bei einem Autounfall.

21. 10. 1945. Sonntag

Vormittags setzte ich mich an den Artikel »Über den Conradschen Treuebegriff«. Nachmittags gegen vier ging ich mit Anna und St. in die Allee. Ich wollte den Artikel über Conrad unbedingt heute beenden, machte mir also um zehn einen schwarzen Kaffee und hockte bis drei. Ich habe schrecklich gefroren.

22. 10. 1945. Montag

Morgens fragte ich Jurek, ob er wisse, daß ich fast die ganze Nacht über seinem Kopf auf der Maschine geschrieben habe. »Ich habe es von Frania gehört«, antwortete er. Frania hat es ihm erzählt. O du Schlaf der Zwölfjährigen! Trotzdem stand ich um acht auf, war aber den ganzen Morgen wenig zu gebrauchen. Anna und St. gefiel der Artikel. Anna – er sei sehr schön. St.: Ein Meisterwerk! Aber beide sagen, er kommt nicht durch.[1]

1 In ihrem berühmten, in der Zeitschrift »Warszawa« 1946 publizierten Artikel »Über den Conradschen Treuebegriff« schrieb M. D.: »Weder die Soldaten der Heimatarmee noch alle Polen, die in beispielhafter Tapferkeit ihr Leben einsetzten und starben, die zum Schluß auch noch das Los der vielgeliebten Hauptstadt in die Waagschale warfen, waren Dummköpfe, die blind solchen oder anderen Geboten folgten. Diese vielen Tausend Soldaten und Zivilisten kämpften um ein wirklich freies und wirklich demokratisches Polen.« Ihre Ansicht von der Sache der Heimatarmee und des Warschauer Aufstandes stellte M. D. im Schlußteil »Es ist vollbracht« ihres Romans »Abenteuer eines denkenden Menschen« dann noch ausführlicher dar.

27. 10. 1945. Sonnabend

[. . .] Heute nacht habe ich von zwei bis sechs nicht geschlafen. Tausend Gedanken, die mir in einer solchen schlaflosen Nacht kommen, versinken. Ich muß Bleistift und Zettel liegen haben und die Möglichkeit, jederzeit bei Nacht die Lampe einzuschalten. Der Löwenanteil meiner besten Gedanken ist bei solchem nächtlichen Wachsein entstanden.
Angenehmer Brief von Herrn Jerzy mit genauen Informationen, wie Anna fahren soll, man sehe immer mehr von

diesem Breslau. Breslau nähert sich, das Breslau meiner Kindheit.[1]

1 M. D. hat auch in ihrer Kindheit Breslau besucht. Das dortige Haus von A. und J. Kowalski wurde bald für viele Jahre ihr zweites Zuhause.

28. 10. 1945. Sonntag

Wir saßen den ganzen Tag zuhause. In einem alten »Tygodnik Ilustrowany« fand ich eine Arbeit von Roman Zmorski über die Lausitzer Sorben mit dem authentischen Text und der Melodie des Liedes »Die Sorben zogen zum Kampf mit den Deutschen« (»Serbjo so do Němcow hotowachu«); ich versuchte, das neu und mehr im Volksstil zu lesen.[1]

1 Das Lied »Serbow dobyča« (Die Siege der Sorben) ist das älteste, aus der Zeit Bolesław des Tapferen stammende Zeugnis der sorbisch-lausitzischen Kultur. Die Autorin hat es neu übersetzt und in ihrem Drama verwandt.

29. 10. 1945. Montag

Heute hatte ich ein unerwartetes Erlebnis, das aufzeigt, wie leicht man sozial positive Resultate erzielen kann. Unter unseren Fenstern befindet sich in unmittelbarer Nähe der Schule, in die Jurek geht, ein kleiner, scheußlich vernachlässigter und verlassener Friedhof. Er war von hohem Unkraut überwachsen, die Leute trampelten auf ihm herum und verwandelten ihn in einen schmutzigen Müllplatz. Ich schrieb an Jureks Klasse einen Brief mit der Aufforderung, den kleinen Friedhof in Ordnung zu bringen, und schon um vier war der kleine Friedhof hergerichtet, die Gräber hübsch angehäuft, das Ganze mit kleinen Ziegelsteinen eingefaßt. Ich fand es sehr erfreulich, daß das geschehen war. Jurek sagt, man habe dafür drei Unterrichtsstunden zur Verfügung gestellt.

31. 10. 1945. Mittwoch

Nachmittags mit Anna im Café »Kruszynka«, wo wir Wyrzykowski trafen. Dann zur Eröffnung des »Literarischen Mittwochs« in der Widok-Straße 10 (Sitz der Meeresliga). Dort las ich nur das Vorwort, Wyrzykowski aber mein ganzes Drama – angeblich sehr gut. Ich konnte es nicht beurteilen, weil ich in schrecklicher Spannung und Nervosität zuhörte, in der Pause war ich nur halb bei Bewußtsein und verstand beinahe nicht, was die verschiedenen Leute zu mir sagten, Leute, die sich an mich erinnerten, während ich sie vergessen hatte, Leute, die einen Besuch forderten, um in Sachen ihrer eigenen literarischen Tätigkeit Rat zu holen, Interessenten usw. Mit größter Mühe konzentrierte ich mich, um ihnen zu antworten und mich irgendwie gegen das Übermaß menschlichen Interesses zu wehren. Anna sagte, die Sprache meines Dramas sei wundervoll, wohl nur einmal in hundert Jahren könne jemand eine solche Sprache schreiben.[1]

1 Anspielung auf Adam Mickiewicz' Prophezeiung im sogen. Epilog zum »Pan Tadeusz«: »Fürwahr, eh' solch beredter Mund sich findet, wird's sein, daß noch ein Säkulum entschwindet«.

6. 11. 1945. Dienstag

Morgens bei Dr. Kodejszko. Von dort aus zum Radio, Maliszewski empfing mich äußerst freundlich. Er möchte einen Vortrag über Żeromski und will mein Drama für den Rundfunk herrichten. Er verspricht mir ein Radiogerät – ich soll nur eine Eingabe machen und . . . Diskretion wahren, weil sonst »alle Verbandsmitglieder eines haben wollen«. So ist man ohne eigene Schuld privilegiert. Zuhause setze ich mich gleich hin, um den Vortrag über Żeromski vorzubereiten.

Abends beim Einschlafen höre ich, daß Warschau bereits lebt . . . Bis spät in die Nacht hört man Hupen und Autos.

15. 11. 1945. Donnerstag

Ich ging ins Polnische Theater. Szyfman traf ich vor dem Eingang. Er führte mich im ganzen Gebäude herum. Es ist nach der Plünderung völlig renoviert und in dasselbe Gewand wie früher gekleidet. Alles glänzt. Als Szyfman mich in den Zuschauerraum führte, rannen mir die Tränen aus den Augen. Ich sah eine verschwundene, schöne Welt, die niemand mehr auferwecken wird. Von dort aus ging ich – zum ersten Mal – über den Napoleon-Platz. Es gibt ihn nicht mehr.

24. 11. 1945. Sonnabend

Heute wieder ein teilweise sonniger Tag. Vom Präsidium des Ministerrats kam ein Brief mit der Nachricht über die Anweisung von 10 000 Zł zum Kauf einer Schreibmaschine. Angesichts dessen ging ich sofort zur Firma Antoszewski auf der Marszałkowska-Straße, legte fast alles im Hause befindliche Geld hin und kaufte eine Maschine. Zunächst nahm ich eine »Erika«, doch weil dieses Modell ein ganz anderes Zeilensystem hat, an das ich mich nur mühsam gewöhnen könnte, und für mich viel zu schwer ist, ging ich, nachdem ich sie ausprobiert hatte, schon um halb sieben abends wieder hin und bat um eine andere. Man war sehr höflich zu mir, weil, wie sich herausstellte, die Schwiegermutter des Firmeninhabers eine Verehrerin meiner Bücher ist. Also bereiten sie mir für Montag eine ganz kleine, leichte »Hermes-Baby« vor, bei der noch das tschechische Alphabet gegen das polnische ausgetauscht werden muß. Sie ist sogar billiger.

Sehr bedrückt und nervös gemacht hat mich gestern ein Brief von Herrn Juliusz.[1] Er scheint erstens von Basias Tod nichts zu wissen und zweitens behandelt er uns alle so, wie jemand redet, der ins Ausland gegangen ist, – nämlich als Verräter, Kapitulanten und Gesindel. Mein Gott, wie wenig diese Leute dort uns hier im Lande verstehen, die großartige Haltung der Nation!

1 Juliusz Poniatowski hielt sich damals in der Emigration in London auf.

1. 12. 1945. Sonnabend

[. . .] Jurek lernt ein Aufstandslied, das ich mir aufschreiben muß.

Vor zwei Tagen wurden die Toten unter meinem Fenster exhumiert. Der kleine Friedhof verwandelte sich in ein frisch aufgelockertes, frohes, gleichsam auf die Einsaat wartendes Stückchen Grün.

Gestern wurden auf der Polna die ersten Straßenlaternen eingeschaltet, aber von gestern abend an glimmt das elektrische Licht bei uns im Hause gerade nur so.

STETTIN UND EIN BISSCHEN REFLEXION

Maria Dąbrowska stammte aus Westpolen, aus Russów im Kalischer Land, und Kalisch lag direkt an der preußischen Grenze auf der russischen Seite. Während ihrer Kindheit fuhr man zum Einkaufen oder zum Arzt nach Posen oder nach Breslau. M. D. war also an das Reisen im Westen gewöhnt und nahm die historische Rückkehr der Westgebiete zu Polen, die 1945 nach Jahrhunderten erfolgte, sehr persönlich. Zu ihren Freunden in Breslau fuhr sie mehr als häufig, sie wurde zu einer halben Breslauerin, und man behandelte sie als solche. Auch beabsichtigte sie, einen Roman über die damals so genannten Wiedergewonnenen Gebiete zu schreiben, und es ist bedauerlich, daß sie das unter dem Druck des Sozialistischen Realismus nicht getan hat.

In den Tagebüchern kommt Breslau immer wieder vor. Doch eben deshalb ist es schwierig, eine einzelne Szene auszuwählen, die charakteristisch genug wäre, ihr reiches Wissen und ihre unterschiedlichen Emotionen wiederzugeben. Aus diesem Grunde wähle ich eine andere Szene aus, die mehrtägige Reise der Schriftstellerin nach Stettin zu einer Dichterlesung, denn sie enthält die wichtigsten Beiträge zum Bild dieser Gebiete gleich nach dem Krieg.

Warschau, 16. 9. 1948. Donnerstag

Beim Gespräch über die von Julia[1] aus dem »Weitesten Weg«[2] mitgebrachten Trüffel las ich das Trüffelsoßenrezept aus dem Buch der Ćwierczakiewiczowa. Und plötzlich kristallierte sich der Einfall zu einer Erzählung heraus.[3] Diese Trüffel zog Prof. Stefan Bryła in Gródek bei Wiązowna mit Leidenschaft. Er wurde bei einer der ersten Exekutionen auf offener Straße erschossen. Jetzt wohnt Józef Targowski in Gródek, wo Julia als Haushälterin diente, als sie noch Großgrundbesitzer waren, und wo sie bis heute lebt, während jene fast arme Leute sind. Trüffel zieht dort niemand mehr. Aber sie vermehren sich von selbst.

1 Julia Iwańska hatte noch auf dem Gutshof in Russów gearbeitet, sie kommt in zahlreichen Werken M. D.s vor; eine Zeitlang war sie bei ihr Haushälterin. Bis zu ihrem Lebensende unterhielten sie freundschaftliche Beziehungen.
2 »Der weiteste Weg« – Erzählung von M. D. aus dem Jahr 1925, deutsch zuerst in dem fälschlicherweise als Roman bezeichneten Erzählungszyklus »Die Landlosen«, Berlin 1937.
3 Gemeint ist die Erzählung »Eine dumme Geschichte« (ursprünglicher Titel: »Trüffel«), die in die »Abenteuer eines denkenden Menschen« einging.

19. 9. 1948. Sonntag

In Palästina ist der Vermittler Bernadotte ermordet worden.[1] Es ist sogar in der Geschichte ein außergewöhnlicher Fall, daß ein Botschafter und Vermittler meuchelmörderisch umgebracht wird. Was war das für ein Rauschen im Blätterwald wegen des Attentats auf Togliatti. Und jetzt nichts, als ginge es um eine Sardine.
Anna hat den Abend bei Kuryluks verbracht. Heute fuhren wir beide zur Eröffnung eines Hauses der Arbeit für Schriftsteller nach Obory. Das hübsche kleine Palais aus dem 17. Jahrhundert hat Sobieski[2] für seine Schwägerin Wielopolska erbauen lassen, um sie vom Hals zu haben, weil er sie nicht mochte. Überall an den Türen das Wappen der Wielopolskis, das »Alte Pferd«. Später gehörte das Palais den Potulickis.
Fröhliche Stimmung, als gäbe es einen Grund zur Freude. Ein seltsames Gemisch von Leuten. Belegte Brötchen, Wodka, schwarzer Kaffee, Torte. Auf dem Rückweg setzte uns der Autobus an der Polna-Straße ab. Kornackis und

Maria Kownacka kamen mit uns. Ich bewirtete sie mit »Trauben«-Champagner aus Grünberg, der wie Cidre schmeckte.

1 Graf Folke Bernadotte (1895-1948), Mitarbeiter des schwedischen Roten Kreuzes; Vermittler bei der Kapitulation Deutschlands und in den Streitigkeiten zwischen Israelis und Arabern 1948, ermordet durch einen israelischen Nationalisten in Jerusalem.

2 Jan III. Sobieski (1629-1696), König von Polen, berühmt geworden durch die Abwehr türkischer Angriffe, besonders durch den Entsatz von Wien 1683. Er hinterließ großartige »Briefe an die Königin«.

Stettin, 25. 9. 1948. Sonnabend

Freitag um 9.10 Uhr fuhr ich mit dem Schlafwagen nach Stettin. Dieser Zug führt einige Wagen, die bis zur Odermündung, auf die Fähre und nach Stockholm gehen. Überhaupt ist der ganze Zug sehr anständig und elegant – alle Wagen beleuchtet. Aber die Strecke ist langweilig. In Posen hielten wir fast eine Stunde, um auf den tschechischen Zug zu warten, der an unseren angehängt wird und sich angeblich immer verspätet. Denn Stettin ist ein polnisch-tschechisch-russischer Hafen. Mit 40 Minuten Verspätung trafen wir um 10.10 Uhr ein. Gegen halb acht zog ich mich an und betrachtete die Landschaft. Mich entsetzten die riesigen, brachliegenden Flächen, die es angeblich nicht mehr gibt. Man fährt fast die ganze Zeit durch Steppe oder ein Gelände, das von Schilf und Kalmus überwachsen ist. Es sind weiträumige Gebiete, offenbar früher deutsche Latifundien. Genau dort ist die Stelle, wo die landwirtschaftlichen Experimentatoren und Kolchos-Enthusiasten ihre legendären Traktoren loslassen und versuchsweise landwirtschaftliche Genossenschaften errichten könnten, statt die Bauern zu beunruhigen und das Leben der Höfe zu desorganisieren, die Polen ernähren und leidlich funktionieren. Es ist ein Verbrechen, im ohnehin schon zerstörten Polen irgendeine

Lebensform nur deshalb zu zerstören, weil sie nicht in die engen Rahmen der Doktrin paßt.
Sehr schön ist der Anblick der breiten Oder, die in mehreren Armen dahinfließt und malerische Inseln bildet. Von fern sieht man am nördlichen Horizont im Dunst die Hafenkräne. Vor uns die malerisch gelegene Stadt auf leicht welligem Grund. Am Bahnhof wartete Herr Chmielewski vom »Czytelnik«. Wir fuhren mit dem Auto auf der Śląska-Straße zur Pension »Wielkopolanka«. Denn in Stettin wohnt man nicht in Hotels, sondern in Pensionen, eine Hinterlassenschaft der Deutschen und überhaupt des westlichen Typs von »pensions« und »boarding-houses«. [. . .]
Gegen sechs kamen statt des erwarteten Herrn Chmielewski zwei Journalisten, einer vom »Kurier Szczeciński«, der andere vom »Głos Ludu«.[1] Mit großer Höflichkeit wollten sie mich zu einem Interview verleiten, was ich kategorisch ablehnte. Sie luden mich für Mittwoch um fünf zu einem »schwarzen Kaffee« in den Journalisten- und Künstler-Club »13 Musen« (?)[2] ein. Dann brachten sie mich in das Lyzeum für Erwachsene, in dem ich meine Erzählung vorlesen sollte (»An einem schönen Sommermorgen«). Das Lyzeum hat eine Lautsprecheranlage. Die Direktorin gab in meiner Gegenwart durch das Mikrophon den Befehl, sich für die Lesung zu versammeln, mehr oder weniger in folgendem Stil: »Die und die Klassen haben sich sofort aufzustellen und in die Aula zu gehen. Die und die Klassen folgen zwei Minuten später« usw. Der Lautsprecher wiederholt den Befehl in jeder Klasse. Mehr oder weniger so, wie man auf den Bahnhöfen Ankunft und Abfahrt der Züge bekanntgibt. Amüsant.
Die Aula des Lyzeums war dementsprechend gedrängt voll. Sie hörten gut zu. Nach der Lesung ein kleiner Versuch zum Gespräch, ziemlich mißlungen. Ein junger Skeptiker fragte mich, was für ein Ziel eigentlich die Darstellung der Ereignisse und der Menschen habe, die in meiner Erzäh-

lung »An einem schönen Sommermorgen« beschrieben würden. Ich weiß nicht, ob er den Engländer meinte. Die Leute reden jetzt miteinander wie im Nebel, es fällt sehr schwer zu ahnen, was sich hinter den Worten verbirgt, die jemand sagt. Gegen Ende der Lesung erschienen Andrzejewski[3] und seine Frau. Dann nahmen die Journalisten und Andrzejewskis mich mit in den »Club der 13 Musen«, der mit Bildern im Stil eines schlechten Picasso geschmückt ist. Ich hatte den Eindruck, als wäre es ein PPR-Club und die Intelligenz von Stettin sehr PPR-hörig.[4]

1 Die Zeitungen »Stettiner Kurier« und »Volksstimme«.

2 »Club der 13 Musen« (die rätselhafte Vermehrung der Musen wird der Phantasie des damals in Stettin lebenden berühmten Dichters K. I. Gałczyński zugeschrieben), ein verschiedene Milieus integrierender Club, bis heute tätig.

3 Jerzy Andrzejewski (1909-1983), Prosaautor, lebte damals mit seiner Familie in Stettin und war Vorsitzender der dortigen Abteilung des Schriftstellerverbandes.

4 PPR – »Polska Partia Robotnicza« (Polnische Arbeiterpartei), die damals regierende kommunistische Partei.

26. 9. 1948. Sonntag

Der Morgen war still, bewölkt, fast warm, doch schon sehr herbstlich, ein leichter Wind bewirkte, daß ich in meinem Kostüm fror. [. . .]

Czekanowski[1] wohnt in riesengroßen, grauen, für Arbeiter- oder Beamtenwohnungen errichteten, sehr häßlichen Blocks. Er hat »bei einer Familie« ein Zimmerchen wie eine Schüler- oder Studentenbude, sehr sauber und bescheiden. Ich traf ihn in Hausjacke über einem Buch. Der Block, der 600 Wohnungen umfaßt, hat eine bislang nicht reparierte Zentralheizung, während alle Installationen in den Wohnungen funktionieren. Mit Czekanowski sprach ich über die von der Bahn aus gesehenen Brachflächen. Er sagte, offiziell seien es 215 000 Hektar, in Wirklichkeit aber erheblich mehr, denn die Statistik berücksichtige nur die bisher nicht übernommenen Grundstücke, während es auch in den übernommenen Höfen Brachen gibt, von den Bauern aus Mangel an Saatgut und Gespann nicht bestellt. Außerdem befürchtete er, im kommenden Jahr könnten sich die Brachen noch vergrößern. Denn die Siedler, entsetzt über die Ankündigung von Kolchosen und über den Kampf gegen die Bauern, hörten auf zu säen und zu pflügen, sie verkauften Getreide und Kartoffeln, ja sogar alles Hab und Gut und flöhen aus Pommern. (Gestern sagte jener PPR-Journalist, als die Rede auf die Brachen kam: »Nach dem letzten Aktiv gab es auf dem Lande ein wenig Durcheinander, aber wir haben das in den Griff gekriegt«.) A propos Brachen – niemand hat offenbar daran gedacht, vor der Blüte des Unkrauts eine Mähmaschine darüber laufen zu lassen, damit sich das Unkraut wenigstens nicht aussamt. So dehnt sich die Steppe auch auf die bestellten Felder aus. Die kleinen Rüben- und Kartoffelfelder sind so verunkrautet, wie ich das in meinem ganzen Leben noch nie gesehen habe.

Nach dem kurzen Besuch bei Czekan fuhr ich zum Essen zu den Rettingers und Frau Klara. Dr. Rettinger sieht jetzt Miecio sehr ähnlich, nur daß er schöner ist als dieser und von zarterer Anmut. Das Essen war exquisit, sowohl dem Geschmack nach als auch hinsichtlich der Eleganz, mit der es serviert wurde. Ein erlesener Kirsch- und Pommeranzengeist, begleitet von zarten Vorspeisen erster Qualität (u. a. ein vortrefflicher, scharfer, einheimischer Käse). Ebensogut war die Tomatensuppe mit französischen Klößen und das geschmorte Kalbfleisch mit Pilzen. Der Krem aus Eierschaum und Gelatine stand nicht auf demselben Niveau, war aber sorgfältig gemacht. Ich glaube, ich habe bei diesem Besuch zuviel geredet und zuwenig nach den örtlichen Verhältnissen gefragt. Die Pflegerin, die Dr. Rettingers kranke Mutter betreut, war gestern bei meiner Autoren-

Matinée. Gefragt, was ich gelesen hätte, antwortete sie: »Einen Auszug aus ›Nächte und Tage‹.« Voilà!
Um halb sechs verließen Frau Klara und ich die Wohnung, um in das benachbarte Kino »Bałtyk« zu gehen. Aber alle Plätze waren ausverkauft, darum fuhren wir in die Stadt und gingen ins Café »Symfonia«, wo wir sehr guten Tee tranken und fast bis acht plauderten. Frau Klara erzählte mir vom Aufstand, an dem sie als Oberleutnant der Heimatarmee teilgenommen hat. Sie hat mir mit diesem Bericht sehr imponiert.

1 Stanisław Czekanowski (1868-1963), Agrarwissenschaftler, in den Jahren zwischen den Kriegen bekannter Organisator der polnischen Landwirtschaft, seit langem mit den Westgebieten vertraut und für sie engagiert. Freund des Hauses, auch Czekan genannt. Arbeitete trotz fortgeschrittenen Alters weiter im Landwirtschaftsamt in Stettin.

27. 9. 1948. Montag

Herr Chmielewski kam Viertel nach zwölf mit einem Lastwagen, weil das Auto eine Panne hatte. Ich war ärgerlich, Unpünktlichkeit und Warten kann ich nicht leiden. Die Direktorin des Gymnasiums und ihre (grauhaarige) Kollegin entpuppten sich als Bekannte von Stasia Blumenfeld und hatten mich, was mir entfallen war, bei ihr kennengelernt. Der Saal war vollgedrängt mit Mädchen. Sie hörten gut zu. Dann stellte mir eines von ihnen die Frage, ob der Engländer nicht »zu edel« (?) dargestellt sei. Ein zweites, ob Frau Świacka denn in sich kein tieferes Gefühl für Herrn Tomyski gefunden habe. Ein drittes, ob ich schon in meiner Kindheit Lust zum Schreiben gehabt hätte. Auf meine Fragen nach ihrer Lektüre gaben viele ihrer Begeisterung für Morcinek und Dobraczyński Ausdruck, eine für Prus. Die Mehrzahl stellte Sienkiewicz an die Spitze. Ein Mädchen sprach sich für Andrzejewskis »Asche und Diamant«

aus. Als ich fragte, was ihr an diesem Roman gefallen habe, sagte sie: »Das ist so objektiv«.
Unangenehm ist nur, ständig darauf zu achten, daß man nichts Überflüssiges sagt.
Nach dem Mittagessen in der »Altstadt« fuhren wir um halb fünf nach Greifenhagen. Ein entsetzlicher, wenn auch landschaftlich malerischer Weg. Vier provisorische Brücken, Umrisse von Kränen, Schiffswracks, auf den Feldern verrostete Panzerrudel, tote Siedlungen, Ruinen, Leere – daß es einen kalt überläuft. In Greifenhagen erzählt Direktor Kański von seinen »Pionierzeiten«, als sie hier in die Ödnis kamen. Wie sie, kaum sahen sie in der Ferne einen Menschen, auf ihn zuliefen und ihn fragten, woher er komme. [. . .]
Wie immer ist der Saal sehr voll und hört gut zu. In der ersten Reihe saß ein Offizier mit dunkelblauem Rand an der Mütze. Ich dachte, es sei das Sicherheitsamt, doch stellte sich heraus, daß es sich um den Milizkommandanten handelte. In dieser Stadt der Flüchtlinge herrschte eine große Vertrautheit aller mit allen. Als nach der Lesung Tee und belegte Brötchen gereicht wurden, befand sich im Kreis der Lehrer, die mich begrüßten, auch der Milizkommandant. Völlig primitiv und schlicht, vielleicht auch ehrlich, er stammt aus Radom. Und der Pfarrer aus Kałusz ist mit seiner ganzen Gemeinde hierhergezogen.
Gemäß den Informationen von Dir. Kański hat sich die Bevölkerung von Greifenhagen in letzter Zeit verringert. Es waren schon an die viertausend, jetzt sind es knapp drei. Im gesamten Kreis gibt es 20 000 Einwohner, während es zu deutscher Zeit 60 000 waren. In dem Greifenhagener Saal, in dem ich meine Lesung hielt, gab es viele Mücken, die mich schrecklich stachen.

28. 9. 1948. Dienstag

Man kann sich kaum schöneres Wetter vorstellen als das helle Licht über Stettin. Ein wolkenloser Himmel, Stille,

nach der Kälte haben die Blätter alle Farben angenommen. Morgens fuhr ich mit der Sieben zum Chrobry-Wall. Es war wundervoll. Auf der Oder Schiffe, meistens kleine tschechische Yachten, denn dieser Hafenteil dient der Passagierschiffahrt. Der Chrobry-Wall, der Żeromski-Park – sehr schön. Die Wojewodschaft, auch wenn die Gebäude ihrem Charakter nach sehr deutsch sind, majestätisch, und weil alles hoch über dem Ufer gelegen ist, sehr effektvoll. Das ehemalige Schloß der Herzöge von Pommern ist abgebrannt, imponiert aber immer noch durch seine Größe.
[. . .]
Auf dem Żołnierza-Platz stieg ich in die Drei und fuhr zum Rand des Arkoński-Wäldchens. An der letzten Haltestelle ließ ich mich auf ein Gespräch mit der jungen Schaffnerin ein. Sie kommt aus der Gegend von Krakau und wohnt mit ihrem Mann hier. »Ach«, sagte sie, »wie die Menschen« (das heißt die Deutschen) »hier gelebt haben! Wie die sich eingerichtet hatten! Jeder hatte rund um das Haus seinen Garten mit Blumen und Obst . . . Und wenn er in der Stadt wohnte, hatte er vor der Stadt seinen Schrebergarten. Ach, ich bitte Sie, das war ein Leben wie im Paradies!«
Um zwölf kehrte ich heim, nachdem ich mir zuvor einen Stadtplan und einen Führer durch Stettin gekauft hatte. Um halb eins kam der Chauffeur vom »Czytelnik«, um mich zum Essen bei Andrzejewskis zu bringen. Unterwegs zeigte er mir voller Begeisterung verschiedene Stellen und rief: »Hier ist es wundervoll! Ach, hier ist es wundervoll. – Und erst im Mai! Wenn Sie wüßten, wie schön es dann hier ist! Es gibt Bäume – Moment mal, Bäume, die dort! Die blühen alle! Und wie die blühen! Ich hab' vergessen, wie sie heißen. Ach so, Magnolien!«
»Sind Sie ein Stettiner Lokalpatriot?« fragte ich.
»Klar! Ich fahre nie mehr weg von Stettin! Sogar . . . sogar, wenn man müßte.«

Zum ersten Mal begegnete ich bei einfachen Leuten einer solchen Begeisterung über die wiedergewonnenen Gebiete.

29. 9. 1948. Mittwoch

Um halb sechs öffnete ich das Fenster. Es war sehr warm und still, ein dichter Regen fiel. Ein Wetter, wie es für die Meeresnähe eigentümlich ist. Das Herbstwetter in Brüssel fiel mir ein mit seinem Duft und seinem Kolorit. [. . .] Es wurde sehr schön, Czekan und ich fuhren mit der Fünf und der Sechs in eine abgelegene Gegend des Hafens, wo ich noch nicht gewesen war. Obgleich das immer noch Stettin ist, hat diese ferne Vorstadt (Golęcin, glaube ich) einen ganz anderen Charakter, den eines kleinen Küstenstädtchens. Am Ufer steht dort ein neues, sehr hübsches Haus mit schwedischer Inschrift, und ich sah, wie sich durch den flußengen Kanal (oder einen Oderarm) ein übergroßes Hochseeschiff mit schwedischer Flagge darauf zuschob. Das Oderufer ist an dieser Stelle hügelig, und die Hügel sind mit Buchenwald bewachsen. [. . .]

Um vier kam Chmielewski und brachte mir mehrere Exemplare von einigen meiner Bücher, ich sollte den Besitzern Widmungen hineinschreiben. Darunter war auch ein Exemplar von »Stanisław und Bogumił«. Dann kam Frau Klara, und schließlich erschien auch Szydłowski[1] mit dem zweiten Journalisten vom »Kurier Szczeciński«. Das Gespräch verlief im Tonfall scherzhafter Ausreden. Mit dem Auto fuhren wir in das Lokal »13 Musen« [. . .]. Weiter hinten saßen Andrzejewskis mit einem Herrn von kräftiger Gestalt, der sich wie Matejkos »Maciej Borkowic« herausgeputzt hatte, mit schwarzem, herabhängendem Schnurrbart und im Ganzen schwarz wie ein Käfer, dabei recht sympathisch. Ich erkundigte mich nach ihm und erfuhr, es sei der Wojewode Leonard Borkowicz[2]! Er ist Wojewode seit der Übernahme von Stettin. Ein Jude und Kommunist aus den Vorkriegsjahren – anscheinend hat er

es verstanden, die Sympathie der Bevölkerung zu gewinnen.
Unter diesen Umständen gezwungen zu improvisieren, entdeckte ich zu meiner größten Verwunderung in mir das Talent, eine »causerie littéraire« ganz geschickt zu führen. Die einstündige Plauderei mit einem Auditorium, das allerdings aus höchstens 40 bis 50 Personen bestand, hat – so schien es – niemanden gelangweilt oder gänzlich enttäuscht.
So hat sich der »Aufdringling« und »Erpresser« (wie er sich selbst nannte), der PPR-Mann Szydłowski, als kreativer Inszenator erwiesen, unendlich kreativer als jener Schwachkopf vom »Czytelnik«. Dieser Mißbrauch hat mich dazu getrieben, ganz neue Formen von literarischen Abenden zu finden. Der erste Versuch war noch gerade gelungen, die weiteren konnten sich als ganz gut erweisen. Möglich ist das nur bei einem kleinen Publikum (wie ich es selten vorfinde), doch plane ich, ein kleines Publikum anzustreben und diese Art von »Auftritten« fortzusetzen.
Als wir um halb sieben das Lokal verließen, war der bestellte Fahrer noch nicht da. Daraufhin erbot sich der Wojewode, mich mit seinem Wagen in meine Pension zu bringen. Er hat ein recht bescheidenes Auto, die luxuriösen »Demokraten« sind nicht bis hierher gelangt; er setzte sich einfach ans Steuer und fuhr uns, Szydłowski und mich, selber heim. Ich muß schon sagen, diese Schlichtheit der neuen Verkörperung des Maciej Borkowic hat mich sehr für ihn eingenommen. [. . .] Seltsam – dieser Jude und Kommunist ist der erste polnische Wojewode von Stettin nach irgendeinem Wojsław oder Skarbimir unter Bolesław Schiefmund.

1 Stanisław Szydłowski (geb. 1915), Journalist, damals stellv. Chefredakteur des »Głos Szczeciński« (Stettiner Stimme). Wanderte nach Israel aus.

2 Leonard Borkowicz (geb. 1912), schon vor dem Kriege kommunistischer Politiker; im Kriege Kommandeur des 1. Infanterie-Regiments »Tadeusz Kościuszko«; 1945-1949 Wojewode von Stettin, kümmerte sich besonders um die Kultur.

3 Bolesław III. Schiefmund (1085-1138), König von Polen, unterwarf das Danziger Pommerellen, war Oberherr des Stettiner Pommerns, wo eine örtliche Dynastie herrschte, und organisierte dort die Mission.

Warschau, 15. 10. 1948. Freitag

Es geht nicht darum, jung, sondern lebendig zu sein.

17. 10. 1948. Sonntag

[. . .] Was ist diese »dritte Kraft«, gegen die die Kommunisten jetzt dermaßen wüten (indem sie sie mit einem geheimnisvollen Existenzialismus gleichsetzen)? Wenn man im politischen Denken den zur »dritten Kraft« rechnet, der um nichts in der Welt zu Finsternis, Frömmelei und Nationaldemokratismus zurückkehren will, aber auch die Methoden der Lüge, des entgegengesetzten Fanatismus und den Versuch, den Menschen zu brechen, statt ihn umzugestalten, nicht akzeptieren kann – dann müßten die Kommunisten dieser »dritten Kraft« die volle Freiheit geben, sich zu artikulieren. Das würde sowohl die Demokratie als auch den Sozialismus nur stärken. Selbst wenn es von ihrem Standpunkt aus eine Häresie wäre – Häresien bestärken bekanntlich sehr die in einer Epoche herrschende Religion (allerdings nur die verfolgten Häresien; wie es scheint, ist eine gewisse Dosis Verfolgung unerläßlich). Bei diesem Thema fallen mir die Zeiten der alten Piasten ein und der Untergang der Westslawen. Sie wollten das Christentum nicht annehmen, denn das war für sie gleichbedeutend mit dem Verlust ihrer Freiheit zugunsten der Herrschaft der Deutschen. Doch sogar ungläubige Menschen halten das Christentum für eine fortschrittliche Idee. Hätten sich Mieszko und die Bolesławs nicht ungewollt mit den Deutschen gegen die Wilzen, Obotriten, Pomoranen verbündet, hätten sie bei der Eroberung dieser Gebiete (Stettin) ihnen nicht nur erlaubt, Heiden zu bleiben, sondern hätten den Arkona-Kult geduldet, wären diese Länder bestimmt nicht germanisiert worden (ein historisches Paradox); doch das Christentum hätten sie sowieso angenommen. Diesen Gedanken im Drama über Bolesław Schiefmund ausführen![1]

1 Das Drama über Bolesław Schiefmund »Der kluge und der dumme Bruder« kam über das Stadium von Skizzen nicht hinaus. Vermutlich verlor die Schriftstellerin die Lust daran, weil ihre früheren Dramen nicht aufgeführt wurden.

»LOKOMOTIVE« ODER DER ANTI-PRODUKTIONSROMAN

Maria Dąbrowska war gegen den sozialistischen Realismus (das literarische Programm, das Polen in den Jahren des Stalinismus im Verwaltungswege aufgezwungen wurde), aber als im Zusammenhang damit die Schriftsteller zu Studien »vor Ort« gerufen wurden, meldete sie sich freiwillig. Man teilte sie den »Betrieben für die Produktion von Industrieeinrichtungen« zu, der früheren »Lokomotive« in Warschau, Kolejowa-Straße, an der Rückseite des provisorischen Warschauer Hauptbahnhofs der Vorkriegszeit. Über die »Lokomotive« entstand kein literarisches Werk – außer diesen Notizen, die meilenweit entfernt sind von der zu jener Zeit verbindlichen Poetik des »Produktionsromans«. Diese kümmerliche und rückständige Fabrik wurde allerdings nach 1954 unter Namensänderung als »Warschauer Betriebe für den Bau von Industrieeinrichtungen ›L. Waryński‹«, zum Gelände und zur Ausgangsbasis eines Kombinats von großem Zuschnitt und gutem Ruf. Die folgenden Notizen wurden also schneller, als die Schriftstellerin das voraussehen konnte, zu Blättern aus der Geschichte der modernen Industrie und der Arbeiterklasse.

Warschau, 17. 4. 1950. Montag

Heute morgen ging ich zum ersten Mal in die Fabrik, deren Leben ich im Laufe von 3 Monaten kennenlernen soll. Es sind die »Betriebe für die Produktion von Industrieeinrichtungen«, die frühere »Lokomotive«[1], ein separiertes Unternehmen. Was »separiert« bedeutet, verstehe ich trotz empfangener Erläuterungen im Grunde immer noch nicht.[2] Auf jeden Fall ist die Fabrik eine Zentrale, der drei »Filialen«

direkt unterstellt sind, Betriebe in Lodz, Ostrówek und Warschau. Sie machen hauptsächlich Reparaturen kleiner Lokomobilen (für Dreschmaschinen) und Kessel. Daneben werden neue Kessel für große Lokomotiven hergestellt, Petroleumbehälter usw. Die Fabrik steht auf der Kolejowa-Straße in einer dunklen und häßlichen, aus Ruinen, Mauern und himmelhohen Halden von Eisenschrott bestehenden Umgebung.
Im Pförtnerraum, einem nackten, unschönen Zimmer, saß ein recht beleibter Mann an seinem Tischchen und verteilte an die Besucher Passierscheine. Sein Anzug war ziemlich abgewetzt, er sah krank aus, wie jemand, dem die Beine anschwellen. Er betrachtete meinen Passierschein vom Industrie-Ministerium, gab mir einen lokalen, behielt meinen Ausweis vom Schriftstellerverband, fragte: zu wem?, und als ich antwortete: zur Direktion, und nach dem Weg fragte, rief er einen durch den Pförtnerraum gehenden Mann in Motorradmütze und blaugrünem Jackett herbei. Dieser führte mich über eine Art von engem Hof und durch eine Halle, deren Bestimmung ich vorläufig nicht erkennen konnte. [. . .]
Vom Betriebsrat war niemand da. An einem Tisch saß ein schlanker, blonder Jüngling in militärischer Khakijacke. Über ihm hing ein großes Stalinbild mit gedrucktem Namenszug in russischer Schrift. Nach einer Weile kam ein grauhaariger, älterer Herr mit schrecklich grellen hellblauen Augen, trockenem, sehnigem Gesicht und energischen Bewegungen. Sehr polnisch, leicht erzürnt, leicht erheitert, sehr höflich. Sogleich erschien auch ein verrußter Arbeiter in blauer Schürze; er kam in irgendeiner persönlichen Angelegenheit. Der Grauhaarige mit den blauen Augen (wie sich herausstellte, der Vorsitzende des Betriebsrates[3]) stempelte ihm seinen Ausweis und besprach mit ihm eine Angelegenheit, die ich nicht verstand, über eine Krankschreibung, ein ärztliches Attest oder etwas dieser

Art. [. . .] Er zeigte sich recht gesprächig und beantwortete meine Fragen gern und über die Maßen offenherzig. »Ich bin«, sagte er, »Eisenbahner, aber mein ganzes Leben lang war ich sozial engagiert. Jetzt bin ich Rentner, aber weil ich noch genug Kraft habe und gesund bin, möchte ich weiter arbeiten und nützlich sein. In dieser Fabrik bin ich erst seit sechs Monaten, werde aber nicht lange bleiben, weil ich nicht dort sein möchte, wo ich nicht nützlich sein kann.« – »Und warum meinen Sie, Sie könnten hier nicht nützlich sein?« – »Dazu tragen verschiedene Umstände bei, darüber müßte man ausführlich reden.« Hier wurde das Gespräch durch das Eintreten Wójcickis, des Sekretärs des Betriebsrates[4], unterbrochen. In grünem Anzug, gelbhaarig und gelb im Gesicht, dem Typ nach ein Schalk; lächelnd und freundschaftlich nahm er mich beiseite und begann an dem Tisch unter dem Fenster, nachdem er mich einem mittlerweile eingetroffenen großen, grauen Mann mit bedrücktem Gesichtsausdruck namens Kostrzewa vorgestellt hatte, ein erstes Gespräch mit mir. Die Fabrik, ursprünglich privat, ging später mit dem Namen »Lokomotive« in die Aktiengesellschaft »Ostrowiecker Betriebe« ein. Die Deutschen zerstörten sie während des Aufstandes. Sie transportierten die meisten Maschinen ab, verwüsteten die Hallen und sprengten sie in die Luft. Die in ihrer Reichweite befindlichen Arbeiter schafften sie fort. Nach der Vertreibung der Deutschen strömten die Arbeiter schon im Februar 1945 in ihre Fabrik zurück. Das damalige BOS (Büro für den Wiederaufbau der Hauptstadt) wollte sie nicht wieder errichten. Auf dem Gelände sollte ein Park entstehen. Aber Arbeiter fühlten sich mit ihrem Arbeitsplatz verbunden. Durch ihren unbeugsamen Willen, die Fabrik wieder aufzubauen, zwangen sie das BOS, seinen Entschluß zu ändern. Sie machten sich an die Wiederherstellung der notwendigsten Hallen. Nach und nach trafen die nach Deutschland Verschickten wieder ein. Drei Monate nach

Vertreibung der Deutschen aus Warschau begann die Fabrik langsam wieder zu funktionieren. 50% der Arbeiter wohnen außerhalb von Warschau, viele von ihnen sind Kleinbauern aus der Umgebung, manche kommen von weither, sogar aus Brest am Bug, unmittelbar an der sowjetischen Grenze. Sie übernachten in Diensträumen, Wach- und Pförtnerzimmer, fahren nur einmal die Woche, manche nur alle zwei Wochen heim, um frische Wäsche zu holen, die Familie zu sehen usw. Die Fabrik begann ihre Tätigkeit nach dem Krieg mit Reparaturen, und obgleich sie für die Zukunft große Pläne hat, ist ein großer Teil ihrer Arbeit doch das Reparieren von Kesseln für Lokomotiven und ländliche Lokomobile (für Dreschmaschinen). Laut Wójcicki wurde gerade jetzt die Annahme von Reparaturen beendet, man geht auf eigene Produktion über. In Kürze soll das Fließbandproduktion sein, vorläufig läuft sie noch mit altmodischen Methoden.
Wir gingen uns die Fabrik anschauen [. . .]. Ich sah nur einen kleinen mechanischen Hammer in Aktion, der in die Wand eines länglichen Würfels eine Art Stufen schlug. Dort gab es auch einige gewöhnliche Feuerstellen wie in einer Dorfschmiede. Am Boden standen von Hand oder mechanisch geschmiedete dicke Eisenringe von etwa 30 cm Höhe mit kleinem Licht und sehr dickem Ring. Manche kamen frisch vom Amboß und waren noch rot. Darauf stellten die Schmiede-Arbeiter ihre Töpfchen und machten sich das Essen warm. Wir gingen dann weiter in die Halle, wo die Kessel genietet wurden. Dort herrscht ein vibrierendes, geradezu höllisches Kreischen und Tosen. Hier und da leuchten die blendenden Feuer der Schweißer. Beim Nieten kommt es vor, daß die Kesselschmiede im Kessel liegen und die Nieten festhalten, das giftige Kreischen, Dröhnen und Quietschen des Metalls übersteigt das, was ein Mensch aushalten kann. Jeder Kesselschmied wird nach zehn, fünfzehn Jahren dieser Arbeit invalide, mindestens taub. Spre-

chen kann man nur, indem man sich gegenseitig ins Ohr schreit, und auch das hört man kaum durch den Nebel der wildgewordenen Laute. Als wir hinausgingen, begegnete uns ein beleibter Arbeiter mit dickem Gesicht und verschwollenen Augen. Die Beleibtheit der Veteranen hier ist nicht ein Kennzeichen ihres Wohlstandes, sondern der mangelnden Leistungsfähigkeit des Organismus nach den Jahren der Schinderei. [. . .]

Von dort aus gingen wir zum Gemeinschaftsraum, der ärmlich ist, aber sauber und anständig gehalten. Hier ist die Bibliothek untergebracht, die von einer sehr jungen, sehr hübschen Bibliothekarin bedient wird. Wójcicki machte mich mit ihr bekannt, er sagte, ich sei Schriftstellerin usw. Ich nannte meinen Namen und fragte, ob sie je von mir gehört habe. Nein, das hatte sie nicht. »Aber vielleicht haben Sie von dem Roman »Nächte und Tage« gehört.« Sie wurde munter: »›Nächte und Tage‹ sind in unserer Bibliothek.« Ich winkte ab, wir gingen in die Kantine. Sie besteht aus zwei Räumen. Im kleineren ist das Büfett, im größeren, ein paar Stufen höher gelegen, stehen nur lange Tische, Bänke und Hocker. Man lud mich zum Essen in den »oberen« Raum. Das Mittagsbrot war reichhaltig und gut. Es gab sogar mehrere Gerichte zur Auswahl. [. . .]

Allgemeiner Eindruck: Die Fabrik ist veraltet, primitiv und arm. Die Produktion erfolgt mit denselben Methoden wie vor 80 Jahren. Alle Arbeiter sind sympathisch, sie haben interessante, ausdrucksvolle Gesichter. Meist sind sie bedrückt, verärgert und traurig, keine Spur von Freude oder von dem so oft beschriebenen Enthusiasmus. Auf ihre existenziellen Probleme geht man kaum ein. Während unseres Rundgangs verließen einige von ihnen den Arbeitsplatz, liefen hinter Wójcicki her und sprachen ihn in irgendwelchen persönlichen Dingen an. Er antwortete höflich, die Jüngeren duzte er. Viele Leute trieben sich herum, die

Arbeit machte nicht den Eindruck eines flüssigen Ablaufs, sondern einer ungeschickten Vortäuschung. Man spürt mehr ein »Schneckentempo«.

1 Auf dem Gelände des Kombinats »Waryński« entstand 1833 eine Manufaktur, die Brennereikessel herstellte. Später wechselte die Fabrik mehrfach den Besitzer und das Produktionsprofil. Sie hat eine bewegte Geschichte hinter sich: Jahre des Niedergangs, Krisen, Evakuierungen, aber ihre Produkte errangen immer wieder, sowohl zur Zarenzeit als auch zwischen den Kriegen und im Polen von heute, hohe Anerkennung, ebenso im Export. Die Arbeiter der Belegschaft wurden berühmt durch ihre Aktivitäten während des Aufstands von 1863, der Revolution von 1905, der Klassenkämpfe im freien Polen (aus dieser Zeit stammt der Name: »Rote Lokomotive«) und des Widerstands im letzten Krieg. Während der Okkupation brachten die Deutschen den Betrieb in Gang und gliederten ihn den Hermann-Göring-Werken an; gegen Kriegsende transportierten sie den Maschinenpark ab, die Gebäude wurden im Warschauer Aufstand von 1944 zu 75% zerstört. Entgegen den städtischen Plänen bauten die Arbeiter den Betrieb an der alten Stelle wieder auf und stellten sich auf die Produktion von Heizkesseln, Turmkränen, Förderbändern, Lokomotiven sowie auf Reparaturarbeiten um. Zu der Zeit, da die Schriftstellerin ihre Fabrikerfahrungen machte, arbeiteten in dem Warschauer Betrieb 800 Leute, die zum Teil auch die Filialen bedienten.

2 Separiertes, selbständiges Unternehmen, das unmittelbar dem Industrie-Ministerium untersteht.

3 Zygmunt Antczak (geb. 1891), Eisenbahner, nahm an der russischen Revolution von 1917 teil, später kommunistischer Funktionär in Polen. Bei »Lokomotive« versah er Partei- und Gewerkschaftsaufgaben.

4 Bronisław Piotr Paweł Wójcicki (geb. 1906), kam von der Polnischen Sozialistischen Partei (PPS), Sekretär des Betriebsrates der Gewerkschaften.

19. 4. 1950. Mittwoch

Ab halb zehn zum zweiten Mal in der Fabrik »Lokomotive« [...]. Der Vorsitzende (seinen Namen weiß ich immer noch nicht) blätterte in meinen mitgebrachten Büchern und wirkte wie betäubt. Ich ließ mich mit ihm in ein Gespräch ein. Sehr schlicht und vertrauensvoll erzählte er

mir seine Geschichte. Ich wunderte mich, denn irgendwie sah er nicht nach einem Kommunisten aus. Dabei war er nicht nur in den Jahren zwischen den Kriegen von Anfang an Mitglied der Polnischen Kommunistischen Partei[1], sondern nahm schon im Ersten Weltkrieg, als Eisenbahner und Eisenbahnerssohn nach Rußland evakuiert, an der bolschewistischen Revolution teil, gehörte dem Arbeiter- und Soldatenrat in Pensa an und arbeitete im Justizkommissariat mit, verhängte vermutlich Todesurteile oder führte sie aus. Ein Mensch mit so durchsichtig blauen, unschuldigen Augen! Und er sagt selbst, seine hellen Augen hätte man in Rußland »Oktoberaugen« genannt. Nach seiner Rückkehr in die Heimat war er Aufseher über die Arbeiten auf dem Warschauer Güterbahnhof und später auf dem Ostbahnhof. »Ich habe für meine linke Überzeugung gelitten«, sagte er, »man hat mich entlassen, aber später hat mich das Verwaltungsgericht aus Mangel an Beweisen von aller Verantwortung freigesprochen.« Mein Gott, so also sah die Verfolgung der Kommunisten in den Jahren zwischen den Kriegen aus, »Milch und Honig« im Vergleich zum heutigen Umgang mit dem Gegner. Während meines Gesprächs mit ihm kam ein junger Mann, ein Blonder mit gelocktem Schopf und beinahe klassisch griechischen Zügen. Er brachte irgendwelche Papiere von den Gewerkschaften oder vom Zentralkomitee der Partei. Der Vorsitzende verzog das Gesicht: »Wieder bringt Ihr irgendwelche Papierchen, als hätten wir davon nicht mehr als genug«. Und nach einem Blick auf das Datum des einen fügte er hinzu: »24. März! Das geht aber schnell! Das geht aber schnell!« [. . .]
Ich bat ihn, mir den Weg in den Aufenthaltsraum zeigen zu lassen. Ein Bursche mit vollen Lippen und pickeliger Stirn, den ich schon kannte, führte mich. Unterwegs erfuhr ich, er betreue das Referat für die Aktivistenbewegung und die Rationalisierung der Arbeit. »Aha«, sage ich, »ich frage ständig nach euren Arbeitsaktivisten. Man sagt, es gebe

welche, aber irgendwie zeigt man sie mir nicht.« – »Diese Sache«, antwortete er, »läuft noch nicht ganz richtig. Es fällt schwer, die Löhne der Aktivisten zu berechnen, weil sie oft außerhalb der Fabrik auf Kesselmontage sind und dann die Löhne verfallen.« Ich verstand diese oberflächliche Erklärung nicht recht. Aus dem weiteren Gespräch erfuhr ich, daß mein »Jugendlicher« zum ZMP[2] gehört und bei seinen Eltern in Praga oder noch weiter entfernt wohnt. Im Gemeinschaftsraum flirtete er ein wenig am Tisch mit der Bibliothekarin und musterte das hübsche Mädchen. Sie war betäubt von der Menge der Bücher, die ich mitgebracht hatte. Als der junge Referent gegangen war, schrieb ich Widmungen in die Bücher für die Bibliothek und ließ mich auf ein Gespräch mit der Bibliothekarin ein. Sie heißt Wanda Gierkowska oder so ähnlich und ist erst 16 Jahre alt. Voriges Jahr hat sie das Vorabitur bestanden. Sie ist keine ausgebildete Bibliothekarin, sondern soll erst auf einen Bibliothekarskurs gehen. Sie wohnt bei ihren Eltern. Ich sah den ganzen Zettelkatalog der Bibliothek durch. Zu meiner Verwunderung ist die Bibliothek in chaotischem Zustand, aber gut bestückt, überwiegend polnische schöne Literatur. Die besten Schriftsteller des 19. und 20. Jahrhunderts mit deutlichem Übergewicht der Klassiker, wenn auch kein Opus komplett vorhanden ist. [. . .]
Während ich mich mit dem Katalog der Bibliothek beschäftigte, verkündete eine Pfeife die Mittagspause. Ich hatte die Möglichkeit festzustellen, daß der Gemeinschaftsraum offenkundig für die Arbeiter attraktiv war. Sofort nämlich erschienen zwei jüngere Leute, die anfingen, Tischtennis zu spielen, sich dabei ständig nach der schönen Bibliothekarin umschauten und sich mit ihrer eigenen Geschicklichkeit aufspielten. Zwei Arbeiterinnen, die eine in dunkelblauem Overall, die andere in Rock und khakifarbener Windjacke, beide ganz ansehnlich, wenn auch mit kräftigen, vulgären Gesichtszügen, schalteten

den Plattenspieler ein, legten eine Platte auf (der Gemeinschaftsraum hat einen beträchtlichen Vorrat) und tanzten miteinander. Ich beschloß, ihre Bekanntschaft zu machen, erklärte ihnen, wer ich sei und in welcher Funktion ich mich hier aufhielte (was sie kaum verstanden), und küßte sie auf die Backen. Beide arbeiten im Magazin, sie luden mich ein, mit ihnen dort hinzugehen. Unterwegs erklärten sie mir, ihre Arbeit sei schwer, man müsse sich schrecklich schinden beim Transport der Kisten voller Nieten und Schrauben oder bei der Ausgabe im Magazin. Doch während der halben Stunde, die ich, auf einem Paket sitzend, im Magazin verbrachte, gab es keine Arbeit. Die Mädchen rauchten einfach Zigaretten (was verboten ist) und seufzten. [. . .]
Beim Weggehen begegnete ich wieder Jaroszewski in seinem türkisfarbenen Jackett. Wir lehnten uns an einen Stoß Blech und kamen ins Gespräch. »Wie ist«, erkundigte ich mich, »das Verhältnis der Direktion zu den Arbeitern?« – »Gut«, sagte er zögernd. »Alles wäre gut«, fuhr er fort, »nur die Löhne sind so niedrig, daß man davon absolut nicht leben kann.« Ich fragte, wie das Verhältnis dieser Löhne zu den Einkünften vor dem Kriege sei. Er lachte, und dieser häßliche Mensch mit dem gelben, faltigen Gesicht und dem beutelförmigen Mund, in dem viele Zähne fehlen, hat ein schönes, gewissermaßen bittendes Lachen. »Ich bitte Sie, diese Dinge kann man überhaupt nicht vergleichen! Vor dem Krieg, wenn ich 260 Złoty hatte (heute wären das über 50 000), konnte ich davon mich und meine Familie ernähren und mir noch für 120 Złoty einen schönen Anzug und ein paar gute Schuhe kaufen. Im nächsten Monat konnte ich etwas für meine Frau kaufen und im dritten für die Kinder. Und heute? Es sind bald sechs Jahre seit der Befreiung, aber ich habe mir, Ehrenwort, noch kein einziges Kleidungsstück angeschafft.« – »Aber Sie haben doch«, sagte ich, »so ein hübsches blaues Jackett.« – »Das ist nicht meins«,

sagte er. »Das habe ich von meinem Vetter bekommen, als der aus dem Ausland heimkehrte. Denn ich tat ihm leid, weil ich so abgerissen war.«

1 Die Kommunistische Partei Polens (KPP) existierte in den Jahren 1918-1938; im Polen zwischen den Kriegen war sie illegal. Zahlreiche Mitglieder, die sich in die UdSSR geflüchtet hatten, fielen dort den stalinistischen Repressionen zum Opfer. Aufgrund des Vorwurfs, Provokateure seien in sie eingedrungen, wurde die Partei von der Komintern aufgelöst. 1956 wurden die KPP und ihre verfolgten Funktionäre in einer besonderen Erklärung der »Parteien« rehabilitiert.
2 ZMP – Związek Młodzieży Polskiej (Verband der Polnischen Jugend), wirkte in den Jahren 1948-1956.

20. 4. 1950. Donnerstag

Bei dem gestrigen Gespräch mit dem Arbeiter Jaroszewski habe ich vergessen hinzuzufügen, daß ich, als er sich über die niedrigen Lohnsätze beklagte, fragte: »Und dagegen kann man nichts tun? Die Arbeiter sind doch jetzt die Herren im Lande. Warum könnt ihr nicht darauf hinwirken, daß die Löhne steigen?« Jaroszewski blickte mich mit seinem entwaffnenden Lächeln um den beutelförmigen Mund an und antwortete stoisch: »Wie können wir darauf hinwirken, und wie kann die Regierung das machen? Wenn sie die Löhne anheben würde, müßte sie mehr Geld drucken, und es liefe auf dasselbe hinaus. Unser Geld ist wertlos, und deshalb ist die Situation wertlos.« Bis spät in die Nacht habe ich darüber nachgedacht. [. . .]

22. 4. 1950. Sonnabend

Morgens um neun fuhr ich in »meine« Fabrik. Wie schon vorher empfingen mich Gałązka und Dziewoński sehr freundlich in der Pförtnerloge. Jaroszewski in seinem türkisfarbenen Jackett dagegen war so bedrückt und schweigsam, daß ich nur mit größter Mühe zwei Wörter aus ihm herausholte. Er war völlig verändert. In der ersten Halle

(wo die Transportkräne stehen) empfand ich auch sofort eine andere Stimmung als bei früheren Besuchen. Sonst hatten die Arbeiter bereitwillig, ja sogar eifrig meine Grüße beantwortet, jetzt nickten mir viele von ihnen nicht einmal zu oder taten so, als sähen und hörten sie nicht. Mehr noch, ich bemerkte bald, daß sich in der Halle sehr viele Leute vom Werkschutz aufhielten – möglicherweise war in der Fabrik etwas passiert. Weil ich so viele von ihnen sah (sie tragen Zivil, haben aber eine weiß-rote Armbinde), wandte ich mich an einen und fragte nach irgendeinem die Fabrik betreffenden Detail. Er antwortete, das wisse er nicht, er sei kein Arbeiter. »Ach ja? Ich dachte, der Werkschutz besteht aus Arbeitern.« Dann fragte er, weshalb ich gekommen sei.
[. . .]
Ich sah den Direktor Kotowicz, der mich sehr höflich begrüßte: daraufhin ließ der Wachmann mich mit ihm in Ruhe. Wir gingen beide in der Halle umher. [. . .] Später erzählte er mir von den Plänen für Ausbau und Modernisierung der Fabrik. »Zur Zeit ist das, wie Sie sehen, eine wahre Rumpelkammer. Wir arbeiten mit alten Methoden und können nicht einmal die Arbeiter hinreichend spezialisieren. Fast alle werden mal zu dieser, mal zu jener Tätigkeit eingesetzt, je nachdem, was im Moment das Wichtigste ist.« Ich sagte, ich würde gern das Lohnsystem kennenlernen, weil die Arbeiter sagten, alles sei gut, nur die Löhne zu niedrig. »Ach, ich bitte Sie«, antwortete er, »zu niedrig ist noch beschönigt. Die Löhne sind armselig. Und soziale Leistungen gibt es überhaupt keine, die Sicherheit bei der Arbeit ist nicht gewährleistet, Sie sehen ja, unter welch primitiven Bedingungen diese Leute arbeiten. Gerade das ist unsere große Sorge, aber wir müssen dem abhelfen. 1952 wird die Fabrik bereits unter ganz anderen Bedingungen arbeiten und ihre Leute beschäftigen.« [. . .]
Ich trat zu zwei Arbeitern. Auf der »Fassung« (Fahrgestell) einer kleinen Vorortbahn-Lokomotive brachten sie die

Dichtung für den Zylinder an, der den Dampf zusammenpreßt und das Rad bewegt. [. . .] Sie arbeiteten mit der Überlegung, Ruhe und Bedächtigkeit von Menschen, die noch nicht vom schwindelerregenden Tempo der modernen Mechanisierung erfaßt sind. Einer von ihnen, ein junger Bursche, blond und ziemlich schweigsam, hatte einen Kurs in »Industrielehre« absolviert. Der andre, rotbackig, rundgesichtig, mit gutmütigem Lächeln, hatte hier schon unter den Deutschen gearbeitet. Er heißt Stanisław Ociepa. Ich fragte ihn etwas nach der Okkupationszeit aus. Damals waren hier zweitausend Arbeiter tätig gewesen. Die Fabrik fertigte nur große Lokomotiven. Die Direktion war deutsch, aber die Arbeiter und Meister Polen. Armselige Löhne in der Höhe der Vorkriegszeit, jedoch ohne Berücksichtigung des Währungsverfalls. Die Leistungen (Lebensmittelkarten) entsprachen denen für die gesamte polnische Bevölkerung. Es arbeiteten hier viele Leute aus der Intelligenz, auf dem Werksgelände gab es eine Untergrundorganisation, sowohl AK als auch AL[1]. Es gab auch einen versteckten (ich begriff nicht recht, wo) Radioempfänger zum Abhören. Dieses Radio fanden die Deutschen aufgrund der Anzeige eines deutschen Arbeiters (Ociepa ergänzte, es hätten hier auch Deutsche und Volksdeutsche gearbeitet). Im Zusammenhang mit der Entdeckung dieses Radios hätten die Deutschen einige Leute verhaftet. Ociepa wohnt im Stadtteil Okęcie. Während ich mich mit ihm unterhielt, kam wieder der Wachmann herbei, der zuerst mit mir gesprochen hatte. »Werden Sie noch lange hier herumlaufen?« – »Ich habe das Recht, drei Monate lang herzukommen. Soll ich Ihnen meinen Passierschein zeigen?« – »Nicht nötig, Sie standen beim Direktor. Aber werden Sie heute noch hier herumlaufen?« – »Ich habe Zeit bis halb zwölf«, sagte ich mit einem Blick auf die Uhr. »Aber ich habe das Recht, hier jeden Tag herumzulaufen und so lange, wie es mir gefällt.« Er ging wortlos davon, offenbar machte es ihn nervös, daß ich mit den Arbeitern redete. [. . .]

1 AL: Armia Ludowa (Volksarmee) – militärische Organisation des kommunistischen Untergrunds. AK: Armia Krajowa (Heimatarmee) war dagegen die Nationale Untergrundorganisation.

30. 5. 1950. Dienstag

Ich fuhr zur Fabrik »Lokomotive«. [. . .] Weil ich den Wunsch geäußert hatte, die Arbeit der Frauen kennenzulernen, schickte man nach der Leiterin der Frauenliga in der Fabrik. Es erschien eine junge Person von anziehendem Äußeren, die sogenannte »Soziale« der Fabrik. Mit ihr ging ich in die Werkzeugkammer. So nennen sie das, aber auf der Tür steht »Werkzeugausleihe«. Hier gibt es alle Arten von Bohrern, Metallhobeln, Schraubenschlüsseln usw. Ein langer Raum, recht sauber und frisch gestrichen, voll von Regalen und Schubladen mit numerierten Werkzeugen. Ein dunkles, sogar ziemlich großes Eichenkreuz an der Stirnseite fiel mir auf. Drei Frauen und ein Junge waren hier tätig. Mit der einen unterhielt ich mich länger. Sie war noch jung, ziemlich dick, im Oberkiefer fehlten ihr einige Zähne. Vor kurzem hatte sie einen Arbeiter aus derselben Fabrik geheiratet. Auch ihr Vater arbeitet hier schon seit dreißig Jahren. Eine richtige Dynastie. Ich entschuldigte mich und fragte, warum einer so jungen Frau so viele Zähne fehlten. Sie antwortete selbstverständlich: »Die Deutschen haben sie mir im Lager ausgeschlagen.« Sie wohnen außerhalb des Stadtzentrums, irgendwo bei Bernerów. Gleich nach Beginn des Aufstands hatten die Deutschen die Leute abtransportiert. Zusammen mit Vater und Mutter war sie fortgeschafft worden. Das Gespräch wird unterbrochen, weil Arbeiter an den Schalter kommen und Werkzeuge zurückgeben oder sie gegen andere umtauschen wollen. Diese zahnlose junge Ehefrau erkennt mit großer

Genauigkeit »ihre« Werkzeuge, sogar ohne Prüfung der Nummer. Zu einem jungen Mann, der ihr einen Schraubenschlüssel zum Umtausch reichte, sagte sie nach dem ersten Blick: »Da ist nicht der, den Sie von mir bekommen haben. Den kann ich nicht annehmen.«

Später Gespräch mit Frau Gagałowa von der Sozialabteilung. Parteimitglied. Beklagt sich bitter über die Intelligenzia der Fabrik. Außer zu streng beruflichen Betätigungen kann man sie zu nichts gewinnen (die Arme, sie weiß nicht, daß ihre gesamte Abteilung ein aufgeblasener Schwindel ist). [. . .] Später erzählte sie mir ihre wahrlich nicht banale Geschichte, und nun war sie echt. Ihr Mann ist Brigadier (das entspricht mehr oder weniger dem Meister der Vorkriegszeit), Schlosser in der ehem. Norblin-Fabrik. Sie hat einen kleinen Sohn, sieben Jahre. Er geht noch in den Kindergarten . . . bei Ordensschwestern, weil kein anderer in der Nähe ist. Im Herbst kommt er in die Schule. Ihr Mann, der mehr Zeit hat, holt ihn vom Kindergarten ab. »Ich arbeite hier manchmal viele Stunden über die offiziellen hinaus«, erzählt sie, »und wenn ich dann heimkomme, Sie wissen ja, was ein Kind für Arbeit macht. Allein mit dem Waschen und Nähen sitze ich manchmal bis zwei Uhr nachts. Den Frauen«, sagt sie, »stehen jetzt große Aufgaben bevor. Und die Frauen sind sehr tüchtig. Welcher Mann wäre bereit, sich nach der Berufsarbeit noch mit Haus und Kindern abzugeben.« Ich warf ein, ich wüßte, was Kinder für Arbeit machen, obwohl ich eine kinderlose Witwe sei, ich hätte aber im Kriege die beiden Kinder meines Bruders aufgezogen. »Auch ich bin Witwe«, antwortet sie darauf. »Das ist mein zweiter Mann. Und der Sohn ist vom ersten, der, wie sich herausgestellt hat, noch lebt.« Und dann erzählte sie mir, ihr erster Mann sei im Aufstand spurlos verschwunden. »Zwei Jahre lang habe ich gesucht und gewartet. Nach zwei Jahren hat mir das Rote Kreuz eine offizielle Benachrichtigung aus Deutschland geschickt, daß mein Mann nach dem Aufstand abtransportiert worden und im Lager Sachsenhausen gestorben sei. Dann habe ich noch zwei Jahre gewartet, bis ich endlich geheiratet habe. Und nun stellt sich heraus, daß mein Mann lebt und in der Sowjetunion ist.« – »Wie ist er denn«, frage ich, »aus Deutschland dort hingelangt?« – »Er hatte Verwandte in Rußland, und weil er nach dem Aufstand nicht wußte, wo ich bin, hat er an sie geschrieben.« – »Wie denn das? Er hat nicht nach Ihnen in Polen gesucht, sondern an seine Verwandten im fernen Rußland geschrieben? Warum?« »Weiß ich nicht«, erwiderte sie knapp. Ich insistierte nicht mehr, es ist aber eine merkwürdige Geschichte. [. . .] Ich neige einfach zu der Vermutung, daß er unter unerwarteten Umständen verschleppt worden ist. »Und ihr kleiner Sohn?« frage ich. »Weiß der von seinem Vater?« – »Er weiß alles. Man darf vor einem Kind nichts verschweigen«, antwortet sie ernst. »Und er hat sich damit abgefunden, daß er einen anderen Vater hat, obwohl der richtige lebt?« frage ich. »Ich bitte Sie, das hängt alles davon ab, wie die Frau das hinstellt. Mit dem ersten Mann habe ich nur ein Jahr und zwei Monate gelebt. Das Kind erinnert sich nicht an ihn und hält meinen jetzigen Mann für seinen Papa.«

Bald danach verabschiedete ich mich von der zahnlosen Werkzeugverwalterin. Frau Gagałowa hatte es eilig, begleitete mich aber noch zu den Mädchen im Magazin (ich kannte sie ja schon, Wiesia und Halusia) und sagte unterwegs, sie seien sehr gute Arbeiterinnen. Demnächst führen sie zur Erholung nach Świeradów, sie selbst habe erreicht, daß sie gemeinsam führen; das sei für sie angenehmer, als mit Fremden zusammen zu wohnen, Einzelzimmer gebe es nicht.

Im Magazin traf ich die Mädchen, die ständig über zuviel Arbeit klagen, zum ersten Mal bei der Arbeit an. Sie zählten und sortierten Schrauben. Ich hockte mich neben Wiesia und half ihr, zwischen den Muttern kleinen Durchmessers die Nägel herauszusuchen, mit denen sie vermischt waren, eine richtige Aschenbrödel-Arbeit.

12. 6. 1950. Montag

Am Freitagmorgen in der Stadt, um Besorgungen für das Mittagessen zu machen. Beim Schneider für ein Kostüm Maß nehmen zu lassen, schaffte ich nicht mehr. Das Mittagessen machte ich um eins und war schon um zwei in der Fabrik »Lokomotive«, denn ich hatte mir notiert, daß an diesem Tag dort eine Produktionsberatung stattfinde. [. . .] Alles, was ich zu meinem Entsetzen hörte, disqualifiziert diese Fabrik dermaßen, daß ich es nicht anders sagen kann: keine Fabrik des kapitalistischen Systems, weder in Amerika noch in Westeuropa, nicht einmal im Vorkriegs-Polen, liefe auch nur eine Woche lang auf ähnlich klägliche Weise. Sie würde mit großem Skandal zusammenbrechen, weil sie die Konkurrenz auch nur leidlich funktionierender Fabriken nicht aushielte. Und dennoch hält man den Betrieb aufrecht in dem Glauben: »In zwei Jahren wird das ein repräsentatives Industrieobjekt der Hauptstadt«. Prahlerei oder Heldentum? Wissen möchte ich, ob das in Erfüllung geht und wie. Es würde mich bekümmern, wenn das reiner »Humbug« wäre, obwohl es danach aussieht.

Alles aber, was Arbeiter und Meister sagten, war mindestens eine Wahrheit voller Sorge . . .

19. 6. 1950. Montag

Um zwei Uhr fuhr ich in die Fabrik, man hatte mich zur Sitzung des Betriebsrates eingeladen, ja sogar gebeten, das Wort zu ergreifen. Im Büro des Betriebsrates fand ich sechs bis sieben Personen vor, darunter einige Bekannte: den Vorsitzenden Antczak, die »Soziale« Gagałowa, den Sekretär Kochanowski. Alle saßen schweigend, die Köpfe irgendwie bedrückt vorgeneigt. Keinerlei Begrüßung. Antczak sagte mit gewissermaßen befangenem Gesichtsausdruck: »Hört zu, Genossin« (die Parteimitglieder nennen mich so, und als ich einmal bemerkte, dieser Titel gebühre mir nicht, verkündeten sie: Jeder, der für Polen arbeitet, ist unser Genosse). »Die Sitzung hat schon stattgefunden. Wir mußten sie vorverlegen. Aber Ihr habt nichts versäumt, sie war uninteressant.« – »Schade«, antwortete ich, »für mich ist alles interessant.« Worauf einer der Anwesenden meinte: »Jetzt gleich finden zwei Versammlungen statt, der Fabrikjugend und der Frauenliga. Sie können an einer davon teilnehmen, Genossin. Sie finden im Gemeinschaftsraum und in der Kantine statt.« Gut. Ich ging in die Kantine, deren Leiterin mich wie immer sehr herzlich begrüßte.

In dem kleineren Raum, wo sich das Büfett befindet und das Fenster für die Essensausgabe, saßen sechs junge Leute, prächtige verrußte Burschen mit riesigen, ungekämmten Haarmähnen. Ich dachte, sie würden das Kantinenessen nehmen, aber nein. Jeder legte ein kleines Paket mit Proviant von daheim vor sich hin und machte sich darüber her. Einige hatten Kaffee in Blechflaschen mit, andere holten sich vom Büfett Bier oder Limonade, um etwas zu der trockenen Mahlzeit zu trinken. Ich dachte, sie seien zu der Jugendversammlung gekommen, aber auch das stimmte nicht. Nachdem sie mit ihren mächtigen Kiefern den Imbiß zermalmt und dann hinuntergeschluckt hatten, verließen sie den Raum, ich bemerkte nicht einmal wann. Dann ging ich in den größeren Saal, wo nichts die Versammlung ankündigte, die stattfinden sollte. [. . .]

Nach einiger Zeit erschien im kurzärmeligen Leinenjackett ein Intellektueller, den zwei junge Leute Direktor nannten. Er begrüßte mich wie ein Bekannter, und ich erkannte in ihm einen Teilnehmer und Redner der »Produktionsberatung«. Er wandte sich gleich mit einer Art Rechtfertigung an mich. »Ich bin hier nur von Amts wegen als Vertreter von Direktor Kotowicz.« Ich fragte: »Sind Sie Direktor einer Abteilung der Fabrik?« – »Ich bin technischer Direktor.«[1] Ich weiß nicht, wie es dazu kam, daß wir anfingen, über den Aufstand zu reden. Es stellte sich heraus, daß mein technischer Direktor damals Leiter der Waffenwerkstatt der Aufständischen war. Unter anderem der Werkstätte an der Krucza-Straße, an der ich manchmal vorbeigekommen bin. Dann gingen wir auf die Produktionsberatung über. »Wie sich aus dieser Beratung ergab«, sagte ich, »arbeitet die Fabrik unter sehr schwierigen Bedingungen.« – »Unter schrecklichen«, entgegnete er. »Keine andere Nation«, fuhr er fort, »könnte und wollte unter solchen Bedingungen arbeiten. Nur die Polen sind dazu imstande.« Und dann erzählte er die folgende Geschichte: »Als wir nach der Kapitulation des Aufstandes in Gefangenschaft gingen, verkündete der Lagerkommandant in Deutschland den Wachmannschaften: ›Laßt kein Auge von den Polen. Wenn man einen Polen nackt unter einer Glasglocke einsperrt, wird er nach zwei Wochen angezogen sein, Möbel haben und Fusel brennen.‹« Während er mir diese Anekdote erzählte, betraten vier finster aussehende junge Männer den Raum und setzten sich an den kleinsten Tisch neben dem Eingang. »Die habe ich fast mit Gewalt zurückgeholt«, erklärte der einäugige Antczak. »Sie wollten nach Hause abhauen.« Wir warteten noch eine Weile, ich weiß nicht worauf, schließlich beschlossen der technische Direktor und die zwei jungen Organisatoren, weiter würde keiner mehr kommen, deshalb finde die Versammlung nicht statt.

Ich verabschiedete mich und ging in den Gemeinschaftsraum, weil ich hoffte, dort wenigstens die Frauenversammlung anzutreffen. Doch mitten im Gemeinschaftsraum stand nur die Genossin Gagałowa, umgeben von ein paar eifrigen Satelliten, sie alle beratschlagten nervös. Unter ihnen war auch der Betriebsratsvorsitzende Antczak. Sie überlegten, für wann sie die nächste Sitzung einberufen sollten, denn die heutige könne wegen zu geringer Beteiligung nicht stattfinden. »Die Leute sind unerfahren, es ist schwer, sie zu versammeln. So ist das mit allem«, verkündete Antczak. Ich verabschiedete mich darum von ihnen endgültig, und teilte mit, ich verreiste für zwei Monate. Das war mein letzter Aufenthalt in der Fabrik »Lokomotive«. (Nachtrag von 1956: Daß der Betrieb, der »in zwei Jahren ein repräsentatives Industrieobjekt der Hauptstadt« werden sollte, auch fast anderthalb Jahre später sehr schlecht funktionierte, bezeugt ein Artikel im »Życie Warszawy« vom 25. 9. 1951 mit dem Titel: »Lange Versäumnisliste der Warsch. Betriebe für den Bau von Industrieeinrichtungen« [. . .]. Er stellt das Funktionieren der Fabrik fast noch schlechter dar, als ich das im Frühjahr 1950 gesehen habe.

1 Ing. Grabowski, technischer Direktor.

DAS LETZTE GESPRÄCH, DIE LETZTE NACHT . . .

Die Bindung zwischen M. D. und Stanisław Stempowski, die über ein Vierteljahrhundert währte, war keine formell beglaubigte, was beide bedauerten. Als es keinen Grund mehr für diesen Stand der Dinge gab, tauchte bei den langjährigen Freunden die Ehefrage auf. Leider zu spät . . .

Warschau, 30. 12. 1951. Sonntag

In der Nacht vom Mittwoch zum Donnerstag bekam St. einen schweren und schmerzhaften Anfall von der Art, wie er ihn vor 20 Jahren hatte. Am Freitag kam, alarmiert von Frau Borycka, die ihm die Spritzen gab, der Doktor. Er fand nichts Besonderes (was wissen schon diese Doktoren), verschrieb Beruhigungsmittel und ordnete an, die Spritzen fortzusetzen. Am gleichen Tag fiel das Licht aus, Kowalski repariert es. Gleichzeitig kommt der Fotograf ins Haus, der unsere Paßbilder macht. Kaum waren Fotograf und Elektromonteur gegangen, erschien der Briefträger mit einem Einschreiben von Hubert.[1] Der Brief war an mich adressiert, Zuzanna der Absender – ein Brief von 9 Seiten Umfang. Als ich sah, daß er so dick war und an mich gerichtet, »traf« mich etwas. Aber St. war an diesem Tage gerade aufgestanden und in den Flur gegangen, um nach alter Gewohnheit mit Herrn Antoni, dem Briefträger, zu scherzen. Der Brief ließ sich nicht verbergen. Ich las ihn vor und konnte kaum die Tränen unterdrücken. Er enthielt die Schilderung von Frau Stempowskas Tod. Huberts waren reisefertig gewesen, um zu uns zu fahren, da kam das Verbot der Feiertagsreisen und gleichzeitig eine Karte von Frau Poklewska, die sie zu Huberts sterbender Mutter rief. Statt nach Warschau fuhren sie – nun mit Pferden (30 km) – zum Altersheim in Ruda Pilczycka. Huberts Brief war ein Werk großer epischer und zugleich elegischer Poesie. Dieser von Kind auf in der Familie unterschätzte Sohn ist ein Dichter. Seine Briefe sind ebenso aufbewahrenswert wie Jerzys, obgleich sie ganz anders sind, seine kommen von Herzen, Jerzys sind Extrakte seines Intellekts.

St. ist ruhig (Frau Stempowska litt seit langem an Altersdemenz, in letzter Zeit ging es mit ihr auch physisch bergab), verfiel aber in schweigende Bedrückung. Jetzt bin ich wegen seiner Gesundheit und seines Lebens beunruhigt.

1 Hubert (Stanisławs jüngerer Sohn) und Zuzanna Stempowski arbeiteten auf einem Staatsgut, sie betreuten Huberts Mutter.

10. 1. 1952. Donnerstag

Irgendwie langweilen mich die Leute und machen mich ungeduldig. Wohin ich auch gehe, wen ich auch treffe, ich kehre tödlich gelangweilt heim. Ich träume von Begegnungen, die mich beflügeln und beglücken, weil ich selbst langweilig und fade geworden bin. Außerdem bin ich von meinem Roman[1] so beansprucht, daß es mir jeden Tag mehrfach passiert, an meinem Ziel vorbeizulaufen, wenn ich irgend etwas erledigen will. Zwar fühle ich mich fast wohl, wenn ich schreibe, und ich denke, ich schreibe nicht schlecht, doch wenn ich eine literarische Zeitschrift lese mit dem Lärmen der Kritiker, mit ihren Forderungen und Ansprüchen, sinken mir die Hände herab, und ich spüre, daß meine Arbeit zu nichts nütze ist.

Ich habe eine Einweisung nach Schreiberhau erhalten. Die Besorgungen haben mich viel Zeit gekostet. Ich habe mir Skihosen gekauft und Schuhe, ich habe viel Geld für mich ausgegeben, was mir immer unangenehm ist. Zumal ich nicht richtig einzukaufen verstehe und viel Geld umsonst ausgebe.

1 M. D. schrieb damals das riesige Kapitel über den Warschauer Aufstand für den Roman »Abenteuer eines denkenden Menschen«.

Mein armer letzter Lebensabschnitt

Heute ist der 6. April, doch ich schreibe ohne Datum, nämlich nicht mehr in der Form des Tagebuches, sondern mehr in der von Erinnerungen. Ich muß tragische Ereignisse aufzeichnen und hoffe, dies ist der letzte traurige Umbruch in meinem Leben.

Am Freitag, dem 11. Januar 1952, gegen fünf Uhr früh ist mir Stachno gestorben.

Am Donnerstag, dem 10. Januar, war St. traurig, klagte aber nicht. Lange stand er am Fenster und drückte seine Stirn gegen die Scheibe. Ich fragte, ob er sich schlechter fühle, dann würde ich nicht fahren. »Nein, fahr unbedingt, das wird dich erheitern, du wirst aufatmen. Ich werde wohl immer so kränkeln.« Diese Nacht schlief ich schlecht und lief von früh bis mittags lange in der Stadt herum. Nach dem Essen legte ich mich auf die Couch, und der Schlaf überwältigte mich. Nach dem Aufstehen ging ich wie immer in St.s Zimmer, um mich mit ihm zu unterhalten. Auf irgendeine Weise erinnerte mich das an meine Kindheit und an das Zimmer meines Vaters. St. saß in seinem dunkelroten Morgenrock am Schreibtisch und legte eine Patience. Er war noch immer traurig, ich konnte ihn durch nichts erheitern. Ich saß auf seiner Couch und weiß nicht mehr, wie es zu dem Gespräch über Frau Stempowskas Tod und dazu kam, daß er von Eliza Orzeszkowas in späten Jahren mit ihrem Freund, eigentlich ihrem zweiten Mann, dem Rechtsanwalt Nahorski, geschlossener Ehe sprach.[1] Ich hatte Lust zu sagen: Jetzt könntest du mich heiraten, schwieg aber noch, so wie ich zu diesem Thema die 26 Jahre unseres Zusammenlebens hindurch geschwiegen hatte, obwohl ich die ganze Zeit über darunter litt, daß es mit uns nicht so stand, wie es hätte stehen sollen. Man muß der Welt geben, was der Welt ist, und nach Entrichtung dieses Obolus in die traditionellen Formen den eigenen Inhalt legen, dessen Wesen die Welt nicht einmal vermutet. Und obgleich wir nur die ersten fünf Jahre über ein Liebespaar waren, später aber ich die ganze Zeit hindurch Pflegerin, Krankenschwester, Betreuerin und seit Kriegsausbruch auch finanziell der »Hausherr« – blieb es für mich doch immer schmerzlich, daß ich nicht öffentlich vor aller Welt seine Frau war. Neben dem bewußten Grund, daß St. mich wegen des großen Altersunterschieds nicht »binden« wollte (konnte ich denn noch mehr »gebunden« sein?), wirkten hier noch andere Rücksichten. In all seiner Fortschrittlichkeit besaß St. doch auch altmodisch-beschränkte Ansichten, er hätte sich nie von Frau Stempowska scheiden lassen, obwohl er faktisch seit dreißig Jahren nicht mehr mit ihr lebte und wohnte. (Das Seltsamste ist, daß ich mit einem Teil meines Ich seine Einstellung teilte, ich bin selbst für die Unauflösbarkeit der Ehe.) Schon als ich ihn 1926 kennenlernte [. . .], waren sie seit langem, wozu die Natur sie gemacht hatte, nämlich Vetter und Kusine, die sich kennen und von Kind an befreundet sind. Andererseits hatte St. bei all seiner Bescheidenheit das Selbstgefühl eines Königs oder sogar Gottes, das jeder Mensch ein wenig hat, aber niemand im gleichen Grade wie er. Dieses Gefühl erstreckte sich auf die ihm nächsten Personen, und er war bestimmt in ganz natürlicher Weise davon überzeugt, daß weder die Personen, die mit ihm leben, noch ich als solche von »übler Nachrede« betroffen werden könnten. An jenem Tage aber, das weiß ich genau, ging ihm dies durch den Kopf, als er plötzlich davon sprach, wie rührend Eliza Orzeszkowas Ehe gewesen sei, die Ehe zweier betagter Freunde. Es lag soviel Bewegung in seiner Stimme, daß auch ich es schließlich nicht mehr aushielt und in die Worte ausbrach: »Jetzt könntest auch du mich heiraten«. Er sagte nichts darauf, aber ich wußte, das war der Anfang ernsthafter Überlegungen. Ich sann darüber nach, wie der mir gefühlsmäßig Nächststehende meine Worte aufnehmen und verstehen würde, und so schwiegen wir, man hörte nur das Rascheln und Klatschen der von Stach hingelegten Karten. Plötzlich trat Frania ein und bat zum Abendessen. Und das war unser letztes Gespräch im Leben.

Abends war ich mit Schreiben beschäftigt. St. legte sich ziemlich früh hin und schlief ein, ehe ich schlafen ging. Auch ich schlief bald und tief ein. Gegen vier erwachte ich, wie ich das übrigens immer tat, seit St.s Kräfte deutlich nachließen, und warf alsbald einen Blick auf seine Tür. Ist der Spalt dunkel, so heißt das, er schläft (immer schlief er still wie ein Kind, nie hat er geschnarcht), wenn es aber hell war, schlief er nicht, und irgend etwas fehlte ihm. Es war stets ein bißchen schwierig, das schwache Licht im untersten Türspalt wahrzunehmen. Diesmal erblickte ich das Licht sofort, es war seltsam grell, ein breiter goldener Streifen, nicht im unteren Spalt, sondern im oberen – ich weiß nicht, ob die Tür oben nicht richtig geschlossen war, aber mich wunderte der schreiend breite und grelle Lichtstreifen. Ich sprang auf die Füße, warf meinen Morgenrock über und trat bei St. ein. Er lehnte wie immer gegen hoch aufgetürmte Kissen – und schlief nicht. »Geht es dir schlecht, mein Lieber?« Er antwortete in ungewöhnlich entschiedenem und strengem Ton: »Ja«. – »Tut dir etwas weh?« – »Ja, aber der Schmerz ist nicht so stark, das läßt sich aushalten. Nur würgt es mich.« Ich griff nach seinem Puls. Der Puls war 96, kräftig und stark, aber gleichmäßig. »Der Puls ist kräftig, besser als bei mir«, sagte ich forsch, um ihn zu beruhigen. »Tachykardie, das vergeht gleich.« Er antwortete: »Es würgt, es würgt«, aber das hatte er schon früher oft gesagt. Ich gab ihm eine große Dosis Baldrian – Koramin hatte er zuvor schon selbst genommen –, öffnete in meinem Zimmer weit das Fenster, damit er möglichst viel Luft bekam, machte eine Wärmflasche zurecht, bemerkte aber schon nach 10 Minuten, daß dies kein Anfall war wie alle bisher. Ich sagte zu Frania: »Herr Stempowski hat einen Anfall, wie er ihn noch nie gehabt hat.« Sie erschrak und zog sich sogleich an. Ich schickte sie nach oben zu Tadzio Matuszewski. Ich fragte St., ob es gut sei, daß ich sie geschickt hatte. Er antwortete sanft: »Ja, gut«. Tadzio kam gleich im Pyjama. Er machte eine Kampferspritze. Ich war schon so in Panik, daß meine Hände zitterten und es mir schwarz vor den Augen wurde. Mit Mühe fand ich ein entsprechendes Medikament, obwohl ich so viele habe. Nitroglycerin war nicht da, es gibt auch keines in den Apotheken, auch Stach nahm es seit längerem nicht mehr, er mochte dieses Mittel nicht und sagte, es sprenge ihm den Kopf. Wir gaben also Koramin und schweizerische Glukose mit Kardiazol, eine große Tablette. Ich beauftragte Tadzio, sofort den Notarzt zu rufen. Ich beruhigte Stach: »Gleich kommt der Doktor, gleich wird alles gut.« Aber mich erfaßte immer größeres Entsetzen. Jetzt sah man auch an dem schweren, beschleunigten Atem, daß es ihn würgte. Pulsschlag fast 100. Ich sagte ihm, er sei 80, dabei gleichmäßig und gut. »Ja«, sagte er, »es ist nicht das Herz. Ich habe ein kräftiges Herz und kann deshalb nicht sterben.« Er fing an zu klagen, er könne den Schleim nicht weghusten, der Schleim würgte ihn. Ich schrieb das der Suggestion der allzu realistischen Beschreibung des Todes seiner Frau durch Hubert zu – wie sie am Schleim gewürgt habe. Aber es gibt so etwas tatsächlich, denn ich las später in »Pepys Tagebuch« gleiches von dessen sterbenden Bruder. Doch St. hustete weich und sogar ziemlich kräftig. Um ihm das zu erleichtern, machte ich ihm ein heißes Getränk aus Honig mit ein wenig Wasser, er mußte aber sehr gebeten werden, bis er einen kleinen Schluck zu sich nahm. Ich bat ihn, er solle mit dem Honig ein Bellergal nehmen. Das lehnte er verzweifelt ab und sagte, er könne es nicht schlucken [. . .]. Plötzlich wurde er sehr unruhig, setzte sich auf, warf die Steppdecke zur Seite, kniete sich sogar im Bett hin und versuchte, sich selber in der Gegend des Sonnengeflechts zu massieren. Mit Mühe hielt ich die Wärmflasche an seiner linken Brust. Mit der Hand streichelte ich seinen Kopf, er hatte eine schrecklich verschwitzte Stirn. »Liebster«, bat ich, »warum windest du dich so? Das schadet dir. Gleich kommt der Doktor. Leg dich hin, mein Lieber.« – »Ich kann irgendwie keine Stelle finden«, sagte er, legte sich aber auf den Rücken. Dann sagte er noch zweimal: »Ich möchte so gern sterben. Ich möchte so gern sterben.« Es zerriß mir das Herz. Plötzlich warf er die Steppdecke fort. Ebenso die Wärmflasche. Tadzio kam. Ich bat ihn, Dr. Rutkiewicz zu rufen. Der Notarztwagen kam immer noch nicht, obwohl es von dem Gebäude bis zu mir nur 10 Minuten Fußweg sind. Wieder blieb ich mit ihm allein. Er atmete schrecklich schwer. [. . .] Plötzlich hob er den Kopf vom Kissen. Selbst nur halb bei Sinnen, nahm ich einige seltsame Handbewegungen vor der Brust wahr, dann legte er die Hände schnell auf den Bauch, streckte sich auf dem Rücken aus, während er den Kopf mit eigentümlicher, irgendwie theatralischer Geste hochriß – ich erstarrte – und dann intensiv, streng und gespannt mit weit geöffneten Augen zur Decke schaute. Ich nahm ihn in die Arme, aber er reagierte nicht mehr auf meine Worte. Ich griff nach seiner Hand, da war kein Puls mehr. Dann fiel, o Grausen, sein Unterkiefer herab. Ich flüsterte noch: »Stachu, Stachuniu, laß mich nicht allein« – bis ich verstand, das war der Tod. Eine fast ebenso tödliche Ruhe überkam mich. Ich ging zu Frania und sagte: »Es ist zu Ende«, worauf sie in das rituelle Klagen und Weinen ausbrach, das einfachen Leuten eigentümlich ist. Ich blieb weiter ruhig, in dieser schrecklichen Ruhe, die uns angesichts der unabwendbaren Niederlage heimsucht. [. . .]

Den ganzen Tag kamen viele, viele Menschen. Fast alle weinten, wie man sonst nie einen betagten Menschen beweint.

1 Nach ihrer mißlungenen und für ungültig erklärten Ehe blieb die Schriftstellerin Eliza Orzeszkowa für lange Zeit in Verbindung mit dem Rechtsanwalt Stanisław Nahorski, den sie erst 1894, zwei Jahre vor seinem Tod, heiratete.

1. 5. 1952. Donnerstag

Soviel habe ich im April geschrieben und bin, ich Unglückliche, nicht einmal bis zum Begräbnis des armen Stachno gekommen. Seit Januar habe ich so viel erlebt, ist so viel über mich hinweggegangen, hinweggezogen wie eine alles niedertretende Herde, haben mich später so viele mühselige, aber auch rettende Arbeiten überwältigt. Dabei wollte ich doch diese bitteren Augenblicke eines Lebens festhalten, von dem St. einen Großteil mit ins Grab genommen hat. Ich kehre zurück zum Tag der Überführung und Beerdigung. Den ganzen Freitag und Sonnabend ging ich zwischen den vielen Menschen, die unser Haus aufsuchten, im Zimmer hin und her. Ich redete, begrüßte, weinte und ging, ging, ging. Am Samstagabend taten mir die Beine in den Oberschenkeln weh wie nach einer schweren Bergwanderung. Vielleicht hatte ich mich auch vergiftet, denn kaum hatte der arme Stach die Augen geschlossen, fing ich an, furchtbar zu rauchen. Er war mein Schild gegen alles Böse. Jetzt, nach fast vier Monaten kann ich das wenigstens schon ruhig notieren. [. . .]

Die Beerdigung fand am 14. Januar statt, einem Montag, um drei nachmittags. Wir verließen das Haus in Frau Modzelewskis Auto und im Auto des Verbandes, das mir für die Zeit der Beerdigung zur Verfügung stand. Wir fuhren im Schneetreiben, die ganze Beerdigung fand bei dichtem Schneefall statt. Es war der erste richtige Wintertag. Sehr viele Leute kamen, aber nicht alle hielten bis zum Schluß aus, denn das Zumauern dauerte sehr lange. Zu der Delegation des Verbandes – mit Kränzen – gehörten Brandys[1] und Żuławski[2] (Stachs Verwandter). Obgleich ich Beerdigungsreden nicht mag, wunderte es mich doch, daß sich niemand fand, der ein paar Worte über St. gesagt hätte. [. . .]

Ich weiß nicht mehr, wer die Fahrkarten kaufte und wann, genug, am Mittwochabend, 16. Januar, fuhr ich mit Anna nach Breslau und von dort am Freitag mit Tulcia und Wawa nach Schreiberhau. [. . .]

1 Kazimierz Brandys (geb. 1916), Schriftsteller, wohnt seit 1981 in Paris. Sein »Warschauer Tagebuch« erschien in der Polnischen Bibliothek.

2 Juliusz Żuławski (geb. 1910), Schriftsteller, seit 1978 Vorsitzender des polnischen PEN-Clubs.

»FALLEN DIE BLÄTTER VOM BAUME ...«

Fast am Tage nach Stalins Tod (1953) beginnt in Polen das Tauwetter. Eine große Welle der Unzufriedenheit, Empörung und Rebellion bricht los, deren Kulminationspunkt die Posener Geschehnisse im Juni 1956 bilden. Daran nehmen sowohl die Arbeiter und Schriftsteller teil, die dem Stalinismus Widerstand geleistet haben, als auch solche, die ihm bis vor kurzem erlegen waren. Außer den Werken von Jerzy Andrzejewski oder Adam Ważyk wurden M. D.s Erzählungen »Der dritte Herbst« und »Die Dorfhochzeit« zu Meilensteinen des polnischen literarischen Tauwetters.

Der Sieg im Oktober 1956 und die Rückkehr Gomułkas an die Macht waren für M. D.s politische Einstellung von herausragender Bedeutung. Weil man sich in der Innenpolitik nun von polnischen Interessen und Bedürfnissen leiten ließ und neue Grundsätze im Verhältnis zur UdSSR proklamierte (die Frage der äußeren Unabhängigkeit war der Hauptgrund für M. D.s Ablehnung der neuen Staatsmacht gewesen), weil sie lange Jahre hindurch über die polnische Situation und das Verhältnis des Westens zu Polen nachgedacht hatte, beginnt sie bewußt, dem »polnischen Weg zum Sozialismus« zuzuneigen, wenngleich sie Gomułkas konkreten Schritten oft nicht zustimmt. Das Jahr 1956 ist für sie auch literarisch ein Jahr des Umbruchs; sie gibt ihre ersten drei Bücher nach dem Kriege heraus und wird wieder zur zeitgenössischen Schriftstellerin.

Warschau, 8. 9. 1954. Mittwoch

Die polnische Nation ist in diesem Augenblick ein einziger großer Kelch der Bitternis. Es gibt in dieser Wirklichkeit Dinge, die man nicht ertragen kann und die sie nicht ertragen wird. Es sei denn, man bräche ihr das Genick, was für Rußland natürlich nicht die geringste Schwierigkeit bedeuten würde. Ich spüre, ob Frieden oder Krieg, ein neues Massaker steht der polnischen Nation bevor. Und ich verzweifle über ihr vergeudetes Los. Über die vergeudete Chance ihrer Demokratisierung und Modernisierung. Über die vergeudete Chance des Sozialismus – allein der Klang dieses Wortes läßt jeden erschaudern.

24. 9. 1954. Freitag

Irgendwie habe ich immer häufiger Tage, an denen ich gut auf alles reagiere. Die Wohnung ist äußerst angenehm, an den Straßenlärm gewöhne ich mich langsam.[1] Alle wichtigen Renovierungen habe ich auf eigene Kosten machen lassen, und wir versuchen zu leben. Es bekümmert mich nur, daß Anna sich den ganzen Tag mit Tulcia beschäftigt und keine Zeit hat zu arbeiten. Und daß, wie Anna sagt, der Umzug aus Breslau für Tulcia eine solche Tragödie ist, daß sie, wäre sie sich dessen bewußt, was mit ihr geschieht, Selbstmord beginge. Vielleicht geht es mir ein bißchen ähnlich. Das Gefühl treibt mich um, die Polna-Straße verraten zu haben, obwohl ich gleichzeitig genau weiß, daß ich dort nicht mehr hätte leben können. Vielleicht kann ich überhaupt nirgendwo mehr leben und fliehe vergeblich vor dieser Unmöglichkeit? Die arme Anna. Sie wollte so gern nach Warschau umziehen, so lange schon hat sie ständig gesagt, Breslau sei für sie vorbei, sie müsse mit mir zusammen sein. Ich habe alles riskiert, damit das in Erfüllung ging, und sehe nun voller Verzweiflung, daß niemand glücklich ist. Aber die Ursache liegt nicht nur bei uns [. . .] Abends. Der Tag ist ziemlich heiter vergangen, vor allem hatte er eine gewisse Ähnlichkeit mit einem normalen Tag. Morgens machte ich mich endlich an die Vorbereitungen für den Band Erzählungen[2] – eine schrecklich banale Mittelmäßigkeit im Vergleich zu dem, was sich mir in der Seele zusammenballt.

1 Wenige Tage zuvor war im Leben der Schriftstellerin eine wesentliche Veränderung eingetreten, sie war von der Polna-Straße, wo sie 37 Jahre lang gelebt hatte, in die Niepodległości-Allee umgezogen, zusammen mit ihrer Freundin Anna Kowalska und deren Tochter, die aus Breslau übersiedelte.
2 Gemeint ist die Vorbereitung des Bandes »Der Morgenstern«, 1956.

1. 10. 1954. Freitag

Seltsam ist das alles. Ich fühle mich in der neuen Wohnung befangen, als wäre ich zu Besuch oder in einer Pension. Ständig fürchte ich, jemanden zu kränken oder in seiner Lebensweise zu stören. Anna sagt, es ginge ihr genauso, und außerdem ist sie wegen Tulcia gehemmt. Dennoch bedaure ich keinen Augenblick lang irgend etwas und halte den momentanen Stand der Dinge für notwendig und gut.
Der ganze gestrige und vorgestrige Tag war voller Erschütterungen. U. a. kam Ewas Mutter aus dem Gefängnis zurück. Und selbstverständlich kam sie geradewegs hierher. Auch mit angegriffenem Herzen, obwohl man sie, wie sie sagt, dort mit den besten Schweizer Spritzen kuriert hat. Sie kam automatisch nach der Entlassung ihres Mannes frei, gänzlich ohne Untersuchung.

4. 10. 1954. Montag

Unter dem Einfluß von Lednickis Buch »Russia, Poland and the West« fing ich wieder an, Dostojewskij zu lesen, beginnend mit dem Roman »Der Jüngling«, den ich schon mal gelesen habe, bevor ich Gide kennenlernte. Und jetzt bin ich verwundert, wie stark Gide unter Dostojewskijs Einfluß steht. Denn die Gestalt des Lafcadio aus »Die Verliese des Vatikan« ist doch fast abgeschrieben von Arkadij Makarewitsch, dem Jüngling, plus bestimmte Elemente aus den »Brüdern Karamasow«.

8. 10. 1954. Freitag

Am Dienstagmorgen fuhr ich ins »Bristol«, wo jetzt mein früherer Friseur arbeitet. Ich änderte meine Frisur, die frühere »unterm Topf« oder »als Polin« mit den Ponys war für mich viel zu jugendlich, ich kam mir damit komisch vor. Herr Kazimierz machte mir eine diskrete Dauerwelle und betrachtete mich dann mit erfreutem Gesicht. »Dazu wollte ich Sie schon lange überreden. Endlich habe ich Ihnen meine Kunst zeigen können.« Zu Hause priesen alle die neue Frisur, Anna sagt, ich sei 10 Jahre jünger geworden, und fügt hinzu: »Schade, daß du dich nicht das ganze Leben so frisiert hast.« Beim Namenstag gefiel es allen Gästen, und das Sonderbarste ist, ich gefiel mir wohl zum ersten Mal selber leidlich, jedenfalls seit vielen Jahren. Ich wunderte mich, daß ich in meinem Alter noch passabel aussehen kann.

Zu meinem Namenstag waren mit uns 21 Personen, man mußte zwei Tische in zwei Zimmern decken. Ein unbedeutender Abend ohne Zauber. [. . .] Doch an diesem Namenstagabend gestern wurde die Heizung zum ersten Mal warm! Vor dem amtlichen Termin. Also werden aus dem sehr kalten Wetter doch Schlüsse gezogen. Unsere Wohnung gefällt mir immer besser, ich bin nur bedrückt, daß ich nichts schaffe.

15. 10. 1954. Freitag

Heute Jadzias Namenstag, aber ich fahre nicht nach Powązki.[1] Ich fahre immer seltener hin – mir fehlen die Kräfte. Es fehlt auch der Glaube an das Leben, das Gefühl für seine Kraft, seine Wichtigkeit und seinen Wert, das mir

erlaubt hat, mich sogar in Powązki wohl zu fühlen. Heute ist mir Powązki zu nahe gerückt, ich stehe auf der Schwelle. Vor einigen Tagen besuchte mich meine frühere Władzia (Królikowa). Sie war auf der Polna-Straße, dort hat man ihr die neue Adresse gegeben. Sie kam mit ihrer älteren Tochter Werosia und deren Verlobtem Tadeusz Marszałek. Diese Werosia ist erst 17 Jahre alt [. . .]. Dabei anscheinend schon zum zweiten Mal verlobt. Dank einem seltsamen Zusammentreffen der Umstände ist dieser Tadeusz Marszałek ein Neffe jenes Marszałek, der sich einst um Władzias Hand bemühte, es sich später aber anders überlegte. Er war der einzige von Władzias Freiern, der ihr wirklich gefiel und dem sie sehr nachtrauerte. Werosias Verlobter ist ein hübscher 25jähriger Bursche. Sie waren gekommen, um mich zur Hochzeit am 24. Oktober einzuladen. Ich werde hinfahren.
Erschüttert hat uns unlängst die Lektüre zweier kürzlich zugesandter Hefte des »Listener«. Dort stand eine Aufforderung des Innenministeriums (Home Secretary) zu möglichst schneller Vorbereitung der Zivilverteidigung auf die Folgen der Wasserstoffbombe. Entsprechende Schulungen beginnen schon im Oktober. Die Aufforderung ist dringlich und irgendwie verzweifelt. [. . .]
Das Zweite ist ein Artikel darüber, daß England seinem uralten Grundsatz treu bleibt, politischen Flüchtlingen Asyl zu gewähren. Dem von einem polnischen Schiff »entfernten« Klimowicz wird Asyl gewährt, und dem amerikanischen Professor Dr. Croft wird es verweigert. Der Artikel beruft sich mit Stolz darauf, daß England stets den vom Staat wegen ihrer Überzeugung Verfolgten Asyl gewährt hat, und weist nach, daß Dr. Croft nicht vom Staat verfolgt wurde, sondern von der Kommission zum Kampf gegen Antiamerikanische Umtriebe, die kein Staatsorgan ist, und von privaten Unternehmern, die in Amerika Leute anstellen, sie also auch entlassen können, wenn es sich um für die

USA schädliche Menschen handelt. Inwiefern ist das besser als unsere Verlogenheiten? Dieselbe Kasuistik, die da sagt: Wir gewähren den Verfolgten Asyl, deren Anschauungen uns nahe, nicht aber denen, deren Anschauungen uns fremd sind.

1 Powązki – Warschauer Friedhof, angelegt Ende des 18. Jahrhunderts.

22. 10. 1954. Freitag

Wieder schreibe ich nichts auf, eine große Sünde. Das Leben wird sehr interessant und inhaltsreich. Selbstverständlich unser Leben, das mir zu gefallen beginnt »dans son détachement presque complet«.

Als Tulcia am Mittwoch aus der Schule heimkam, sagte sie: »Also, jetzt weiß ich es, na, das, na, über die Religionsstunden. Wir haben uns verabredet. Morgen um acht Uhr früh treffe ich meine Klassenkameradinnen, und wir gehen gemeinsam in die Kapelle zur Religionsstunde. Sie ist nicht weit von unserer Schule.« – »Nur«, fährt sie nach einer Weile fort, »haben wir eine Sorge. Wir haben eine Kameradin namens B[. . .]. Die ist Jüdin. Ihr Vater ist ungläubig und ihre Mutter ist ungläubig. Aber ihre Haushälterin ist gläubig. Und sie selbst auch, diese Klassenkameradin. Wie machen wir das nur, daß sie auch zur Ersten Kommunion gehen kann, und woher nehmen wir ein Kleid für sie?« Das sind die Sorgen achtjähriger Kinder der dritten Grundschulklasse in einem Polen, das den Sozialismus aufbaut.

26. 10. 1954. Dienstag

Gestern bin ich nachmittags um zwei von einem zweitägigen Aufenthalt auf dem Lande, in Grzegorzewice bei Mszczonów, zurückgekehrt, wo ich zur Hochzeit der Tochter meiner früheren Haushälterin Władzia Śleszyńska-Królikowa (heute Bauersfrau auf 8 Hektar) gewesen

bin. Diese Tochter Weronika ist mein und St.s Patenkind. Vielleicht klingt es zynisch, aber ich habe diese Hochzeit erlebt als prächtiges, mir vom Leben geschenktes Thema zu einer Erzählung mit genau diesem Titel »Leben«. Schade, daß ich nichts notieren konnte.
Zuhause fand ich alles in Ordnung vor. Aber die Nachricht, daß Frankreich den Vertrag über die europäische Armee akzeptiert hat (ich weiß nicht, wie das passieren konnte), stellt die Frage eines nahen Krieges an die Spitze aller Probleme des Alltags. Das bringt mich völlig aus der Fassung. Ich sehe in uns allen das Material zum Sternenstaub, bevor ich aufschreiben kann, was ich aufschreiben muß, habe ich nicht die geringste Lust, dazu zu werden. Und wenn ich es aufgeschrieben habe, erst recht nicht.
Angeblich hat Amerika eine Milliarde Dollar für die Bewaffnung Westdeutschlands zur Verfügung gestellt.
An den Tagen, die ich auf dem Lande verbrachte, war ungewöhnlich schönes und warmes Wetter.

27. 10. 1954. Mittwoch

Gestern abend sagte Tulcia, schon im Bett liegend: »Ich hab' es sehr gern, wenn ich morgens aufwache, aber nicht so ganz, nur so, daß das Eigelb in mir noch schläft« (das berichtet Anna).
Abends hatten Anna und ich lange über die Maler gesprochen. Wie ungewöhnlich interessant Breughel sei, der Große, der mit den Holzfällern und den Jahreszeiten. Ein Epiker und Kolorist, den keine spätere Richtung übertroffen hat. Es gibt Leute, die Vermeer für den größten Maler der Welt halten. In der Tat, er ist der Meister der Valeurs, nichts bei ihm ist abgesondert. Farben, Formen, Helldunkel bilden eine durch nichts zu beeinträchtigende Einheit. Ich persönlich bin nicht so übertrieben vernarrt in Fra Angelico oder Giotto und stelle die flämischen Meister sehr viel höher. Fra Angelicos berühmte Farben sind eben

abgesondert, jede für sich, sie hören nicht auf, Farbe zu sein.

4. 11. 1954. Donnerstag

Abends um acht erschien eine Frau mit einem Brief in der Hand. Wie sich herausstellte, kam sie von der Nationalen Front[1] und brachte mir eine Drucksache zur Unterschrift, mit der ich mein Einverständnis ausdrücken sollte, für den Nationalrat der Hauptstadt zu kandidieren. Ich war überrascht – niemand hatte mich gefragt, ob ich mit dieser Kandidatur einverstanden sei. Sie war sehr bedrückt, denn sie läuft den ganzen Tag mit diesen Blättern herum, und wenn sie die Unterschrift nicht erhält, hat sie den ihr vorgegebenen Plan nicht erfüllt. Ich nannte ihr die Gründe, weshalb ich nicht kandidieren könne. Sie sagte, sie werde das »berichten«, und ging, ich aber blieb böse und enerviert zurück, weil ich wußte, daß es damit nicht sein Bewenden haben würde.

1 Nationale Front, ab 1956 Front der Nationalen Einheit, heute Patriotische Bewegung der Nationalen Wiedergeburt – diese Organisationen sollten die Gesamtgesellschaft repräsentieren; u. a. berechtigt zur Aufstellung von Kandidaten bei den Wahlen.

5. 11. 1954. Freitag

Ich habe die ganze Nacht nicht geschlafen. Es bedrängte mich, daß man mich nicht in Ruhe lassen würde, und ich überlegte, wie ich vorgehen sollte. Das Mitwirken in der Öffentlichkeit ist etwas sehr Verlockendes, man träumt von einer Tribüne, von der herab man endlich sagen kann, was man der Welt zu sagen hat. Doch der Realitätssinn übergießt uns alsbald mit kaltem Wasser. Unter den heutigen Bedingungen kann man nichts äußern, und wenn man die inspirierteste, fruchtbarste Wahrheit riskierte, würde das wie patagonisch klingen und wie ein Stein ins Wasser fallen.

Nicht einmal in der Presse, in Berichten würden sie das drucken. Dagegen müßte man mit seinem Namen alles »decken«, was »einstimmig« beschlossen würde. Selbst im Falle der Stimmenthaltung oder des Votum separatum würde solch ein Widerspruch nicht öffentlich zur Kenntnis gebracht. Fügen wir noch die Hunderte von Anträgen, Interventionen und die »Wähler« hinzu – dann ist es Schluß mit der literarischen Arbeit. Daß es nur um den Namen geht, verbergen jene nicht einmal, die uns in etwas hineinziehen wollen. Gewöhnlich sagen sie mit naivem Zynismus: »Sie werden sich von jeder Arbeit frei machen können – es geht nur um Ihren Namen«.

Während ich mich so mit den Gedanken herumschlug, wartete ich auf den Morgen. Schon um neun rief Wolf vom Schriftstellerverband an, Kruczkowski[1] wolle mich sprechen, wann er kommen dürfe. Ich bestimmte zwölf Uhr mittags und konnte nicht mehr arbeiten, die inwendige Diskussion mit Kruczkowski störte mich. Anna bereitete Kaffee vor und blieb wegen des Gesprächs zuhause, obwohl sie in die Stadt gehen wollte.

Ja, und alles kam anders. Wenn jemandem daran lag, mich zur Annahme eines Mandats zu bewegen, dann war Kruczkowski der letzte, dem man eine derartige Mission anvertrauen konnte. [. . .] Eigentlich endete es damit, daß er mich um Verzeihung bat für die »Unordnung, durch die man mir ohne vorangehende Anfrage diese Frau mit dem Einverständnis zur Kandidatur geschickt habe«. Ich sagte ihm meine wichtigsten oder eigentlich die für ihn verdaulichen Argumente, und nach 10 Minuten gingen wir bei schwarzem Kaffee zur Unterhaltung über.

Tulcia ist heute wegen Husten nicht zur Schule gegangen. Statt dessen ging Anna um sechs zur Versammlung des Elternkreises. Sie brachte die Nachricht mit, in einer Klasse hätten die Jungen einen Kameraden so geschlagen, daß man ihn ins Arztzimmer tragen mußte. Auch ein Mädchen, das aus der Schule heimging, hatten sie grausam geschlagen. Tulcia fragte direkt: »Totgeschlagen?« Tulcias Lehrerin erzählte Anna, sie habe einen Schüler bestraft, weil er einen Kameraden geschlagen hatte, daraufhin hätten sich dessen Eltern über die reaktionäre Lehrerin beschwert. »Die Kinder müssen sich ausleben. Die Zeiten sind vorbei, da man Kinder terrorisierte« – argumentierten diese fortschrittlichen Eltern. Feine Eltern, die einen künftigen Banditen heranziehen, wenn nicht im wörtlichen, dann im geistigen Sinne.

1 Leon Kruczkowski (1900-1962), Schriftsteller, damals Vorsitzender des Polnischen Schriftstellerverbandes.

9. 11. 1954. Dienstag

Von der Rohfassung dieser Erzählung habe ich heute nur wenig geschrieben, aber immerhin ein paar Seiten. Um zwei im »Bristol« beim Friseur, wo sechs Mädchen vom chinesischen »Lied- und Tanzensemble« frisiert wurden. Scheußlich auf russische Weise gekleidet in fauliggrüne Militärjacken, kurze dunkelblaue Röcke, hohe Männerstiefel und Mützen mit Stern. Aber dafür die Gesichter! Besonders eine hat mich begeistert. Während ihr Haar unter der Haube trocknete, holte sie Noten hervor und sang daraus etwas vor sich hin. Wunderschön die taktschlagende Hand, zart und rein das Profil, und welch bezaubernder Blick, welche Hautfarbe und welche herzergreifende Stimme! Ich mag keine Soprane, vor allem nicht unsere allzu durchdringenden und bohrenden. Doch das war eine Stimme – sagen wir: ein Stimmchen, so würden wohl Blumen oder Vögel klingen. Etwas Samtiges und zugleich silbern Läutendes schwang darin. Auch die musikalischen Phrasen an sich hatten den Zauber exotischer, aber naher, wie für mich geschaffener Töne. Sie hörte sich wohl selbst nicht, glaubte nur zu summen, dabei flötete sie mit unterbrochenen, wiederholten Takten wie eine Lerche. Neben diesen chinesischen Mädchengesichtern (auch die anderen waren sehr hübsch) erschienen mir unser Aussehen und unsere Gesichter ordinär, unvollendet und primitiv. Diese chinesischen Gesichter glichen Kunstwerken.

22. 11. 1954. Montag

Etwas wie der Abgrund der Verzweiflung. Die erste Rohfassung der Erzählung nähert sich dem Ende, aber bis jetzt kann ich in ihr keinen Wert erkennen. Ich bin bis zum »Eigelb«, wie Tulcia sagt, unglücklich, und ich halte es für ein Unglück, daß ich so unglücklich bin. Man hat kein Recht, dermaßen unglücklich und bis zum Letzten mißmutig zu sein. Auch bei völlig unwiederbringlichen Verlusten. Dennoch möchte ich so gern neu geboren werden.
Die Nachricht läuft um, Różański sei verhaftet worden.[1] Eine Revision der Prozesse gegen Rajk und Slanský solle stattfinden.[2]

1 Jacek Różański (1907-1981), Direktor der Untersuchungsabteilung des Ministeriums für öffentliche Sicherheit, später verhaftet und wegen »Verstoßes gegen die Rechtsstaatlichkeit« verurteilt.

2 Die Revision dieser Prozesse erfolgte zu unterschiedlichen Zeiten; in Ungarn wurden die grundlos Verurteilten 1955 rehabilitiert, in der Tschechoslowakei erst 1963.

28. 11. 1954. Sonntag

Abends sprachen Anna und ich über das, was in uns »brodelt«, und warum man dem nicht öffentlich Ausdruck verleihen kann. Immer komme ich auf die genialen, aber vergessenen Kriterien Petrażyckis zurück. Die Polen neigen als Nation zu einer heroischen Ethik, die unter außergewöhnlichen, pathetischen Umständen das Opfer des Lebens und der Habe fordert. Es fehlt ihnen aber fast völlig die soziale, normale Ethik der Forderungen und Verpflichtungen, die von der jahrhundertealten Tradition des Westens gepflegt wurde und zu einem glücklichen, weil redlichen Leben im Alltag führt. Man hätte glauben können, der Sozialismus und die vom Staat eingeschärfte sozialistische Moral müßte bei den Massen eine soziale Ethik ausbilden. Statt dessen verbreitet die Propaganda des berüchtigten Systems russischen Stils weiterhin eine heroische Ethik und einen »Idealismus« sehr verdächtiger Art (arbeiten bis zum Krepieren für das Glück künftiger Generationen – ist das nicht dasselbe wie der Kult der Armut um den Preis des Lebens jenseits des Grabes?), und die soziale Ethik leidet darunter nicht nur, sondern ist von dem kläglichen Zustand, in dem sie sich befand, auf ein kritisches, schlimmer noch, auf ein skandalöses Niveau abgesunken. Wir werden – in ganz wörtlichem Sinne – von Tag zu Tag mehr eine Nation von Rowdies, Abartigen, Banditen, von Dieben öffentlichen und privaten Eigentums, von Schwindlern und Betrügern. Kürzlich wurde ein Sexualmord an einem 6jährigen Mädchen begangen, der gefaßte Täter erwies sich als 20jähriger Bursche. Das geschah in der Altstadt. Seitdem ist ein zweiter Sexualmord auf der Krakowskie Przedmieście-Straße passiert.

6. 12. 1954. Montag

Gestern, am Tag der Wahlen zu den Stadträten, sind wir morgens um 9 hingegangen, um diese Blätter mit der Kandidatenliste in die Urnen zu werfen. Im Zusammenhang damit kursiert folgende Anekdote. Wann fanden die ersten »demokratischen« Wahlen statt? Damals, als der liebe Gott Adam eine Rippe entnahm, Eva schuf und zu Adam sagte: »Und nun wähle dir eine Frau«. [. . .]

12. 12. 1954. Sonntag

Diese Woche hat mich zwei Tage lang die Konferenz in Sachen des »Wörterbuchs der polnischen Sprache« beschäftigt. Obwohl ich in Sprachfragen nicht immer mit Doroszewski[1] übereinstimme, empfinde ich allein ihn unter den Sachkennern als lebendigen Menschen. Vielleicht spielt hier auch die Sympathie für sein Äußeres eine Rolle, ja sogar seine Art, beim Reden zu stocken. Einen sehr klaren Verstand und demzufolge auch eine klare Rede hat Klemensiewicz[2], angenehm ist Urbańczyk.[3] Aber ich kann mich dem Eindruck nicht widersetzen, daß alle diese Linguisten auf uns Schriftsteller voller Verachtung herabschauen, sie fühlen sich als Besitzer der Pferde, auf denen wir als Jockeys nur reiten. Sowohl ich als auch Paweł Hertz[4] haben oft genug in der Diskussion das Wort ergriffen, sie aber diskutierten »beiseite« untereinander, unsere Meinungen schienen gar nicht zu ihnen vorzudringen. Und interessant – sie verkündeten immer wieder Urteile und Thesen, die gerade wir vor drei Jahren in die Diskussion eingebracht hatten, besonders nahmen sie die Fragen auf, mit denen ich damals hervorgetreten bin. Aber keiner von ihnen erwähnte auch nur die damalige Diskussion mit den Schriftstellern oder deren Standpunkt. Die Stimme eines Schriftstellers gelten zu lassen, scheint unterhalb der Würde der Sprachwissenschaftler zu liegen, und diese Diskussion wollen sie überhaupt nicht kennen, noch nicht einmal den Teilabdruck in der »Nowa Kultura«. Übrigens kannten sie sie vielleicht wirklich nicht oder schätzten sie zu gering, um sie zu lesen. Ich hatte den Eindruck, hinter der Berufung zweier Schriftsteller (ich und Hertz) in das neue Redaktionskomitee zum Zeitpunkt, da der erste Band des Wörterbuchs schon fast fertig ist, steht der Wunsch, die Verantwortung auf die Schriftsteller abzuwälzen oder wenigstens sich vor der Verantwortung für die hartnäckig beibehaltenen Fehler unter dem Vorwand zu drücken, es seien doch Schriftsteller im Komitee gewesen.

1 Witold Doroszewski (1899-1976), Sprachwissenschaftler, Professor der Universität Warschau; leitete damals die Arbeiten an dem neuen, elfbändigen »Wörterbuch der polnischen Sprache«.

2 Zenon Klemensiewicz (1891-1961), Sprachwissenschaftler, Professor der Jagiellonen-Universität Krakau.

3 Stanisław Urbańczyk (geb. 1909), Sprachwissenschaftler, spezialisiert auf Altpolnisch, Professor der Jagiellonen-Universität Krakau.

4 Paweł Hertz (geb. 1918), Schriftsteller und Herausgeber.

13. 12. 1954. Montag

Mittags gingen wir einen Weihnachtsbaum kaufen, was zur Ursache eines unangenehmen Mißverständnisses wurde. Dort war ein sehr unfreundlicher, dazu noch betrunkener Verkäufer. Als ich ihn auf sein unangebrachtes Verhalten aufmerksam machte und er scharf antwortete, wurde Anna so zornig auf mich, daß sie floh und für den Rest des Tages nicht mehr mit mir reden wollte. Für mich aber war die Szene nur amüsant und charakteristisch, sie endete unerwartet. Der »Grobian« bat mich um Verzeihung und band mir den Weihnachtsbaum hübsch zusammen, was er zuvor ordinär abgelehnt hatte. Zum Abschied aber küßte er mir die Hand!

18. 12. 1954. Sonnabend

Der wahre Abgrund des Jahres – Tage, die fast keine sind – schwarze, dunkle Taggespenster. Am 17. Dezember abends um 6 ist Zofia Nałkowska an einer Gehirnblutung gestorben, was um so merkwürdiger ist, als sie angeblich einen niedrigen Blutdruck hatte. Im Krankenhaus auf der Emilia-Plater-Straße hat man sie 6 Tage lang gequält, um die Reste eines Lebens aufrechtzuerhalten, das eigentlich vom ersten Moment an nicht mehr zu retten war. Die Agonie verlief fast identisch mit dem, was die ärztlichen Bulletins während der Agonie Stalins aussagten. Auf mich hat dieser Tod einen deprimierenden Eindruck gemacht. Man sieht immer schärfer das Ende der eigenen Generation.

Auf diese Nachricht hin habe ich bis tief in die Nacht nicht geschlafen, sondern nur überlegt, daß der Mensch, wenn er ein vorzügliches Bewässerungssystem schafft, sich um jeden Deich oder Damm, um jede Schleuse kümmert. Er aber, der im eigenen Inneren ein ausgezeichnetes Bewässerungssystem besitzt, tut alles, was er kann, um es zu zerstören, bis er es so weit bringt, daß eine Flut von Blut ihn überschwemmt.

13. 1. 1955. Donnerstag

Über zwei Wochen ohne Notizen. Die ganze Zeit an dieser verfluchten Erzählung.[1] Herausgekommen ist eine Feldschlange auf 67 Seiten, und ich weiß nicht, ob sie etwas taugt. Ich habe es viermal geschrieben, die erste Rohskizze habe ich verworfen, so daß ich jetzt die dritte Fassung beendet habe. Den Text habe ich schon am 3. Januar richtig festgelegt. Bis zum 10. habe ich ihn endgültig umgeschrieben. Die eigentliche schöpferische Arbeit wurde im November und Dezember getan.

Wenn es inmitten der Tortur, die man Schaffen nennt, irgendeine Möglichkeit des Angenehmen gibt, dann kann man ihre Spuren in dieser sogenannten »dritten Fassung« finden. Insgesamt aber war ich nach der Arbeit an dieser Erzählung so erschöpft, habe ich mein Herz so überanstrengt, daß ich dann zwei Tage lag und japste. Erst heute morgen konnte ich wieder bewußt aus den Augen gucken.

Warum also schreibe ich? Hier könnte die Definition Anwendung finden: Freiheit ist die Einsicht in die Notwendigkeit. Das Schreiben ist für mich eine Notwendigkeit, häufig eine geradezu verhaßte (mir kommt dieses Handwerk nicht gentlemanlike vor, indiskret und unanständig), ich muß mich ihr jedoch unterwerfen, denn nur wenn ich die Aufgabe annehme und ihr leidlich gerecht werde, bringt mir das für einen kurzen Augenblick das Gefühl der Freiheit, also des Glücks. Dieser Augenblick – für diesen Augenblick lebt man . . .

Vorläufig kenne ich nur Annas Meinung, die besagt, es sei »sehr schön«, aber wie zu allem, was ich schreibe, hat sie auch hierzu eine kühle Beziehung. Ich finde sehr viel mehr Gefallen an ihrem Schaffen als sie an meinem.

1 Letzten Endes erhielt die Erzählung den Titel »Die Dorfhochzeit«. Nach der Veröffentlichung im Rundfunk und in der Zeitschrift »Twórczość« ging sie in den Band »Der Morgenstern« ein und wurde in zahlreiche Sprachen übersetzt.

20. 1. 1955. Donnerstag

Am letzten Sonntag hat Frania uns besucht. Ich freute mich, denn sie ist in guter Verfassung und lebt intensiv das Leben ihres neuen Milieus. Die Altersheime sind eine große Errungenschaft dieser Zeit, obwohl niemand sie anpreist, ich weiß nur zufällig etwas über sie. Franias Besuch war mir überhaupt angenehm – jemand von damals, von der Polna-Straße, aus der verlorenen, versunkenen Welt.

9. 2. 1955. Mittwoch

Vorgestern brachte die Presse die Nachricht vom Sturz der Regierung Mendès-France und gestern vom Sturz . . . Malenkows. An seine Stelle trat . . . Bulganin. An die Stelle eines relativ Jungen tritt ein Greis. An die Stelle eines Zivilisten (sofern in diesem Land überhaupt irgend jemand ein Zivilist ist) ein General. Merkwürdig die Zeiten, in denen der Ruhm der Jugend gepriesen wird, die Herrschaft aber in den Händen bösartiger Greise liegt; schiebt man diese mal ab, kommen sie alsbald wieder an die Macht. [. . .]
Im »Życie Warszawy« eine Riesenrede von Molotow, in der er, als er davon sprach, daß die Sowjetunion das Lager des Friedens, des Sozialismus und der Demokratie anführt, hinzufügte: »Genauer gesagt – die Sowjetunion und die Chinesische Volksrepublik«. Ein Novum.
Im Rundfunk endet diese Woche die Lesung meiner Erzäh-

lung »Dorfhochzeit«. Kreczmar liest sehr gut. Diese Erzählung hat einen unerwarteten Erfolg; obwohl sie noch nirgendwo gedruckt ist, wird bereits viel über sie gesprochen.

11. 2. 1955. Freitag

Abends hatte ich einen derartigen Kollaps, daß ich das interessanteste Kapitel meiner Erzählung, das mit dem Priester, nicht hörte. Ich war sehr neugierig, ob sie mir womöglich im letzten Augenblick etwas aus dem Band herausgeschnitten hätten – und Pech gehabt. Ich machte mir das Bett, um mich nach der Sendung gleich hinlegen zu können, weil es mit meinem Herzen nicht gut stand, und plötzlich – ich weiß nicht, was passiert ist. Ich verlor das Bewußtsein und erwachte erst heute früh um fünf mit dem Gefühl, auferstanden zu sein. Den ganzen Tag mußte ich mit Schmerzen in der Brust und einem Puls über hundert liegen bleiben. Erst abends beruhigte sich das Herz, doch das Gefühl eines unangenehmen Anfalls blieb im Organismus.

1. 3. 1955. Dienstag

Gestern kam Frau Wilczkowa, und ich gab ihr den Band Essays[1] – ich bin aber nicht sicher, ob das durchgeht oder nicht mindestens Vorbehalte weckt. Trotzdem bin ich für einige Zeit frei und kann ein bißchen ausruhen. Zwei Tage lang habe ich meinen Schreibtisch geordnet und einen Teil der anstehenden Korrespondenz erledigt, was mich auch erleichtert hat. Ich habe den Entschluß gefaßt, für zwei Wochen mit Tulcia nach Bukowina zu fahren, damit Anna ihren Frycz ein wenig vorantreiben kann.[2]

1 Gemeint ist der Band »Gedanken über Dinge und Menschen« (1956), Essays, besonders über Gestalten und Themen, die in der Zeit des Sozialistischen Realismus von der Zensur nicht toleriert wurden.

2 Anna Kowalska schrieb damals den zweiten Teil eines Romans über Andrzej Frycz Modrzewksi, den Schriftsteller und Reformer aus der Zeit der Renaissance.

25. 3. 1955. Freitag

Die Woche verging im Zeichen des Chopin-Wettbewerbs, zu dem die belgische Königin Elisabeth hergekommen ist. Im ersten Abschnitt des Wettbewerbs, den ich nur im Radio hörte, hat mich Adam Harasiewicz am meisten begeistert, ich habe gleich vorausgesehen, daß er den ersten Preis erhält. Als ich aber, schon nach dem Wettbewerb, im »Konzert der Preisträger« den Franzosen Ringeissen hörte, schwankte ich in meinem Urteil und hätte wohl ihm den Vorrang gegeben, jedenfalls aber den zweiten Preis; das Publikum feierte ihn, doch erhielt er nur den 4. Preis. Aszkenazi spielte großartig, aber nicht so bewegend wie Ringeissen; der Chinese[1], den man so hoch ausgezeichnet hat und der noch einen Sonderpreis für die Mazurkas erhielt, hat mir überhaupt nicht gefallen; die Mazurkas spielte er wie Wiegenlieder. Anna hat es gut ausgedrückt: »Er spielt, als miede er das Klavier«.

Elisabeth von Belgien (die Witwe des großen Albert)[2] ist 79 Jahre alt. Mehr königliche Unermüdlichkeit, Unverwüstlichkeit, Ausdauer und Jugendlichkeit in diesem Alter dürfte kaum zu finden sein. Sie brachte unsere erschöpften, entnervten Herren so weit, daß sie paßten, während sie immer noch nicht genug hatte an Besuchen und Besichtigungen. Man hatte geglaubt, sie würde nach dem Wettbewerb nur noch wenige Tage bleiben, doch sie blieb ungefähr drei Wochen. Am Ende überlegte man spaßeshalber, ob sie nicht »um Asyl bitten« würde. [. . .]

Es ist sehr komisch, daß ich gerade im sozialistischen System zum ersten Mal im Leben mit einer Königin gespeist habe. Und welche Pikanterie steckt darin, daß Iwaszkiewicz erst im sozialistischen System seine reiche Heirat und herrschaftliche Residenz, die sich zum Empfang einer Königin eignet, wirklich zugute gekommen ist. Iwaszkiewicz kennt sie aus der Zeit, als er bei unserer Gesandtschaft in Belgien war. Beim Essen waren außer Elisabeth, einigen Personen ihrer

Begleitung und dem Ehepaaar Iwaszkiewicz nur Parandowski, Prof. Michałowski[3], Eibisch[4], Mycielski[5] und Lutosławski[6] zugegen. Das Essen war vorzüglich. [. . .] Elisabeth ist sehr anmutig, das Gespräch verlief leicht und glatt, es war wohl der angenehmste gesellschaftliche circle, an dem ich im Laufe der letzten zehn Jahre teilgenommen habe – wenn auch ohne tiefere Bedeutung und federleicht wie Schaum. Als Tischherren hatte ich einen belgischen Musikwissenschaftler aus der Begleitung der Königin, der recht interessant über die afrikanische Negermusik sprach. Er stellte sich als mein Kommilitone heraus, hatte in denselben Jahren wie ich an der Universität Brüssel Naturwissenschaften studiert. An Elisabeth erinnere ich mich, als sie jungverheiratet mit Albert den Thron bestieg.
Warschau hatte viel Spaß und erzählte heitere Anekdoten von diesem Besuch, der die Kommunisten freute und die Reaktionäre ärgerte. Seltsam.

1 Fou Ts'ong (geb. 1934), errang den 3. Preis, war in Polen ausgebildet, machte eine weltweite Karriere.
2 Elisabeth (1876-1965), Prinzessin von Bayern, Königin der Belgier, Gemahlin Alberts I., bekannt wegen ihrer künstlerischen Interessen und ihres Mäzenatentums für die Musik.
3 Kazimierz Michałowski (1901-1981), Archäologe und Kunsthistoriker.
4 Eugeniusz Eibisch (1896-1987), Maler.
5 Zygmunt Mycielski (geb. 1907), Musikwissenschaftler und Komponist.
6 Witold Lutosławski (geb. 1913), Komponist.

21. 4. 1955. Donnerstag

Man hat mir eine Reise in die DDR zum Treffen der Schriftsteller aus beiden Teilen Deutschlands und zu den Schillerfeiern (Wartburg und Weimar) vorgeschlagen. Das paßt mir nicht recht wegen meines schlechten Gesundheitszustandes, wegen der geplanten Arbeiten und wegen eines der wenigen Dinge, die ich sehr mag, das Umpflanzen meiner Blumen und Herrichten der Balkons. Und auch – und hauptsächlich – wegen der Erinnerung an ein Wort von Jerzy Stemp, irgendwann einmal vor dem Kriege: »Man kann überall hinfahren, aber zur richtigen Zeit und in der richtigen Gesellschaft«. Ich soll nur mit Jastrun fahren. Schließlich habe ich unter einer Bedingung zugestimmt[1]: keine Verpflichtungen, keine öffentlichen Auftritte etc. Aber ich habe schon jetzt Katzenjammer nach diesem Entschluß.

1 M. D. reiste am 29. 4. ab und verbrachte drei Wochen in der DDR. Sie nahm an dem zum zweiten Mal organisierten »Dichtertreffen« teil, einer Begegnung von Lyrikern der DDR und der BRD, die der Idee einer demokratischen Vereinigung Deutschlands verpflichtet waren, sowie an den Feierlichkeiten zum 150. Todestag Friedrich Schillers in Weimar. Ihre Betreuerin war die junge Schriftstellerin Christa Wolf. Diese Reise hielt sie nicht im Tagebuch fest, sondern schrieb ihre gesonderten »Reiseskizzen«, 1956.

22. 4. 1955. Freitag, morgens um sechs

Der Tag gestern war schlimm für mich. Ich mag es nicht, öffentlich aufzutreten, und besonders nicht, Fragen zu beantworten – dann verliere ich total den Verstand. Meine »Klugheit« ist nur im kleinen Kreis funktionsfähig, und außerdem weiß ich erst nach langem Überlegen, was ich über die gestellte Frage denke. Ich habe exakt das, was man »esprit d'escalier« nennt – mein Verstand kommt erst dann zu Worte, wenn ich den Ort verlasse, wo er mir hätte dienen sollen. Bei mir ist nicht der erste, sondern der letzte Gedanke golden. Außerdem hatte ich bei dem Abend im Museum den Eindruck, als wäre das Publikum mir gegenüber nicht freundlich eingestellt; obwohl der Saal wie bei allen diesen Abenden voll war.
Im Zusammenhang mit meiner Zustimmung zu der Reise in die DDR las ich Manns »Doktor Faustus«. Das ist eine

Gattung, die mich noch heute locken würde. Die Wahrheit über die Welt von heute zu sagen, sie so zu beschreiben, wie man in der Wissenschaft ein zum ersten Mal gesehenes Tier, ein Experiment oder eine Erfahrung beschreibt, z. B. die Atomspaltung.

25. 4. 1955. Montag, morgens um sieben

Seit fünf schaue ich in das Schneetreiben. Das Thermometer steht unter Null. In der »Twórczość« (die neueste »Twórczość« ist hochinteressant) habe ich den Artikel von Jerzy Wyszomirski[1] über die neue polnische Goetheausgabe gelesen. Er erwähnt mehr als zwanzig Dichter, die den berühmten Vers »Über allen Gipfeln ist Ruh« übersetzt haben. Er gibt drei Beispiele – alle sehr schlecht. Das schlechteste – von Staff; das relativ am wenigsten schlechte – von Karski. Das hat mich so gefesselt, daß ich selbst versuchte, es zu übersetzen. [...]

Ich lese Mann weiterhin mit höchstem Interesse. Was für ein Unterschied des Kalibers im Vergleich mit Ehrenburgs »Tauwetter«.[2] Auch dies ein Versuch, die Wahrheit über seine Zeit und seine Nation zu sagen, doch weil diese gefesselt ist, klingt es falsch. Es ist ein Buch über die gefrorenen Herzen, das »Tauwetter« ist darin ein Tauen winterlicher Fäulnis, aber noch kein Frühling. Wenn auch vielleicht eine unbeholfene Ankündigung des Frühlings. Ein schwaches Bild humaner Regungen in Schaufensterpuppen und menschlichen Automaten.

1 Jerzy Wyszomirski: »Aufgrund der Goethe-Ausgabe«. In: »Twórczość« 1955, Heft 4.

2 Ilja Ehrenburg: »Tauwetter«, 1955, wirkte damals sensationell als erste Kritik an der Stalinzeit in der sowjetischen Literatur; gab der Übergangszeit ihren Namen.

26. 4. 1955. Dienstag

Zitate aus Sowińskis Artikel über Schiller in der »Twórczość«[1]: »Größe, gibt Schiller zu verstehen, ist möglich sogar im dunkelsten Zeitabschnitt der Geschichte.« Das ist eine interessante Interpretation von Sowiński. »Wenn Unglück sein soll«, notiert Schiller am Rande seines »Demetrius«-Planes, »so muß selbst das Gute Schaden stiften«.

Anna sagt, auf unsere Zeit könne man voll und ganz das Sprichwort anwenden: Die Hölle ist mit guten Vorsätzen gepflastert. Und wir lebten eben in einer mit guten Vorsätzen gepflasterten Hölle. Und c'est le cas de le dire.

Ich habe Schelers »Zum Phänomen des Tragischen« gelesen. Die Frage ist, ob der Kommunismus und sein Ringen mit der nichtkommunstischen Welt eines der Phänomene der Tragik der Welt (des Seins) ist, ob dieses Phänomen deshalb tragisch ist, weil der Kommunismus den Begriff des Tragischen in seinem ungeheuren Hochmut verworfen hat (ich selbst bin für eine Revision und Reduzierung, aber nicht bis zu seiner Negation) und dadurch eine unbeschreibliche Verwirrung stiftete, sich selbst jeglichen Ansehens, auch jeglicher Chance zur Selbstverwirklichung beraubte. Indem er den Werten, gegen die er kämpft, jeden Daseinszweck genommen hat, hat er sich selbst trivialisiert. Daher rührt das Gefühl der allgemeinen Langeweile und des Abscheus, das nicht nur die Gesellschaft, sondern auch die besseren Kommunisten erfaßt.

1 Adolf Sowiński: »Friedrich Schiller«. In: »Twórczość« 1955, Heft 4.

8. 7. 1955. Freitag

Ich habe Sartres (gehaltene) und Russells (übersandte) Rede vom Kongreß in Helsinki gelesen[1], Sartre hat den Kern der Sache getroffen: »Wir wollen eine friedliche Koexistenz aller Völker trotz des Streits zwischen ihren Regimes. Eine solche Koexistenz kann verwirklicht werden, wenn es den

Anstrengungen der Völker gelingt, den Zerfall der Blöcke herbeizuführen.« Und weiter: »Der Kalte Krieg besteht nicht allein im Austausch von Beleidigungen ... Sein Wesen ist eine ganz bestimmte Struktur der internationalen Beziehungen, die im Aufsaugen der Völker durch die großen Blöcke besteht ... Dem Kalten Krieg ein Ende zu bereiten ... heißt, das spezifische System der Blöcke von heute durch ein anderes zu ersetzen.«

Zutreffend und auch mit meinem Urteil völlig übereinstimmend ist Russells Anschauung, daß kein »Atomwaffenverbot« irgend etwas erreicht. Die Atomwaffen können bereits insgeheim produziert werden, ohne daß irgendeine Kontrolle das aufzudecken vermag. Keine der beiden Weltmächte wird glauben, daß die andere solche Waffen nicht insgeheim produziert, das gegenseitige Mißtrauen wird nur wachsen, und die Beziehungen werden noch gespannter werden. Falls aber ein Krieg ausbricht, werden keine Verbote eingehalten werden. Diese Anschauung läßt sich auf Sartres Vorschlag zurückführen, obwohl Russell pessimistischer ist und mehr im Stil biblischer Propheten droht.

1 Ansprache bei der Weltkonferenz der Vertreter der Friedenskräfte in Helsinki, 22.- 29. 4. 1955.

23. 7. 1955. Sonnabend

Gestern hat man mir den Staatspreis I. Klasse »für mein Gesamtwerk« zuerkannt. Mir! das ist Größenwahn. Es wurden mehrere hundert Preise zuerkannt. Die Liste umfaßt eine ganze Spalte des »Życie Warszawy«, in Petit gedruckt. Das macht auf niemanden mehr Eindruck, und auch das Geld ist abgewertet. Im Zusammenhang aber mit dem Preis erhielt ich zahlreiche Einladungen: zur Eröffnung des Kulturpalastes, zum Festakt darin, zur Parade, zum Empfang beim Präsidium des Ministerrates etc.

Zu keiner Veranstaltung bin ich gegangen, doch irgend etwas hat mich gelockt, ins Präsidium des Ministerrats zu

gehen. Um die »Welt« von heute kennenzulernen, war es die Mühe wert, als persönliches Erlebnis ein Alptraum.
Ich war schon mehrfach bei solchen Empfängen, aber dann hatten mich Modzelewskis mitgenommen und führten mich, weil sie Bescheid wußten, immer gleich zum Hauptaltar. Ich war also im prächtigsten Teil dieser Versammlung, wo die Tische sich unter ausgesuchten Leckerbissen bogen, die Frauen in Abendkleidern paradierten etc. Diesmal kam ich mit dem Taxi, was sich, wie sich zeigte, bei offiziellen Feiern der Volksrepublik Polen nicht gehört. Schon an der Visitinerinnenkirche stoppte uns die Miliz und schrie den Fahrer recht brutal an: »Mach sofort kehrt, solange du noch heil bist« usw. Vergebliche Versuche, ihnen klarzumachen, daß ich zum Empfang beim Premier führe. Ein Weilchen schoben wir uns noch voran in der Riesenschlange herrlicher Limousinen, dann mußte ich aussteigen, weil mein immer brutaler behandelter Fahrer vor Angst bebte, man könne ihm die Fahrerlaubnis entziehen. Ich traf zu Fuß ein. Obwohl ich pünktlich um halb neun kam, wie es in der Einladung stand, waren die Räume des Palais schon zum Bersten voll von einer undurchdringlichen Menge dichtgedrängter Menschen. Ich stand verschüchtert, fast entsetzt in der Masse und erblickte kein bekanntes Gesicht. Schließlich die erste, zwar nur dreimal im Leben gesehene, aber immerhin etwas bekannte Visage von Ozga-Michalski.[1] Ich atmete auf, denn es ist schrecklich, so allein in einer fremden Masse zu sein. Wir standen noch ein Weilchen, plötzlich hörte ich die Klänge der Nationalhymne. Das schweißtriefende Volk zerbarst in zwei Hälften, und auf dem schmalen Pfad defilierte die Regierung und die Partei vorbei [. . .].
Ozga-Michalski war es heiß, er drängte sich irgendwo nach unten durch, ich Unglückliche folgte ihm, weil ich mich in den Sälen überhaupt nicht zurechtfand. Ich bemerkte gar nicht, wie wir in den Garten gelangten, auf Sandboden,

unter kümmerliche Eschen. Die Kellner und Lakaien in weißen Jacken ließen uns nicht verweilen, und als wir bei den Tischen auf der Terrasse bleiben wollten, jagten sie uns richtig in den Garten. Michalski war dort offenbar verabredet, denn an einem Tisch in der Ecke an der Palaismauer erwartete ihn seine Frau, ein zartes Gesicht, das man nicht behält, die Zöpfe nach vorn fallend, gekleidet in gemusterte chinesische Seide, die ihr Mann anscheinend von einer offiziellen Reise mitgebracht hatte. Plötzlich befand ich mich in Gesellschaft von Redakteuren katholischer Zeitschriften, wohl aus dem Pax-Verlag, denn zu meiner Verblüffung stellte sich mein Nachbar zur Rechten mit einemmal als Bolesław Piasecki[2] vor. Sehr stattlich, die reine »blonde Bestie«, mit weißen, kalten Augen. Er sagte »unsere große Dame« zu mir und wiederholte mehrfach: »Also, Ihnen gefällt mein Sozialismus nicht?« Ich fragte ihn: »Sind Sie Redakteur des ›Słowo Powszechne‹?« – »Nein, das war ich«, antwortete er, »aber jetzt bin ich überhaupt der ›Pax‹«. Diese Kumpanei war bereits erheblich angeheitert. Ein Redakteur namens Przetakiewicz trank mit Michalski Bruderschaft und warf dann beide Gläser an die Palaiswand. Ferner fand sich ein patriotischer Priester ein, der gerade aus Vietnam zurückgekehrt war, auch angeduselt – ein Kerl aus der Gegend von Kielce mit rundem, pockennarbigem, jovialem Gesicht; binnen kurzem nannte er mich »Frau Maria«. Ich hatte ein wenig den Eindruck, auf einem dörflichen Erntefest zu sein, wo die Herrschaft im Gutshaus tafelt und die Leute auf dem Rasen unter den Bäumen; der Eindruck auch ein wenig wie aus »Pepys Tagebuch«, als Herr Samuel, in Hampton Court angelangt, nicht zum königlichen Tisch gebeten wurde und mit den Kammerdienern zu Mittag aß. [. . .]
Nervös kehrte ich heim und schlief nachts lange nicht. Der Empfang bei Bierut[3] vor einem Jahr im Belweder anläßlich des Schriftstellertreffens fiel mir ein, den ich seinerzeit hatte beschreiben sollen. Das war im Juni. Irgendwie ergab es

sich so, daß ich an einem Tisch mit Bierut saß [. . .] Broniewski[4] kam bereits betrunken und taumelte durch die Salons des Belweder [. . .]. Irgendwann rief er trotzig über den ganzen Tisch: »Ihr wollt, Genosse Bolesław, daß ich einen neuen Text für die Nationalhymne schreibe. Das kann ich. Ich allein! Aber ich werde die Nationalhymne nicht ändern. Nicht weil ich es nicht kann! Weil ich es nicht will!« Und nach einer Weile: »Denn das wäre, als ob ich dem polnischen Adler den Kopf abrisse.«

1 Józef Ozga-Michalski (geb. 1919), Literat, 1949-56 Sekretär der Bauernpartei, seit 1953 Mitglied des Staatsrates.

2 Bolesław Piasecki (1915-1979), vor dem Krieg Mitglied einer rechten Organisation, seit 1952 Vorsitzender der regierungstreuen katholischen Pax-Vereinigung.

3 Bolesław Bierut (1892-1956), kommunistischer Politiker, 1947-52 Präsident der Volksrepublik Polen, ab 1948 Erster Sekretär der Vereinigten Polnischen Arbeiterpartei; starb in Moskau, bevor er vom XX. Parteitag der KPdSU zurückkehren konnte.

4 Władysław Broniewski (1897-1962), revolutionärer Dichter.

24. 7. 1955. Sonntag

Gestern rief mich ein gewisser Wójcik vom Außenministerium an, ich solle »auf persönliche Bitte des Premierministers« um drei zum Präsidium des Ministerrates kommen, wo bei einem kleinen schwarzen Kaffee der Empfang einer Delegation von Auslandspolen stattfinden werde, die aus verschiedenen Ländern des Westens zur Zehnjahresfeier eingetroffen ist. Er bat mich sehr, sie würden mich auch mit dem Auto abholen und heimbringen. Ich sträubte mich lange, willigte aber schließlich ein. [. . .].

Bierut hielt eine längere Ansprache über das Programm der neuen Politik gegenüber der Emigration, mit dem Wolf, Kruczkowski und Michalski zu mir gekommen waren und über das jener Góralski mit mir telefoniert hatte. Bierut wiederholte mehrfach, »das Volks-Vaterland wird vergessen, was die Emigranten ihm angetan haben, das polnische

Volk ist nicht nachtragend, und die Volksregierung reagiert, wie das Volk reagieren würde. Die alten Emigranten sollen Kontakt mit den neuen aufnehmen, die der Krieg aus der Heimat getrieben hat, sie sollen ihnen zureden, ins geliebte, ersehnte Vaterland zurückzukehren«.

Aus den Reihen der Emigranten, recht einfacher Leute, Ex-Bauern, Arbeiter und Handwerker, sprachen hauptsächlich die sehr resoluten und für »Volkspolen, unseren Reichtum und unseren Schatz« begeisterten Frauen. Bierut ergriff noch mehrmals das Wort. Nach drei Viertelstunden war dieses neue »Emigranten«-Programm abgehakt und ein anderer alter Mann schlug vor, alle sollten noch die Nationalhymne singen. Folglich sangen sie die erste Strophe »Noch ist Polen nicht verloren«, Bierut stand da und hörte zu, mir aber fiel die gestern aufgezeichnete Vorjahresszene im Belweder mit Broniewski ein. Skrzeszewski[1] ging die ganze Zeit hinter der dicht gedrängten Gruppe auf und ab und sagte nichts.

Ich war zufrieden, dort gewesen zu sein. Ich hatte in einem kleinen Ausschnitt gesehen, wie man von oben her »Geschichte macht«. Hätte ich dazu Kraft genug, ginge ich gern überall hin, um zu sehen und zu wissen.

1 Stanisław Skrzeszewski (1901-1978), kommunistischer Politiker, damals Außenminister.

14. 8. 1955. Sonntag

Erst nach dem Essen schlug ich heute die Zeitung auf. Thomas Mann ist gestorben! Und das gerade jetzt, da ich in einem Interview für die »Trybuna Wolności« geäußert habe, mit welcher Hoffnung mich sein rüstiges und stets schöpferisches Alter erfülle.

22. 8. 1955. Montag

Brief von Herrn Jerzy, der ohne Umschweife schreibt, die Zeit für eine »Versöhnung der Emigration mit der Heimat«

sei gekommen. In diesem Zusammenhang denke ich an die Bemühungen um eine Reise in die Schweiz. Doch ob ich mich dazu aufraffen werde, weiß ich nicht. Höchstens, wenn Anna mich anspornt.

1. 9. 1955. Donnerstag

Da sind nun 16 Jahre seit dem Ausbruch des Zweiten Weltkriegs vergangen. Mir scheint, es ist noch gar nicht lange her, als wir voller Staunen sagten, es seien 10 Jahre seit dem Ersten Weltkrieg vergangen, der damals noch der einzige war.

Im Laufe der letzten Tage habe ich die zweite Reiseskizze geschrieben und an »Życie Warszawy« gegeben. Ich denke über eine dritte und vierte nach, die die Diskussion auf der Wartburg sowie Schiller und Mann zum Thema haben werden.[1]

Mann war Emigrant. Das Regime seines Vaterlandes, gegen das er emigrierend protestierte, ist zusammengebrochen. Aber ein Teil seines Vaterlandes befindet sich unter der Herrschaft des russischen Kommunismus, wogegen er auch gewesen sein muß. All das hat Mann nicht von einem schrecklichen Urteil über sein besiegtes Deutschland zurückgehalten. Er hat darauf nicht Rücksicht genommen, ob das »Wasser auf die Mühle des Kommunismus« sein kann. Die redliche Wahrheit war für ihn wichtiger als die Frage, ob und wer sie mißbrauchen könne. Wir haben uns zufrieden gegeben mit Mickiewicz' Worten: »Eh sich dieser Mund findet, vergeht ein Jahrhundert«. Er hat nicht hundert Jahre gewartet. Er hat den »Doktor Faustus« zu einer Zeit geschrieben, als Deutschland zusammenbrach. Was für eine Distanz! Und zugleich was für ein unerschütterliches Gefühl, Deutschland sei da, wo Thomas Mann spricht, denkt und fühlt.

Ich habe Aussicht auf eine Reise in die Schweiz.

1 Aus diesen vier Texten bestanden die erwähnten »Reiseskizzen«.

20. 9. 1955. Dienstag

Nach dem Essen erschütterte mich der unverhoffte Besuch der Frau General Spychalskis.[1] Ein liebes Frauchen, und sieht so ärmlich aus [...]. Sie weint, sie erzählt mir unerhörte Dinge, ganz Polen sehe in mir einen Menschen, der viel vermag, der Mut hat und die verteidigt, denen Unrecht geschehen ist. Was für eine Illusion, wie schwierig zu leben unter der Last solcher Irrtümer über mich! Sie hat furchtbare Schikanen erlitten, sie wurde aus ihrer Wohnung geworfen, ihre Tochter aus der Schule, man hat ihr verwehrt, ihren Mann zu sehen und mit ihm zu korrespondieren. Sie bittet mich zu intervenieren. Der Unselige sitzt schon 6 Jahre ohne Gerichtsverfahren! Was für eine bestialische Rechtlosigkeit!

Doch ich reise morgen – aber bei wem intervenieren, etwa bei den Urhebern dieses Verbrechens, denen man nicht mal die Hand reichen möchte? Ich habe sie mit der Versicherung getröstet, nach meiner Überzeugung würde ihr Mann in Kürze entlassen – nur noch einige Monate Geduld. Das waren keine leeren Worte. Irgendwie habe ich tatsächlich diese Überzeugung.

1 Marian Spychalski (1906-1980), stellvertretender Verteidigungsminister, enger Mitarbeiter Gomułkas, zusammen mit ihm wegen »rechtsnationalistischer Abweichung« gefangen gehalten; später Marschall von Polen. Seine Frau Barbara.

22. 10. 1955. Sonnabend

Ich bin zurück von meiner Schweizer Reise, die ich gesondert notieren werde. Am 18. 10. war ich zur Gründungsversammlung der Gesellschaft für die Verbindung mit der Emigration. Im Prinzip kann man nichts gegen solche Idee und Aktivität haben, aber ich bin nach der Hälfte der Zeit gegangen, so haben mich die abgedroschenen Banalitäten ermüdet. Kulczyński[1] redete wie ein englischer Liberaler,

er proklamierte die freie Wahl des Aufenthaltortes, der Weltanschauung etc.
Als Jerzy St. und Giedroyć[2] die Nichtexistenz einer Opposition in Polen bedauerten, habe ich in der Schweiz gesagt: »Eine Opposition wird von den Marxisten kommen, und was für eine.«

1 Stanisław Kulczyński (1895-1975), Botaniker, Professor und Rektor der Universität Breslau; führender Politiker der Demokratischen Partei.
2 Jerzy Giedroyć (geb. 1906), Chefredakteur der deutlich antikommunistischen, seit 1946 in Paris erscheinenden Exil-Monatsschrift »Kultura«.

28. 10. 1955. Freitag

Gestern den ganzen Tag Versammlung des Hauptvorstandes des Schriftstellerverbandes, einberufen von Słonimski als Reaktion auf die Entfernung Hoffmans[1] aus der Stellung des Redakteurs der »Nowa Kultura« wegen des Abdrucks des Gedichts »Poem für Erwachsene« von Ważyk.[2] [. . .] Die Versammlung war geschmacklos, man machte gute Miene zum bösen Spiel. Kruczkowski »zerriß seine Kleider« über die unverhoffte Wandlung Ważyks, der das schöne Gedicht »Das Volk betritt die Innenstadt« geschrieben, jetzt aber das polnische Volk mit dem Gedicht »Poem für Erwachsene« entehrt habe. Als Antwort darauf hielten Putrament, Broszkiewicz und Żukrowski Reden über ihre eigenen »Wandlungen«, nicht um Ważyk zu verteidigen, nur daß es auch Wandlungen zum Guten gebe, die nämlich, denen sie erlegen seien. Żukrowski sagte sogar, er sei einer »erlösenden« Wandlung erlegen, »weil er – für die Partei – das Leben aufs Spiel gesetzt habe, denn er sei in Vietnam quasi an der Front gewesen«. [. . .] Er tat mir leid.
Ich ergriff zweimal das Wort. Einmal nach der Rede Kruczkowskis, der argumentierte, Hoffman sei nicht nur wegen Ważyks Gedicht »entfernt« worden, sondern auch wegen

anderer, von der »Nowa Kultura« in der letzten Zeit begangener Fehler. Da fragte ich: »Da die literarischen Zeitschriften für die Leser herausgebracht werden und da ich gerade in letzter Zeit aus sehr unterschiedlichen Ecken gehört habe, die »Nowa Kultura« sei endlich nicht mehr langweilig und lasse sich jetzt lesen – was für konkrete ›Fehler‹ wirft dann die Partei dieser Zeitschrift vor?« Kruczkowskis Antwort war verworren und konnte nicht anders sein. In die Enge getrieben, erwähnte er einen Artikel von Mach. Zum zweiten Mal ergriff ich das Wort, um zu erklären (und so Frau Szmaglewska zu unterstützen), die »Entfernung« eines Redakteurs wegen des Abdrucks eines einzigen Werkes sei ein gefährlicher Präzedenzfall, unter solchen Umständen würde es nun schwer sein, einen Kandidaten für den Posten des Redakteurs zu finden. Die zweite Gefahr sei, eine Formel des Inhalts zu prägen: Ważyk hat das polnische Volk verachtet, er hat das polnische Volk beleidigt. »Das habe ich schon von verschiedenen Seiten gehört«, sagte ich, »aber nicht vom polnischen Volk, sondern von intellektuell hochstehenden Parteimitgliedern. Ich erinnere daran, daß man auf diese Weise immer die Schriftsteller zu Fall gebracht hat, die bittere Wahrheiten aussprachen. Niemand in der Nation ist ein unberührbares Tabu, auch das Volk nicht, in seiner Mitte gehen beunruhigende Dinge vor, und der Schriftsteller hat das Recht, nicht nur von den Fehlern der Regierung zu sprechen, sondern auch von dem, was schlecht ist in der Nation. Ich bin weit davon entfernt, mit Ważyk und seinen Gedichten zu sympathisieren, und selbstverständlich sagt jeder die unangenehmen Dinge auf eine Weise, die von seinem Temperament und seiner Kultur abhängt. Ważyk hat das auf gewissermaßen herauskotzende Art getan, doch wollte er, wie ich das verstehe, durch diesen Stil in aller Kraßheit aufzeigen, wohin das Volk durch die Fehler der Propaganda oder der Politik gebracht worden ist.«

Es steht auf einem anderen Blatt – doch das behielt ich für mich –, welches Recht Ważyk hatte, der bedrückten, verhärmten Nation bittere Wahrheiten zu sagen [. . .].

1 Paweł Hoffman (1903-1978), kommunistischer Funktionär, Publizist, Redakteur des Wochenblatts »Nowa Kultura«; nach seiner Entlassung arbeitete er in einem wissenschaftlichen Verlag.
2 Adam Ważyk (1905-1983), Schriftsteller; in der stalinistischen Zeit Exeget und Propagator des Sozialistischen Realismus; sein »Gedicht für Erwachsene« wurde zum Fanal des polnischen Tauwetters.

1. 11. 1955. Dienstag

Nachmittags war Boguś da und erzählte, er habe sich einer Ärztekommission vorgestellt, um eine Invalidenrente zu erhalten. Die Doktoren hätten aufgrund zahlreicher Paragraphen erklärt, er könne nicht als Invalide anerkannt werden, weil seine Bezüge in den letzten 12 Monaten nicht herabgesetzt wurden. Darauf Boguś: »Sie sollten nicht Ärzte sein, sondern Finanzbeamte, wenn Sie nicht aufgrund gesundheitlicher, sondern finanzieller Kriterien entscheiden«. Sie lachten: »Was hilft's, wir müssen nach den Vorschriften verfahren. Wir sind voller Bewunderung und Bedauern Ihnen gegenüber, daß Sie bei einem derartigen Gesundheitszustand überhaupt noch arbeiten, doch solange Ihre Bezüge nicht reduziert werden, können wir Ihnen kein Prozent Invalidität zuerkennen.« So sieht die laut verkündete »Sorge um den Menschen« aus!

7. 11. 1955. Montag

Sich nicht vergiften. Die Vergiftung überwinden. Den Willen zum Leben wiedergewinnen. Die Jugend, die psychische, die manche Leute bis zu ihrem späten Tod begleitet. Zurückkehren zu einem disziplinierten und systematischen Leben. Ich spüre in mir diese Möglichkeit. Sehr viel von dieser Möglichkeit. Nur das unüberwindliche Bedürfnis nach Einsamkeit. Ich schäme mich richtig, denn die

Verhältnisse fügen sich ideal, die Wohnung ist sehr schön, ich liebe die mir nahen Seelen ringsum, und dennoch möchte ich – mindestens zeitweilig – allein wohnen und allein sein.
Ich habe begonnen, morgens Gymnastik zu machen (wie bis zum Kriege), tief zu atmen, mich mit kaltem Wasser abzureiben. Und wieder morgens zu arbeiten. Heute von neun bis zwei habe ich die Rohfassung der dritten deutschen Skizze beendet und angefangen, die zweite Fassung zu schreiben. Nach dem Mittagessen habe ich ein wenig gelesen (»Der Wendepunkt«[1]) und bin um fünf spazieren gegangen. Auf unserer Allee bis zur Szustra-Straße, die Szustra bis zur Puławska, und auf der Rakowiecka nach Hause. Der Abend war richtig pariserisch. Sehr warm, feucht, neblig – die Zweige im Nebel, die Gebäude fast unsichtbar, nur die Fenster leuchten im Dunst.

1 Autobiographie von Klaus Mann.

15. 11. 1955. Dienstag

Die Industrialisierung des Landes wurde zur wichtigsten Losung des Sozialismus erhoben. Was für ein Mißverständnis! Die Welt hat sich ohne Sozialismus und vor dem Sozialismus industrialisiert. Der Sozialismus sollte nicht als Erzeuger der Industrialisierung auftreten, sondern als Ergebnis der äußersten Entwicklung des Kapitalismus, als industrielle Revolution. In Rußland trat er als Revolution der Intelligenz auf, einer in Wahrheit nationalistischen Intelligenz, die sich der Doktrin des Sozialismus zur Errichtung der nationalen Industrie bediente. In Polen müßte sich jedes System an die Industrialisierung und Technisierung des Landes machen, denn das ist – unabhängig vom Sozialismus – die zivilisatorische Tendenz unserer Epoche auf der ganzen Welt. Sogar die Schwarzen in den Kolonien industrialisieren sich. [. . .]

Die Industrialisierung ist nicht das zentrale Problem des Sozialismus und kann es nicht sein. Das zentrale Problem des Sozialismus kann nur der Mensch sein.
Der Kapitalismus ist das Beispiel eines materialistischen Denksystems. Die von ihm geschaffenen materiellen Bedingungen »bestimmten den Gedanken« als revolutionären und empörerischen Gedanken. Der heutige Sozialismus ist unwillkürlich zum Ausdruck der idealistischen Philosophie geworden: Er treibt die Industrialisierung unter genauso grausamen Bedingungen für den Menschen voran, wie das der Kapitalismus getan hat, und erwartet vom Proletariat nicht Empörung, sondern Begeisterung für erzwungene Arbeit und elenden Lohn, der ertragen wird im Namen des angeblichen Glücks künftiger Generationen. [. . .]
Gestern abend ist Anna nach Breslau gefahren, diesmal zu einer Feier, bei der dem Institut für Klassische Philologie in Breslau der Name ihres Mannes verliehen werden soll. Ich habe Anna mit echtem Bedauern verabschiedet, und diesmal war auch Tulcia ausnahmsweise bewegt von der Abreise ihrer Mutter.
Jetzt bin ich ganz anderer Stimmung als vor einiger Zeit, da mich die Sehnsucht nach Einsamkeit plagte. Ich empfinde unser Haus als das größte, mir noch zugängliche Glück und darin Anna und Tulcia als Verkörperung idealen Zusammenlebens. Anna ist das liebste Wesen, herrlich und absolut zuverlässig in allen schwierigen Lebenslagen.

19. 11. 1955. Sonnabend

Ich habe die Jadczakowa veranlaßt, die Treppe zu wischen, um mich nicht vor einem ausländischen Gast schämen zu müssen, einem jungen deutschen Polonisten aus dem Aufbau-Verlag, den ich in Berlin kennengelernt habe. Er kam um vier.
Gespräch mit ihm über [Thomas] Mann, daß Deutschland sich nicht hinlänglich bewußt ist, was Mann für Deutsch-

land bedeutet. Die einzige überzeugende Rehabilitation. Er gibt zu, selber Mann sehr wenig zu kennen, obgleich in der DDR eine komplette Ausgabe seiner Werke erschienen ist. Dieser junge Mann heißt Bereska[1] und ist Schlesier von Geburt. Er sagt, in Polen wisse man weit mehr über die Literatur Westdeutschlands als in Berlin, und er habe hier schon mehr westdeutsche Bücher gelesen als in Berlin. »Bei uns haben törichte Beamte viel verdorben«, sagt er. »Wir blicken nach Polen. Wenn hier etwas möglich ist, wird es vielleicht in Kürze auch bei uns möglich. Ihr bringt jetzt schon die amerikanischen Schriftsteller heraus. Vielleicht werden wir in zwei Jahren auch damit beginnen.« [. . .]

1 Henryk Bereska (geb. 1926), Übersetzer polnischer Literatur in der DDR. Lektor im Aufbau-Verlag.

25. 11. 1955. Freitag

Zur Aufführung der »Ahnenfeier«, die lange Jahre nicht gespielt werden durfte.[1]

Man hat sehr viel Mühe hineingesteckt, und es ist eine große Errungenschaft – voll unbezweifelbarer Erfolge und geradezu peinlicher Fehltritte. [. . .]

Verblüffend großartig als Gustaw-Konrad war der junge Schauspieler Gogolewski. Angeblich ist er aus der Theater-Hochschule entfernt worden, er hat auf dem Bau gearbeitet und dort ein Theater organisiert, wo sein Stern so hell geleuchtet hat, daß man ihn sogleich in das Polnische Theater nahm. Unerwartet gut war Wyrzyk als Pfarrer Piotr. [. . .]

Während der Vorstellung der »Ahnenfeier« dachte ich daran, daß in demselben Monat und Jahr, in dem Mickiewicz starb, meine Mutter geboren wurde (11. November 1855).

1 »Ahnenfeier« – Meisterwerk von Mickiewicz, Dramenzyklus in Versen (1820-32); in der Zeit des Dogmatismus wegen seiner scharf antizaristischen Stellen zur Aufführung im Theater nicht zugelassen.

1. 1. 1956. Sonntag

Die Feiertage sind wie nichts vergangen, obwohl ich mich mit Anna, Tulcia und unserem geheimnisvollen Wunder – Fräulein Hania – so glücklich und wohl gefühlt habe, wie nur möglich. Weihnachten, dessen lebendiger, duftender und singender Zauber seit langem verloschen ist (seit Marians Tod), gewinnt unter den derzeitigen Umständen ein wenig neue Lebensfarbe. Das Radio hat uns morgens, mittags und abends mit Krippenliedern bedacht. Die Weihnachtsbäume wurden auf den Plätzen der Stadt nicht wie in den letzten 10 Jahren – nach russischem Brauch – erst zu Neujahr aufgestellt und angesteckt, sondern schon am Heiligen Abend. Das ist ein, wie ich fürchte, nur flüchtiges Aufleuchten des liberalen Kurses, das der Nation erlaubt, wenn auch in minimalen Dosen, sie selbst zu sein. [. . .]

Nieborów, 27. 2. 1956. Montag

Ich fasse ungefähr die Antwort auf Pierzchałas Brief zusammen.[1]

Gibt es für uns keine Rettung mehr? Diese Frage stellt sich heute jeder ernsthafte Mensch, nicht nur bei uns, sondern auf der ganzen Welt. Sie ist heute fast der Prüfstein für den Wert eines denkenden Menschen. Wir durchleben eine große Krise der Kultur und Zivilisation, die sich hauptsächlich – und das ist eine banale Wahrheit – nicht einmal aus den gesellschaftlich-politisch-wirtschaftlichen Wandlungen ergibt, das sind bereits Folgeerscheinungen, sondern aus einigen faszinierenden wissenschaftlichen Entdeckungen und technischen Erfolgen; sie liefern den Menschen, die dem nicht gewachsen sind, unbegrenzte Möglichkeiten. Der bessere Teil der Menschheit, bis zum Entsetzen erstaunt, schaudert darüber, daß ihre technische Erfindungsgabe ihre Fähigkeiten auf allen anderen Gebieten so vielfach übertrifft. Der schlechtere Teil ist in den Paroxismus des Hochmuts verfallen, der im Katechismus mit Recht als die

erste der Hauptsünden angesehen wird. Sie haben recht. Die Welt hat im Jahr 1945 keine Demut gezeigt, obwohl niemand nach dem letzten Kriege Grund hatte, sich zu rühmen. Alle waren, alle sind wir Kriegsverbrecher, doch zum Glück haben wir nicht alle den Hochmut gewählt.
[...]
Es ist alles pessimistisch, was Sie schreiben, das ist wahr. Aber wahr sind wohl auch Kochanowskis Worte: »Laß nur nicht ab zu hoffen, was immer dich betroffen.« Solche Worte schreiben die Dichter ja nicht zum Scherz.[1]
Der Kapitalismus hat eine sehr viel leistungsfähigere Großindustrie geschaffen als wir und dabei auch für die Arbeiter einen höheren Lebensstandard erreicht als wir. Aber er hat die Großindustrie um den Preis großer Opfer geschaffen. Die 10 Jahre lang – bis man zur Umkehr blies – verbreitete Illusion, der Sozialismus könne dies ohne große Opfer und ohne Ausbeutung der Menschen vollbringen, ist eine der Ursachen für den tragischen Zwiespalt zwischen Nation und System und eine der Ursachen für den Zerfall des Systems. Das einmal geweckte Bewußtsein dafür, daß doch die Abschaffung der Ausbeutung postuliert war, läßt sich nicht mehr einschläfern, abbremsen, vom bitteren Beigeschmack befreien.

1 Jan Pierzchała (geb. 1921), Schriftsteller, Vorsitzender der Abteilung Kattowitz des Polnischen Schriftstellerverbandes; Bekannter der Autorin.

15. 3. 1956. Donnerstag

Brief von Anna und darin die Nachricht, die mich über die Maßen freute, daß Spychalski am 11. März aus dem Gefängnis entlassen worden ist. Ob das im Zusammenhang steht mit Bieruts Tod, der laut öffentlicher Bekanntmachung am 12. März eingetreten ist? Wer weiß, wann er wirklich starb? Unter seltsamer Geheimhaltung sterben die Mächtigen – übrigens vielleicht in jeder Epoche.

Warschau, 25. 3. 1956. Sonntag

Man erlebt jetzt seltsame Dinge. Sie sollten für uns, die wir von Anfang an alles wußten und sahen, was jetzt öffentlich enthüllt wird, frohe Dinge sein. Aber wie können wir Zeugnis für unser Wissen ablegen, wenn wir zum Schweigen verurteilt waren und nur unsere Nächsten unsere Herzen und Gedanken kannten. Alle werden heute zum Gegenstand falscher Urteile, weil die Fähigkeit zum Urteilen selbst verfälscht wurde.

Auch ich habe einen mit den abscheulichsten Schimpfwörtern geschriebenen anonymen Brief von einer »Repatriantin« erhalten, die im »Morgenstern« die »Nächtliche Begegnung«[1] gelesen hat und in einen Koller ordinärer Wut verfallen ist. [. . .]

Erlebte Leiden und erfahrenes Unrecht haben auf unterschiedliche Menschen einen unterschiedlichen Einfluß. Nur ungewöhnliche einzelne verlassen die Hölle »von den Flammen unberührt«. Die Mehrheit verläßt sie vergiftet von der Höllensaat der Bosheit, der Rachsucht und des Hasses, fähig nur noch zum Begehen ebensolcher Verbrechen. Schon das Schreiben eines derartigen anonymen Briefes ist ein hinterlistiger Mord an der Seele eines Menschen.

1 »Nächtliche Begegnung« – kurze Novelle über einen sowjetischen Militärtransport, der eine polnische Schriftstellerin unterwegs mitnimmt, und zwei sehr junge, sympathische Rotarmisten, die an die Front fahren.

1. 4. 1956. Sonntag. Ostern

Wie groß war mein Erstaunen, als ich heute nach dem Frühstück das Radio einschaltete und das Lied vernahm: »Fallen die Blätter vom Baume, / Der in Freiheit gewachsen.«[1] Der Sänger wiederholte besonders langsam und traurig die letzte Strophe: »Doch mit Kraft sich erheben / Ist für uns ein Wunder / Zu viele Verräter / Und das Volk zu ergeben.«

Heute früh hörte ich zum ersten Mal seit 17 Jahren beim Morgengrauen das Osterschießen. Es knallte lebhaft in verschiedenen Stadtteilen, sicher in der Nähe der Kirchen. Auf diese Weise quittierte das Warschauer Volk die »eingetretenen Änderungen«.

Der Kreis der Anwälte, die seit einigen Jahren uneigennützig für die Revision der politischen Prozesse auftreten, möchte eine große Eingabe machen und die Unterschriften einer Reihe von Leuten gewinnen, denen man eine sogenannte Autorität beimißt. Das ist sehr gut.[2]

1 »Fallen die Blätter vom Baume . . .« – Anfangs- und Schlußstrophe von Wincenty Pols »Gesang vom Grabhügel«, einem aus der Zeit der Unfreiheit bekannten patriotischen Lied.

2 M. D. unterschrieb den auf ihre Initiative hin entstandenen Brief an den Staatsrat, in dem die Revision der Urteile und die Rehabilitation der unschuldig Verurteilten gefordert wurde, was auch zu dem am 15. 4. 1956 beschlossenen Amnestiegesetz beitrug.

URAUFFÜHRUNG IN NOWA HUTA

Das Drama »Der verwaiste Genius« spielt im 17. Jahrhundert und behandelt die aufgeklärte Politik König Władysławs IV., die auf die Gewinnung der Ukrainer und Kosaken in den Ostgebieten der Adelsrepublik abzielte; Polen sollte bei ihnen Unterstützung gegen Rußland und die Türkei finden. M. D. hatte es im Jahr 1939 geschrieben, und zwar nicht ohne aktuelle Absichten. Es sollte als Warnung vor der damals praktizierten Politik gegenüber den nationalen und konfessionellen Minderheiten im März 1940 auf dem Nationaltheater in Warschau aufgeführt werden, wozu es aus einleuchtenden Gründen nicht mehr kam.

Die Uraufführung des »Verwaisten Genius« und zugleich die erste Inszenierung eines Stücks von M. D. überhaupt fand nahezu zwanzig Jahre später unter völlig veränderten Bedingungen statt: Weder gehörten die Ostgebiete mehr zu Polen, noch bestand mehr das Minderheitenproblem, da Polen ein im Prinzip einheitlicher Nationalstaat geworden war. Zudem wurde das Stück vor einem Arbeiterpublikum statt vor der hauptstädtischen Elite gespielt, und das in Nowa Huta, einer Stadt, die es vor kurzem noch gar nicht gegeben hatte . . .

Infolgedessen hielten manche Kritiker die Aufführung in Nowa Huta für Unsinn. Und dennoch – der Schriftstellerin flößte die Uraufführung Hoffnung ebenso auf den Sinn des Schreibens ein, das die aktuellen, oberflächlichen Widersprüche überwinden würde, wie auf den Sinn der eigenen Geschichte, welche die Nation trotz aller Veränderungen als ein Ganzes erben würde. Darüber hinaus bahnte sie M. D.s historischen Chroniken den Weg auf die Bühne, wenn auch erst nach ihrem Tode.

Warschau, 22. 11. 1958. Sonnabend

Frau Hania sagte mir telefonisch ein Telegramm von K. Skuszanka[1] aus Nowa Huta[2] durch: »Wollen ›Verwaisten Genius‹ spielen. Sind in Warschau Dienstag, Mittwoch, Donnerstag. Erbitten telegrafisch Gesprächstermin.« Ich depeschierte mittags zurück: »Erwarte Sie Mittwoch 12 Uhr. Mein Telefon 4 14 44.«

Aber das ist wie mit den Optionen für die Übersetzung der »Nächte und Tage«. Ich glaube nicht, daß daraus etwas wird.

1 Krystyna Skuszanka (geb. 1924), Regisseurin, damals Direktorin des Volkstheaters in Nowa Huta.

2 Nowa Huta – Ende der vierziger, Anfang der fünfziger Jahre erbaute man als Prestigeobjekt des ersten Sechsjahresplanes in Polen unmittelbar bei Krakau die riesige Leninhütte und eine ganze neue Stadt.

26. 11. 1958. Mittwoch

Entsprechend der telegrafischen Vereinbarung vom vorigen Sonnabend kamen um zwölf Krystyna Skuszanka und Jerzy Krasowski[1], Regisseur an ihrem Theater und zugleich ihr Mann. Sie blieben zum Mittag und erwiesen sich als sehr nette Menschen. Frau Skuszanka kenne ich im übrigen aus der Zeit der Moskaureise. Die Tatsache aber, daß mir angeboten wird, meinen »Verwaisten Genius« aufzuführen, kommt mir berauschend und unglaublich vor. Im März sollen die Proben beginnen, und im Mai wollen sie es aufführen. Vor 19 Jahren war auch vom März 1940 die Rede. Ob die Realisierung tatsächlich im kommenden März beginnt? O Gott! Wie mich das beglückt und zugleich mit Entsetzen erfüllt.

Sie haben gesagt, sie dächten schon ein Jahr lang daran – und ich wußte nicht, daß jemand seit einem Jahr an mich dachte.

Heute ist der 103. Todestag von Mickiewicz, und gleichfalls

vor 103 Jahren wurde am 11. November meine Mutter geboren. Ein seltsamer Monat und seltsamer Tag in meinem Leben.

1 Jerzy Krasowski (geb. 1925), Regisseur, damals künstlerischer Leiter des von seiner Frau geführten Theaters, zur Zeit Direktor des Nationaltheaters in Warschau.

Krakau, 16. 6. 1959. Dienstag

Morgens packen wir. Nachmittags fahre ich mit Anna nach Krakau. Der erste Tag einer erheblichen Fahrpreis-Verteuerung, zwei Billetts erster Klasse (die frühere zweite) kosten 350 Złoty. Also viel Platz – kein Gedränge. Auf dem Bahnhof in Krakau Hanna Olczakowa[1], am Bahnhofsausgang treffen wir Frau Skuszanka, Herrn Krasowski und ein paar Schauspieler vom Theater in Nowa Huta. Sie waren mit dem Auto direkt von der Probe gekommen und hatten für die Fahrt aus Nowa Huta ganze 7 Minuten gebraucht. Zimmer im Hotel »Francuski«.

1 Hanna Mortkowicz-Olczakowa (1905-1968), Schriftstellerin, Tochter von M. D.s Verleger vor dem Kriege, mit ihr befreundet.

17. 6. 1959. Mittwoch

Um halb sieben kommt Frau Lutosławska, Schauspielerin am Theater in Nowa Huta, um uns abzuholen. Erst jetzt wird mir klar, daß ich tatsächlich eine Probe des »Verwaisten Genius« sehen soll, und mich befällt Entsetzen. Das erste Zusammentreffen mit der theatralischen Vision meines Dramas ist ein starker, eher unangenehmer Schock. Alles ist anders. Das Stück kommt mir langweilig vor, die Leute werden aus dem Theater fliehen, niemand wird es anschauen wollen.

Gleichzeitig aber fasziniert mich die erste Begegnung mit der Theater-Werkstatt in meinem Leben. Zunächst Durch-

sicht der Kostüme, das dauerte an die anderthalb Stunden. Es sollte die erste Kostümprobe sein. Im Zuschauerraum sitzt Szajna[1], der Bühnenbildner, mustert jeden Schauspieler im Kostüm und macht seine Bemerkungen. »Dreh dich um, Jasio. Schmink dir das Gesicht etwas dunkler. Mach den Gürtel um, Stasio, etwas höher, ja, so« usw. Als der Junge, der Prinz, hinausgeht, sagt Szajna versonnen: »Ist das ein Hut, wie ich ihn wollte?«
Die Probe schloß gegen elf. Ein Moment noch in Frau Skuszankas Arbeitszimmer. Ich schlage noch einige Kürzungen im ersten und im letzten Akt vor. Bedrückt kehre ich ins Hotel zurück.

1 Józef Szajna (geb. 1922), Maler und Bühnenbildner, später Direktor des Theaters in Nowa Huta. Lange Jahre hindurch leitete er in Warschau das bekannte »plastische Theater« »Studio«, das auch im Ausland Erfolg hatte.

18. 6. 1959. Donnerstag

Wir gehen ins »Rhapsodische Theater«[1], das ich noch nicht kenne. Das Theater widmet sich nur der Rezitation von Gedichten. Diesmal drei Zyklen von Maria Jasnorzewska, der Titel des Ganzen von einem der Gedichte: »Rosen für Sappho«. Schläfrige Rezitation eines 6köpfigen Ensembles (zwei Herren), die Diktion wie stets bei uns ungleichmäßig. Trotzdem ist der Saal fast voll und lauscht in absoluter Stille, obwohl das schon seit einigen Monaten läuft. Auch das ein neues Phänomen – eine Renaissance des Interesses für Lyrik.
Von dort aus auf besondere Einladung in den studentischen »Keller«.[2] Es ist wirklich ein scheußlicher Keller, voll von blaugrauem Zigarettendunst, ohne Ventilation, schwach beleuchtet, überwiegend mit Kerzen. Ein ziemlich düsterer Eindruck. Wenn jemand dieser Jugend befehlen würde, sich in einem solchen Loch zu produzieren, gäbe es in der

ganzen Welt eine lärmende Revolte. Die »Seele« dieses Kellers ist der junge »Existenzialist« Piotr Skrzynecki, ein nirgendwo immatrikulierter Student ohne Wohnung und Unterhalt, der bei irgendwelchen Leuten nächtigt und ißt. Nachdem sich die künstlerische Welt eine Zeitlang verbürgerlicht hatte, belebt er wieder die Traditionen der Bohème. Ironische, scherzhafte Begrüßung meiner Person – »hundert Jahre«, dann sangen sie einige Schlager, von denen nur einer Aufmerksamkeit verdiente.

1 Das »Rhapsodische Theater« in Krakau, ein von M. Kotlarczyk insgeheim 1941 gegründetes Rezitationstheater, wirkte bis 1967. Als Student spielte dort Karol Wojtyła, derzeit Papst Johannes Paul II.
2 Der Krakauer »Keller«, ein von 1956 bis heute tätiges studentisches Kabarett.

19. 6. 1959. Freitag

Dank Hanna Olczakowas Protektion fährt uns der leitende Architekt von Nowa Huta, Herr Bogumił Korombel, zur Besichtigung herum. Wir beginnen mit der Zisterzienserabtei in Mogiła. Ein junger Ordensmann führt uns. Er weiß, gleichfalls durch Hanna, wer ich bin, und gibt seiner Freude darüber Ausdruck, daß ihr Chor das »Tedeum« und die Trauer-Vigilien zu meinem Drama auf Band gesungen hat; dann zu Herrn Korombel gewandt: »Das soll unser Beitrag zur Zehnjahresfeier von Nowa Huta sein«. Durch diesen Frater oder Pater sprach ich dem Orden meinen Dank für die gesangliche Mitwirkung an meinem Stück aus.

Die Abtei stammt aus dem 13. Jahrhundert (die meisten Zisterzienser kamen zu uns unter Schiefmund, der sie hauptsächlich aus Frankreich holte; auch diese sind französischer Herkunft). Das Kloster, wie alle anderen vielfach samt der Kirche umgebaut, verfügt noch über Fragmente des uralten frühgotischen, ja sogar des romanischen Baus.

Ein bezaubernder Winkel der Stille und Sammlung. Im Grün eines langen Gartenweges die Silhouette eines Ordensmannes.
Dann fahren wir ins Kombinat. Die Kokerei. Die Kammern mit den »Kuchen« gepreßter Kohle drücken den Koks automatisch in spezielle dicke Türme, wo der Koks mit Wasser gekühlt wird. Aus den Schornsteinen quellen Massen von schneeweißem Dampf, fast wie große Pilze, fast wie nach der Explosion einer Atombombe. Die entkokste Kohle könnte als Basis einer großen chemischen Fabrik an Ort und Stelle dienen (vom Aspirin bis zu Kunststoffen und Nylon). Doch eine solche Fabrik hat man nicht gebaut; die Kohle wird in andere Betriebe der chemischen Industrie transportiert.
Danach Marsch durch das beinahe einen Kilometer lange Walzwerk. Entsetzliche Hitze. [. . .] Über den großen Öfen, die sich auftürmen wie die Burg eines mächtigen Zauberers, hängt der ziegelrote Nebel aus dem Erz. Er verhüllt die harten Umrisse der Öfen, die wie eine schon in Kunst umgesetzte malerische Komposition wirken.
Mehr wollen wir nicht besichtigen. Der uns herumführende Ingenieur ist sehr nett, prahlt jedoch hauptsächlich mit den Grünflächen, die nicht nur die Wohnsiedlung Nowa Huta durchziehen, sondern auch das gesamte bedrohliche Terrain des Kombinats. Er behauptet, sogar die Amerikaner, die die Hütte besuchen, wunderten sich über diese Grünflächen. [. . .]
Angeblich ist in Nowa Huta auch die Kriminalität zurückgegangen und all die grausig-negativen Erscheinungen, denen Ważyk in seinem »Gedicht für Erwachsene« Ausdruck verliehen hat. Es hat sich eine Art Nowa-Huta-Patriotismus entwickelt. Die Leute verdienen gut und sind folglich auch besser. Hier bestätigt sich die marxistische These: »Das Sein bestimmt das Bewußtsein«. Und das Bewußtsein wiederum wird das Sein beeinflussen. Die Partei-

mitglieder sagen: »Wenn Ważyk das jetzt sähe!« Anna hat richtig angemerkt: »Ich bin – und war – meilenweit entfernt vom Enthusiasmus für Ważyk, aber wer weiß, ob man sich ohne Ważyks Gedicht ebenso energisch an die Reparatur des Schlechten gemacht hätte«.

Abends zur Generalprobe, bereits mit Publikum (Familienmitglieder und Bekannte das Ensembles, ein paar geladene Gäste). Diesmal bin ich von dem begeistert, was das Theater geschafft hat. Sie spielen großartig, allein die Diktion ist stets ein wenig ungleichmäßig. Nur Horecki, der den Leszczyński aus Podhale spielt, hat eine untadelige Diktion. Das Publikum reagiert sehr gut, es klatscht sogar während des Spiels.

Die Vorstellung endet um zehn. Der »Bischof« (Horecki) und seine Frau, die die Frau des Abgeordneten Jowialny spielt, fahren uns mit ihrem kleinen Auto heim. Ein wenig erhoben im Geist kehre ich zurück.

20. 6. 1959. Sonnabend

Um zwölf Uhr ein kleiner Schwarzer in der Kulturabteilung des Stadtrats. Der Leiter der Abteilung, Marian Kusza aus Krotoszyn (das klingt irgendwie historisch), ist ungewöhnlich freundlich. In Krakau haben sogar die Beamten einen gewissen Schwung. In der Kantine der Abteilung hängen abstrakte Bilder an den Wänden.

Premiere. Premierenpublikum, also Kritiker, Journalisten – ein Völkchen, das von vornherein darauf eingestellt ist, an der polnischen Literatur herumzumäkeln. Die Partei, Cyrankiewicz[1] (als Gäste bei der 10-Jahresfeier der Hütte). [. . .] Die Schauspieler spielen schlechter als bei der Generalprobe, die Zuschauer reagieren kühler, anders kann es auch nicht sein.

Danach brachte man uns noch zum Abendessen in das Kasino von Nowa Huta, wo wir uns nach dem Verzehr einer Portion Schinken verdrückt haben. Ein Auto hat uns heimgebracht, es war schon gegen 1 Uhr nachts (denn noch im Theater gab's ein Glas Wein, Trinksprüche, »hundert Jahre«). Cyrankiewicz hielt einen improvisierten Speech mir zu Ehren und sagte, ich sei ewig jung. »Na, endlich etwas Angenehmes«, gab ich zur Antwort.

1 Józef Cyrankiewicz (1911-1989), sozialistischer Politiker, während der Okkupation Häftling in Auschwitz und Mauthausen; von 1947 bis 1970 (mit zweijähriger Unterbrechung) Premierminister der Volksrepublik Polen.

Komorów, 28. 6. 1959. Sonntag

Ein heiterer und heißer Morgen. Um zwölf kam Henryk. Er hält es für den unwahrscheinlichsten Nonsens, daß der »Verwaiste Genius« gespielt wird.
Mir scheint, auch er vereinfacht die Situation sehr. Alles ist viel komplizierter und vieldeutiger, sowohl mein Drama selbst als auch, daß es gespielt wird, wie überhaupt unsere gegenwärtige Wirklichkeit.

7. 7. 1959. Dienstag

Anna hat mir einige Sätze ihrer neuen Erzählung vorgelesen.
Was macht man für Winkelzüge und Tricks: man vertauscht Vater und Mutter, Sohn und Tochter, Mädchen und Jungen, Frau und Mann – und was sind das für naive und einfältige, dabei aber anmaßende Bemühungen. Während doch nur aus den authentischen Dingen des Lebens und allein daraus authentische Werke der Literatur und Kunst entstehen können. Daran zu denken, daß ich mit der Vermeidung dessen seit meinen besten Büchern über 20 Lebensjahre verbracht habe! [. . .]
Eine freie schriftstellerische Notiz: »Die kleinen Irrsinnigkeiten des Daseins« – vielleicht der Titel einer kleinen Sammlung von Erzählungen, die es noch nicht gibt.

»Glückliches Wesen«, eine Erzählung mit mehreren Handlungsfäden. Den Untertitel füge ich für die Kritiker ein, die diesen bewußt beabsichtigten Umstand für einen Kompositionsfehler halten dürften.
Ich schaffe es nicht mehr, große Romane zu schreiben. Ich muß die Einfälle zu knappen Erzählungen kondensieren. Ich gestatte anderen, sie zu Romanen zu entwickeln. Bedingung: schriftstellerischer Genius. Diese Sammlung (von Erzählungen) sagt nicht, daß ich den Roman aufgegeben habe, an dem ich seit über zehn Jahren schreibe und den zu beenden die Umstände mir nie erlauben. Sie (die Sammlung) ist entstanden gewissermaßen am Rande einer Arbeit, zu deren Beendigung ich noch die vielen Jahre brauche, bis die Welt zu sich kommt.
All ihr Gläubigen und Ungläubigen, betet für mich, daß ich hundert Jahre lebe. Ich habe noch etwas zu sagen – mir, den Menschen und den Zeiten.
Oder vielmehr, vielmehr – etwas festzuhalten als Zeichen, als Symbol unserer Angelegenheiten. Vielleicht habe ich auch die abstrakten Symbole und Zeichen unserer Zeiten aufzulösen und in plastische Konkreta zu fassen.

ABSCHIEDSREISE

Es ist M. D.s vorletzte Reise in den Süden (die letzte, nach Italien, im Jahr 1963 unternommen, hat sie nicht notiert) und ihre vierte nach Jugoslawien. Die Schriftstellerin liebte Jugoslawien besonders und wurde dort geliebt (der beste Beweis sind die großen Ehren, mit denen man sie und ihre Freundin auf der schließlich ganz privaten Reise dort empfing).

Wie weit entfernt jedoch sind diese Notizen aus Hvar von der Sorglosigkeit des weiter oben abgedruckten Tagebuchs aus dem Jahr 1936, von den Ferien auf der Insel Rab. Zusammen mit dem Wind Jugo weht sie jetzt der Süden mit authentischer Existenzbedrohung an. Auf dieser Abschiedsreise sind sogar gewöhnliche oder amüsante Geschehnisse verbunden mit Gedanken an das andere Ufer.

Belgrad, 21. 9. 1960. Mittwoch

In Belgrad – für mich wie immer überraschend – wartet eine Menge Leute vom Verlag und von der Société des éditeurs. Blumen, Reporter, Fotografen, deren Blitzlichter ich zunächst für die Blitze eines aufziehenden Gewitters halte. Statt ins Hotel (was immer unser Ideal ist) fährt man uns weit an den Stadtrand, in ein Viertel, wo die Villen irgendwelcher plutokratischer Emigranten als Regierungshäuser für den Empfang außergewöhnlicher oder hochgestellter Gäste dienen. Eine Villa im Garten.

Dubrovnik, 24. 9. 1960. Sonnabend

Ich hatte aus diesem Pile nur die Erinnerung an die Unordnung eines neuen Stadtteils. In den zwanzig vergangenen Jahren ist es aber hübsch geworden. Der Eindruck des

Südens ist mächtig. Anna fühlt sich nicht enttäuscht. Behagliches, sonniges Wetter. Die Luft duftet, sie duftet wunderschön. Zum ersten Mal fühle ich mich, als ob ich nicht krank, touchée, bedroht wäre.

28. 9. 1960. Mittwoch

Erneut wundervolles Sommerwetter. Abends der Mond über dem Meer. Ein Wunder. Und diese Freude. Schon lange habe ich Anna nicht in so prächtiger und witziger Stimmung erlebt.

In den letzten Nächten konnte ich lange nicht einschlafen und las den mitgebrachten »Pan Tadeusz« in einer Taschenbuch-Ausgabe. Zum ersten Mal im Leben las ich ihn mit sehr gemischten Gefühlen. Jan Nepomucen Miller, der einst mit einem kritischen Artikel über den »Pan Tadeusz« als Ankündigung der großen Kritik in Polen Eindruck machte, hat das in seinem Buch »Die Seuche in Granada« weiterentwickeln können, wurde aber von allen verdammt. Auch ich nahm damals mit einem zwar Miller gegenüber sehr respektvollen, aber ganz für den »Pan Tadeusz« plädierenden Kommentar teil. Und meine Gründe sind bis heute gut, aber auch Millers Gründe sind durchaus lebendig, obgleich man sie nicht von so engem marxistischem Standpunkt aus hätte vorbringen dürfen. Nostalgie, Sehnsucht nach dem »Land der Kinderjahre« – das ist gut und schön. Die Epik – prächtig. Aber auch wenn man das alles berücksichtigt, ist der »Pan Tadeusz« trivial. Die ganze Metaphorik des Werkes ist seltsam gekünstelt und – trotz des Verzichts auf mythologische Accessoires – pseudoklassisch.

Hvar, 2. 10. 1960. Sonntag

Vormittags »entdecken« wir Hvar. Es ist ganz anders als Dubrovnik oder Lokrum, aber auch sehr schön. Die Pinien haben zu dieser Jahreszeit eine merkwürdig frische, hellgrüne Farbe. Sie duften. Die ganze Luft duftet so stark, daß sogar ich es rieche, obwohl mein Geruchssinn so schwach ist.

3. 10. 1960. Montag

Heute früh verlegte man mich zum dritten Mal, ins Zimmer Nr. 3, das einen gemeinsamen Waschraum mit Annas Zimmer hat. Seltsam. Alles, was uns umgibt und womit man uns Gutes zu tun bemüht ist, sollte uns beglücken. Und es beglückt uns so, wie das für mich noch und für Anna überhaupt möglich ist. Doch nur einmal auf dieser Reise hatte ich einen Augenblick seliger Heiterkeit wie einst beim ersten Eintreffen in Jugoslawien.

5. 10. 1960. Mittwoch

Wider Erwarten plagt und reizt mich das abwechselnd schwächer und stärker werdende Rauschen des Wassers. Alles reizt den kranken, erschöpften Körper, in dem sich der freie, frohe (unsterblich gedachte) Geist eingeschlossen fühlt wie in einem Straflager.

Ich weiß nicht, ob ich auf einem Leben beharren soll, das nur noch so wenig Leben ist.

7. 10. 1960. Freitag

Heute habe ich Namenstag. Durch eine Anregung von Anna wurde ich unerwarteterweise mit einem bezaubernden Spaziergang beschenkt. [...] In der Nähe der Ruinen des Schlosses (ich glaube, des Dichters Hektorovic[1] aus dem 16. Jahrhundert) stiegen wir die Stufen zu den Forts Napoleons hinauf. Wir gingen sehr langsam und erreichten schließlich die Höhe von mehr als zehn Stockwerken. Plötzlich überholten uns zwei Pferde, die die Stufen in leichtem Trab nahmen. An der Ecke einer Quergasse stand der Packsattel eines Esels. Hier wohnte ganz einfach ein Esel, sagen wir, auf dem achten Stock. Zwischen der Stadt

und dem Fort Napoleons ist von der Verwaltung ein Terrassenpark angelegt. Eiben, Zypressen, Ölbäume, Opuntien. Auf den Serpentinen der Alleen kamen wir ziemlich hoch. Von oben blickte man auf die wundervolle Stadt und das Meer. Die Stadt ist die malerische Komposition eines spanischen Kubisten. Das Meer war unter den Abendwolken violett-purpurn – wie in den Gedichten Alt-Griechenlands. Ein weinfarbenes Meer. Auf ihm die grünen Inseln. Die Küsten des Mittelmeers sind bedrohlich und pathetisch. Altertum, Armut und Fels. Hvar ist typisch in dieser Hinsicht. Eine Ausnahme bildet vielleicht nur Dubrovnik mit seinem fröhlichen, lächelnden Zauber.
Noch nach der Rückkehr erheiterte uns der Gedanke an die Pferde, die die Stufen emporstiegen. In der Tiefe des Abends das nostalgische Schluchzen der Esel. Frauen mit Lasten auf dem Kopf, häufig sogar, ohne sie mit der Hand festzuhalten.
Nach dem Abendessen die Sterne – ein Flackern wie von Scheinwerfern oder Blitzen auf dem Meer.

1 Petar Hektorović (1482-1572), Schriftsteller der dalmatinischen Renaissance, wohnte auf der Insel Hvar.

10. 10. 1960. Montag

Ständig heult der entsetzliche Jugo-Wind. Ich habe nicht geahnt, daß ein Aufenthalt im Süden, in jenem durch seine Schönheit berühmten Süden, eine solche Tortur sein kann. Ständig kommt es mir vor, als träfe uns bei diesem Sturm oder dem Luftdruckwechsel der Schlag oder es gäbe plötzlich ein Erdbeben. Das lehrt uns bescheidene Zufriedenheit mit dem, worin geboren zu sein und zu leben uns zugefallen ist. Genau das ist gut für uns, sofern wir nur einen Inhalt haben.

11. 10. 1960. Dienstag

Heute hat sich der Wind endlich gelegt, aber das Meer bewegt sich noch und seufzt schwer. Morgens zeichne ich das Franziskaner-Kloster. Um fünf gehen wir, um das »Museum« des Klosters zu besichtigen. Schließlich kommt ein alter, hagerer Ordensmann heraus. Er sagt, das »Museum« werde um diese Jahreszeit nur vormittags geöffnet. Wir fragen, warum die Kirche oben kein Kreuz hat. Er antwortet, ein Blitz habe es heruntergeschleudert, die Neuaufstellung aber würde 20 000 Dinar kosten. Wir glauben nicht an dieses Märchen [. . .].

13. 10. 1960. Donnerstag

Anna ist sehr gut, langweilt sich aber entsetzlich. Heute hat sie die Idee zu einer Erzählung über das Franziskaner-Kloster notiert. Auch ich wollte darüber eine Erzählung machen – das entfällt nun. Ich werde nichts mehr schreiben. In mir richtet sich der Tod häuslich ein.
Interessant ist, daß Anna den ersten Entwurf ihres Werks auf französisch schreibt.

15. 10. 1960. Sonnabend

Von Sava Andjelković sind Briefe gekommen. Er schickt uns Briefe, die Tula und Frau Hania an die Belgrader Adresse gesandt haben, und eine Nummer der Zeitschrift »Knjiga i Svet«. Sie ist fast gänzlich Anna und mir gewidmet. Dort stehen ein Artikel von Subotin, seine Übersetzung der »Plauderei über die Literatur« und vor allem zu meiner Freude zahlreiche Reproduktionen meiner Zeichnungen aus Rab 1936.[1]

1 Seit ihrer Jugend versuchte M. D., nicht nur zu schreiben, sondern auch zu zeichnen und zu malen. Besonders interessant und reichhaltig ist der Zyklus ihrer Zeichnungen aus Rab vor dem Kriege, der teilweise in meiner Monographie »Die Sache von Russów« reproduziert

wurde. Nach dem Tod der Schriftstellerin wurde ihr im Archiv aufbewahrtes künstlerisches Werk teilweise im Dąbrowska-Museum in der Polna-Straße ausgestellt.

22. 10. 1960. Sonnabend

Gott, halte wenigstens den erniedrigenden Verlust der geistigen Kräfte von mir fern. Obwohl die Schmerzen aufgehört haben, liege ich seit vorgestern wegen der andauernden Tachykardie und bin schrecklich geschwächt, ich kann mich kaum auf den Beinen halten.

Zu meiner Verwunderung geht es mir schlechter als nach den schlimmsten Klinikaufenthalten. Anna besichtigt vormittags das Franziskanerkloster. Ich bedauere sehr, daß es mir nicht gelungen ist, es zu sehen. Anna erzählt bewegt von ihrem Besuch. Herumgeführt hat sie Pater Paulo, 85 Jahre alt und schön, ein Typ (psychisch angeblich) wie Herr Stanisław. Der Frater Kazimierz (zur Zeit Guardian des Klosters) ist über 70 und eigentlich Bildhauer. Mittelalterlicher Tradition gemäß arbeitet er in Holz. Ich möchte Hvar noch einmal aufsuchen, um die Insel und das kleine Kloster wirklich kennenzulernen. Nur für, sagen wir, eine Woche.

23. 10. 1960. Sonntag

Dr. Vinko. Jung, anmutig, schwarze, ein wenig vorgewölbte Augen, wirkt mehr wie ein Italiener, außer kroatisch kann er nur noch ein bißchen italienisch. Er beschwert sich schrecklich über die unmenschliche Überlastung. Er ist staatlicher Arzt nicht nur für Hvar, sondern auch für die umliegenden Dörfer. Jeden Tag fährt er mit dem Motorboot in irgendein Dorf. Alle machen ihm Vorwürfe. Die Patienten, wenn er Medikamente verschreibt, die es in der Apotheke von Hvar nicht gibt. Der Staat, wenn er teure Medikamente statt billigere (?) verschreibt. Seine Erzählung schließt er (er spricht mit

Anna italienisch) mit den Worten: »Credo que dove è basta.«[1]

1 »Ich glaube, ich muß es, und Schluß.«

24. 10. 1960. Montag

Wie gut verstehe ich jetzt den »Tod in Venedig« und die Beschreibung der letzten Reise der Mutter Niels Lyhnes mit ihrem Sohn in die Schweiz.[1] Anna packt wundervoll und genial meinen Koffer. O Gott, daß ich ihr nur nicht unbeabsichtigt Ärger oder Mühe mache.

1 Gemeint ist der Roman »Niels Lyhne« des dänischen Schriftstellers Jens Peter Jacobsen (1847-1885), den M. D. ins Polnische übersetzt hatte.

Rijeka, 26. 10. 1960. Mittwoch

Trotz Annas Zorn auf den »kleinen Kahn« meine ich, »Partizanka« ist ein vortreffliches, großes Schiff. Wir fuhren 18 Stunden. Nachts gab es ein starkes Gewitter, aber man merkte es in der Kabine kaum, nicht einmal Anna, die an Seekrankheit leidet. Sie wurde nur wach und nahm eine Pariser Pille contra la maladie de la mer.

Wir kamen auch an Rab vorbei. Vom Fenster aus sah man ausgerechnet das Ufer jener Bucht, wo wir 1936 gewohnt haben. Damals gab es dort nur das kleine Hotel »Continental«. Jetzt zieht sich eine Kette von Laternen die ganze Bucht entlang. Im Licht der Blitze sah man die neu erbauten Häuser.

Am Fallreep ein kleiner Schrecken, bis ich Prof. France Vodnik[1] erkannte oder vielmehr von ihm erkannt wurde; er setzte uns ins Auto und fuhr uns direkt nach Ljubljana.

Vodnik ist rührend. Er hat bereits 21 polnische Bücher übersetzt. Jetzt übersetzt er »Nächte und Tage«. Eigentlich ist er der einzige Polonist in Slowenien.

Doch alle Übersetzungen Vodniks entschwinden – die Bezauberung durch die Landschaft absorbiert uns. Was für ein wunderschönes Land!

1 France Vodnik (geb. 1903), nicht der einzige, aber ein bedeutender und verdienter slowenischer Polonist; Übersetzer der »Nächte und Tage«.

Ljubljana, 27. 10. 1960. Donnerstag

Wie verabredet, kommt France Vodnik um vier zu mir. Er erzählt von seiner schweren Magenkrankheit voriges Jahr – er glaubte schon manchmal, sterben zu müssen. Irgendwie aber ist er durchgekommen, nur daß alles sich verspätet hat. Doch die beiden ersten Bände sind bereits im Druck. Er brachte Fahnen mit und las einen Teil des Kapitels über den Tod der Großmutter vor (1. Band). Er las mit Bewegung und wachsender Begeisterung. Man sieht, wieviel Herz er in die Arbeit steckt. Ich glaube, das ist gute Übersetzerarbeit. Herr Vodnik ist so nervös und hat mir soviel zu sagen, daß ich fast nicht zu Wort kommen kann.

Begonnen hat er als Lyriker, dann wurde er Essayist und Theaterkritiker. Er zeigt mir eine französische Vorkriegs-Anthologie jugoslawischer Lyrik, in der auch sein Gedicht »Kampf mit Gott« steht. Ein bißchen à la Kasprowicz, aber weniger prätentiös, schlichter, spontaner. Es hat mir auch besser gefallen als – selbst zu jener Zeit – Kasprowicz.[1]

1 Jan Kasprowicz (1860-1926), Lyriker des Jungen Polen, u. a. Verfasser von Streitgedichten mit Gott (»Hymnen«, »Das Buch der Armen«).

Belgrad, 30. 10. 1960. Sonntag

Beim gemeinsamen Frühstück im Hotel bestätigte Sava Andjelković, daß »novac obezbedjen«[1], das heißt, wir bekommen in Wien Schillinge, und teilte mit, morgen früh um halb zehn seien wir zu Besuch bei . . . Tito. Der Ver-

legerverband habe sich bereits in seiner Residenz erkundigt, er werde uns empfangen. Wir waren ein wenig erstarrt und entsetzt, denn wir hatten nicht im entferntesten an einen derartigen Besuch gedacht.
Aber irgendwie gehörte es sich nicht, sich aufzuregen oder abzusagen. Wir gaben nur schüchtern zu verstehen, daß wir auf eine solche Inszenierung nicht vorbereitet seien. Man beruhigte uns, der Besuch sei rein konventionell, es entspreche hier dem Brauch, daß Tito Schriftsteller und Künstler empfange, die in Belgrad zu Besuch seien. Anna schloß mit einer Pointe ihres unfehlbaren Humors: »O nein, wo ich bin, kann von nichts Offiziellem die Rede sein.«

1 Novac obezbedjen (serbokroat.) – Geld garantiert.

31. 10. 1960. Montag

Zorica schlägt eine Fahrt nach Topola (82 km) vor, wo sich die Kirche mit den Königsgräbern der Dynastie Karadjordjević befindet. Eine neue Bezauberung. Serbien ist wilder als Slowenien, Kroatien, Dalmatien, aber im gleichen Maße anziehend und schön. Die wellige Hügellandschaft vermittelt einen weiten Horizont. Soviel unterschiedliche Welt findet unter dem Himmelsgewölbe Platz.
Ach ja. Morgens um neun holte uns Sava Andjelković ab und fuhr in der Stadt hin und her (sehr schöne Villengegend, hauptsächlich für das diplomatische Korps), damit wir pünktlich um halb zehn vor Titos Residenz eintrafen.
Ein weißes Tor glitt zur Seite wie die automatische Tür eines Lifts und enthüllte eine Dekoration wie aus einem amerikanischen Farbfilm. Fast seltsam, daß es nicht quälend ist, in einem Haus zu wohnen, das wie die Reklameseite einer amerikanischen Zeitschrift glänzt. Wunderbar ausgewählte und gepflegte Blumen. Irgendwelche Herren begrüßten uns, schließlich tritt Tito heraus, so wie wir ihn von

den sich ständig wiederholenden Porträts an den Wänden und in der Presse kennen.
Ich beginne auf französisch. Eine »kultivierte Person« unterbricht mich: »It's better we speak English, please.« Anna, die unterwegs auf dem Hof zwei Hunde gesehen hat, erzählt zu Beginn des Gesprächs von ihrer Tochter Tula, der Hundefreundin, sie habe im Fernsehen Gomułka mit zwei Hunden spazierengehen sehen, und erst von diesem Augenblick an sei er für sie ein wichtiger Mensch geworden. Sie erwähnt die Hunde draußen und erkundigt sich nach deren Rasse. Tito sagt zunächst, das wisse er nicht, doch stellt sich später heraus, daß es mazedonische Schäferhunde aus einer Gegend sind, die Šar-Planina heißt oder so ähnlich.
Der ganze Besuch dauert 20 Minuten. Sava Andjelković sagte kein einziges Wort, er betrachtete uns nur mit strahlenden Blicken. Wir verabschieden uns und wünschen einander Gesundheit und alles Gute.
Anna schaut sich um und sagt: »Ich hatte meine Handtasche mit.« Aber die Tasche ist nirgendwo zu sehen. Wir vermuten, sie sei im Auto geblieben. Nein, im Auto ist sie nicht. Anna sagt peinlich berührt: »Aber ich hatte sie bestimmt bei mir und habe sie hinter mich auf den Sessel gelegt.« Da wurde mir klar, was geschehen war. Unsere Anna wiegt 102 kg. Als sie die Tasche hinter sich auf den weichen Ledersessel legte und sich dann setzte, gab der Sitz unter ihr so stark nach, daß die Tasche in den Spalt zwischen Lehne und Sitz rutschte. Ständig lachend erläuterte ich Andjelković den Vorgang. Er rannte, ihm nach die Sekretäre. Triumphierend brachten sie die aus dem Spalt hervorgeholte Handtasche. Ein durch und durch chaplineskes Element dieses Besuchs.

1. 11. 1960. Dienstag

Morgens ruft K[. . .] an. Plötzlich fragt er: »Bitte schön, lag die Initiative zu diesem Besuch bei Ihnen oder bei denen?«

Zunächst verstand ich nicht, worum es ging. »Welcher Besuch?« frage ich, und dann: »Ach so. Selbstverständlich nicht unsere Initiative. Sehen Sie, die wollen uns mit allem beglücken, was sie für das Beste halten.« K[. . .] hält sich nicht an die Konvention und fragt: »Und wovon war die Rede?« – »Von den Hunden«, antwortete ich.

2. 11. 1960. Mittwoch

Quälende Begegnung, weil man über niemanden etwas weiß. Fast wie eine Erlösung begrüßen wir Ivo Andrić[1]; von ihm weiß ich, dank der »Borba«-Journalistin, die mich in Warschau besucht hatte, daß er neben Krleža für den größten Schriftsteller Jugoslawiens gehalten wird. Und daß manche sein Werk mit meinem vergleichen. Anna kennt zwei Bücher von ihm, die ins Polnische übersetzt sind, den »Verdammten Hof« und »Die Brücke über die Drina«. Vor der Abreise nach Jugoslawien hatte ich es geschafft, eines davon zu lesen, den »Verdammten Hof«. So wußte ich wenigstens, mit wem ich sprach. Außerdem muß man hinzufügen, daß Andrić ein bezaubernder, feinfühliger, älterer Herr ist, der sehr jung aussieht (er erinnert mich ein bißchen an Giliczyński). Mit ihm also sprach ich am meisten. Wie sich herausstellte, hatte er vor dem Ersten Weltkrieg in Krakau studiert. Er kann polnisch, liest polnische Literatur, zitiert Słowacki. [. . .]

Beim Essen erinnert sich Andrić, wieviel Zeit und Aufmerksamkeit selbst die wichtigsten Persönlichkeiten Krakaus in seinen Studienjahren den ausländischen Studenten widmeten; z. B. lud Marian Zdziechowski[2], damals Professor in Krakau, ihn und andere ausländische Studenten täglich zum Vesper in sein Haus ein. »Und wäre nicht«, schließt er, »der erste europäische Krieg ausgebrochen, wäre ich vielleicht für immer in Polen geblieben.« Solch seltsamen Dingen begegnen wir hier.

1 Ivo Andrić (1892-1975), serbischer Schriftsteller. Er bekam 1961 den Nobelpreis; Maria Dąbrowska war seine schärfste Konkurrentin.
2 Marian Zdziechowski (1861-1938), Historiker der slawischen Kultur und Literaturen, Professor der Jagiellonischen Universität in Krakau und der Universität Wilna; Publizist, Slawophiler, Mystiker und Katastrophist.

4. 11. 1960. Freitag

Uns sind 90 000 Dinar übrig geblieben, die Andjelković auf mein Bankkonto einzahlen will. Ich stimme nicht zu und spende sie auf Zoricas Rat (hinsichtlich des Zwecks) für »Kriegswaisen«.

Warschau, 14. 11. 1960. Montag

Dem Anschein nach fühle ich mich besser. Alle unangenehmen Symptome haben sich gelegt. Ich habe wie Antäus den heimischen Boden berührt.

DER PAKT MIT DEM TEUFEL

Maria Dąbrowska war seit Beendigung der »Nächte und Tage« literarisch nicht müßig gewesen. Sie hatte einige wichtige und erfolgreiche Bücher geschrieben, doch nie hatte der Gedanke an ein weiteres, nunmehr der neueren Zeit gewidmetes Epos aufgehört, sie zu beschäftigen. Skizzen dazu sammelte sie seit dem Jahr 1938, fast ein Vierteljahrhundert lang. An die endgültige Fassung des Romans machte sie sich erst mit über siebzig Jahren. Jetzt aber befriedigten sie ihre früheren Konzeptionen nicht mehr. Ihr schwebte, wie die folgenden Aufzeichnungen bezeugen, gewissermaßen ein polnischer »Doktor Faustus« vor. Dieses Vorhaben ist ihr leider nicht gelungen. Der Druck des fertigen Materials erwies sich als zu stark, ihre Kraft dagegen als zu schwach, um das Werk neu zu schaffen, um über sich selbst hinauszuwachsen. War vielleicht auch die neuste Geschichte Polens noch zu verworren und tragisch, um beschrieben werden zu können?

Komorów[1], *5. 2. 1961. Sonntag*

Ich lese Manns »Entstehung des Doktor Faustus«. Er war mit siebzig auch schwer krank – Depression und Nachlassen der vitalen Kräfte, aber er hat damals den »Doktor Faustus« geschrieben.

Ich habe vergessen zu notieren, daß ich es am Sonnabendvormittag noch geschafft habe, Erazm und Frau zu besuchen. Immer ist es bei ihnen pieksauber und reinlich – was für ungewöhnliche alte Leute. Völlig unabhängig vom Altern und von irgendwelchen äußeren Dingen. Er ist 77 Jahre alt, sie weit über achtzig. Er hat sein Ruhegehalt, sie die 1000 Złoty Pension für Verdiente. Sie leben in einem

Zimmer, in dem man immer etwas spürt vom künstlerischen Gefühl einer reinlichen Bohème. Heiter, wie sie sind, gehen sie manchmal noch ins Kino und Theater. Zu Ausstellungen. Absolutes Einverständnis mit ihrer gegenwärtigen Daseinsform. Stets haben sie enthusiastische Freunde, sogar junge. Und trotz allem, was nicht einmal bei Wacek der Fall ist, umweht mich bei ihnen etwas aus meiner Jugend. Sie sind unzerstörbar. Auf ihrem Tisch die »Gespräche mit Eckermann«, die Erazm sich gekauft hat. Nach seinen Notizen hat er sich seit Kriegsende rund 1000 Bücher gekauft. Sie schreibt ein populäres Buch über die Malerei. Ich verließ sie mit einem belebenden Eindruck.

In seiner »Entstehung des Doktor Faustus« schreibt Mann u. a.: »Im Lande hier« (d. h. in den USA) »gab es Haß auf die Juden, die Russen, die Engländer – nur nicht gegen die Deutschen, gegen die man Krieg führen mußte.«

1 Komorów – Ortschaft bei Warschau, wo sich die Schriftstellerin eine Villa mit Garten gekauft hatte und wo sie in ihren letzten Lebensjahren wohnte.

6. 2. 1961. Montag

Frau Jakubowska arbeitet sehr ordentlich. Ich setze mich also eines stillen Vormittags an die Schreibmaschine. Aber ich werde ständig unterbrochen. Der Briefträger kam, der nie hinter sich die Pforte schließt, sogleich ist Dyl entflohen. Dann der Gärtner, um die Bäumchen zu beschneiden. Der »Przegląd Kulturalny« rief an, er will meinen Roman ankündigen, das sei für sie eine »große Reklame«. Ich habe es nicht unbedingt abgelehnt, aber gewarnt, es dauere noch lange. Vielleicht ist das der Ansporn, den ich brauche, um endlich etwas an diesem Roman zu tun?

7. 2. 1961. Dienstag

Morgens Kopfschmerzen. Um acht stehe ich auf. Trotz meines elenden Zustandes setze ich mich an die Maschine und mache den Entwurf zur neuen Serie der »Skizzen über Conrad«. Diesmal über die schlimme Übersetzung des Romans »The Suspense«.[1]

Ich lese mit Begeisterung die polnische Übersetzung des »Doktor Faustus«.[2] Interessant. Trotz der ganzen Bedeutung, die Conrads Werk für mich hat, wäre ich nicht imstande, seinem Einfluß zu erliegen, und schreibe diesem Einfluß nur ein einziges Kapitel der »Nächte und Tage« zu. Aber noch jetzt, im hohen Alter wäre ich imstande, den Einflüssen und dem Zauber Thomas Manns zu erliegen. Denn trotz allem gibt es wenig Verwandtschaft zwischen mir und Conrad, aber es gibt viel Verwandtschaft zwischen mir und Thomas Mann.

1 Die Skizze über die polnische Übersetzung von »The Suspense« ging in die erweiterte Ausgabe der »Skizzen über Conrad« von 1974 ein.

2 Auf polnisch erschien der »Doktor Faustus« in der Übersetzung von M. Kurecka und W. Wirpsza 1960.

8. 2. 1961. Mittwoch

Abends rief Anna an. Es empört sie, daß ich mich wieder mit Conrad beschäftige und nicht mit dem Roman. »Ich werde diesen Conrad noch hassen, warum schreibst du über ihn? Du bist selbst ein Conrad.«

Wenn ich aber die wenigen, in letzter Zeit vorbereiteten Themen aufgebe, verliere ich den Rest meines Selbstvertrauens.

10. 2. 1961. Freitag

Frau Hania bringt die Post mit. »Who's Who?«, das internationale englische Nachschlagewerk, schickt mir den Artikel über mich zur Korrektur und evtl. Ergänzung, weil wegen seines Jubiläums (25 Jahre) eine neue Ausgabe des Nachschlagewerks herauskommt. Mein Gott, unsere Nachschlagewerke legen lebenden Autoren diese Texte überhaupt nicht vor.

Warschau, 14. 2. 1961. Dienstag

Morgens las ich im »Życie Warszawy«, daß Frau Skuszankas Theater heute »Die Freude über den wiedergewonnenen Müllhaufen« (nach Kaden-Bandrowskis »General Barcz«[1]) aufführt, und hatte plötzlich den meinen Kräften nicht entsprechenden Einfall, für diese Aufführung Karten zu erstehen. Irgendwie kam es mir so vor, als müßte ich das sehen.

Zum ersten Mal, seit mich die Krankheiten plagen, fühlte ich mich jung, fröhlich und unternehmungslustig. Als Frau Hania kam, machte sie sich gleich auf, die Karten zu holen, und schon um zehn nach acht waren wir im Polnischen Theater, so daß uns noch Zeit blieb, das Programmheft anzuschauen. [. . .] In der Pause sagte Brzechwa[2] unwillig: »Alles ist so altmodisch.« Das ist die offizielle Meinung über diese Aufführung, die, obgleich sie die Anfänge der zweiten Unabhängigkeit so satirisch behandelt, den Parteikreisen nicht in den Kram paßt.

Die Vorstellung aber war ungewöhnlich interessant. Vielleicht die »modernste« von allen, die ich in letzter Zeit gesehen habe. Sehr gut Szajnas Bühnenbild, interessant die musikalische Illustration. Das ist wohl jene konkrete Musik (von Jerzy Kaszycki), die aus Rauschen, Rascheln, Dröhnen und Knirschen besteht und doch einen starken Eindruck macht, eine völlig neuartige Verwendung von Tönen, die mit dem Text großartig zusammenklingen.

Man verläßt das Theater überzeugt, das sei ein Pamphlet auf die »prise de pouvoir«. Zahlreiche Elemente dieser Beherrschung des Müllhaufens und des Chaos sind bis heute erstaunlich aktuell, und zwar überall. Major Pyć (ein we-

sentlicher Teil jeder Staatlichkeit) wurde von Pyrkosz vorzüglich gespielt. Den General Barcz gab Franciszek Pieczka, derselbe, der die Rolle des Kisiel im »Verwaisten Genius« so herrlich gespielt hatte. Das ist ein Schauspieler von so nobler Gestalt, so edler Gestik, so prächtiger Diktion und schöner Stimme, daß er trotz aller Elemente der Groteske und Deformation einen positiven, wenn auch tragischen Eindruck hinterläßt – was die Rezensentin im heutigen »Życie Warszawy« in Wut versetzt.
Zu bedenken ist nur, wie weit wir uns schon von dieser Art, einen Roman zu schreiben, entfernt haben. Diese vier Generale mit Pyć und Rasiński zur Seite kämpfen in gesellschaftlicher Leere. Die Nation, um deren Schicksal es geht, ist nicht einmal flüchtig skizziert. Heute wäre ein politischer Roman ohne Darstellung der lebendigen »Basis« der personalen Konflikte unmöglich. Kaden hat versucht, das in den »Schwarzen Schwingen« und im »Mateusz Bigda« zu zeigen, doch ist es ihm dort sehr viel schlechter gelungen als im »General Barcz«, seinem letzten Endes besten Roman.
Ich jedoch betrachte dieses Werk durch die Realien meiner Jugend. [. . .] Bewegend war für mich der Gedanke, was er [Kaden] denn wohl gesagt hätte, wenn er nach vierzig Jahren und in einem derartigen Wirklichkeits-Kontext seinen Roman auf der Bühne gesehen hätte. Vom Theater hat er stets geträumt und ein Stück »Karten im Spiel« aus der Zeit des Krieges 1919-1920 geschrieben, das er uns laut vorlas und das uns nicht gefiel. Es erlebte seine Premiere in Lodz und war ein schmerzliches Fiasko. Nach der zweiten Vorstellung wurde es abgesetzt. Es ist nie gedruckt worden, ich weiß nicht einmal, ob sich das Manuskript dieses Stücks erhalten hat, es hatte doch eine recht avantgardistische Form.

1 Bühnenbearbeitung des »General Barcz« (1923), eines der wichtigsten politischen Romane von Kaden-Bandrowski, der die Bildung des

polnischen Staates, den Übergang von den Träumen zu den Realien behandelt; Schlüsselroman, in dessen Titelfigur man Piłsudski vermutete.

2 Jan Brzechwa (1900-1966), Schriftsteller, vor allem Kinderbuchautor.

Komorów, 15. 2. 1961. Mittwoch

Morgens um halb neun fuhren Frau Hania und ich zur EKD-Station.[1] Die Sonne schien, der Himmel war blau, aber irgendwie dunkel, das Stadtbild wirkte wie durch eine lila abgedunkelte Brille gesehen. Einige Eisenbahner blickten mit berußten Gläsern in die Sonne. Da fiel mir ein, daß heute eine fast neunzigprozentige Sonnenfinsternis sein sollte. Die Eisenbahner liehen uns ihre Gläser, wir sahen die Sonne in Form einer Sichel wie beim Mond. In dieser gewissermaßen halb-lila Welt, obgleich wir hellen Tag hatten, legten wir die Fahrt nach Komorów zurück. Doch niemand von den vielen Leuten auf den Straßen und in der Bahn schien sich für dieses Ereignis zu interessieren oder es überhaupt zu bemerken. Auch Anna hatte es nicht bemerkt, mit der ich abends telefonierte.

Gestern ist zwar Faschingsdienstag gewesen, doch als wir um elf aus dem Theater heimkehrten, merkten wir nichts von Faschingsvergnügen. O Gott, was geschah nur alles am letzten Faschingstag während meiner Jugendjahre in Lausanne und Brüssel! Die Bevölkerung der Städte tobte bei Straßenumzügen. Freude und Fröhlichkeit sterben aus auf der Welt.

1 EKD – Elektrische Vorortbahn, Warschauer Verkehrsnetz.

16. 2. 1961. Donnerstag

Heute ist der 49. Todestag meines Vaters. Ich weiß nicht, warum ich alljährlich daran denke. Den Todestag meiner Mutter aber notiere ich nie (am 8. Dezember war es der

35.). Dabei habe ich mit meiner Mutter soviel näher und länger zusammengelebt. Auch meine anderen Trauer-Jahrestage notiere ich nicht. Nur an diesen einen erinnere ich mich Jahr für Jahr. Sicher weil es der erste Schicksalsschlag dieser Art in meinem Leben war.

19. 2. 1961. Sonntag

Anna und Tula sind nicht gekommen. Trotz der Stimmung eines leeren Sonntags (wie die »leeren Nächte« bei einem Verstorbenen) habe ich seit gestern alle Mappen mit Materialien zu dem Roman ausgebreitet und sitze nun davor und lese sie nicht ohne Entsetzen. Das Riesenmaterial der allerersten Rohfassung, wenige gedruckte Fragmente – ein Meer von Langeweile und Banalität. Einige gute Kapitel – eines aus den Jahren zwischen den Kriegen, vielleicht zwei aus dem Aufstand.

Was soll ich damit anfangen, um Gottes willen, was soll ich damit anfangen?

20. 2. 1961. Montag

Ich bin meiner selbst überdrüssig. Ein Ozean an Wörtern und alles nichts wert. Ich habe keine Konzeption. Ich weiß nicht, ob ich daraus drei Romane machen soll oder einen.

Was fange ich damit an? Wo beginnen und wo enden? Das ist ein größerer Nebelschleier, als es die »Nächte und Tage« damals waren, während ich St. im Jahr 1927 ihren Inhalt erzählte. Der Wendepunkt meines Lebens, und seither kann ich mich nicht dazu aufraffen, einen zweiten Roman zu schreiben. Ich komme nicht zurecht mit diesem Material, und falls ich zurechtkomme, werde ich darüber wohl sterben . . .

21. 2. 1961. Dienstag

Den ganzen Vormittag wollte ich mich einschließen und in aller Form »das letzte Werk meines Lebens« beginnen. Dar-

aus ist nichts geworden. Die Dachdecker kamen, um das Dach zu reparieren; der »Gärtner« kam (auch ein geschwätziger, schrecklich eingebildeter Mann [. . .]; schließlich kam Czesław, um mir zu sagen, er werde morgen oder übermorgen das Holz hacken.
Frau Hania und Frau Jakubowska haben Annas Tisch in mein Zimmer gestellt, darauf breite ich die Mappen mit meinen in so vielen Jahren geschriebenen Rohfassungen aus. Ich stehe ratlos davor, ohne Konzeption, Inspiration, Talent, nur mit dem Gefühl der unbedingten Notwendigkeit, aus diesem Ziegelhaufen, den ich angesammelt habe, etwas zu errichten. Wofür? Wozu? Ich habe keine sichere Hand mehr und keinen sicheren Kopf; ich habe kein Herz mehr und kein Geschlecht. Womit denn schreiben? Nur mit der Erinnerung? Ist es denn möglich, aus diesem Nichts, das ich geworden bin, etwas zu errichten? Ich bin ein gewesener Mensch, der über düster brodelnde Dinge schreiben soll. – Gott, gib mir in diesem Frühling einen Frühling in mir. Gib mir die Kraft wieder und die Hartnäckigkeit, versetze mich in Wut, in Liebe, in Zärtlichkeit – in die Eiseskälte ewigen Sehens. [. . .]

26. 2. 1961. Sonntag

So ist zu meiner Verwunderung die Zeit bis zum Sonntag vergangen mit dem Abschreiben von 6 Seiten des ersten Kapitels, einer Art Einleitung zu dem Roman, der ungefähr 50 Jahre umfassen soll. Ist das nicht ein Wahnsinn, und wird das nicht wieder den »Nächten und Tagen« gleichen? Was mache ich nur, hat das irgendeinen Sinn? Und wie soll ich es schaffen? Und wann? Immer noch fehlt mir die Konzeption. Eigentlich weiß ich nicht, wovon dieser Roman oder diese »Geschichte einiger Menschen« handeln wird.
Von neuem lese ich Manns »Doktor Faustus«. Welch schreckliche Ausführlichkeit. [. . .] Wenn ich Leverkühns künstlerische und menschliche Biographie überdenke, fällt

mir unwillkürlich Surkows Rede bei einem der Kongresse des Schriftstellerverbandes ein. Surkow[1] ist unsympathisch und orthodox, aber nicht dumm. Er sagte damals, alle schriftstellerischen Extravaganzen, der übermäßige Ästhetizismus, die allen Strömungen des Lebens entfremdeten Formen führten zum Faschismus. Im Grunde beweist Mann dasselbe. Im Bereich der Politik gelangt die überfeinerte deutsche Intelligenz zu einem den Nationalsozialismus ankündigenden Kult des munteren Barbarentums, in der Kunst resultiert Leverkühns Unmenschlichkeit, auch wenn sie genial ist, aus dem Pakt mit dem Satan, demselben Satan, derselben Besessenheit, die, wie Mann darlegt, die Deutschen zur nationalsozialistischen Schande und zum Verderben geführt hat.
Wir machten einen Spaziergang in den Wald. Fast am Ende des Rückwegs, aber noch im Wald kam ein spitzartiger Dorfköter angerannt und stürzte sich mit dem Anschein der üblichen Begrüßung auf Dyl, drückte ihn unter sich und fing an, ihn zu beißen. Anna hielt mich am Mantel fest, damit ich nicht auch wieder gebissen wurde. [. . .]

1 Aleksej Surkow (1899-1983), russisch-sowjetischer Lyriker, Publizist, kulturpolitischer Funktionär.

6. 3. 1961. Montag

[. . .] Mit Frau Hania im Film »Die Kreuzritter«.[1] Unsere, aber auch die ausländischen Kritiker, denen dieser Film nicht gefallen hat, unterscheiden nicht die Kriterien, nach denen man verschiedene Kunstarten beurteilt. Man kann diesen Film nicht nach den neuesten Errungenschaften der experimentellen Kinematographie beurteilen und ebensowenig nach den Normen der exklusiven Kunst.
Es geschieht sehr selten, daß die populäre, für den Massenkonsum bestimmte Kunst gut ist oder auch nur erträglich vom Gesichtspunkt eines erleseneren Geschmacks aus. Und

das ist nun einmal ein populärer Film, fast ein vollkommener. Sehr viel besser als alles, was ich von Schöngeistern über ihn vernommen habe. Ich bin nicht blasiert, und wenn mich auch die ausgesuchtesten künstlerischen Experimente interessieren, gebe ich doch zu, daß ich die ganze Zeit über vor Rührung schlucken mußte und mir die Tränen aus den Augen rannen.

Es war die schreckliche Anstrengung, etwas extrem Schwieriges zu zeigen, das sehr leicht hätte Kitsch sein können, aber kein Kitsch ist, sondern ein attraktiver und gefährlich schöner Film. [. . .]

Mit einem Wort: Vivat Ford und alle, die an diesem Film mitgearbeitet haben; er ist nicht nur ein Kunstwerk, sondern auch ein Werk aufrichtiger Popularisierung der polnischen Geschichte. Das Bedürfnis nach polnischer Geschichte hat auch seinen außerordentlichen Erfolg bestimmt. Er soll 38 Millionen gekostet, aber bereits 100 Millionen eingespielt haben.

1 Die Kreuzritter, 1960, Film nach dem Roman von H. Sienkiewicz, Regie führte Aleksander Ford.

8. 3. 1961. Mittwoch

Zum zweiten Mal lese ich in der »Twórczość« Iwaszkiewicz' Erzählung »Die Liebenden von Marona« (Anspielung auf »Die Liebenden von Verona«). Diesmal hat sie mir sehr viel besser gefallen, vielleicht unter dem Einfluß der Worte Kotts, der die Erzählung großartig fand. Sie enthält auf 89 Seiten fast ausschließlich Dialog und gibt die Unbeholfenheit der Jugend von heute in Sachen Liebe gut wieder. Auch die Unbeholfenheit des Gesprächs, das wahrlich ein modernes Stammeln ist und nichts auszudrücken vermag.

10. 3. 1961. Freitag

Ich war beim Lampenlicht eingeschlafen und erwachte um eins aus einem unerhört grellen Traum. Meine Schwester Hela ging mit mir durch einen großen Palastsaal. Plötzlich sagte sie: »Schneide dir den rechten Fuß ab.« Unter dem Einfluß eines unverständlichen Impulses nahm ich ein scharfes Messer und trennte mir den rechten Fuß ab. Es schnitt wie in Butter, als gäbe es dort keine Knochen. Aber ich trennte den Fuß nicht ganz ab, er blieb hängen, obwohl er mit dem angezogenen Schuh abgeschnitten war. Plötzlich Verzweiflung über meine Tat. Bei mir war St. – lebendig. Wie sich zeigte, waren wir in dem schweizerischen Ort Lacselitz [?] oder so ähnlich und würden in Kürze Jerzy sehen. St. telefonierte mit ihm, und im nächsten Moment war er bei uns. Er sprach so gefährlich heiser wie Bronek, der Krebs hat. Doch beide konnten nicht begreifen, wie ich so etwas hatte tun können. »Jetzt«, sagte Jerzy, »wo Sie so viele Möglichkeiten haben, die ganze Welt zu bereisen und den Mond.« Sie wiederholten das beide. Ich zweifelte selbst daran, zog den Schuh beiseite, um hineinzuschauen. Nichts, der Fuß war abgetrennt, und aus dem Hacken strömte das Blut. Ich sah es überall, es tropfte auf den glänzenden Fußboden, über den ich immer noch ging. Ich sage: »Das ist reiner Dostojewskij.« Eine Stimmung erfaßte mich wie aus den »Dämonen«. »Meine Lieben«, sage ich, »ich spüre doch meine Zehen im Schuh, ich kann sie bewegen. Vielleicht ist der Fuß nicht ganz ab. Vielleicht wächst er wieder an.« Ein Doktor verarztet mich, wäscht aber nur das Blut ab, der Fuß wird weiß. Ich frage ihn, warum er keine Naht rundum macht. »Dieser Fuß«, sagt der Arzt, »wird nicht mehr anwachsen.«

Schwarze Verzweiflung. Ich wiederhole: »Der reine Dostojewskij.« Der Traum war so deutlich, daß ich noch eine Weile nach dem Erwachen glaubte, der Fuß wäre ab. Erst nach einigen Minuten die Erleichterung – es war ja nur ein Traum.

War das eine Erinnerung an das Martyrium des Jurand von Spychów im Film »Die Kreuzritter«? Ein paar unklare Einzelheiten des Traums verschwanden. Ich weiß, ich sagte verschiedenen Leuten: »Meine Schwester hat gesagt: Schneid dir den Fuß ab«, bis mich St. darauf aufmerksam machte, ich solle das nicht wiederholen. »Vielleicht läßt es sich geheimhalten.«
Ich habe diesen Traum gleich aufgeschrieben, kann aber seit zwei Stunden wieder nicht schlafen. Wie soll man auch schlafen, wenn man sich im Traum den rechten Fuß abgeschnitten hat.

25. 3. 1961. Sonnabend

Ich lese Eckermanns »Gespräche«. Was sind das für naive Plaudereien – nur dann und wann die Rosine eines lebendigen Gedankens. Und was war dieser Goethe für ein Monstrum an Geiz und Egoismus. Neun Jahre des armen Eckermanns hat er verschlungen, er hat seine Arbeit bis ins Mark ausgenützt und ihm nichts bezahlt, gerade daß er ihn hin und wieder zum Frühstück einlud, zum Mittagessen oder zu einem Empfang. Eckermann lebte im Elend – der Umgang mit dem Olympier sollte ihm zum Leben genügen. Mühsam hat er später 300 Taler jährlich errungen und ist als das »liebe Doktorchen« gestorben, als tolerierter emeritierter Hofrat des Hofes von Weimar. Nicht einmal in seinem Testament hat Goethe ihm etwas hinterlassen.
Die großen Deutschen sind eben unmenschlich. Dieses Element hatte auch Thomas Mann-Leverkühn in sich. Das Werk verschlingt alles. Vielleicht bin ich deshalb kein großer Schriftsteller. Erst jetzt empfinde ich jene Gleichgültigkeit den Menschen gegenüber, die es mir ermöglicht hätte, mich vorbehaltlos dem Schreiben zu widmen. Vielleicht hat Mickiewicz deshalb mit fünfzig Jahren seine Feder zerbrochen – zum ewigen Schaden der Literatur.

Ich habe schon den größeren Teil des vierten Kapitels geschrieben.

26. 3. 1961. Sonntag

Mit Mühe habe ich vier Seiten des IV. Kapitels geschrieben, obwohl es leicht ist und dank Frau Bieńkowska in diesem Roman nichts direkt geschieht, sondern alles von den »Helden« erzählt wird. Zwei Kapitel stützen sich auf Teodors Erzählungen. Aber bei mir ist die Erzählung (genauso wie die Szene mit Joasia und Teodors Erzählung über den Friedhof Warschau) eine Ankündigung von Erlebnissen, deren Teilnehmer oder Zeuge sie später sein werden.
Außerdem habe ich die ganze Erzählung auf die Erinnerungen von Jan Drabikowski gestützt (2. Band der »Bauern-Erinnerungen«[1]), wie ja der Roman eine Kompilation verschiedener publizierter und nicht publizierter Briefe und Erinnerungen sein wird. Ich weiß nicht, was dabei herauskommt, aber bestimmt nichts Originelles.

1 Jan Drabikowski, Landwirt aus Kujawien, dessen Erinnerungen (Nr. 3) aus der Reihe II der »Bauern-Erinnerungen«, 1936, zur Grundlage des bäuerlichen Handlungsfadens in den »Abenteuern eines denkenden Menschen« wurden.

30. 3. 1961. Donnerstag

Eckermanns »Gespräche« habe ich fertig gelesen. Goethe hat alle Säfte aus ihm herausgesogen, doch ohne ihn wäre er vielleicht heute ein vergessener, sehr mittelmäßiger Lyriker, dank Goethe aber hat er – trotz der ganzen Mittelbarkeit dieser Gespräche – Ruhm geerntet, der bis heute fortdauert.

31. 3. 1961. Karfreitag

Abends stieß ich im Radio zufällig auf die Wiedergabe eines Symphoniekonzerts aus Berlin. Erst war es ein Klavierkonzert von Dvořák, den ich für Rachmaninow hielt, weil ich mich an dieses Konzert (g-Moll op. 33) nicht erinnerte. Sehr ansprechend. Dann aber (sie läuft immer noch) die Symphonie »Manfred« von Tschaikowskij, die ich tatsächlich nicht kannte. Diese Musik begeistert mich, diese Symphonie kommt mir sogar besser vor als die berühmte »Pathétique« (sehr viel eleganter). Besonders der erste Teil »lento lugubre«. Vielleicht ein bißchen überladen, zu lang, doch ich höre dort sehr viel Schönes!

Zuvor hörte ich kurze Orchester- oder Instrumentalwerke alter und neuer Musik. Man konnte bestimmte wesentliche Elemente der Unterschiede erkennen. Die alte Musik bringt Ruhe, auch wenn ihr Charakter dramatisch ist. Diese Ruhe fließt aus dem Wesen aller Kunst, das Chaos zu ordnen, aus der Offenbarung, so könne man die Wirklichkeit gestalten. Die neue Musik weckt Unruhe von derselben Art wie der Lärm, das Gefühl der Angst und der Gefahr, das entsetzliche Gefühl, es sei unmöglich, irgendeine Ordnung der Dinge wiederherzustellen.

Warschau, 12. 4. 1961. Mittwoch

Um zehn schaltete ich das Radio ein, ich wartete auf die angekündigte Frau Krzycka [?], die aus meiner Erzählung »Klara und Angelika« einen Film machen möchte. Im Radio irgendwelche Musik, die unterbrochen wurde durch die Nachricht, daß der russische Major Gagarin[1] heute die Erde umrundet habe und »im westlichen Teil der Sowjetunion« gelandet sei. Vermutlich also in unseren früheren Ostgebieten.

Ein epochemachender Tag. Wie kann eine solche Landung eines fast fünf Tonnen schweren kosmischen Geschosses aussehen? Für den Landenden und für die, bei denen er landet? Vielleicht in einem Dorf oder Städtchen, für das der Triumph der Wissenschaft zur kosmischen Katastrophe wird?

Gleich danach Anruf von der Arbeiter-Presseagentur, ich

solle sagen, was ich davon hielt. Seltsame Frage, was kann ich von einer nie dagewesenen Tatsache halten? Und wozu brauchen sie irgend jemandes Meinung? Auch so weiß ja die ganze Welt von diesem Menschen. Ein epochemachender Tag, aber was wird diese Epoche bedeuten? Wer kann das sagen . . .

1 Jurij A. Gagarin (1934-1968), sowjetischer Kosmonaut, der als erster in einer Raumkapsel die Erde umkreiste; er landete in dem Dorf Smielowka, Bezirk Saratow.

14. 4. 1961. Freitag

Immer noch erledige ich die weitere Korrespondenz. Gutes Wetter ist der Traum eines unschuldigen Menschen. Unser »Volk« glaubt nicht an Gagarins kosmische Reise. Es sagt ganz einfach: »Der redet, was man ihm befohlen hat, ich kann auch sagen, ich bin vom Mond gefallen.« Was soll man mit einer Nation anfangen, die an alle Lügen und jeden Aberglauben glaubt, nie aber an die Wahrheit, vor allem wenn sie ihm gefährlich ist?

Komorów, 16. 4. 1961. Sonntag

Im »Życie Warszawy« Bericht über die gestrige Pressekonferenz mit Gagarin. [. . .] Als das Fahrzeug durch die dichten Schichten der Atmosphäre emporgestiegen war und der Kosmonaut die Erde sah, registrierte die Empfangsstation auf der Erde seine Worte: »Wie schön.« [. . .]
Alle Aussagen Gagarins außer jenen, die er auf Weisung zu sagen hatte, waren von Feingefühl und Eleganz bestimmt. In einem Telefongespräch mit Chruschtschow äußerte er: »Mögen uns jetzt alle Länder einholen . . .«

17. 4. 1961. Montag

Telefonisch erhielt ich Karten (und zwar Einladungs-Karten) für das Theater »Ateneum« zu »Richard III.« mit

Woszczerowicz.[1] Wir wurden nicht enttäuscht. Die Aufführung war mehr als vorzüglich. Schon seit langem habe ich Shakespeare lieber gelesen, statt ihn auf der Bühne zu sehen. Jetzt habe ich mich überzeugt, daß man ihn auf der Bühne sehen kann – mit Begeisterung und Spannung.

1 Jacek Woszczerowicz (1904-1970), Schauspieler.

Klinik[1], *29.-30. 4. 1961. Nacht von Sonnabend auf Sonntag*

Ich habe beschlossen, nicht zu schreiben, denn das bei Krankheit Notierte ist absolut unlesbar. Heute aber kann ich die erste Nacht nicht schlafen. Alle heimischen Narkotika sind verbraucht, und was man hier bekommt, ist beklagenswert ungenügend. In dieser sogenannten oder Scheinklinik hat man keine Ahnung davon, was Schlaflosigkeit ist. Ich weiß nicht, was ich dagegen tun kann, jetzt werde ich bis morgens nicht schlafen.

1 Klinik des Gesundheitsministeriums, sogen. Regierungsklinik.

3. 5. 1961. Mittwoch

Ich habe hier phantastische Träume, wie ich sie seit Jahren nicht hatte. Einmal bin ich mittags eingeschlafen, und mir träumte, daß mein Blut in einer kleinen Blase von der Form eines Rettungsrings hinausgeschleudert wurde in den kosmischen Raum und um die Erde kreiste, bis es plötzlich auf die Erde zurückkehrte und zerschellte.

Mein Blut – Millionen roter Tropfen flogen in der Luft.

Heute morgen träumte mir, in mein Zimmer sei ein junger und angenehmer Priester getreten. Ich wußte, er war ein Patient der Klinik, und wunderte mich, daß hier Priester als Patienten sind. Nach einer langen Weile des Schweigens sagte ich »in Ewigkeit, Amen« und fügte hinzu: »Ich beantworte die Worte, die Hochwürden bestimmt beim Eintreten gedacht haben.«

Zum ersten Mal erlebe ich die Versuchung eines Pakts mit dem Teufel. Wäre Fejgin[1] der Teufel – und schon sein Name klingt teuflisch –, schlösse ich mit ihm einen Pakt auf drei Jahre absoluter Gesundheit und Kraft. Danach mag ich versinken.

1 Mieczysław Fejgin (1894-1975), Professor der Medizinischen Akademie in Warschau, damals Chefarzt der Internistischen Abteilung der Klinik.

Komorów, 6. 5. 1961. Sonnabend

Gegen die Empfehlungen der Ärzte bin ich nach Komorów geeilt, um noch die Reste des Frühlings zu erwischen. Aber alles besonders Schöne ist bereits vorüber. Im Garten dichtes, »erwachsenes« und sommerliches Grün, gerade daß die Farbe noch etwas frisch ist. Aber an den Birken ist auch die Farbe der Blätter schon wie im Juli. Allein die Tulpen.
Die Tulpen blühen wie nie. Zum ersten Mal derart üppig, daß ich vor Entzücken aufschrie, aber schon um fünf ging ich erschöpft zu Bett.

IN DER WELT DES GEISTES ETWAS NEUES

Maria Dąbrowska war keine Atheistin, schon gar keine kämpferische Atheistin, verhielt sich aber allen doktrinären Konfessionen gegenüber kritisch. Auch dem Katholizismus gegenüber, besonders dem polnischen, dem sie – ähnlich wie Stanisław Stempowski – sowohl in der Geschichte als auch in der Gegenwart ernsthafte Sünden anlastete. Erst das Werk Johannes XXIII. änderte ihr Verhältnis zur Katholischen Kirche und erfüllte sie mit Begeisterung. Interessant ist, daß sie mit dem Werk der Erneuerung des Katholizismus, wie man aus den folgenden Notizen sehen kann, auch den damaligen Erzbischof von Krakau und polnischen Kardinal Karol Wojtyła in Verbindung brachte – nicht die einzige Prophezeiung ihrer Tagebücher, die in Erfüllung gegangen ist.

Aus Anhänglichkeit zur tausendjährigen polnischen Sitte und zu Ehren des Andenkens Johannes XXIII. bat M. D. in ihrem Testament um ein katholisches Begräbnis. Die Kirche erhörte die Bitte der Schriftstellerin, konnte sich jedoch nicht über den doktrinären Zwist erheben: In der Predigt am Sarge der Schriftstellerin in der Warschauer Kathedrale polemisierte sie gegen die Haltung der Verstorbenen.

Warschau, 2. 4. 1963. Dienstag

Im Hause wurden die Heizkörper kaum lau, bis halb drei setzte das Herz mir übel zu, und ich konnte nicht warm werden. Am Ende stand ich auf (ich stehe ungern auf, wenn ich derartige Zustände kurz vor dem Herzinfarkt habe), zog mir doppelte Socken an und eine Schlafanzugjacke, und bin nach zweieinhalb Phanodorm-Tabletten irgendwie eingeschlafen. Doch das Herz hat mir so zugesetzt, daß ich auf der leeren Rückseite eines Briefs von Kazia mit Bleistift den Entwurf meines letzten Willens aufgeschrieben habe. Aller Voraussicht nach werde ich durch Schlaganfall sterben (wenn nicht durch das Ende der Welt), so daß ich eigentlich ständig bereit sein müßte. Morgens wurde mir erst gegen Mittag [sic] besser, meine gute Laune kehrte wieder. Das Wetter ist dunkel und frostig, Schnee kündigt sich an.

5. 4. 1963. Freitag

Der intensive (zweite derartige) Freitag endete mit dem Besuch des Griechen Jan Thomapulos, griechischer Repräsentant der UNESCO in Paris und seit Januar mit einem Stipendium unserer Regierung in Polen. Das war wirklich seit langem der erste interessante, ja faszinierende Besuch. Lebhafte Intelligenz, blitzschnelle Reaktionen – man spürt im Hintergrund die Jahrhunderte der höchsten Kultur der Welt. Er ist klassischer Philologe, aber, das sieht man, phänomenal begabt, er spricht bereits ganz ordentlich polnisch, außer den drei Monaten jetzt war er schon vor dem Krieg einen Monat in Polen.

Bericht über zwei kleine Inseln am Ausgang der Dardanellen-Meerenge, bewohnt [. . .] von orthodoxen Griechen. Die kleinen Inseln wurden nach dem zweiten Weltkrieg den Türken überlassen, die jene Griechen sogleich zu Türken und Mohammedanern machten. Insgeheim jedoch bleiben sie Griechen, veranstalten, wie einst unsere Unierten, in unterirdischen Räumen ihre orthodoxen Gottesdienste, und diese Messen halten die angeblichen Mullahs der Moscheen, denn in dieser Rolle treten sie öffentlich auf. Mehr noch, die Inseln werden von Amerikanern besucht, die in Wirklichkeit Söhne und Enkel der Einwohner sind und wie sie gebürtige Griechen, nur eben Arbeitsemigranten in den USA. Man sagt aber, die Amerikaner kommen zu den Türken. Nur selten kann man in solcher Konzentra-

tion, auf so engem Raum ein besseres Beispiel und Symbol unserer Epoche geben, in der nichts das bedeutet, was es bedeutet. Der arme Thomapulos sammelt Informationen über die polnische Literatur bei Parandowski, Libera[1] und Jakubowski.[2]
Anna war von diesem Besuch wirklich begeistert.

1 Zdzisław Libera (geb. 1913), Literaturhistoriker, spezialisiert auf die Aufklärung, Professor der Universität Warschau.
2 Jan Zygmunt Jakubowski (1909-1975), Literaturhistoriker und -kritiker, Professor der Universität Warschau.

Komorów, 13. 4. 1963. Karsamstag

Vormittags, als die Mädchen in den Wald gegangen waren, nahmen Anna und ich gewissermaßen wie Kinder ein Körbchen mit Eiern, einem Stück Wurst, Brot und einem Zweig Buchsbaum und gingen in die Kirche, um die Speisen weihen zu lassen. Mela[1] nämlich war gekränkt gewesen, als sie im vorigen Jahr mit dem »Geweihten« zum Auferstehungs-Gottesdienst gegangen war und »nur Scham geerntet« und nicht gewußt hatte, »wo sie das Körbchen verstecken sollte«, denn der Priester weihte nicht. In Wilna, behauptet sie, wird beim Auferstehungs-Gottesdienst geweiht. Sie sieht in allem ein Abweichen von den Wilnaer Sitten, fast einen nationalen Verrat, und ist gekränkt, wenn wir sagen, daß man in ganz Polen die Speisen am Karsamstag weiht. Sie wollte nicht hingehen. »Dann werde ich auch dieses Jahr eben keine geweihte Speisen haben«, sagte sie immer wieder. Darum gingen wir statt ihrer. In der Kirche waren tatsächlich lauter Kinder und auf einem provisorischen Tisch ihre Körbchen. Es war kühl, und man mußte auf den Priester so lange warten, daß zum Schluß nur Anna dort blieb.

1 Melania Andruszkiewicz (geb. 1910), Umsiedlerin aus Wilna, Haushälterin, die bis zum Schluß die Schriftstellerin betreute.

15. 4. 1963. Ostermontag

Gestern um halb fünf begann das große Osterschießen. Bei Gott, das habe ich in Komorów zum ersten Mal gehört. Wir wurden davon geweckt, und Dyl[1] hat sich dermaßen erschreckt, daß er eine wahre Vorstellung hündischer Panik gab. Solange die Schüsse andauerten, zitterte er, hechelte, versteckte sich hinter meinem Kissen, die Augen traten ihm hervor, er wußte nicht, wo er mit sich hin sollte, seinen Schwanz oder eigentlich seinen Schwanzstummel zog er unter sich, als wäre er am Hinterteil festgewachsen. Als ich zur Tür ging, um ihn hinauszulassen, weil ich fürchtete, er könne vor Angst pinkeln, sprang er zunächst freudig hoch, anscheinend in der Hoffnung, auf diese Weise dem Getöse zu entkommen, doch als er es auf den Stufen erst recht vernahm, kehrte er entsetzt ins Haus zurück und wollte es bis 10 Uhr nicht verlassen. Aber er benahm sich die ganze Zeit über anständig, sein Entsetzen zeitigte keinerlei physiologische Folgen. So etwas habe ich zum ersten Mal gesehen, er schmiegte sich an uns wie ein Mensch.

1 Dyl – M. D.s Hund, glatthaariger Foxterrier, Urbild des »Helden« in der Novelle »Ein glückliches Wesen«.

19. 4. 1963. Freitag

Interessanter Bericht von Kazia über Dr. Rutkiewicz[1], würdiges Verhalten angesichts der berühmten Demonstration der Krankenschwestern, als tausend Krankenschwestern in den Hof des Gesundheitsministeriums eindrangen. Sie forderten eine Begegnung mit Sztachelski[2] (der zu dem Zeitpunkt nicht in Warschau war). Die Vizeminister Widy-Wirski[3] und Rutkiewicz gingen zu ihnen hinaus, Widy-Wirski hielt eine bestialische Predigt und empfahl den Demonstrantinnen, sich ein Beispiel an der uneigennützigen, aufopferungsvollen Untergrundarbeit der Krankenschwestern zur Okkupationszeit zu nehmen, dank derer sie in der Volksrepublik Polen leben und arbeiten könnten. Man antwortete ihm mit Trampeln, mit verzweifeltem Zorngeschrei und Umstürzen der Stühle, es fehlte nicht viel, und man hätte sich ihrer bedient. Da zog Rutkiewicz Widy-Wirsky beiseite, trat selbst ans Rednerpult und sagte etwa: »Minister Sztachelski wird in zwei Tagen da sein. Ich verspreche Ihnen, Sie von seiner Anwesenheit zu informieren und allen Krankenhäusern und Gesundheitszentren den Zeitpunkt bekanntzugeben, an dem eine Delegation der Krankenschwestern mit ihm sprechen kann, wenn Sie wünschen, ihm Ihre Forderungen darzulegen. Ich verspreche auch, falls Umstände bewirken, daß ich mein Versprechen nicht halten kann, dann betrete ich dieses Haus nicht mehr.« Dr. Rutkiewicz war der Aufgabe also gewachsen.

1 Jan Rutkiewicz (geb. 1904), Arzt, sozialistischer Politiker, Vizeminister für Gesundheit.

2 Jerzy Sztachelski (1911-1976), kommunistischer Politiker, Arzt, Minister für Gesundheit.

3 Feliks Widy-Wirski (1907-1982), demokratischer Politiker, Arzt, Publizist, damals Vizeminister für Gesundheit.

20. 4. 1963. Sonnabend

In »Le Monde« ist eine Kurzfassung der XVIII. Papstenzyklika »Pacem in terris« erschienen. Wichtig ist, daß sie Dinge enthält, die in der sehr gekürzten Fassung des »Tygodnik Powszechny« nicht standen.[1] Interessant, daß der »Tygodnik« nicht den vollen Wortlaut der Enzyklika gebracht hat.

In »Le Monde« ist beinahe alles anders als im »Tygodnik«. Es gibt dort ganze Absätze über die Staatsmacht und das Verhältnis zwischen den Menschen und den staatlichen Behörden. Es gibt ein Kapitel über das »Bedürfnis an Autorität«. Es gibt einen Absatz über die »réfugiés politiques«.[2] Es gibt den Satz: »Personne ne veut être soumis à des pouvoirs politiques étrangers à sa communauté ou à son groupe ethnique«.[3] Johannes XXIII. bemerkt allzu optimistisch, daß »on assiste chez beaucoup à la disparition du complexe d'infériorité qui a régné pendant des siècles et de millénaires; chez d'autres s'atténue et tend à disparaître, au contraire, le complex de supériorité, issu de privilèges économiques et sociaux, du sexe ou de la situation politique.«[4] Auf mehr als einem Sechstel des Erdballs, die »Volksdemokratien« mitgerechnet, herrschen noch diese beiden Komplexe.

Aber es gibt auch den Satz: »On ne peut, certes, admettre la théorie selon laquelle la seule volonté des hommes – individus ou groupes sociaux – serait la source unique et première d'où naîtraient droits et devoirs des citoyens d'où dériveraient la force obligatoire des constitutions et l'autorité des pouvoirs publics«[5] – der zu denken gibt.

Es gibt die Forderung »d'une autorité publique de compétence universelle«.[6]

1 »Le Monde«, 11. 4. 1963, Nr. 5671; »Tygodnik Powszechny«, 1963, Nr. 16. Die deutsche Übersetzung in den folgenden Anmerkungen stammt aus: »Die Friedensenzyklika Papst Johannes' XXIII. Pacem in terris.« Mit einer Einf. und einem Kommentar von Arthur-Fridolin Utz OP, Freiburg 1963 (Herder-Bücherei Bd. 157).

2 »Das Problem der politischen Flüchtlinge« (103-108).

3 »Keine einzige Stammesgemeinschaft will in Zukunft noch unter fremder Herrschaft stehen.« (43)

4 »Denn in der Gegenwart schwinden die Anschauungen, die so viele Jahrhunderte überdauerten, auf Grund deren sich gewisse Menschengruppen für untergeordnet hielten, während andere sich überlegen dünkten, sei es wegen ihrer wirtschaftlichen oder sozialen Stellung, sei es wegen des Geschlechts oder ihres gesellschaftlichen Ranges.« (43)

5 »Selbstverständlich kann die Ansicht jener nicht gebilligt werden, die behaupten, der Wille einzelner Menschen oder gewisser Gemeinschaften wäre die erste und einzige Quelle, woraus die bürgerlichen Rechte und Pflichten fließen und woraus sich die Verpflichtung der Verfassungen wie auch die Autorität der Staatslenker ergeben.« (78)

6 Forderung nach einer »universalen politischen Gewalt« (136-139).

21. 4. 1963. Sonntag

Nach der großartigen Enzyklika Johannes XXIII.[1], die auf die gesamte christliche und nichtchristliche, ja sogar auf die kommunistische Welt einen ungeheuren Eindruck gemacht hat, gehen die Verbrechen weiter. Immer neue atomare Rüstungen, immer neue Versuche mit ihnen werden angekündigt.

Das modernste amerikanische Unterseeboot ist auf den Grund des Atlantik gesunken, die gesamte Besatzung ist umgekommen plus ein Dutzend Wissenschaftler und Konstrukteure. Andere derartige Schiffe fahren ins Mittelmeer, jedes mit einem Dutzend Polaris-Raketen. Franco hat Julien Grihan, einen spanischen Kommunisten, auf bestialische Weise ermordet, wegen dessen . . . Beteiligung am Bürgerkrieg vor 27 Jahren. [. . .] Geschehen ist das in einem katholischen Land, ein katholischer Herrscher, der die Autorität des Papstes anerkennt, hat das Urteil gefällt. Nicht genug damit. Gemordet wird im Jemen, in Laos, in Vietnam – und unmittelbar nach dieser Enzyklika, auf die sogar die mohammedanische Welt positiv reagierte, hat ein wahnsinniger Fanatiker, ein arabischer Ex-Student, ein Attentat auf Mohammed Khemist, Ben-Bella, unternommen, den Außenminister und jüngsten Minister auf der Welt.

Der Attentäter schoß ihm ins Gesicht, die Kugel blieb im Gehirn stecken, eine komplette Lähmung erfolgte. Der »lebende Tote« wird durch künstliche Atmung und Herzmassage scheinbar am Leben gehalten (vielleicht ist er schon gestorben). Keiner der Chirurgen – auch nicht die aus Paris – wollte unter diesen Umständen eine Gehirnoperation wagen. Das alles geschieht nach der Enzyklika »Pacem in terris« und bezeugt die Kraftlosigkeit der Worte, selbst wenn sie ein so erschütterndes Ereignis darstellen wie die Worte des großen Johannes XXIII.

1 Johannes XXIII., Angelo Giuseppe Roncalli (1881-1963), nahm die große Reform der römisch-katholischen Kirche in Angriff, was Ausdruck fand in seinen Enzykliken und in der Einberufung des 2. Vatikanischen Konzils.

25. 4. 1963. Donnerstag

Abends gegen elf beende ich das XX. Kapitel[1] in dem traurigen Bewußtsein, es noch einmal umschreiben zu müssen. Aber es war nicht leicht, dieses Kapitel aus dem sich über etwa 100 Seiten erstreckenden Material der Rohfassungen verschiedener Zeiten herauszufiltern.

1 Noch immer ist die Rede von den »Abenteuern eines denkenden Menschen«.

11. 5. 1963. Sonnabend

In der »Współczesność« ein glanzvoller Artikel von Słojewski[1] über Christi »Kreuzeswahnsinn« und die Bedeutung des Christentums für die europäische Kultur mit dem Titel »Der kleine goldene Galgen«. Die gesamte Presse hat ihn verschwiegen. Einzig der »Tygodnik Powszechny« brachte eine ausführliche Inhaltsangabe.

1 Jan Zbigniew Słojewski, Pseudonym Hamilton (geb. 1934), Feuilletonist und Kritiker.

20. 5. 1963. Montag

Eine Woche sehr schönes Wetter, wenn auch mit gelegentlichen Gewittern und Regenschauern, liegt hinter uns. Ich kann mich über Jahre hin an keinen so schönen Mai erinnern, und zum ersten Mal, seit ich in Komorów bin, singen hier die Nachtigallen leidenschaftlich und in Mengen. Das ist für mich ein großes Erlebnis, so daß ich nachts keine Lust habe einzuschlafen, weil ich es vorziehe, den Nachtigallen zu lauschen. Wie geheimnisvoll ist doch die Natur – mögen uns die Wissenschaftler, die von der Störung der Ordnung

im Kosmos besessen sind, erklären, warum es hier seit sechs Jahren keine Nachtigallen gab oder sich nur ausnahmsweise eine vernehmen ließ, warum es voriges Jahr keine gab, als wir in Komorów so lange und so viel Wasser hatten, während sie in diesem relativ trockenen Frühjahr Tag und Nacht fast in jedem Gärtchen singen. Nur in meinem gibt es keine.
Die ganze Woche war ich mit dem Umschreiben des XXII. Kapitels beschäftigt, zum Schluß ist es nicht so schlecht ausgefallen, wie es sich ankündigte. Bedrückend ist, daß ich dieses Jahr nur zwei Kapitel geschrieben habe! Doch nähere ich mich bereits den gedruckten Texten und hoffe, daß wenigstens einige Kapitel ziemlich schnell vorankommen.

29. 5. 1963. Mittwoch

Die Nachrichten über Erazm von Nela sind recht gut. [. . .] Ihre Freunde fahren zwischen Krankenhaus und Nela mehrmals täglich hin und her. Die Samotyhas haben erreicht, was im Alter der größte Schatz und das höchste Glück ist. Sie sind umgeben von einem Freundeskreis, der bereit ist, ihnen Tag und Nacht zu helfen. Früher habe ich gedacht, so würde es mir im Alter gehen. Immer hatte ich soviel Glück mit den Menschen! Doch mein Leben ist auf ein anderes Gleis abgebogen, das meinen Charakter und mein Temperament völlig geändert hat.
Ich freue mich für sie, daß sie im Sonnenlicht guter Gefühle dahingehen werden.

31. 5. 1963. Freitag

Heute morgen habe ich mich endlich zu einem Besuch bei dem hiesigen Pfarrer Kanonikus Józef Jakubczyk aufgerafft. Und ich bedaure es nicht. Ich habe etwas von den Kapuzinern erfahren und viele Reben, bereits mit Trauben, bewundert.

Warschau, 1. 6. 1963. Sonnabend

Um 11. 15. Uhr kamen Irene Szymańska und Kasiński.[1] Der Besuch war mir angenehm, auch die mit ihnen geführten Gespräche. Genauso angenehm war mir gestern das lange Gespräch mit Terlecki[2], denn ich sehne mich nach Freundlichkeit, nach Kontakt mit Menschen, die nicht zu Gespenstern geworden sind. Wir gingen wegen der Schreibmaschine zu Antoszewski, ich war so froh wie lange nicht. Unterwegs eine Menge reich blühender Akazien. Es ist ja schon Juni.

Gegen Abend Anruf von Nela aus der Klinik. Erazms Zustand hat sich verschlechtert, Komplikationen mit dem Herzen und den Nieren sind aufgetaucht.

Gleichzeitig Nachricht von der Agonie des Papstes, das erschüttert mich sehr.

1 Irena Szymańska und Ludwik Kasiński, Direktor des Verlags »Czytelnik« und seine Stellvertreterin.

2 Władysław Lech Terlecki (geb. 1933), Schriftsteller, gehörte damals zur Redaktion der Zeitschrift der jungen Generation »Współczesność« (Gegenwart), Nachbar der Schriftstellerin in Komorów.

2. 6. 1963. Sonntag

Morgens um 9 Anruf von Janek Miłkowski. Erazm ist heute früh gestorben. Später den ganzen Tag Telefongespräche. Ein Alptraum. Erst wurde ich um Rat gefragt, ob es ein weltliches Begräbnis sein sollte oder mit Priester. Ich war erstaunt, daß dieses Problem auftauchen konnte. Weltliche Friedhöfe sind der Kommunale Friedhof und der militärische Teil von Powązki. Soviel ich weiß, finden in Powązki mit der Karl-Borromäus-Kirche nur traditionelle Beerdigungen statt.

Für mich war Erazm ein Mystiker, und überhaupt war er ein Neffe des Priesters, der ihn erzogen hat. Ich sagte jedoch: »Über diese Dinge muß die Familie selbst entscheiden. Ich jedenfalls lasse mich katholisch bestatten, und sei es Johannes XXIII. zu Ehren.«

Daß Johannes XXIII. stirbt, zerreißt mir und wohl auch der Welt das Herz. Der größte Papst in der Geschichte, der Mobilisator des Guten in diesen wölfischen Zeiten.

3. 6. 1963. Montag

Abends sah ich ein Liederprogramm im TV. Alle »Stars« taugten nichts, waren schlecht. Jeder (jede) nur damit beschäftigt, ob er (sie) genug Sex-Appeal hat oder vielmehr genug Sexbombe ist, um zum Film geholt zu werden. Einzig Bogdan Łazuka[1] hat mich in seiner Parodie auf »Ali Bej« begeistert. Auch der Text ist gut (bei den übrigen sind Text und Musik miserabel). So habe ich im Laufe dieser achtzehn Jahre nur zweimal in Polen mit Befriedigung ein Lied gehört, das von Bogdan Łazuka, wobei mich auch der Sänger begeistert hat, und irgendwann einmal im Radio einen Gassenhauer mit dem Refrain: »Und ich baumle mit de Beene, mit de Beene vor mich her.«[2]

1 Bogdan Łazuka (geb. 1938), Schlagersänger und Schauspieler.
2 Deutscher Kabarettsong von Klabund.

6. 6. 1963. Donnerstag

Nach dem Aufstehen fuhren wir zu Erazms Beerdigung. Nela hat sich schließlich mit einer kirchlichen Beerdigung einverstanden erklärt, aber in der Todesanzeige nicht »seligen Angedenkens« drucken lassen, obwohl die Worte »seligen Angedenkens« zu niemandem so wörtlich passen wie zu Erazm. Sie ließ auch keine Todesanzeige an der Kirche aushängen, so daß ich für einen Augenblick befürchtete, mich im Tag geirrt zu haben. Ich erblickte eine Menge alter Männer und Frauen, sozusagen aus der Zeit des Warschauer Positivismus. Kotarbiński[1] war da, Juliusz Poniatowski,

Zygmunt Poniatowski und Frau Futa (er immer noch sehr gut aussehend).
Erazms Familie mit Nela an der Spitze wußte sich während der Messe nicht richtig zu benehmen, sogar bei der Wandlung saßen sie da wie Klötze. Das machte einen unangenehmen Eindruck.

1 Tadeusz Kotarbiński (1886-1981), Philosoph, Schöpfer des Reismus, Professor der Universität Warschau.

4. 7. 1963. Donnerstag

Ich habe vergessen zu erwähnen, daß das Konklave am vergangenen Donnerstag oder Freitag den Kardinal Montini[1] zum Papst gewählt hat, der den Namen Paul VI. annahm. Montini war der Kandidat Johannes XXIII. Alte katholische, antifaschistische Intelligenz. Er soll drei Doktortitel haben, darunter einen weltlichen in Philologie. Interessant ist, daß die beiden letzten Päpste Namen aus dem schwierigsten Abschnitt des päpstlichen Mittelalters annahmen, aus der Zeit der Wirren, Unruhen und Gegenpäpste. Es gab schon mal einen Johannes XXIII. als Gegenpapst in Avignon.
Aus Krakau sind die ersten Korrekturfahnen meiner Publizistik gekommen.[2] Im Zusammenhang damit zahlreiche Zweifel.

1 Paul VI., Giovanni Battista Montini (1897-1978), führte das 2. Vatikanische Konzil fort und schloß es ab.
2 So nennt M. D. ihre »Verstreuten Schriften« (2 Bände, 1964), sie enthielten ihre Erinnerungen, Reportagen, Essayistik, Literaturkritik, dagegen nur in sehr geringem Maße ihre publizistischen Arbeiten.

16. 7. 1963. Dienstag

Letzten Dienstag fuhren Mela und ich, wie verabredet, los, um am nächsten Tag Zawieyski[1] in der von ihm gekauften ländlichen Residenz zu besuchen. Am Mittwoch um halb zwölf mittags kam er selbst mit dem Auto, um uns abzuholen. Wir wußten nicht einmal, wohin er fuhr. Die Belwederska-Straße, die schöne Chaussee nach Wilanów, die weite Julilandschaft mit großen Ackerflächen. Letzten Endes zeigt sich, daß es der sogenannte Königliche Berg ist (wo Ania Linkes Eltern eine Villa hatten), zwischen Konstancin und Skolimów. Eine (für die Umgebung von Warschau) sehr schöne, stark bewaldete Landschaft. Das Häuschen weiß, mit drei Zimmern, an die örtliche Kanalisation angeschlossen, aber ohne Bad. Drei kleine Zimmer, angenehm und hübsch aus dem Volkskunstgeschäft eingerichtet, oben zwei winzige und dunkle Kammern, aber der Dachboden ordentlich fertiggestellt, nicht so kümmerlich und unfertig wie bei mir, wo man ihn nicht benutzen kann ...

Das Ganze macht den Eindruck einer ländlichen »Residenz« und übertrifft damit Komorów mit seinem von mir nicht geschätzten Charakter einer Stadtrand-Siedlung. Zawieyski war sehr unruhig und nervös, weil es ihm schlecht ging. [...]

Am Montag war die »Trybuna Ludu« binnen fünf Minuten ausverkauft. Auf diese telefonische Nachricht von Anna hin fand Mela am Dienstag für mich diese Nummer bei einem der wenigen Leute, die die »Trybuna« hier am Kiosk kaufen. Auf vier Spalten Petit steht dort der Text der Antwort der KPdSU auf den berühmten chinesischen Brief, der Rußland (eigentlich aber Chruschtschow) Verrat am Marxismus und an der Revolution vorwirft und nicht mehr und nicht weniger fordert, als daß in Zukunft Peking und nicht Moskau den Weltkommunismus anführt.

1 Jerzy Zawieyski (1902-1969), Schriftsteller, 1956-68 Sejmabgeordneter und Mitglied des Staatsrats, von der Kirche vorgeschlagen. Mit M. D. befreundet.

25. 7. 1963. Donnerstag

Gestern kam für einen Augenblick Maja Komorowska[1] mit ihrem Sohn Paweł vorbei. Im allgemeinen mag ich Kinder nicht, ich bewundere Menschen, die Kinder gebären wollen, doch so ein Kind wie diesen Paweł hätte jeder gern. Er quietscht, er streckt allen die Hände entgegen und lächelt unentwegt jedem sehr niedlich zu. Man sieht schon dem Kleinkind an, was es später für eine Einstellung zur Welt und zu den Menschen haben wird.

1 Maja Komorowska (geb. 1937), damals debütierende, heute bekannte Theater-, Film- und Fernsehschauspielerin.

12. 8. 1963. Montag

Im Laufe einer Woche, von Donnerstag bis Donnerstag, habe ich zum eigenen Erstaunen aus dem alten Fragment »Das Morgengrauen nahte« das Kapitel XXIV geschrieben. 52 Seiten habe ich auf 26 gekürzt. Die psychologischen Pointen habe ich ein wenig verschärft, ich denke, jetzt ist es besser.

Notizen aus dem Buch von Antonia Vallentin über Leonardo da Vinci. Schon Botticelli war der Ansicht, »es lohne nicht, Zeit zur Beobachtung der Natur zu vergeuden, wo es doch ausreicht, einen in Farbe getauchten Schwamm an die Wand zu werfen, um in dem so entstandenen Flecken die schönste Landschaft zu erkennen«.

Seltsam ist stets die Interpretation der Homosexualität. Die Autorin erwähnt einen Vorfall mit der Sittenpolizei, die allerlei Beschuldigte verfolgte, u. a. Leonardo wegen Homosexualität. Sie schreibt: »Kann man denn vermuten, daß irgendwelche unsauberen Begierden sich hinter diesem

Hunger nach Schönheit verbargen, der Leonardo zu jungen Leuten mit leicht mädchenhaftem Zauber hinzog?« Daß das brutale und zynische Eindringen der Polizei in intime, persönliche Angelegenheiten einen Menschen für das ganze Leben erschüttern kann, steht fest. Doch warum nennt man die Homosexualität »unsaubere Begierden« oder »Schmutz« usw.? Es ist dieselbe Liebe wie andere, sie kann »sauber« sein oder »unsauber«, je nach dem Gegenüber, sie kann Ausschweifung sein oder das große Glück.
Und alle Autoren, die solche Gestalten wie Leonardo oder Michelangelo (Staff) untersuchen, empören sich nur pharisäisch über »die Gemeinheit, sie der Homosexualität zu beschuldigen«. Es gibt an dieser Vermutung nichts Anstößiges, anstößig ist nur die Verfolgung der »Verdächtigen«.

22. 12. 1963. Sonntag[1]

Heute im Mittagskonzert des Radios Beethoven und Mozart, die Symphonie Es-Dur. Ich höre stets mit Beglückung Beethoven und Mozart. Und doch klingt das immer mehr wie eine Musik von den Sternen, wie rührende Vorvergangenheit. Es ist unmöglich, heute so etwas zu schaffen, obgleich das vielleicht das goldene Zeitalter der Musik war.
Seit dem düsteren Aufenthalt in Warschau vor zwei oder drei Wochen habe ich zweimal täglich Blutdruck-Anfälle mit Beklemmungen im Kopf, wie ich sie nie im Leben hatte. Eine Nacht ging es mir so schlecht, daß Mela den Krankenwagen rief. Später kam Ancerewicz. Ich bekam Largactil wie die Verrückten. Die nachfolgenden Anfälle hielt ich aus, ohne jemanden zu rufen. Aber heute nacht habe ich meinen letzten Willen aufgeschrieben.
Ich bin nicht imstande, irgend etwas zu ertragen, doch ist das nur ein Beweis dafür, daß die Stricke des Lebens sich völlig abgenützt haben, ich kann kein Staubkörnchen tragen, und hier muß man solch einen Koloß schleppen.

1 Die mehr als viermonatige Lücke im Tagebuch ist zur Hälfte bedingt durch ihre nicht festgehaltene Reise in die Schweiz und nach Italien.

31. 1. 1964. Freitag

Ich laufe nur noch in Komorów herum, ständig im Kreise. Ich nehme sogar Dyl mit, doch er plagt mich, weil er sich auf kleine Hunde stürzt, um sie zu beißen, und Kinder anknurrt. Das ist ein häßlicher Charakterzug an diesem sanften, freundlichen, ängstlichen Hündchen. Ich muß ihn wohl an die Leine nehmen. [. . .]

Vor einigen Wochen hat wieder ein sogenanntes Plenum stattgefunden (die langweilige Plenum-Tradition lebt wieder auf), das der Literaturkritik der Jahre zwischen den Kriegen geweiht war. Die Versammlung verlief stürmisch, es soll großartige Ansprachen gegeben haben. Besonders geglänzt hat der alte »Royalist« Cat-Mackiewicz[1], der geredet hat wie ein »freier Mensch«, außer ihm Jasienica[2], Kisielewski[3], Paweł Hertz, Wańkowicz – mit einem Wort, die großen Alten und überwiegend die Wilnaer haben die Freiheit des Worts und das Niveau der Literatur und der Kritik angemahnt. Der »Empörung der Alten« haben die Jungen nicht sekundiert.[4] [. . .]

Ich lese erneut (wohl zum hundertsten Mal) den »Pan Tadeusz« und finde wieder Neues. Der trotzige Litauer[5], der die westliche Zivilisation haßte, schrieb dieses »Nationalepos« gegen die Emigration, gegen den Westen, sogar gegen die aufständischen Ambitionen der Flüchtlinge. Schließlich hat er die Familie Soplica zum Helden gemacht, die doch im Verlauf der Geschehnisse mit Targowica[6] verbunden war, Leute, die sich dem neuen Regime angepaßt hatten; wie zum Trotz gegen alle wollte er zeigen, daß man auch mit dieser Einstellung edle Menschen finden kann, ja, allem Anschein (oder jener Selbstverständlichkeit) zum Trotz sogar heldenhafte. [. . .] Eine der sympathischsten

Gestalten, jener Maciek über alle Macieks, ist sogar gegen die Legionen und Napoleon, aber alle, auch wenn sie bereits von »Petersburk«[7] bezaubert sind, erweisen sich im Grunde als Freiheitskämpfer.[8]
Dabei erinnert sich Mela an dieses uralte litauische »pattern of culture« genauso gerührt wie an die dörflichen Schwitzbäder und erzählt von den Sitten ihres Dorfes, die sich seit dem »Pan Tadeusz« nicht geändert hatten, sie spricht davon im Ton und Stil des Nationalepos.

1 Stanisław Mackiewicz, Pseudonym Cat (1896-1966), rechtsgerichteter Politiker, Publizist. Vor dem Krieg Chefredakteur des »Słowo« (Wort) in Wilna; 1954-55 Premierminister der Exilregierung in London. Kehrte 1956 in die Heimat zurück.

2 Paweł Jasienica, eigentl. Leon Lech Beynar (1909-1970), Publizist und historischer Schriftsteller, Autor einer mehrbändigen essayistischen Geschichte Polens und vieler anderer Werke.

3 Stefan Kisielewski, Pseudonym Kisiel (geb. 1911), Publizist und ständiger Feuilletonist des »Tygodnik Powszechny«, Prosaautor, Komponist, Musikkritiker.

4 Als Ergebnis des erwähnten Plenums des Verbandes Polnischer Schriftsteller entstand kurz danach der sogenannte »Brief der 34«, der sich an die Behörden wandte und gegen den Rückgang der Buchproduktion und das Wüten der Zensur protestierte. Zu den Unterschriften bekannter Wissenschaftler und Schriftsteller gehörte auch die M. D.s. Als die Behörden auf diesen Brief mit scharfen Repressionen reagierten und ein Teil der 34 seine Unterschriften zurückzog, nahm M. D. auf Bitten der übrigen die Bürde auf sich, ihn öffentlich zu verteidigen.

5 Der trotzige Litauer – der größte Dichter Polens Adam Mickiewicz, geboren und erzogen im Gebiet von Wilna, in einem Grenzbereich der alten Adelsrepublik, wo sich die jahrhundertealten kulturellen Einflüsse der Nationen kreuzten, bekannte sich gern zum Litauertum.

6 Targowica – Kleinstadt, die der Konföderation von 1792 den Namen gab; die Verschwörung der Magnaten gegen die Reformen des Großen Reichstags und die Verfassung vom 3. Mai 1791, in Wirklichkeit auf Veranlassung Katharinas II. angezettelt; Symbol des nationalen Verrats.

7 Petersburk – so nennt Telimena im »Pan Tadeusz« St. Petersburg.

8 M. D.s ständiges Interesse für den »Pan Tadeusz«, der den »Nächten und Tagen« als Vorbild diente, führte mit der Zeit zu einer Revision und Überwindung dieser Tradition zugunsten der stärker dramatischen und romantischen »Ahnenfeier«, die den zweiten Pol des Werks von Mickiewicz bildet.

3. 2. 1964. Montag

Besonders wichtig werden jetzt die kirchlichen Angelegenheiten. Dank Johannes XXIII. haben sie sich in eine völlig neue Richtung entwickelt. Paul VI. scheint stärker sophisticated zu sein, trotzdem – wie die Worte des einen (die ersten echten öffentlichen Worte seit der Kriegszeit), so haben die Taten des anderen Gewicht, sie sagen der ganzen Welt, daß in der Welt des Geistes etwas Neues begonnen hat. Ohne Propagandabüros, ohne Sicherheitsämter, die eine falsche Schönrednerei unterstützen, ohne bewaffnete Streitkräfte wächst die Autorität des Vatikans auf der ganzen Welt ungemein, leider hauptsächlich unter den Nichtgläubigen (oder mindestens Nichtpraktizierenden) und den »Andersgläubigen«. Die unaufgeklärten katholischen Massen (jedenfalls in Polen), die weltlichen wie die geistlichen (die Priester), sind in ihrer großen Mehrheit nicht imstande, die beiden Novatoren-Päpste zu verstehen, ja hassen sie sogar. Ob der Vatikan den Kampf mit seiner eigenen Herde »um das Neue« wohl zu gewinnen vermag?

Schlimmerweise soll unser Wyszyński[1], den der große Johannes so eifrig empfangen hat, »le dur« sein und sich allen Versuchen zum Abschluß eines Konkordats, das doch notwendig ist beim Werk dieser Evolution der Kirche, widersetzen. Kandidat des Vatikans für den Primas von Polen ist angeblich der neue Erzbischof Wojtyła[2], ein Mann des neuen Geistes. Aber das Amt des Primas ist auf Lebenszeit. Eigenartig, wie der uralte Konflikt von »Stanisław und Bogumił« wieder auflebt, der Erzbischöfe von Krakau und Gnesen. Nur – wenn es stimmt, was über

Wojtyła gesagt wird, kann Krakau heute Träger des Neuen sein. [...]

1 Stefan Wyszyński (1901-1981), Kardinal, Erzbischof von Gnesen, Primas von Polen.

2 Karol Wojtyła (geb. 1920), damals Kardinal, Erzbischof von Krakau, seit 1978 Papst Johannes Paul II.

4. 2. 1964. Dienstag

Mit Hilfe des immer zuverlässigen Jan Bogumił Sokołowski habe ich herausgebracht, daß die am Sonntag auf dem Apfelbaum beobachteten merkwürdigen Vögel Lachtauben waren (Streptopelia roseogrisea). In Wirklichkeit sind sie sandfarben, nach rosa schattierend. Im Nacken haben sie einen schwarzen Halbkreis. Immer habe ich gedacht, Lachtauben und Turteltauben sind ein und dasselbe, aber dem widerspricht Sokołowski. Die Lachtaube ruft »Zu-kru«, ich aber kenne nur den Ruf der Turteltaube.

Bei mir war ein junger Mann vom »Tygodnik Powszechny«, der trotz seines blonden Bärtchens wie zwanzig aussah, aber schon dreißig ist und Frau und eine sieben Monate alte Tochter hat. Ein chaotisches Gespräch, dessen Ergebnisse er mir zuschicken soll.[1] Um drei nachmittags letzte Spritze Depot-Padutin. Danach fangen wir langsam an, die Reise übermorgen vorzubereiten. Ich möchte 10 Tage in Warschau bleiben – das alles ist Flucht vor dem Roman.

1 Das letzte, von Wiesław P. Szymański geführte Interview mit M. D. erschien im »Tygodnik Powszechny«, 1964, Nr. 12.

LICHTLINIE

Dies sind die letzten Eintragungen aus M. D.s Tagebuch. Die letzte Aufzeichnung wurde am 8. 5. 1965 vorgenommen, elf Tage vor ihrem Tod.
Sie bringen – außer den Krankenhaus-Notizen – strenge Kritik an der Zeit. Aber auch am polnischen Leben. Und am eigenen Tagebuch.
Doch durch diese wichtige, gleichsam testamentarische Kritik dringt etwas noch Stärkeres: die Begeisterung für das Leben oder mehr noch für »die Lebenslinie – die Lichtlinie«, die ihr immer zu schmal ist, der sie nachjagt usque ad finem . . .

Klinik, 5. 11. 1964. Donnerstag

So sieht meine Klinik-Handschrift aus. Undeutliche Zeichen und eine Kette von Strichen, deshalb wiederhole ich den gestern am späten Abend unvollendeten Satz. Ich verstehe nicht, was hinter Annas Methode steht, mir spöttisch Gedächtnismangel und häufig der Wirklichkeit widersprechende Dinge einzureden. Mein Gedächtnis war immer vortrefflich und frei von Irrtümern, und wenn ich etwas vergessen habe, sage ich direkt, daß ich es vergessen habe.

7. 11. 1964. Sonnabend

Nach Prof. Doroszewski bin ich wohl die Liberalste in sprachlichen Fragen, aber manche Dinge berühren mich als Sprachfehler immer wieder unangenehm, z. B. in M. Kureckas Übersetzung des »Erasmus« von Huizinga, die ich gerade lese. [. . .]
Ich werde wohl an Prof. Doroszewski schreiben. Vielleicht wird er meine Bemerkungen in seinem Sprachratgeber berücksichtigen.

Erasmus von Rotterdam ist mir und manchen Menschen meiner Art so ähnlich, daß es nicht verwunderlich ist, wenn ich ihn seit langem (seit der Lektüre seines »Lobs der Torheit«) für meinen Patron halte.
Zitate aus Huizinga: »Sein Nie-völlig-Partei-Nehmen entspringt aus einem gebieterischen Bedürfnis nach vollkommener Unabhängigkeit.« »Ich habe immer alles sein wollen und hasse nichts so sehr wie eingeschworene Parteigänger. Erasmus ist einer von denen, die durch Berührung mit Menschen geschwächt werden.« »Naturen wie Erasmus, die jede Berührung mit Menschen aus der Fassung bringt« . . .
»Erasmus sagt über seine Zeit: ›Ein allerfrevelhaftestes Jahrhundert, das unglücklichste und verdorbenste, das man sich denken kann.‹
Er gehörte zu denen, die ›aus der ägyptischen Knechtschaft‹ ausziehen, aber nicht in das ›Gelobte Land‹ einziehen wollen.«

8. 11. 1964. Sonntag

Nach dem Mittagessen schlief ich ein, und mir träumte neue Mühe mit Komorów. Wieder wohnte dort ein Fremder, der eine Bücherei einrichtete.
Diese quälenden Träume über Komorów bezeugen, welch große Mühe Komorów für mich ist. Selbst wenn ich die Klinik lebendig verlasse, werde ich nie mehr die Kraft haben, »Komorów zu verwalten«, noch dazu eine ungeliebte Ortschaft in dieser garstigen Warschauer Umgebung und nur in Melas Gesellschaft.
Drei Zimmer in einem stillen Stadtteil Warschaus zu zweit – das allein würde mir das Leben erträglich machen. Wäre da nicht die Tatsache, daß ich nicht mehr imstande bin, mich an neue Orte zu gewöhnen, würde ich vielleicht am liebsten nach Krakau ziehen.
Alle sagen, ich sehe sehr viel besser aus. Nicht nur die Besucher, sondern sogar die diensttuende Ärztin.
Warum zum Teufel bin ich dann seit vier oder gar sieben

Jahren krank? Ich fürchte, die Ursache meiner Krankheit ist psychisch, und das nicht öffentlicher, sondern durch und durch privater Natur.

9. 11. 1964. Montag

Die schreckliche Sterilität unserer Bücher, unserer Presse betrübt mich. Alle schreiben über nichts, kauen Sägespäne wieder, und das »laufende Polen« rollt ganz woanders. Z. B. die Erzählung eines Augenzeugen über ein Staatsgut in der Gegend von Oppeln. Es ist eines der guten Staatsgüter, es bringt Ertrag. Der Leiter kennt sich aus, wirtschaftlich führt er das Objekt gut. Man könnte meinen, ein großes Plus, eine lobenswerte Angelegenheit. Doch gleich kommen die Minuspunkte, die ganz einfach schrecklich sind. [. . .]

10. 11. 1964. Dienstag

Heute wurde das Urteil verkündet in diesem leichtsinnigen, die Interessen Volkspolens kompromittierenden Prozeß. Niemand in der Welt wird glauben, daß Wańkowicz Polen verunglimpfende Materialien ins Ausland befördert hat. Und was bedeutet überhaupt ein derartiger Vorwurf? Wäre ich ein Apparatschik der Partei und wollte einen der Redakteure »vernichten«, würde ich Ausschnitte aus der »Trybuna Ludu« und dem »Życie Warszawy« sammeln. Allein schon aufgrund der dort gedruckten Artikel über Unterschlagungen, Pfuscharbeit und viele andere Formen des Übels, das Polen plagt, aufgrund von Artikeln, die schließlich der ganzen Welt zugänglich sind, könnte man mit größter Leichtigkeit eine Anklage wegen Verunglimpfung Polens formulieren.
Wańkowicz' Urteil lautet auf drei Jahre, unter Berücksichtigung der Amnestie, die es auf die Hälfte kürzt, d. h. auf anderthalb Jahre. Beiden Seiten steht das Recht zur Berufung zu. »U. a. wegen seines fortgeschrittenen Alters und seines Gesundheitszustandes wird der Angeklagte aus der

vorläufigen Haft entlassen.« Ich weiß nicht, was das bedeutet – etwa bis zum Termin der Berufung?[1]
Wańkowicz ist einer der populärsten Schriftsteller. Die Nachricht über seinen Prozeß und die Verurteilung durchlief alsbald ganz Polen und die Welt. Jetzt, nach der Verurteilung ist er einer der berühmtesten Leute. Mehr noch, diejenigen, die bisher vom »Brief der 34« nichts wußten, den Sender »Free Europe« nicht hörten, wiederholen jetzt die (diesmal von der Gesellschaft) verfälschte Version: »Vermutlich war das eine größere Sache, in die viele Schriftsteller verwickelt waren, alle aber haben sich schlau herausgewunden, nur Wańkowicz ist hereingefallen.« Und da hast du nun die historische Wahrheit!

1 Melchior Wańkowicz (1892-1974) wurde im Zusammenhang mit dem sogenannten »Brief der 34« verhaftet und vor Gericht gestellt. Wegen der Empörung über die unbegründeten Repressalien gegen die Unterzeichner beschlossen die Behörden, mit diesem Prozeß Gesetzesübertretungen nachzuweisen. Auch das auf die Hälfte reduzierte Urteil hat der greise Schriftsteller nicht abgesessen.

14. 11. 1964. Sonnabend

Heute früh wurde ich gewogen. Ich habe über 2 kg zugenommen und wiege 46,200. Hurra!
Ich freue mich, daß die Sonne anfängt, den Nebel zu durchdringen und daß Anna vielleicht schönes Wetter haben wird für ihr Weekend. [. . .]
Manchmal vergesse ich Wörter, das bringt mich zur Verzweiflung, aber bisher kam es nicht ein einziges Mal vor, daß sie mir nicht wieder eingefallen wären, sobald ich mein Gedächtnis bemühe, kommen sie wie von selbst. So versuchte ich z. B. eines Abends, mich zu erinnern, wie der Wappenname der Familie meiner Mutter, der Gałczyńskis, lautete (für meine Memoiren), und erst nach einigen Tagen fiel er mir ein: Sokola. Heute hatte ich plötzlich das Wort

»Kümmel« vergessen, doch nach etwa zwei Stunden erinnerte ich mich.
Meine Träume sind weniger gespenstisch, aber seltsam.
Mir träumte z. B., Jadczak, der Hausmeister unseres Mietshauses, habe sich als Chef einer großen Firma entpuppt, die die ganze Welt mit Teer beliefert. Das Zeichen dieser Firma sah ich überall an den Mauern – mit schwarzem Teer, in Kreisform geschrieben, standen dort die Worte: Sołdek – Teer – Meer.
In einem zweiten Traum rechtfertigte ich mich vor Zofia Nałkowska, weil ich ihr Buch »Die Ungeduldigen« nicht durchgelesen hatte. Sie hörte mir mit gesenktem Kopf zu, ich fühlte mich immer mehr schuldig. [. . .]
Wenn ich gesund werde, wird das wie eine Auferstehung sein. Aber sogar Christus hat nach der Auferstehung nur noch wenige Tage gelebt.

16. 11. 1964. Montag. Abends um elf

Ich höre, wie der Regen gießt, anscheinend hat der Wind zugenommen (und seine Richtung geändert), und es ist kühler geworden.
Daraus kann sich leicht Schneefall und Frost entwickeln. Mela hat nichts im Garten getan oder tun lassen. Schade, das Gärtchen wird darunter leiden.

Warschau, 23. 11. 1964. Montag

Wie immer es jetzt ist – welch ein Glück, daß es Marian und St. gegeben hat, daß so viele Jahre vergangen sind in Harmonie und Freude.
Wäre ich gesund, liebte ich diese Welt, die da ist, so wie sie ist. Mehr als dieses oder jenes System bedrängt mich der Irrsinn der Industrialisierung. Die Flüsse der gesamten Welt sind bereits vergiftet, die Luft der gesamten Welt ist bereits vergiftet. Die Insektenvertilgungsmittel werden in Kürze alle Blumen und Früchte vernichten. Die Vögel,

weil die Flugmaschinen Luft und Kosmos in Besitz nehmen werden, und so bereitet die Menschheit mit oder ohne Atombombe dem Leben auf Erden langsam ein Ende, während sie gleichzeitig für die Verlängerung dieses Lebens und für das Verschwinden der Epidemien kämpft. O Paradox!

29. 11. 1964. Sonntag

Zum Abendbrot kamen Henryk und Jurek mit Frau. Zum ersten Mal trat ich angezogen auf und überreichte Jayanti[1] eine goldene Halskette, sehr bescheiden, aber geschmackvoll, die sie sofort anlegte. Jurek sagte, nach Hindu-Sitten sei erst jetzt der Akt des »acknowledgement« durch die Familie des Mannes vollzogen. Henryk war sehr bewegt vom Betrachten dieser Szene.
Anna präsentierte sich mit einem vorzüglich zubereiteten Rotbarsch auf griechisch.

1 Jayanti Hazra, in 1. Ehe verheir. Szumska, Frau ihres Neffen; in 2. Ehe verheir. de Virion.

Komorów, 9. 12. 1964. Mittwoch

Terlecki ist begeistert von der Erzählung, die Anna der »Współczesność« gegeben hat. Es bekümmert mich schrecklich, daß Anna von so vielen Leuten nicht geschätzt, ja in den sogenannten Kreisen »Maria Dąbrowskas böser Geist« genannt wird. Die Quelle der Antipathie und geistigen [Wort unleserlich] gegen sie ist dieselbe wie die Quelle der Antipathie gegen Słonimski: die Schärfe und der Witz ihrer Sprache. Aber ich kenne nur wenige Menschen, die ebenso stark wie sie wünschen, das Polen von heute möge gelingen. [. . .]

10. 12. 1964. Donnerstag

Erst nach meiner Rückkehr in mein Haus nach dreieinhalb Monaten habe ich das Sprichwort »Das Auge des Herrn mästet das Pferd« voll verstanden. Aber es quält auch sehr: ein Haus zu haben heißt unbedingt, stets anwesend zu sein. Der Mensch ist dann nicht mehr frei. Wieviele Arten sklavischer Abhängigkeit gehören zu seiner Bestimmung!

Jurek und Frau kamen um sechs – zu spät zum »five o'clock«, zu früh zum Abendbrot. Als sie Appetit auf Melas Spezialität äußerten – Quark mit Kümmel –, tischte Mela auch Rotbarsch griechisch auf, und der war nicht schlechter als bei Anna. Sie aßen mit Vergnügen, später gab es noch Kuchen, Tee und erlesene Kirschkonfitüre. Der Besuch war bezaubernd, und irgendwie unterhielt ich mich nicht übel auf englisch. Immer mehr Menschen mögen Jayanti – dieses Paar macht mir mein verarmtes Leben lieb, sie sind so freundlich zu mir, so interessiert an mir, ich fühle mich mit ihnen so frei und wohl wie mit niemand sonst.

Leider mußte ich heute dreimal Nitroglyzerin nehmen.

5. 1. 1965. Dienstag

Sinnvoll wäre es, mit dem Jahr 1964 das Tagebuchführen zu beenden und sich ausschließlich an die Abschrift der übrigen Jahre und an eine Auswahl aus den Vorkriegs-Tagebüchern zu machen.

Doch gegen die Gewohnheit ist kein Kraut gewachsen. Immer schlechter ertrage ich Schreibpausen, obwohl sie immer länger werden. Immer weniger Gedanken, immer ärmere Tatsachen, man kann es kaum glauben, daß die immer junge Maryjka sich in eine Greisin verwandelt hat, die mit dem Tod Blindekuh spielt.

Jan Kott[1] war zum Essen bei uns und hat Anna irgendwie bis zum Wahnsinn gereizt. Er ist gerade aus Paris (Shakespeare-Festival) und der Schweiz zurückgekommen, wo er einige Zeit mit seiner 17jährigen Tochter Teresa verbracht hat; sie ist dort in einer speziellen Schule untergebracht, weil hier niemand mit ihr fertig wurde. Er hatte schöne eigene Fotos von Herrn Jerzy dabei und eine Menge von dieser Tochter – im Grunde hat er von nichts anderem gesprochen als von sich und dieser Tochter. Anna hält das für einen Akt schrecklichen Hochmuts und schlechter Kinderstube. Für mich jedoch war diese Faszination durch die »schlimme Tochter« interessant.

Am Sonnabend kam unverhofft die Frau von Stefan O[. . .] – eine heilige Frau, Personifizierung der Güte. [. . .] Beim Abendessen erzählte sie uns etwas, über dessen Schrecklichkeit sie sich nicht klar ist. St. O. ist das Kind eines großen Abenteurers. Neffe eines Generals, Sohn eines großen Gutsbesitzergeschlechts, Zögling des Pagenkorps in Petersburg. Nach der Revolution schlug er sich nach Polen durch (er schlug sich von Kind an, wie Anna sagt), wurde Flieger, im Zweiten Weltkrieg nahm er an der »Schlacht um England«[2] teil, kehrte 1947 zurück, durchlitt den Tod seiner Frau, das Gefängnis, die Torturen des Sicherheitsamts. Nachdem er das Gefängnis verlassen hatte (nach dem Oktober), rehabilitierte er sich [sic] in den Augen aller, indem er beim Amateurtheater in M. mitspielte [. . .] Er ist Beamter in einer Düsenjägerfabrik: zum Fliegen ließ man ihn nicht zu, deshalb floh er in die imaginäre Welt des Theaters. Frau O. leidet unsäglich, daß er sich vertändelt, daß eine »gewisse Person« täglich von ihm Blumen erhält, daß er erst nach Mitternacht heimkommt. Schließlich hat sie ihm ein Ultimatum gestellt: entweder ich und die Kinder oder das Theater. Und St. O. hat versprochen, das Theater aufzugeben. Anna sagte ihr sofort: »In diesem Fall wird St. sterben«, und ich dachte mir auch, man dürfe nie ein Entweder-Oder fordern. [. . .] Er ist 63 Jahre, in diesem Alter darf man ihm nicht verbieten, was ihn am Leben erhält und verjüngt.

Ich habe Lust, an Frau O. zu schreiben, weiß aber nicht, ob sie mich verstehen würde.

1 Jan Kott (geb. 1914), polnischer Schriftsteller, Literatur- und Theaterkritiker; seit 1968 in den USA, Professor der Staatsuniversität in Stony Brook.
2 Schlacht um England – Kampf der Royal Air Force (13. 8.-31. 10. 1940) gegen die deutsche Luftoffensive zur Vorbereitung der Invasion; die im Verband der RAF und in besonderen Einheiten fliegenden polnischen Piloten hatten 11% der Abschüsse insgesamt auf ihrem Konto.

[nochmals:] 5. 1. 1965. Dienstag

Ich habe nur diese Notizen gemacht und drei Briefe geschrieben, darunter an das Krankenhaus in Wola über den plötzlich verstorbenen Dr. Stefan Czubalski. 1942 hat er mir das Leben gerettet und mich aus dem präagonalen Zustand herausgeholt bei derselben eitrigen Entzündung der Nierenbecken mit Coli-Bakterien wie jetzt.
Stark wechselndes Wetter heute, das meinem Herzen nicht günstig ist.

8. 1. 1965. Freitag

Am Mittwoch und Donnerstag lag ich fest, geplagt von schmerzhaften Herzattacken bei fast jeder Bewegung. Dabei fällt es schwer zu beschreiben, wie traurig und einsam es in diesem Komorów ist. Das übersteigt menschliche Begriffe. Anna würde diese Leere, diese tödliche Stille und Einsamkeit ohne alle Anregung von außen keine einzige Woche lang aushalten.

10. 1. 1965. Sonntag

[. . .] Heute mittag sangen Ewa Demarczyk[1] (Valse brillante«), Łazuka (»Nur ich«) und Jędrusik[2] ihre Lieder. Angekündigt wurde der »Feuerwehrwalzer«. Unter diesem harmlosen Titel versteckt sich ein vorzüglicher Text, den ich schon zweimal im Dezember gehört habe. Dieses Lied hat bei dem Wettbewerb zum »Lied des Monats« im Dezember die meisten Stimmen erhalten. Ich habe mich gefreut, es wieder hören zu können. Leider ist anscheinend der gesamte Text konfisziert worden – gesungen wurde nur die letzte Strophe, vom Walzertanzen, ohne Bedeutung. [. . .] Was ist Agnieszka Osiecka[3] für ein prima Mädchen. Wo immer man sie vertreibt, sie findet eine Möglichkeit, ihre Meinung zu sagen. Irgendwie hat sie in »Vesper am Mikrofon« das russische Lied »Murka« eingeschmuggelt, von ihr selbst großartig übersetzt und von Sława Przybylska ebensogut gesungen.

1 Ewa Demarczyk (geb. 1941), Liedersängerin, die auch poetische Texte vortrug.
2 Kalina Jędrusik (geb. 1931), Schauspielerin und Liedersängerin.
3 Agnieszka Osiecka (geb. 1936), Dichterin, Textautorin populärer Lieder (u. a. des »Feuerwehrwalzers«) und Musicals.

12. 1. 1965. Dienstag

Heute habe ich volle 6 Seiten »Tagebuch« aus dem Jahr 1958 abgeschrieben. Bei meiner gegenwärtigen Gebrechlichkeit kommt mir das wie eine große Leistung vor. Zwar haben mich dreimal die Schmerzen gepackt, und ich habe Nitro genommen, doch treten sie jetzt irgendwie »autonom« auf, und wenn sie vorbei sind, bin ich im allgemeinen stärker oder weniger schwach als zuvor.

Warschau, 15. 1. 1965. Freitag

Gegen zwölf mit dem Wagen des Verbandes nach Warschau und am gleichen Abend um sechs zum Festival der Festivalfilme. Ich gehe um sechs Uhr, denn Ania Linke hat mir dafür ein Billett gekauft.
Es gab an diesem Tag Antonionis »Rote Wüste«. Das sollte der Film am Schluß sein, doch hat man ihn vorgezogen, weil Italien seine schnelle Rückgabe verlangte. Was den Inhalt anbetrifft, ist es ein Film wie alle von Antonioni: das Sichverlieren im Leben, infolgedessen Sinnlosigkeit – Fru-

stration – Verfremdung – Wahn, denn eigentlich ist die Hauptheldin bereits völlig wahnsinnig. Ein echtes Novum bildet die Farbe. Noch nie hat jemand im Film so die Farbe benutzt. Hier geht es darum, daß die Farbe eine Komponente des Films ist. Nicht wiedergegeben, sondern bewußt »erzeugt«. Antonioni muß ein großartiger bildender Künstler sein.

1. 2. 1965. Montag

Unsere Presse nennt dieses Festival der Festivalfilme das wichtigste von allen; Anna, die die meisten Filme gesehen hat, ist von ihnen nicht so sehr überzeugt.
Wir hatten dagegen beide einen erschütternden Eindruck, als wir am Sonnabendvormittag um 10.45 in Direktübertragung der BBC das Begräbnis Churchills sahen. Man erblickte gleichsam das Begräbnis der ganzen Epoche, das Begräbnis eines Imperiums – und hörte zugleich das Personenverzeichnis eines Shakespeare-Stücks: die Königin-Mutter, der Herzog und die Herzogin von Gloucester, der Herzog und die Herzogin von Kent, Prinzessin Margaret und Lord Snowdon, die Britische Königin Elizabeth II., der Thronfolger Prinz Charles von Wales, Philip Prinz Mountbatten etc.
Der Lord Mayor von London in mittelalterlicher Kleidung, der Erzbischof von Canterbury in zeitlosem Gewand, sehr ähnlich dem unserer Erzbischöfe.
In einer Kutsche wie aus dem Lampedusa fuhr Lady Churchill. Die glänzenden Limousinen der Königin und ihres Gefolges waren der einzige moderne Akzent bei dieser Feierlichkeit, ja, und die Kleidung der drei Königskinder. Churchills Wunsch entsprechend, folgten die Repräsentanten aller seiner geliebten Regimenter und sonstiger Einheiten der Luftwaffe, des Heeres und der Marine, alle in Paradeuniformen – und das lief ab wie ein mechanisiertes Ballett. Wie aber muß das in Farbe gewesen sein!!

De Gaulle, der alle um Haupteslänge überragte; der dänische König, der belgische König, die holländische Königin und andere gekrönte Häupter.
Das Militär hielt, gewiß nach uraltem Brauch, die Gewehre nicht nur mit dem Lauf nach unten, sondern auch nach hinten. Ebenso trugen die Offiziere die ganze Zeit über ihre Säbel mit den Schneiden nach unten und nach hinten.
Zahlreiche historische Kleidungsstücke. Bei der ordinären Gemeinheit unserer Zeit und der ständigen Veränderung aller Dinge machte auch diese Kühnheit im Präsentieren anderswo überlebter Formen den Eindruck einer schönen Epoche.
Der zweite starke Eindruck war die Inszenierung von »Fantazy«[1] im Fernsehen. Holoubek[2] hatte endlich eine angemessene Rolle zu spielen. Außer ihm war Gogolewski als Jan großartig. Alle anderen waren mittelmäßig, sprachen aber den Text vorzüglich, und der Text ist ausgezeichnet. Hätte Polen eine größere Bedeutung als Staat oder wenigstens in der Kultur, so würde »Fantazy« bis heute auf der ganzen Welt gespielt. Und wie modern das ist, sowohl in seinem raffinierten Witz als auch in der intellektuellen Präzision und der Tragik.
Das dritte wichtige Ereignis des heutigen Tages war ein Brief von Herrn Jerzy, sehr lang, 4 Seiten Schreibmaschine, ein Brief über seine wachsende Vereinsamung und Nutzlosigkeit. Ein Brief, traurig und irgendwie menschlich, dabei schriftstellerisch hochinteressant.

1 »Fantazy« von J. Słowacki (1843), eines der wichtigsten Dramen der polnischen Romantik.
2 Gustaw Holoubek (geb. 1923), Schauspieler und Regisseur.

Komorów, 12. 2. 1965. Freitag

Zum Mittagessen Anna im Auto mit Szypowskis. Marysia Szypowska[1] erzählte, die Maria-Konopnicka-Gesellschaft

habe beim Verlag PIW Protest eingelegt gegen ihr Buch, weil es »den heiligen Namen der Dichterin verunglimpfe«. Das ist Polen!
Ich darauf: »Ach, ich kenne zwei Gesellschaften, die mich nicht in Ruhe lassen, die Maria-Konopnicka-Gesellschaft und die Gesellschaft der Tierfreunde. Die zweite hat sich an mich gewandt u. a. wegen der Unterschrift unter einen Brief an das Vatikanische Konzil in Sachen der Mißhandlung der Tiere.« [. . .]

1 Maria Szypowska (geb. 1929), Schriftstellerin, Autorin von Biographien, u. a. über M. Konopnicka.

Klinik, 21. 2. 1965. Sonntag

Anna ist Mittwochnachmittag fortgefahren, und abends fühlte ich mich einem Infarkt so nahe und so schlecht, daß ich zum ersten Mal bei offener Tür zur Diele und zu Mela geschlafen habe. Morgens nicht besser. Gegen 4.30 erscheint Wacek, und ich fahre in Helenkas Begleitung kaum noch lebendig und unterwegs Nitroglycerin schluckend, wieder in die Klinik.
Kapitulation! Der Pulsschlag war so, daß Frau Dr. Leśniewska, die ich wie damals im September im Dienstzimmer antreffe, mir einen Ballon Sauerstoff ins Zimmer stellen ließ, ich mußte ihn zweimal 10 Minuten einatmen.
Heute, nach 3 Tagen klinischer Behandlung sind die schmerzhaften Anfälle verschwunden, ich fühle mich so wohl, daß ich schon aufstehen möchte. Obwohl Frau Dr. Leśniewska am Sonnabend mit meinem Elektrokardiogramm hereinkam und rief: »So ein schlechtes Elektrokardiogramm habe ich bei Ihnen noch nicht gesehen.« – »Das ist ein Warnzeichen.« – »Sie müssen still liegen« usw.
Also liege ich. Alle sind hier engelhaft gut zu mir, ich kann dagegen nichts tun. Es gab kein Radio, weil die letzte Patientin den Apparat zerbrochen hat. Als ich sagte, ich

wollte das Eröffnungskonzert zum (VII.) Chopin-Wettbewerb hören, wurde mir gleich aus dem ersten frei gewordenen Zimmer ein ganz gut funktionierendes Radio gebracht, und ich hörte heute dieses Konzert. Vor allem wollte ich Lutosławskis in der Presse angekündigte »Trauermesse« hören, aber die kam nicht. [. . .]

19. 3. 1965. Freitag

Seit meinen letzten Notizen – fast ein Monat der Agonie in jeglichem Sinn des Leidens und Sterbens.
Erst seit zwei Tagen fange ich an zu glauben, daß ich auch diesmal nicht sterben werde, doch gleich ein Berg von Anforderungen; die größten Verspätungen unter hundert anderen Verspätungen aufarbeiten (wie das chinesische Ei in hundert anderen). Und heute die lähmende Nachricht: Ein Mensch hat sein Raumschiff verlassen und ist, durch eine Rettungsleine mit dem Schiff verbunden, 20 Minuten lang fotografierend in der kosmischen Leere geblieben. Das ist selbstverständlich auch so ein Ei im Ei. Sein Zeichen: eine kleine Weltraumkabine in der größeren. Selbstverständlich Russen. Und nicht einmal so jung. Belajew 40, Leonow (der ausstieg) 30 Jahre. Der Flug ist noch nicht beendet.
In dieser höllischen letzten Colimycin-Woche widerfuhr mir das seltsamste Ereignis meines Lebens. Mir träumte, ich müsse in tropischem Dschungel vor einer Pferdeherde fliehen. Das Zimmer war ein Bungalow und zugleich mein Zimmer in der Klinik, gleichzeitig aber auch mein Zimmer in Komorów. Ich will auch Anna retten. Ich öffne den Fensterladen an dem Miniaturfenster in der Wand über meinem Bett, ein Fenster, das es weder in Komorów noch hier in der Klinik gibt, doch weil unsere Zimmer in Komorów nebeneinander liegen, sagt Anna manchmal, wir sollten ein Fenster in die Wand brechen, um uns morgens unterhalten zu können, denn unsere Betten stehen zu bei-

den Seiten derselben Wand; im Traum hat sich dieses Fenster realisiert, und ich klopfe daran, aber niemand antwortet. Von weitem sehe ich, wie Anna in ihrem Komorówer Morgenrock durch den Dschungel schleicht. Mir fällt ein, daß ich diesen Morgenrock im Schrank habe, ich öffne den Schrank, ziehe den Morgenrock an und gehe hinaus.
Im Nebenzimmer, das das Zimmer des diensttuenden Arztes sein soll, aber Annas Zimmer ist – doch Anna ist nicht da oder schläft. Nebenan öffnet sich die Tür auf irgendwelche abstrakten Formen, deren dreieckige und kantige Umrisse scharf beleuchtet sind.
»Anna ist nicht aufgewacht? Ist denn Anna nicht einmal aufgewacht?« frage ich zweimal, zuerst beunruhigt, dann betrübt, verwundert, aber auch erleichtert.
Plötzlich öffne ich die Augen. Ich liege im Bett, das Licht brennt, im Sessel sitzt die Schwester.
»Was ist mit mir geschehen?« frage ich, weil mir unklar bewußt wird, daß etwas Seltsames vorgeht.
»Nichts, nichts«, sagt die Schwester. »Tut Ihnen etwas weh? Brauchen Sie etwas?«
»Nein. Mühen Sie sich nicht mit mir«, sage ich, »gehen Sie schlafen. Ich hatte einen schlechten Traum.«
Plötzlich sehen meine Augen, daß mein Morgenrock auf dem Stuhl liegt und daß ich tatsächlich nachts das Zimmer verlassen habe.
Diese somnambule Nacht war die Nacht des Wetterumbruchs vom Frost zum Frühling.
In der Niepodległość-Allee ist Egon krank. In Komorów wird das Dach mit neuem Blech belegt.

22. 3. 1965. Montag

Ich reiße mich los aus dem Krankenhaus, ich jage der entfliehenden Lebenslinie – Lichtlinie nach. Ich weiß, sie ist mir noch bestimmt. Ein glücklicher Zufall muß dem ein Ende machen, damit meine noch so starken Lebenskräfte den Kampf mit den Colibakterien aufnehmen und die Heilung erfolgt! Dafür gehen sie restlos drauf.

20. 4. 1965. Dienstag nach Ostern

Geschichte der Hilfsschwester Kazia von einem Schneider und Feuerwehrmann, der Ringe liebt.

Frau Kazia erzählt: Ich kenne einen Feuerwehrmann, denn auch mein Mann ist Feuerwehrmann, also einen aus unserem Umkreis. Aber der ist Schneider bei der Feuerwehr. Seine Töchter hat er etwas werden lassen, die eine ist Ärztin. Seine Frau hat er begraben und erst dann angefangen zu sparen; er hatte eine Kuh, denn so ist das bei uns in der Vorstadt, alle Milch hat er verkauft und für sich selbst bloß einen Liter behalten. Fett war die Milch, sehr gut. Da hat er zu der Milch die Hälfte Wasser gegossen und von dieser Milch gelebt. Und er hatte nur eine Liebe – das waren Ringe. Er hatte von diesen Ringen schon fünf gekauft, als er im Juweliergeschäft einen sah, der ihm mehr gefiel als alle anderen. Da fing er an zu nähen, besorgte sich Privatarbeit und nähte Tag und Nacht, um das Geld für diesen Ring zusammenzukriegen. Und täglich lief er zum Schaufenster des Juweliers, um nachzusehen, ob er noch da sei. Bis der Miliz das auffiel und sie anfing zu beobachten, wie er das Schaufenster beim Juwelier betrachtete.

Als er schließlich so viel zusammen hatte, wieviel [?] er für diesen Ring brauchte, lief er hin und kaufte ihn. Und war glücklich, daß er besaß, was er ersehnt hatte – da kommt die Miliz, macht eine Durchsuchung, findet die Ringe, nimmt ihn fest. Und obwohl alle bezeugten, daß er ehrlich ist, nur diesen einen Fimmel hat und Ringe kauft, daß er sich das Essen vom Mund abspart und kauft. Aber nein. Er saß sieben Monate als Spekulant.

»Aber die Ringe hat man ihm zurückgegeben?«

»Ach nein. Wieso denn zurückgegeben. Genommen haben sie sich das – so eine Gelegenheit.«

8. 5. 1965. Sonnabend

Namenstag von St. Ich bin immer noch in der Klinik. Heute die dritte (vierte) Autovakzine-Spritze, ich konnte sie ertragen ohne Temperatur (37°) und ohne Übelkeit. Nachmittags tiefer, ruhiger Schlaf ohne Alpträume. Traum von der Fülle, und aus dieser Fülle war Russów wieder zum Leben erweckt.[1]

Das Russów jener Zeiten – als hätte ein Phantast es erneut gemalt. Eine nicht mehr existierende Stelle tauchte auf, ein Teil des kleinen Hauses, ich nahm Maß für einen Fensterladen im Zimmer meiner Großmutter, wo unsere Haushälterin Teonia (von Jasias Art) einziehen sollte. Wer diese »wir« waren, die dort wohnen sollten, weiß ich nicht genau, aber jemand mir sehr nahes – stets anwesend, aber nicht zu spüren wie die Luft. Und alle Bäume meiner Kindheit standen an ihrem Ort – alle Schwalben, und darüber hinaus die große Menge der Gänse, des Viehs, der Schafe, der rosa Schweinchen, die sich schubberten, sauber und nicht nach Schweinestall duftend, sondern nach gebratenem Speck. Überhaupt dufteten alle herrlichen Gerichte, nach denen ich mich so sehne, während ich diese fade Krankenhauskost hinunterwürge.

Es war das Russów ganz und gar à la Russów, aber auch Australien (Reminiszenzen der Ewa aus dem Buch von Mach, die sich zur Emigration nach Australien rüstet, dieser Sehnsucht meiner Kindheit).[2]

Fade – kann es ein stärker pejoratives Wort geben? In unserem dem Anschein nach so üppigen Leben gibt es zuviel vom Element des Faden. Ähnlich übrigens wie in meinem Tagebuch [?].

1 In Russów wurde M. D. geboren, dort verbrachte sie Kindheit und Jugend; der jetzt wieder wie früher aussehende Gutshof beherbergt heute ein Museum für die Schriftstellerin.

2 Gemeint ist der damals gerade erschienene Roman »Agnes, Tochter des Kolumbus« von Wilhelm Mach. Die Kinder in M. D.s »Lächeln der Kindheit« nennen den »unangenehmen und fremdländischen«, aber verlockenden Teil des Parks von Russów Australien.

ANHANG

WERKVERZEICHNIS

POLNISCHE ERSTAUSGABEN

Romane, Erzählungen, Tagebücher

Gałąź czereśni i inne nowele (Ein Kirschbaumzweig und andere Novellen). Warszawa 1922.

Uśmiech dzieciństwa (Lächeln der Kindheit. Erzählungen). Warszawa 1923.

Ludzie stamtąd (Die Landlosen. Ein Zyklus von Erzählungen). Warszawa 1926.

Noce i dnie (Nächte und Tage. Roman). Bd. 1: Bogumił i Barbara (Bogumil und Barbara), Warszawa 1932; Bd. 2: Wieczne zmartwienie (Ewig Kummer), Warszawa 1932; Bd. 3, Teil 1 und 2: Miłość (Liebe), Warszawa 1933; Bd. 4, Teil 1 und 2: Wiatr w oczy (Gegenwind), Warszawa 1933.

Znaki życia (Zeichen des Lebens. Fünf Erzählungen). Warszawa 1938.

Gwiazda zaranna (Morgenstern. Erzählungen). Warszawa 1955.

Domowe progi (Zuhause. Roman. Eing. v. E. Korzeniewska). Warszawa 1969.

Przygody człowieka myślącego (Abenteuer eines denkenden Menschen. Roman. Vorwort von A. Kowalska, Manuskripte zum Druck vorbereitet von E. Korzeniewska). Warszawa 1970.

A teraz wypijmy . . . (Nun laßt uns trinken . . . Erzählungen. Vorwort und Bearbeitung von T. Drewnowski). Warszawa 1981.

Dzienniki 1914-1965 (Tagebücher 1914-1965). Ausgewählt, mit Vorwort und Anmerkungen versehen von T. Drewnowski. Bd. 1-5. Warszawa 1988.

Dramen

Geniusz sierocy. Dramat wysnuty z dziejów XVII w. (Das verwaiste Genie. Ein Drama aus der Geschichte im 17. Jahrhundert). Warszawa 1939.
Stanisław i Bogumił. Dramat wysnuty z dziejów XI w. (Stanisław und Bogumił. Ein Drama aus der Geschichte im 11. Jahrhundert). Warszawa 1948.

Publizistik, Populärwissenschaftliches, Essayistik, Reportage

Finnlandia, wzorowy kraj koooperacji (Finnland, ein Musterland der Kooperative). Warszawa 1913.
Kooperatyzm we wsi belgijskiej (Kooperativismus im belgischen Dorf). [Unterzeichnet: Jan Stek]. Warszawa 1913.
Dzieje naszej ojczyzny (Geschichte unseres Vaterlandes). Warszawa 1918.
O zjednoczonej Polsce, jej mieszkańcach i gospodarstwie (Über das vereinigte Polen, seine Einwohner und Wirtschaft). Warszawa 1919.
Spółdzielczość zwyciężająca (Das siegende Genossenschaftswesen). Warszawa 1920.
O wykonaniu refomy rolnej (Über die Realisierung der Bodenreform. Erläuterungen zur Verordnung vom 15. Juli 1920). Warszawa 1921.
Codzienna praca (Tägliche Arbeit). Warszawa 1923.
Życie i dzieło Edwarda Abramowskiego (Leben und Werk von Edward Abramowski). Warszawa 1925.
U północnych sąsiadów (Bei den nördlichen Nachbarn. – Lettland, Estland, Finnland). Warszawa 1929.
Rozdroże. Studium na temat zagadnień wiejskich (Der Scheideweg. Studium über dörfliche Probleme). Warszawa 1937.
Moja odpowiedź. Refleksje nad polemiką z »Rozdrożem« (Meine Antwort. Reflexionen über die Polemik mit dem »Scheideweg«). Warszawa 1938.

Ręce w uścisku. Rzecz o spółdzielczości (Der Händedruck. Über das Genossenschaftswesen). Warszawa 1938.
Myśli o sprawach i ludziach. Szkice (Gedanken über Dinge und Menschen. Skizzen). Warszawa 1956.
Szkice z podróży (Reiseskizzen). Warszawa 1956.
Szkice o Conradzie (Skizzen über Conrad). Warszawa 1959.

Kinder- und Jugendliteratur

Powstanie 1863 r. Powitanie wojny i swobody (Der Aufstand von 1863. Begrüßung des Krieges und der Freiheit. Kindererzählungen). Warszawa 1916.
Dzieci ojczyzny. Opowiadania historyczne dla młodzieży (Kinder des Vaterlandes. Historische Erzählungen für die Jugend). Warszawa 1918.
Marcin Kozera (Marcin Kozera. Erzählung). Warszawa 1927.
Przyjaźń (Freundschaft. Erzählungen). Warszawa 1927.
Wielki Przemieniony. Opowieść o Juliuszu Słowackim dla młodzieży (Der Große Verwandelte. Eine Erzählung über Juliusz Slowacki für die Jugend). Warszawa 1927.
Czyste serca. Opowiandania dla młodzieży. Powst. 1922-1928 (Reine Herzen. Jugenderzählungen. Entstanden 1922-1928). Warszawa 1938.
Tu i tam. Dwa opowiadania dla młodzieży (Hier und dort. Zwei Erzählungen für die Jugend). Warszawa 1938.

Übersetzungen ins Polnische

Jens Peter Jacobsen, *Niels Lyhne* (Niels Lyhne). Warszawa 1927.
Samuel Pepys, *Dziennik* (Memoirs of Samuel Pepys). 2 Bde. Warszawa 1952.
Anton Czechow [A. Tschechow], *Utwory wybrane*. T. 1-2 (Ausgewählte Werke. Bd. 1-2). Warszawa 1953, übersetzt von M. Dąbrowska, J. Iwaszkiewicz und J. Wyszomirski.

Sammelausgaben

Zdarzenia. Wybór opowiadań dla młodzieży (Geschehnisse. Eine Auswahl von Jugenderzählungen). Warszawa 1956.
Pisma wybrane (Ausgewählte Werke). Bd. 1-3. Vorwort von Julian Przyboś. Warszawa 1956.
Pisma rozproszone (Verstreute Schriften). Bd. 1-2. Redaktion und Anmerkungen von E. Korzeniewska. Kraków 1964.
Pisma (Werke). Kritische Edition unter der Red. von E. Korzeniewska. Unvollendet. Warszawa 1967, 1972, 1974.

IN DEUTSCHER SPRACHE

Marja Dombrowska [Maria Dąbrowska], *Die Landlosen. Roman* (Ludzie stamtąd). Übers. von Paul Breitenkamp. Berlin: Propyläen-Verlag 1937. [Eigentl. kein Roman, sondern ein Zyklus von Erzählungen.]
Nächte und Tage (Noce i dnie). Übers. von Heinrich Koitz. Bd. 1-2. Breslau: Korn 1938 (Bd. 1: Bogumil und Barbara; Bd. 2: Der ewige Kummer); Maria Dombrowska [M. Dąbrowska], *Nächte und Tage* (Noce i dnie). Übers. von Leo Lasinski. Buch 1-4 in 3 Bdn. Berlin [Ost]: Rütten und Loening 1955-1957; Dass. (Buch 1 und 2 der 4 Bücher). Karlsruhe: Stahlberg 1956; Dass. (vollständig in 2 Bdn.). Berlin [West]: Ullstein 1974.
Maria Dombrowska [M. Dąbrowska], *Der dritte Herbst.* (Erzählungen). Autorisierte Übertragung aus dem Polnischen von Eberhard Dieckmann. Mit einem Nachwort von Eberhard Dieckmann. Berlin [Ost] 1961.
Nacht über der Erde. Erzählungen. Übers. von Eberhard Dieckmann. Berlin [Ost]: Verlag der Nation 1978.
Der weiteste Weg. Erzählungen. Hrsg. und mit einem Nachwort von Peter Dehmel. Übers. von Roswitha Matwin-Buschmann, Eberhard Dieckmann und Caesar Rymarowicz. Berlin [Ost]: Der Kinderbuchverlag 1985.

Abkürzungen:

ND – Nationaldemokratie
PPR – Polnische Arbeiterpartei
PPS – Polnische Sozialistische Partei
PSL – Polnische Bauernpartei
SD – Sozialdemokratie des Königreichs Polen und Litauens